Mr. PEMBERL
OLIVER
MARY
BARNABY
FRANCES

Jessica Lawson

Tabitha Crum

Das Geheimnis von Hollingsworth Hall

Aus dem amerikanischen Englisch
von Katharina Orgaß

Mit Illustrationen von Iacopo Bruno

Ravensburger Buchverlag

Bibliografische Information der Deutschen Nationalbibliothek:
Die Deutsche Nationalbibliothek verzeichnet diese Publikation
in der Deutschen Nationalbibliografie.
Detaillierte bibliografische Daten sind im Internet
auf *www.dnb.d-nb.de* abrufbar.

MIX
Aus verantwortungs-
vollen Quellen
FSC® C114500
FSC
www.fsc.org

1 2 3 4 5 E D C B A

Umschlag- und Innenillustrationen: Iacopo Bruno
Redaktion: Carla Felgentreff

Printed in Germany

ISBN 978-3-473-36939-3

www.ravensburger.de

Für Christopher Mallory Lawson,
der alte Häuser liebt

„Für alle Verbrechen dieser Welt gibt es insgesamt nur drei mögliche Motive, mein lieber Mr Tibbs – nämlich Geld, Macht und Liebe. Natürlich ist das Motiv manchmal auch ein Mischmasch aus diesen dreien, und man könnte einwenden, dass Hunger ein mindestens genauso guter Grund ist, eine Straftat zu begehen, andererseits könnte man Hunger auch als Liebe zu sich selbst definieren oder als Liebe zum Essen, und … ach, lassen wir das. Reichen Sie mir doch bitte mal die sauren Gürkchen."

Kommissar Clarence Clevers neuester Fall
Der vermögende Vormund

The Times.

LONDON

IDENTITÄT DER WINDERMERE-KINDER GELÜFTET!

Dank eines anonymen Informanten präsentieren wir Ihnen eine exklusive Liste der sechs Kinder, die gestern Abend nach Hollingsworth Hall, dem prachtvollen, abgeschiedenen Wohnsitz von Camilla Lenore DeMoss, Gräfin von Windermere, gebracht wurden. Es handelt sich um (in beliebiger Reihenfolge):

OLIVER APPLEBY

Dieser junge Mann ist nicht nur der zukünftige Erbe der Juweliersdynastie Appleby, sondern auch ein ausgezeichneter Schüler, der obendrein beim Rudern und Kricket glänzt.

VIOLA DALE

Die Familie Dale ist in ganz London dafür bekannt, dass sie sich für soziale Gerechtigkeit und die Unterstützung Schwächerer einsetzt. Ihre Tochter Viola nimmt schon seit ihrem zweiten Geburtstag an Wohltätigkeitsveranstaltungen teil.

FRANCES WELLINGTON

Miss Wellingtons Eltern sind international bekannte Kunstsammler mit einem untrüglichen Instinkt für vielversprechende junge Maler und Bildhauer. Des Weiteren sind sie Fachleute für antike Juwelen. Frances wird zu Hause unterrichtet, und ihre groß angekündigte Einführung in die Londoner Gesellschaft ist schon jetzt das Stadtgespräch.

BARNABY TRUNDLE

Dieser junge Mann besucht eine Schule in Südlondon. Sein Vater arbeitet in der Textilindustrie. Wie uns einer seiner Lehrer anvertraute, neigt Barnaby „gegenüber seinen Mitschülern bisweilen zum Jähzorn“.

EDWARD HERRINGBONE

Die Herringbones sind enge Freunde der oben genannten Dales. Auch sie widmen ihr Leben auf bewundernswerte Weise dem Ziel, Armut zu bekämpfen und Bildung zu fördern. Ihr Sohn Edward wird auch „die wandelnde Bibliothek“ genannt, erzählte uns einer seiner Lehrer auf St. Stephen's.

TABITHA CRUM

Miss Crums Vater ist Angestellter bei der Wilting-Bank in Südlondon. Wie uns ein Nachbar der Familie berichtet, pflegt die junge Dame Selbstgespräche zu führen, außerdem sei die Familie „gierig danach, gesellschaftlich aufzusteigen“.

Die *Times* wird den Fortgang der Ereignisse selbstverständlich weiter verfolgen und ihre Leserschaft unverzüglich auf den neuesten Stand bringen, sobald ihr weitere vertrauenswürdige Informationen zu Ohren kommen.

1.

„Rätselhafte Ereignisse kündigen sich im Allgemeinen dadurch an, mein lieber Tibbs, dass jemand – oder etwas – eintrifft. Das kann ein unerwarteter Brief sein, ein unangekündigter Besucher oder auch eine vergiftete Fleischpastete – irgendetwas, das auf eine bevorstehende geistige und/oder körperliche Belastung hindeutet."

Kommissar Clarence Clevers neuester Fall
Der boshafte Briefträger

Kurz nach fünfzehn Uhr, um jene Zeit also, da die Schulen in ganz London tonnenweise heiß geliebte Kinder in die Freiheit entlassen, wurde auch Tabitha Crum in die Kälte hinausgescheucht. Sie blieb noch einen Augenblick lang am Tor von St. John's stehen und schlang den Arm durch das schmiedeeiserne Gitter. Vom Gedrängel der anderen Jungen und Mädchen, die es offenbar furchtbar eilig hatten, dorthin zurückzukehren, wo sie hingehörten, ließ sie sich nicht stören. „Heute ist wahrhaftig ein ungewöhnlicher Tag!“, raunte sie ihrem Schulranzen zu, in dessen Innenfach sich eine kleine Beule abzeichnete, holte dann einen cremefarbenen Briefumschlag heraus und klopfte damit behutsam gegen die Wölbung. „Auf geht's!“

Im dichten Novembernebel hatten die kopfsteingepflasterten Vorortgassen von Wilting etwas Unheimliches. Schnaubende Kutschergäule tauchten mit klappernden Hufen aus der undurchsichtigen Milchsuppe auf und wieder darin unter. *Wie Geister*, ging es Tabitha durch den Kopf. Sie hielt den eleganten Briefumschlag fest umklammert und fuhr mit dem Fingernagel den Klebesaum nach. Der Bote hatte der Lehrerin mit feierlicher Miene gleich zwei Umschläge überreicht und insgesamt drei Mal in strengem Ton verkündet, dass die Briefe keinesfalls sofort geöffnet werden dürften, sondern den Eltern der betreffenden Kinder übergeben werden müssten. Womit ausgerechnet Tabitha und der grässliche Barnaby Trundle diese Ehre verdient hatten, war unklar. Fest stand nur, dass der Leim von geradezu ärgerlich guter Qualität war, während Tabithas Fingernägel bedauerlich kurz waren.

„Als hätte jemand das verdammte Ding extra fest zugeklebt!“, raunte Tabitha der Innentasche ihres Ranzens zu, worauf sich eine ältere Passantin befremdet nach ihr umdrehte. Ob es nun an dem vermeintlichen

Selbstgespräch lag, an der ungebührlichen Wortwahl, an Tabithas zu klein gewordener Schuluniform, ihrem abgewetzten, an ein räudiges Kaninchen erinnernden Ranzen oder an allem zusammen, konnte Tabitha nicht beurteilen. Vielleicht mochte die Frau ja auch ganz allgemein keine Kinder, so wie Tabithas Eltern.

Als Tabitha an der Bäckerei an der Ecke vorbeikam, der wie stets verlockende Düfte entströmten, leckte sie sich unwillkürlich die aufgesprungenen Lippen, und ihr Magen grummelte, was aber nicht daran lag, dass er zu Mittag nur altes Brot und Käserinden bekommen hatte. Es mochte albern sein, aber Tabitha konnte sich des Gedankens nicht erwehren, dass der Brief in ihrer Hand einen Hoffnungsschimmer enthalten könnte. Ungewohnt erwartungsvoll hob sie den Umschlag mit steif gefrorenen Fingern an die Nase und beschnupperte ihn. Er roch schwach nach Blumen.

Ein Angebot von Scotland Yard, mich zur Kriminalkommissarin auszubilden.

Eine Einladung von König Edward, ihn zum Pferderennen zu begleiten und zu wetten.

Die Nachricht einer verschollenen Verwandten, für die ich kein lästiges Ärgernis bin und die mich zu sich nehmen möchte.

„Was kann das bloß sein, Pemberley?“, raunte Tabitha der Beule zu, die inzwischen in Bewegung geraten war. Aus der Innentasche des Ranzens lugten auf einmal Schnurrhaare, gefolgt von einem Mäuseköpfchen. „Keine Ahnung, wie du es immer schaffst, meine Gedanken zu lesen, aber wahrscheinlich ist das bei besten Freunden einfach so. Und ja, alle diese drei Möglichkeiten sind äußerst unwahrscheinlich, aber ich male mir lieber so etwas aus, als den Umschlag aufzureißen und einen Werbezettel für Zahnpulver oder Sprechunterricht herauszuziehen."

Letztere Vorstellung war so enttäuschend, dass Tabitha geradezu froh über die Ablenkung war, als hinter ihr auf der Straße ein lauter Ruf ertönte. Seltsamerweise hörte es sich an, als riefe jemand ihren Namen. Doch ehe sie sich umdrehen konnte, lenkte auch schon eine wohlbekannte Gestalt ihr Fahrrad in die von einem mittäglichen Gewitter hinterlassenen Pfützen am Bordstein, sodass Tabitha von oben bis unten mit schlammigem Wasser vollgespritzt wurde.

„Deine Einladung ist eine Verwechslung! *Dich* hat sie bestimmt nicht gemeint!", gellte es hämisch.

Die boshafte Behauptung wurde von einer Atemwolke begleitet, die nach verbranntem Toast und verschimmeltem Zimt stank. Nur ein einziger Schüler auf St. John's hatte derartigen Mundgeruch, und tatsächlich war es Barnaby Trundle, der jetzt mit seinem Rad einen großen Bogen fuhr.

„Ich geb dir einen guten Rat – bleib zu Hause! Ich hab nämlich gehört, dass es in der Villa spukt und dass die Geister ganz wild drauf sind, dreckige Gören wie dich zu fressen.“ Barnaby streckte ihr die Zunge heraus, so weit er konnte.

Tabitha wischte sich ein schmutziges Rinnsal aus dem Gesicht und wurde rot. Erstens wegen der Beleidigung und zweitens, weil ihr klar wurde, dass Barnaby seinen Umschlag bereits geöffnet hatte und den Inhalt kannte. Rasch dachte sie sich genau sieben Strafen für ihren abscheulichen Mitschüler aus, wozu auch ein Zusammenstoß mit der Müllabfuhr gehörte.

Barnaby nahm eine Hand vom Lenker, winkte ihr erst höhnisch zu, strich sich dann die roten Locken glatt und bog schwungvoll um die Ecke.

Quiek!

Tabitha holte Pemberley aus den Ranzen. „Da hast du dir ein gutes Versteck ausgesucht, schön warm und trocken“, lobte sie ihn und setzte mit ernster Miene hinzu: „Und du hast ganz recht. Ich hätte ihm das nicht durchgehen lassen dürfen.“

Quiek?

„Was ich hätte entgegnen sollen? Keine Ahnung, vielleicht: ‚Ich denke gar nicht dran, zu Hause zu bleiben, Barnaby Trundle. Bleib *du* mal lieber zu Hause! *Ich* habe nämlich gehört, dass Geister eine Vorliebe für ungezogene Jungs haben, die sich an der Haarpomade und am Rasierwasser ihres Vaters vergreifen. So ein hungriger Geist wittert dich tausend Meter gegen den Wind!“ Pemberley überprüfte schnuppernd, ob sie vielleicht ein Stückchen Brot in der Hand hielt, dann huschte er ihren Arm hoch und schlüpfte unter ihren Blusenkragen. „Ich ärgere mich ja selbst, dass ich nicht schlagfertiger bin. Aber eines Tages werden wir uns rächen!“

Obwohl Tabitha nass und gedemütigt war, überlief sie ein warmer Schauer der Vorfreude, den Rücken hoch bis zu den Ohren. *Er hat seinen Brief geöffnet und behauptet, dass meiner eine Verwechslung ist.* Angesichts von Barnabys verdorbenem Charakter konnte das nur bedeuten, dass der Umschlag eine erfreuliche Nachricht enthielt. *(Gut kombiniert, Kommissarin Crum.)*

Bevor Tabitha weiterging, kramte sie einen Bleistift aus ihrem Ranzen, damit sie darauf herumkauen konnte. Kommissar Clarence Clever vergeudete seine Zeit niemals damit, in der Zentrale von Scotland Yard Akten zu wälzen, sondern setzte sich lieber in seine Lieblingskneipe, rauchte Pfeife oder kaute nachdenklich auf seiner Uhrkette. Da für eine Nachwuchskommissarin wie Tabitha weder eine Pfeife noch eine Taschenuhr passend gewesen wären, begnügte sie sich eben mit einem Bleistift. „Mal überlegen, Pemberley“, raunte sie, „ein paar Hinweise hat uns Barnaby ja schon geliefert. Wenn er sagt, dass ich zu Hause bleiben soll, muss es sich um eine Einladung handeln, irgendwo hinzukommen."

Quiek.

„Und zwar zu einer Frau, denn er hat ‚sie' gesagt. Sie wohnt in einer Villa, in der es spukt, hat er behauptet, aber das ist natürlich Unsinn." Ganz kurz, höchstens einen Sekundenbruchteil lang, stellte sich Tabitha vor, wie auch sie ihren Brief unerlaubterweise öffnete. Der Gedanke hing in der Luft wie ein mit Butter bestrichenes Rosinenbrötchen, das nur darauf wartet, verschlungen zu werden. Ihre Finger machten sich selbstständig und befühlten abermals den Klebesaum. Mit angehaltenem Atem schob sie einen Nagel unter die Ecke, riss den Umschlag einen Millimeter weit auf …

… und hielt inne.

Sie ließ die Hand mit dem Brief wieder sinken. *Also ehrlich, Tabitha Crum!*, schalt sie sich im Stillen, *wie soll dich jemals jemand lieb haben, wenn du nicht mal das einfachste Verbot befolgen kannst – zumal, wenn besagtes Verbot drei Mal hintereinander ausgesprochen wurde!* Daraufhin hörte sie im Geist eine andere Stimme – die ihrer Mutter – auf die Frage der noch jüngeren Tabitha antworten: *Du willst geliebt werden? Liebe muss man sich verdienen, Tabitha Crum, man kriegt sie nicht einfach geschenkt wie eine Schachtel voller blutsaugender Flöhe.*

Tabitha war sieben gewesen, als ihre Mutter Liebe mit quälendem Juckreiz verglichen hatte, und sie erinnerte sich auch deshalb noch so lebhaft daran, weil sich in diesem Jahr die anderen Kinder in den Kopf gesetzt hatten, dass Tabitha Läuse hatte. Seither wurde sie von ihren Klassenkameraden gemieden, und niemand wollte mit ihr befreundet sein. Erschwerend kam hinzu, dass sie seit einem Jahr eine zahme Maus besaß und man ihr nachsagte, sie hätte nicht alle Tassen im Schrank, weil sie angeblich Selbstgespräche führte. Pemberley war ein unersetzlicher Berater in allen Lebenslagen, doch er war ein wenig scheu, sodass Tabitha die unfreundlichen Kommentare zu ihrer Person in gewisser Weise sogar nachvollziehen konnte.

Es konnte aber genauso gut an dem unseligen zipfeligen Haarschnitt liegen, den ihre Mutter ihr mit Vorliebe verpasste.

Oder an der schlichten Tatsache, dass es nicht leicht ist, Freunde zu finden, wenn dieser Wunsch erstens einseitig ist, man zweitens eine zahme Maus besitzt und sich drittens als wunderlich, still und schüchtern abstempeln lassen muss, wo man doch einfach nur verkannt wird.

Wie auch immer, außer Tabitha schien es auf St. John's niemandem an Freunden zu mangeln. Doch es gab schließlich Schlimmeres. Hin und wieder stellte Tabitha Listen von Dingen auf, die schlimmer waren:

- Popel essen
- Ohrenkneifer
- einen Körperteil einbüßen (Hier kam es allerdings darauf an. Ein, zwei Freunde konnten unter Umständen den Verlust eines Ohres oder der kleinen Zehe aufwiegen.)

Tabitha blieb vor der Auslage der Konditorei Puddles stehen, in der sich die frischen Backwaren türmten. Während sie überlegte, ob der Inhalt des Briefes wohl ihr Weihnachtsgeschenk vom letzten Jahr übertrumpfen konnte (eine Schachtel mit getragenen Strümpfen), wurde sie von zwei Passanten einfach umgeschubst, als sei sie es nicht wert, dass man ihr auswich.

„Jetzt sind es sogar noch zwei Einladungen mehr!“, rief einer der beiden Männer aus und stieß energisch den Zeigefinger auf die Titelseite seiner Zeitung, ohne Tabitha auch nur eines Blickes zu würdigen. „Unfassbar! Nach so langer Zeit! Das ist doch die reinste Eintrittskarte ins Paradies. Vergoldete Badewannen, Geheimzimmer voller Geld und anderer Schätze ... und dann ausgerechnet Kinder! Also ehrlich, Rupert, das Leben ist so was von ungerecht ...“

Tabitha rappelte sich leicht benommen hoch, und Barnaby Trundles Worte fielen ihr wieder ein. Wenn sie nicht gerade mit Schmutzwasser bespritzt wurde, war sie mitnichten dreckig, aber zugegeben, sie war mager, hatte knochige Knie, und ihre Schuluniform passte ihr nicht mehr, weil sie im letzten halben Jahr mehrere Zentimeter gewachsen war. Das alles zusammengenommen machte sie anscheinend zu einer so unbedeutenden Person, dass jemand sie einfach umrannte und noch nicht einmal auf die Idee kam, sich dafür zu entschuldigen, weil er es nämlich gar nicht mitbekommen hatte.

„Ach, Pemberley“, sagte sie und bog um die letzte Ecke auf ihrem Heimweg, „wenn das Leben doch nur ein Buch wäre! Dann könnte ich mir wenigstens aussuchen, welche Figur darin ich sein möchte.“ Dabei zupfte sie an ihren Haaren, weil sie es nicht erwarten konnte, dass diese endlich wieder nachwuchsen. Ihre Nachbarin Mrs Dullingham, die vor ihrem Haus stand und auf den Gemüsehändler wartete, sah ihr argwöhnisch nach, als sie weitersprach: „Hoffentlich enthält der Brief –“

Doch da, um Punkt halb vier, unterbrach Tabitha Crum ihre Überlegungen und blieb wie angewurzelt vor dem schlichten Ziegelbau stehen, der ihr Elternhaus war. Vor der Haustür stapelten sich die Aktentasche ihres Vaters, die Koffer ihrer Eltern sowie ein Schmuckköfferchen.

Tabithas Sachen waren nicht dabei.

2.

„Die meisten unangenehmen Menschen zeichnen sich dadurch aus, mein lieber Tibbs, dass sie entweder nahe Verwandte oder Arbeitskollegen sind. Anwesende natürlich ausgenommen.“

Kommissar Clarence Clevers neuester Fall
Das hochnäsige Hausmädchen

Tabitha öffnete die Haustür. „Huhu“, rief sie, „ich bin wieder da!“ Der Einzige, der sich daraufhin blicken ließ, war Mr Maunz, der ihre Ankunft jedoch weder mit einem Maunzen noch mit einem Gähnen zur Kenntnis zu nehmen geruhte. Trotzdem war er in Tabithas Augen noch der netteste ihrer Hausgenossen. Weil er so faul und überfüttert war, rollte er sich hin und wieder in ihrem Schoß zusammen. Dabei setzte er zwar manchmal eine triumphierende Miene auf, wie ein kleiner Bruder, der vor den anderen Geschwistern bevorzugt wird, aber er ließ Pemberley in Ruhe, und sein Schnurren war ausgesprochen melodisch.

Mitten in der Diele stand ein Karton mit nagelneuem, blau-weiß gemustertem Teegeschirr. Das Leben von Tabithas Mutter bestand aus den folgenden Beschäftigungen: beim Einkaufen die Gespräche reicher Kundinnen belauschen, die Einkäufe wieder umtauschen, wenn die reichen Kundinnen gegangen waren, sowie Benimmkurse besuchen. „In der Mittelschicht festzustecken, ist ein erbärmliches Los", pflegte sie Tabitha einzuschärfen.

Als Tabitha einen Blick in die Küche warf, stellte sie fest, dass ihre Mutter den Wocheneinkauf erledigt hatte. Auf dem Küchentisch standen alle Zutaten, die Tabitha für ihren üblichen Hackbraten brauchte (der ihr schon zu den Ohren rauskam), außerdem welkes Gemüse, ein Stück Käse, Büchsenfleisch und eine kleine Auswahl billiger Süßigkeiten. Weil Pemberley ein Süßschnabel war, stibitzte Tabitha eine Lakritzschnecke für ihn, dann stellte sie ihren Ranzen in eine alte Holzkiste mit der Aufschrift FÜR TABITHAS KRAM – WENN DU WAS RUMLIEGEN LÄSST, MUSST DU ABWASCHEN. Mrs Crum duldete im Erdgeschoss keinerlei Unordnung, denn schließlich bestand die höchst unwahrscheinliche Möglichkeit, dass ein wichtiger Besucher vorbeischaute. Die Warnung auf der Kiste war allerdings ziemlich witzlos, denn erstens besaß Tabitha ohnehin nicht viel, was herumliegen konnte, und zweitens wusch sie sowieso jeden Tag ab. Außerdem war der einzige Besucher, der jemals vorbeischaute, Mrs Dullingham, und das auch nur, wenn sie sich ein oder zwei Eier ausborgen wollte.

„Huhu? Mum? Daddy? Ist alles in Ordnung? Warum stehen eure Sachen vor der –"

„Tabitha!", rief Mrs Crum schrill von oben. „Komm sofort hoch, und fass ja nicht das neue Geschirr an! Die Serie ‚Saphirtraum' ist der letzte Schrei, habe ich Mrs Davies-Hildebrande zu ihrer Freundin sagen hören."

„Komme schon, Mutter." Nachdem sich Tabitha vergewissert hatte, dass Pemberley wohlbehalten unter ihrem Kragen hockte, ging sie die schmale Treppe hoch und blieb in der Tür zum Elternschlafzimmer stehen. Als sie sah, dass ihre Eltern immer noch packten, vergaß sie sogar einen Augenblick lang den geheimnisvollen Brief.

Ihre Mutter stand vor der Frisierkommode und kramte in einem zweiten Schmuckköfferchen. Manche Schmuckstücke warf sie mit angewiderter Miene auf den Boden, andere stopfte sie in einen dunkelblauen Beutel aus falschem Samt. Überall lagen Schuhe und Strümpfe verstreut, außerdem irgendwelche Papiere, die von einem überquellenden Stapel auf dem Tischchen in der Ecke heruntergerutscht waren.

Mr Crum fragte verärgert: „Wieso ist sie schon zu Hause? War ihr wieder schlecht?"

„Mir ist nie schlecht, Daddy", erwiderte Tabitha.

Und wenn doch, schickt Mum mich trotzdem in die Schule.

Mr Crum zog eine buschige Augenbraue hoch. „Ach nein? Warum lässt du dann immer die Leberwurst liegen, die ich dir jeden Sonntag hinstelle?"

Tabitha überlegte kurz. „Du verwechselst da etwas, Daddy. Das ist Mr Maunz, dem du die Leberwurst hinstellst."

„Undankbar ist es trotzdem." Mr Crum blickte von seinem Kofferschloss auf. „Deine Mutter und ich müssen etwas mit dir besprechen. Beweg deine dürren Beinchen und komm rein. Wir sind in Eile." Er zerrte seine Taschenuhr aus der Weste. „Die Droschke ist für vier Uhr bestellt."

„Verreisen wir denn?" Die Winterferien fingen doch erst in drei Wochen an. Tabitha bückte sich nach einer auf dem Boden liegenden Brosche. „Die ist hübsch."

Mrs Crum drehte sich jäh um und versetzte ihrer Tochter dabei einen so unsanften Stoß mit der Hüfte, dass Tabitha beinahe hingefallen wäre. „Was hast du da? Gib das her!" Doch als sie den kleinen Messingvogel in Tabithas Hand sah, wurde ihre Miene sanfter. In einer seltenen Anwandlung von Nachsicht verkniff sie sich die Strafpredigt, nickte nur und tätschelte Tabitha herablassend die Schulter.

„Behalt das hässliche Ding ruhig. Ich wusste gar nicht

mehr, dass ich es noch besitze. Ich glaube, der Vogel soll einen Raben darstellen – der bringt sowieso nur Unglück. Aber zu dir passt so ein Unglücksrabe ja ganz gut. Außerdem sind Broschen inzwischen ganz und gar aus der Mode, das hört man jetzt überall in den Geschäften." Sie trat wieder an die Frisierkommode und probierte vor dem Spiegel einen Federhut auf. „Und *wir* verreisen schon überhaupt nicht!", setzte sie hinzu und spähte aus dem Fenster. „Dein Vater und ich hatten in letzter Zeit sehr viel um die Ohren und sind urlaubsreif. Dich haben wir für die Dauer unserer Abwesenheit im Augustus-Heim untergebracht."

„Im Augustus-Heim?! Aber das ist ein Waisenhaus!" Das Waisenhaus lag sogar gegenüber von Tabithas Schule, ein baufälliger, grauer Kasten mit unzähligen schiefen Fenstern. „Wie lange wollt ihr denn wegbleiben?"

„Ein Jahr. Bei der Bank hat es ein Missverständnis gegeben. Wir brauchen ein bisschen Abstand von allem."

„Ein ganzes Jahr!"

Mr Crum drehte sich so ruckartig zu seiner Tochter um, dass sein Toupet verrutschte. Er musste es dringend wieder festkleben. „Ja, du hast richtig gehört, ein ganzes Jahr. Vielleicht auch länger. Ich habe deiner Mutter erklärt, dass du alt genug bist, um allein hierzubleiben. Schließlich bist du schon neun oder zehn."

„Ich bin fast zwölf. Was wird denn aus Mr Maunz?“ Vielleicht durfte sie den Kater ja ins Waisenhaus mitnehmen.

Mr Crum trat ans Fenster und spähte ebenfalls hinaus. „Mr Maunz begleitet uns natürlich. Da deine Mutter partout nicht einsehen will, dass du allein zurechtkommst, blieb uns nun mal nichts anderes übrig, als dich im Augustus-Heim unterzubringen. Sonst will dich ja niemand haben. Zufällig wird dort gerade eine Küchenhilfe gesucht, und wir haben ihnen versichert, dass du bestens geeignet bist.“

„Ich soll arbeiten? Und was ist mit der Schule?“ Tabitha sprang beiseite, um ihrer Mutter auszuweichen.

Mrs Crum bückte sich ächzend und zog den letzten Schal aus der untersten Schublade der Frisierkommode. „In St. John's haben wir dich heute abgemeldet. Glotz mich nicht so an! Es ist nur zu deinem Besten. Das Waisenhaus wird deinen Charakter bilden, und ich habe vereinbart, dass du jeden dritten Donnerstag freibekommst. Dafür könntest du dich ruhig mal bedanken! Verwöhnte Kinder kann sowieso niemand leiden, das soll Lady Worthington-Silva neulich gesagt haben, wie ich von einer anderen Dame hörte. Anscheinend hat irgend so ein verzogener Fratz versucht, sie um Geld anzubetteln.“

Tabitha gab sich alle Mühe, sich zu beherrschen,

trotzdem wurde ihr heiß und kalt, und sie hatte einen dicken Kloß im Hals. „Ich verstehe das alles nicht." Dann musste sie kurz die Augen zukneifen, damit keine verräterischen Tränen herausdrangen. Jede Art von Gefühlsäußerung machte ihre Eltern bloß wütend, weshalb sie sich angewöhnt hatte, sich zu Hause möglichst nichts anmerken zu lassen. Diesmal fiel es ihr allerdings schwer. Wenn sich herumsprach, dass sie ins Waisenhaus gekommen war, würden alle wissen, dass ihre Eltern sie loswerden wollten. Das war noch viel, viel schlimmer, als einfach nur lieblose Eltern zu haben.

Dass die beiden Menschen, die sie doch eigentlich hätten gernhaben müssen, sie immer wieder zurückwiesen, stand übrigens auch auf ihrer Es-gibt-Schlimmeres-Liste, auch wenn sie es sich meistens nicht eingestehen mochte.

„Was habe ich denn angestellt?", fragte sie.

„Red keinen Unsinn! Im Waisenhaus bist du bestens aufgehoben. Außerdem kostet es uns keinen Penny!", polterte Mr Crum. „Deine Mutter hat deswegen *drei* Briefe an die Leiterin geschrieben, also sei gefälligst dankbar!"

Mrs Crum richtete ihre Frisur und nickte beifällig. „Apropos Briefe, ich muss noch meinem Benimmkurs mitteilen, dass ich nächste Woche nicht an der Unterrichtseinheit ‚Wie speise ich mit Herzögen' teilnehmen kann. Was hast du da eigentlich für einen Umschlag in der Hand, Tabitha?“

Den Brief hatte Tabitha ganz vergessen. Resigniert legte sie ihn aufs Bett. „Den hat mir die Schule mitgegeben, mir und noch einem Mitschüler. Ihr sollt ihn lesen.“

„Bestimmt haben sie dich rausgeworfen, weil du frech warst“, sagte Mr Crum barsch. „Das passt ja gut, wo wir dich schon abgemeldet haben. Zum Glück sind wir ihnen zuvorgekommen! Und das Lesen können wir uns auch sparen.“

„Nein, Daddy, man hat mich nicht rausgeworfen.“ Tabitha nahm den Brief wieder vom Bett und fuhr mit dem Finger die Schwäne auf dem Siegel nach, das den Umschlag verschloss. „Das ist ein hübsches Siegel.“

Keine Reaktion.

„Und Barnaby Trundle meinte, es könnte etwas Interessantes drinstehen“, setzte Tabitha hinzu. „Er hat auch einen Brief bekommen.“

Daraufhin lief Mrs Crum rot an. „Auch das noch! Mrs Trundle ist eine grässliche Person! Sie hat mich doch tatsächlich beim letzten Schulfest darauf angesprochen, dass mein Kleid zu eng ist! Überhaupt war das Fest eine Zeitverschwendung. Es war kein Mensch da, der aus einer einflussreichen oder wohlhabenden Familie kam.“ Sie riss Tabitha den Brief aus der Hand und befühlte das dicke Papier. Dann machte sie plötzlich große Augen. „Dieses Siegel habe ich doch schon mal irgendwo gesehen ... ein Teich mit Schwänen drauf ..." Sie runzelte die Stirn und kniff die Augen zusammen. „Herrgott noch mal, Tabitha, jetzt zünde endlich eine zweite Petroleumlampe an! Wir leben schließlich nicht mehr im Mittelalter. Ein Wunder, dass du überhaupt dran denkst, die Lampen ab und zu nachzufüllen. Ich weiß zwar nicht, wo wir das Geld hernehmen sollen, aber ich finde, wir sollten auf elektrisches Licht umstellen. Immerhin schreiben wir bald das Jahr 1907."

Mr Crum holte wieder seine Taschenuhr heraus, als wollte er diese Angabe überprüfen. „Was steht denn nun in dem verdammten Brief? Wir müssen gleich los!"

Mrs Crum machte sich daran, den Umschlag zu öffnen, und als das Siegel säuberlich in zwei Hälften zerbrach, huschte ein Anflug von Neugier über ihr Gesicht. Sie zog ein cremefarbenes Blatt Papier heraus und faltete es auf. „Oh!" Beim Lesen fächelte sie sich mit ihrem Fächer Luft zu und sagte ein zweites Mal: „Oh!"

„Mach nicht dauernd ‚Oh!' wie eine Schwachsinnige, sondern verrat uns, was drinsteht", blaffte Mr Crum und drohte Tabitha mit der Faust. „Wenn sie irgendwas kaputtgemacht hat, was wir bezahlen sollen, muss sie im Waisenhaus Überstunden machen und die Summe selbst abarbeiten."

„Sei still, Mortimer. Ich hab's ja gewusst! Ich habe immer gewusst, dass es eines Tages so weit sein würde. Dass ich eines Tages eine Einladung bekomme!" Erneutes Gefächel. „Jetzt weiß ich auch wieder, woher ich das Siegel kenne. Aus der *Times* von heute Früh!"

Mrs Crum eilte zu einem Sessel, auf dessen Sitzfläche ihr breites Hinterteil einen bleibenden Abdruck hinterlassen hatte, förderte dahinter die Zeitung zutage und schwenkte sie durch die Luft. „Da steht es, mein Schatz! Sechs Briefe wurden verschickt. Eigentlich sollte die Sache geheim bleiben, aber irgendwer hat der Presse einen Wink gegeben. Die Absenderin der Briefe ist die Gräfin von Windermere, Camilla DeMoss, die reichste Wohltäterin im ganzen Land! Sie wurde dafür von König Edward höchstpersönlich geadelt." Die vor lauter Aufregung schwitzende Mrs Crum warf die Zeitung ihrem Gatten zu, traf aber stattdessen Tabitha ins Gesicht.

Der ohnehin teigig bleiche Mr Crum war noch blasser geworden. „Camilla DeMoss? Gräfin von was?" Er würdigte weder die Zeitung eines Blickes noch seine Tochter, die sich die Nase rieb, sondern entwand seiner Frau den Brief und las ihn laut vor.

An die Eltern von Miss Crum:
Hiermit wird Miss Tabitha Crum für ein Wochenende auf den Landsitz von Camilla Lenore DeMoss, Gräfin von

Windermere, eingeladen. Anreisetag ist Freitag, der 30. November. Abfahrt um 15 Uhr vom Hotel McAvoy nach Hollingsworth Hall in der Grafschaft Windermere. Festliche Kleidung ist erwünscht, aber nicht zwingend. Kosten für Bahnfahrkarten und andere erforderliche Ausgaben werden übernommen.

Die Eltern sind am Freitag zum Abendessen und zu einer Führung durch Hollingsworth Hall eingeladen und werden anschließend im nahe gelegenen Clavendor Cottage untergebracht. Am Sonntag werden sie zum Mittagessen erwartet. Eine Antwort ist nicht erforderlich, denn ich gehe davon aus, dass sämtliche Kinder und Eltern meiner Einladung Folge leisten. Ich freue mich auf Sie und bin zuversichtlich, dass es für alle Beteiligten ein lohnendes Wochenende werden wird. Ihre Diskretion setze ich voraus und bedanke mich schon einmal dafür.

Camilla Lenore DeMoss, Gräfin von Windermere

„Lohnend? Lohnend?“ Mit bebenden Lippen wiederholte Mr Crum tonlos die drittletzte Zeile, und trommelte sich dabei mit den Fingern aufs Kinn, als zählte er unsichtbare Geldscheine. „Die Frau wirft ja anscheinend mit Geld nur so um sich. Was soll das alles bloß bedeuten?“ Er drehte sich jäh zu seiner Tochter um. „Woher kennst du die Gräfin, hä?“ Drohend trat er einen Schritt auf Tabitha zu und schwenkte den Brief so wild, dass

Tabitha unwillkürlich immer weiter zurückwich, bis sie gegen die Frisierkommode stieß.

„Jetzt bedräng sie nicht so", mischte sich Mrs Crum ein, „sonst macht sie noch den Spiegel kaputt. Und stell nicht solche albernen Fragen. Tabitha hat ja nicht mal gleichaltrige Freunde, woher soll sie da eine Gräfin kennen?" Verzückt setzte sie hinzu: „Ach, Mortimer, stell dir doch mal vor, wie ich in Hollingsworth Hall mit der Gräfin diniere! Vielleicht ... vielleicht verrät sie mir ja sogar, wie man es anstellt, geadelt zu werden!" Mrs Crum biss sich auf die Unterlippe, heftete den Blick auf die Wand und schien dort rauschende Feste mit Gästen aus den allerhöchsten Kreisen zu erblicken. „Agatha Crum, Gräfin von London ... Agatha Crum, Gräfin von Rom ... Agatha Crum, Gräfin von Paris, von allen anderen Hauptstädten der Welt und von der spanischen Küste."

Tabitha hob den heruntergefallenen Briefumschlag auf, spähte hinein und zog ein paar Geldscheine heraus. „Dann muss ich mir wohl ein neues Kleid kaufen", sagte sie zaghaft.

„Ach was!", entgegnete Mr Crum, nahm ihr die Scheine aus der Hand und zählte sie. „Da steht: ‚Festliche Kleidung ist nicht zwingend.' Du hast genug anzuziehen. Das Geld ist für die Ausgaben bestimmt, die deine Mutter und ich haben. Und außerdem", seine kalten Augen leuchteten plötzlich auf, „außerdem ist es vielleicht gar nicht schlecht, wenn uns die Gräfin für bitterarm hält."

„Das sind wir doch auch, oder?", gab Tabitha zurück. „Sonst müsste ich ja nicht auf dem Dachboden schlafen."

„Undankbares Balg!", schimpfte Mrs Crum. „Wir sind nicht arm! Du schläfst auf dem Dachboden, damit du Demut und Bescheidenheit lernst. Mrs Lanolin-Griffiths hat gesagt, das sind die beiden Eigenschaften, auf die reiche Anwälte ganz besonders achten, wenn sie auf Brautschau gehen. Ich sag's noch mal: Du solltest uns dankbar sein. Und jetzt geh deine Sachen packen. Es ist kein Koffer mehr übrig, du kannst dein Zeug in einen Kopfkissenbezug stopfen. Nein, lieber nicht. Sonst sieht es aus, als wären wir hartherzige Eltern." Mit zusammengekniffenen Lippen spähte Mrs Crum in den offenen Schrank. „Hier muss doch noch die alte Reisetasche sein, dieses gelbbraun bestickte Ungetüm, das du mir vor Jahren mal geschenkt hast, Mortimer."

Mr Crum brummte nur: „Ich erinnere mich, Schatz. Hässlich wie eine rasierte Katze, das Ding. Passt wunderbar zu Tabitha."

„Ja, genau die Tasche meine ich." Mrs Crum strich sich das dünne, mausbraune Haar glatt. „Am besten nehmen wir schon heute den Zug und übernachten im

Hotel McAvoy." Sie deutete mit dem Kinn auf die Scheine in der Hand ihres Gatten. „Leisten können wir es uns ja jetzt."

Tabitha zuckte zusammen und tippte viermal mit dem Zeigefinger an ihren Hals. *Sitz still!*, teilte sie Pemberley auf diese Weise mit. „Aber die Einladung gilt doch erst ab morgen Nachmittag. Reicht es da nicht, wenn wir morgen Früh losfahren?"

„Wer hat dich denn nach deiner Meinung gefragt?", blaffte Mr Crum. „Deine Mutter hat ganz recht. Wir nehmen den Nachtzug. Unsere kleine Reise kann ein paar Tage warten." Er nickte bestätigend. „Dann fällt wenigstens bis Montag niemandem auf, dass wir untergetaucht sind." Er nahm Mrs Crums Hand. „Womöglich entpuppt sich dieser Brief ja als unverhoffter Glücksfall."

„Ach, Mortimer ... glaubst du wirklich, das könnte sein?"

Er schlug zweimal mit der Faust auf die Frisierkommode, dass die leeren Schubladen nur so klapperten. „Warum nicht? Wir sind in die höchsten Adelskreise eingeladen, und hier haben wir sowieso nichts mehr verloren. Vielleicht ist das ja unsere Chance! Trotzdem wüsste ich zu gern, was für eine Absicht die Gräfin mit dieser Einladung verfolgt." Er legte den Kopf in den Nacken und blickte an die Decke, als hoffte er, die Absicht der Gräfin zwischen den Rissen im Putz zu entdecken. Dann gab er sich einen Ruck, marschierte aus dem Zimmer, machte die Tür hinter sich zu und gleich wieder auf. „Ach übrigens, Agatha-Schatz", rief er seiner Frau zu, „den Papierkram nehmen wir lieber mit. Falls wir nicht mehr hierher zurückkommen, sollten wir besser keine Spuren hinterlassen. Steck alles ein." Und damit trampelte er die Treppe hinunter.

Mrs Crum sammelte hektisch die überall herumfliegenden Papiere ein, rollte sie zusammen und stopfte das Bündel ganz unten in eine Tasche, bei der es sich zufällig um eben jene hässliche bestickte Reisetasche handelte, die Tabitha zugedacht war. „Beeil dich und hol deine Sachen, sonst brechen wir ohne dich auf. Du kannst gleich alle deine Habseligkeiten einpacken, denn nach dem Wochenende auf Hollingsworth Hall fährst du schnurstracks ins Waisenhaus."

Tabitha bückte sich nach der Tasche, klemmte sich schnell die auf dem Boden liegende Zeitung unter den Arm, verließ das Schlafzimmer ihrer Eltern und prägte sich die rätselhaften Bemerkungen ihres Vaters über „Spuren" und „Untertauchen" ein, um später darüber nachzudenken.

Tabithas Dachverschlag hatte schräge Wände, einen schiefen Fußboden und als Fenster nur eine kleine, quadratische Luke. Der einzige erkennbare Luxus war der auf einen Marmeladenglasdeckel gestellte Kerzenstummel neben ihrem Schlaflager, das aus einem alten Sofapolster bestand. Die Kerzenflamme wärmte zwar nicht, aber das Bienenwachs verströmte einen angenehmen Duft, sodass Tabithas persönlicher Bereich etwas weniger trostlos wirkte.

Als Erstes setzte sie Pemberley auf den schmalen Fenstersims neben einen Stapel aus Zetteln und zerkauten Bleistiften. Der Mäuserich kletterte sogleich in sein Bettchen, eine sorgfältig ausgewaschene Dose, die einst Pemberleys Bartpomade enthalten hatte und die Tabitha irgendwann mal ihrem Vater stibitzt hatte.

„Wie es aussieht, werden wir beide verstoßen, mein Lieber“, sagte sie. „Wir müssen allein zurechtkommen. Jedenfalls nach diesem Wochenende.“

Pemberley, der sich schnuppernd nach Brotkrumen umsah, hielt inne und quiekte zweimal.

„Wurde auch Zeit, meinst du? So was sagt man aber nicht!“ Sie drohte ihm mit dem Zeigefinger und hielt ihm gleichzeitig eine Brotrinde hin, die sie beim Mittagessen heimlich in ihren Strumpf gesteckt hatte. „Aber ich kann’s dir nicht verdenken. Ich habe nicht vergessen, was deiner lieben Mutter und deinen Brüdern zugestoßen ist. Und deinen Schwestern. Deiner ganzen Familie. Aber jetzt bin ich deine Familie und kümmere mich um dich." Sie küsste ihn zärtlich auf das flauschige Köpfchen. „Jeder Clarence Clever braucht einen Timothy Tibbs. Wir beide werden uns niemals trennen."

Es war inzwischen ein Jahr her, dass Tabitha den noch winzig kleinen Mäuserich in einem Winkel des Dachbodens entdeckt hatte. Inmitten seiner ebenfalls winzigen Brüder (oder Schwestern, das konnte Tabitha nicht beurteilen) lag er in einer Kuhle im morschen Dielenboden, und die ganze Kinderschar quiekte kläglich vor Hunger. Als keine Mäusemutter erschien und sich des Problems annahm, kam Tabitha der Verdacht, dass es sich bei Mr Crums jüngstem Opfer in der Küchenmäusefalle in der Küche um die Vermisste handelte.

Trotz liebevollster Fürsorge starben fast alle Mäusekinder innerhalb von zwei Tagen, nur Pemberley klammerte sich ans Leben. Er war noch so klein, dass Tabitha ihn anfangs mit Hilfe eines Pinsels, den sie aus dem Kunstraum ihrer Schule stibitzt hatte, tropfenweise mit Milch füttern musste. Wie sich herausstellte, war er so schlau, dass er sich schon nach kurzer Zeit mithilfe von Käsestückchen und Brotrinden dressieren ließ, und bald konnte er sich auf Kommando herumdrehen, verstecken, Bitte-Bitte machen und sich sogar an ihren Daumen klammern, was er allerdings oft auch aus eigenem Antrieb tat. Tabitha schlug in einem Büchereibuch nach, dass gesunde Mäuse bis zu drei Jahre alt werden konnten, eine hatte sogar mal das biblische Alter von sieben Jahren erreicht.

Tabitha hatte immer gehofft, dass Pemberley auf jeden Fall so lange leben würde, bis sie selbst alt genug war, ihr Elternhaus zu verlassen. Und siehe da – jetzt verließ sie ihr Elternhaus (auch wenn sie nur ins Waisenhaus umzog) – und er hatte es tatsächlich geschafft! „Ich packe schnell alles zusammen“, wandte sie sich wieder an ihn, „und dann sehen wir diese behagliche Unterkunft ein ganzes Jahr lang nicht wieder.“

Natürlich war der Bodenverschlag das Gegenteil einer „behaglichen Unterkunft“, aber damit wollte sie den Mäuserich nicht belasten. Er hatte schon genug durchgemacht, als er in so zartem Alter seine ganze Familie verloren hatte. Außerdem führte dieses Wissen zu nichts, ebenso wenig wie Tabithas ungute Ahnung, dass sie beide deutlich länger als ein Jahr im Waisenhaus bleiben würden.

Sie faltete den abgetragenen Pullover zusammen, der früher einem Jungen gehört hatte, sah dann ihre übrige Kleidung durch und legte alles Brauchbare auf einen Stapel, der ziemlich klein ausfiel. „Haben wir alles? Oder habe ich noch etwas vergessen? Ach, richtig!“ Sie legte noch ihr Strickzeug mit dem angefangenen Schal dazu, außerdem den einzigen Kommissar-Clever-Roman, den sie besaß.

Die Bekanntschaft des Kommissars hatte sie erst im letzten Sommer gemacht, eine Zufallsentdeckung während der herrlichen Wochen, die sie in der Leihbücherei verbracht hatte. Mr und Mrs Crum bekamen nie mit, wann Schulferien waren. Tabitha war einfach weiter morgens um acht aus dem Haus gegangen und nachmittags um vier wieder zurückgekehrt. Nachdem sie die ganzen Ferien über Regale abgestaubt und aufgeräumt hatte, durfte sie das zerlesene Buch mit dem Titel *Der heuchlerische Herzog* behalten.

Sie rieb ihre neue Brosche am Rocksaum blank, gab dem Messingraben ein Küsschen auf den Schnabel und legte ihn ebenfalls in die Reisetasche. „Ach, was soll nur aus dir werden, Miss Crum?", wandte sie sich an sich selbst.

Es klopfte viermal nachdrücklich. „Komm sofort runter und bring den Müll raus! Ich hinterlasse kein stinkendes Haus!"

„Eine Dienstmagd anscheinend", beantwortete sie ihre eigene Frage seufzend, und rief laut: „Komme schon, Mutter!" Sie steckte Pemberley wieder unter ihren Kragen, kletterte die Leiter hinab und ging dann die Treppe hinunter in die Küche. Sogar der Müll hatte einen Ort, wo er hingehörte, überlegte sie unterwegs. Ein Zuhause, das er mit anderem unerwünschtem Zeug teilte.

Tabitha dagegen konnte nicht einmal das von sich behaupten.

„Nein, Pemberley", raunte sie, „wir beide haben kein Zuhause. Aber wir dürfen noch ein kleines Abenteuer erleben, bevor man uns den Wölfen zum Fraß vorwirft, und darum wollen wir uns nicht beklagen. Nein, Selbstmitleid kommt nicht infrage." Damit war es ihr ernst. Wenn es etwas gab, was Tabitha Crum tagsüber aufrecht hielt und nachts tröstete, dann war es die Hoffnung, die sie sich trotz allem bewahrte. Auch wenn es nur ein Hoffnungs*funke* war.

Es war die Hoffnung, dass sie ein besseres Leben verdient hatte. Die Hoffnung, dass sie eines Tages, wenn dieses bessere Leben erst einmal begonnen hatte, in der Lage sein würde, es so eisern festzuhalten, dass nichts und niemand es ihr mehr wegnehmen konnte.

„Komm schon, Pemberley!", sagte sie energisch, kippte den letzten Mülleimer aus und schnippte sich eine Kartoffelschale vom Bein. „Denk nicht die ganze Zeit ans Waisenhaus, denk lieber an das geheimnisvolle Wochenende, das uns bevorsteht! Wie Vater schon sagte, vielleicht entpuppt sich das Ganze ja als Glücksfall. Wobei ich mindestens so neugierig auf die anderen Kinder bin wie auf die Gräfin."

Nicht zum ersten Mal überlegte sie, was Barnaby Trundle und sie selbst wohl gemeinsam hatten, dass man sie beide nach Hollingsworth Hall eingeladen hatte. Oder hatte Barnaby doch recht, und ihre Einladung war eine Verwechslung?

Hoffentlich nicht.

3.

„Körperliche Ertüchtigung ist Unsinn, mein lieber Tibbs", winkte Clever ab. „Ein fähiger Kommissar braucht vor allem Geisteskräfte, und darum ziehe ich es vor, täglich meine Beobachtungsgabe zu schärfen. Sie können trotzdem gern herumspringen und mit den Armen wedeln, das sieht sehr amüsant aus."

Kommissar Clarence Clevers neuester Fall
Der muskulöse Metzger

Tabitha knabberte an ihrem trockenen Toast und beobachtete halb fasziniert, halb angewidert, wie der gewaltige Berg auf dem Teller ihrer Mutter immer kleiner wurde. Die Portionen, die im Speisesaal des Hotels McAvoy serviert wurden, waren ausgesprochen üppig. Mrs Crum hatte bereits drei Eier, vier Würstchen sowie Unmengen von geschmorten Pilzen, Blutwurst, gebackenen Bohnen und Tomatenvierteln verputzt.

„Uff!" Sie rülpste diskret. „Wenn das kein guter Auftakt ist! Die Blutwurst schmeckt köstlich."

„Jedenfalls ist die Küche hier tausendmal besser als der Fraß, den uns Tabitha immer vorsetzt", stimmte ihr Gatte ihr zu. „Glotz nicht so dämlich, Tabitha, und verzieh dich nachher gefälligst, wenn wir mit den anderen Eltern das Anwesen besichtigen."

„Und bevor wir heute Nachmittag abgeholt werden, ziehst du dich noch mal um." Mrs Crum drückte ihrer Tochter ein Blatt Papier in die Hand. „Hier. Dein Vater hatte die geniale Idee, den Angestellten am Empfangstresen ein bisschen auszuhorchen."

Tabitha überhörte ihren knurrenden Magen und las sich den mit Fettflecken übersäten Zettel durch.

Oliver Appleby: steinreich, gut gekleidet, Musterschüler, vermutlich entsetzlich verwöhnt
Barnaby Trundle: mittelmäßig wohlhabend, schönes Haar (verglichen mit Tabitha), grässliche Mutter
Frances Wellington: sehr reich, gute Beziehungen, tadellose Manieren
Viola Dale: wohltätige Gesinnung, verkehrt mit armen Leuten (Achtung – bestimmt verseucht!)
Edward Herringbone: intelligent, wahrscheinlich stinklangweilig

„Noch *fünf* andere Kinder!", sagte Mr Crum kopfschüttelnd. „Ich finde es schändlich von der Gräfin, so viele einzuladen."

„Ich bin ganz deiner Meinung“, pflichtete ihm seine Frau bei und schubste Tabitha vom Stuhl. „Und jetzt mach, dass du wegkommst. Wir müssen Mr Maunz noch mit seinem Betreuer bekannt machen. Du kannst um zwei wieder aufs Zimmer kommen.“ Sie scheuchte ihre Tochter mit ungeduldigem Gefuchtel weg, als wollte sie ein halb verhungertes Kätzchen verjagen.

Tabitha ließ sich davon nicht beeindrucken, verließ den Speisesaal und sah sich in der Empfangshalle des Hotels um. In einer Ecke am Kamin stand ein einzelner Sessel. Dort machte sie es sich bequem und zog die *Times* vom Vortag, die sie ihren Eltern stibitzt hatte, aus ihren Strümpfen. Auf der Zugfahrt war sie nicht zum Lesen gekommen, denn ihre Eltern, vor allem ihr Vater, störten sich an ihrem Anblick, wenn sie Zeitungsartikel oder Kommissar-Clever-Romane verschlang. „Männer mögen hübsche Frauen, keine lesewütigen“, pflegte Mrs Crum zu sagen.

Da die Halle sonst ziemlich leer war, traute sich Tabitha sogar, Pemberley aus der Pullovertasche zu holen. Er hüpfte in ihren Schoß und machte sich über die hängen gebliebenen Toastkrümel her.

„Bitte hören Sie gut zu, mein lieber Pemberley, und schreiben Sie gern mit.“ Tabitha überflog die Zeitung, bis sie die gesuchte Schlagzeile entdeckt hatte.

Quiek.

„Wie bitte? Du möchtest nicht mitschreiben? Dann eben nicht, aber dann musst du umso besser zuhören." Tabitha räusperte sich und fing mit ihrer besten gedämpften Kommissarinnenstimme an vorzulesen:

BERÜHMTE (UND SCHWERREICHE) EINSIEDLERIN ÖFFNET AUSERWÄHLTEN IHRE PFORTEN

Die sonst äußerst zurückgezogen lebende Wohltäterin Camilla Lenore DeMoss, Gräfin von Windermere, hat zum allgemeinen Erstaunen Briefe an sechs Londoner Kinder überbringen lassen und sie eingeladen, ein Wochenende auf ihrem prächtigen Landsitz zu verbringen. Laut unserem Informanten werden die Eltern der Kinder für diesen Zeitraum im nahe gelegenen Clavendor Cottage einquartiert.

Seit sie Hollingsworth Hall gekauft hat, ist es das allererste Mal, dass die Gräfin offiziell Besuch empfängt.

Dass die Gräfin von Windermere freigiebig für gute Zwecke spendet, ist allgemein bekannt, doch kaum jemand weiß etwas über ihre Erscheinung oder ihr Auftreten zu sagen, denn seit sie 1895 von König Edward geadelt wurde, wechselt sie alle halbe Jahre das Personal, und sämtliche Angestellten müssen eine Verschwiegenheitserklärung unterzeichnen. Der *Times* wurde sie von den wenigen Eingeweihten folgendermaßen beschrieben: groß, mittelgroß, sehr klein, stets nach der neuesten Mode gekleidet, bieder gekleidet, schäbig gekleidet, um die siebzig, höchstens fünfundvierzig, außerordentlich freundlich und beredt, fürchterlich streng und wortkarg. Einig sind sich die Betreffenden nur, was die Gerüchte über ihre exzentrischen Gewohnheiten und die gehäuften Todesfälle in ihrer nahen Umgebung betrifft. Bevor sie 1880 zusammen mit ihrer Schwester nach Hollingsworth Hall zog, sollen ihr Gatte und ihr Schwager unter tragischen Umständen ums Leben gekommen sein. Etliche Jahre danach verschwand ihr einziger Sohn spurlos, angeblich nach einem heftigen Familienstreit. Kurz darauf verblich auch ihre Schwester und hinterließ ebenfalls ein beträchtliches Vermögen. Allerdings sind über diese Todesfälle sowie über das Verschwinden des Sohnes der Gräfin nur spärliche und widersprüchliche Einzelheiten bekannt.

Doch trotz des Mangels an verlässlichen Fakten wird die Gräfin von zahllosen Institutionen und Einzelpersonen als unvergleichlich großzügige Wohltäterin gerühmt, deren Spenden zuverlässig fließen und an keinerlei Bedingungen geknüpft sind. Die *Times* wird ihr Möglichstes tun, ihren Lesern zu berichten, was sich nächstes Wochenende in Hollingsworth Hall abspielen wird. Ganz England wartet mit angehaltenem Atem darauf, mehr über diese hochadlige, höchst rätselhafte und äußerst vermögende Dame zu erfahren.

Tabitha klopfte sich nachdenklich ans Kinn. „Tja, mein lieber Pemberley, im Grunde sind wir genauso schlau wie vorher. Die Gräfin scheint tatsächlich eine ausgesprochen geheimnisvolle Person zu sein. Was kann sie nur von uns beiden wollen? Und was fangen wir in der Zwischenzeit mit uns an, außer uns den Kopf darüber zu zerbrechen?"

Doch die Stunden in der Hotelhalle vergingen wie im Flug. Erst spielte Tabitha eine Runde Schach gegen sich selbst (für die Gäste war ein Spielbrett aufgebaut), dann setzte sie sich auf die lange Bank neben dem Schirmständer, baumelte mit den Beinen und dachte sich zu jedem der Anwesenden eine Geschichte aus. Zum Beispiel zu der jungen Frau, die eine Schürze unter dem langen Mantel trug und am Empfangstresen eine mit weißem Seidenband zugebundene Schachtel sowie ein Briefchen abgab, wobei sie einen artigen Knicks machte.

„Hast du das gesehen?", zischelte Tabitha Pemberley zu. „Der Mann am Empfang spioniert in Wirklichkeit für einen berühmten französischen Koch. Er will sich das streng geheime Blätterteigrezept der Bäckerei drei Häuser weiter verschaffen, und die hübsche Verkäuferin ist seine Komplizin. Die Schachtel enthält höchstwahrscheinlich ein Croissant und das Briefchen das Rezept dazu. Ist dir auch aufgefallen, dass die junge Frau rot geworden ist, als sie die Sendung abgegeben hat?"

Als Tabitha sich nach dem nächsten Verdächtigen umsah, blieb ihr Blick an der Telefonzelle aus edlem

„Psst!“, machte Tabitha. „Mal sehen, ob wir mehr erfahren können.“ Sie schlenderte unauffällig zu einer anderen Bank hinüber, die näher an der Telefonzelle stand. Zu ihrem Erstaunen passte die Stimme des Fremden überhaupt nicht zu seiner eleganten Kleidung. Seinem Dialekt nach kam er geradewegs aus den finsteren Gassen von Ostlondon. Aber man durfte einen Menschen natürlich nicht nach der Sprechweise beurteilen. Barnaby Trundle beispielsweise hatte eine sehr gewählte Aussprache, mit der er allzu oft ganz und gar nicht gewählte Äußerungen von sich gab.

„… alle eingetroffen … sechs Bälger. Ja, ich hab die *Times* schon angerufen … gut, dass du die Namen schon durchgegeben hast, Süße … ja, die Kohle wird direkt ins Hotel geschickt.“

Tabitha horchte auf. War etwa die Rede von ihr selbst und den anderen fünf Gästen?

„Stimmt, jetzt wo du's sagst … sie wirken ein bisschen unsicher. Anscheinend haben sie alle keinen blassen Schimmer, wieso sie eingeladen wurden. Ja, ein paar haben drüber geredet, dass sie jetzt vielleicht reich werden, aber wie's scheint, hat in der Einladung nix Näheres gestanden.“ Er drehte sich unvermittelt um, und Tabitha verbarg sich rasch hinter einem dicken Samtvorhang.

„Hä? Nee, nee, ich bin bald wieder da, kann's ja selbst kaum erwarten. Wenn das hier erledigt ist, heiraten wir endlich mit allem Pipapo. Ein echter Glücksfall, die Sache. Tschüssi, Süße!" Er hängte auf und tätschelte den Koffer, der neben ihm stand. „Aber wenn die Sache schiefgeht, Süße", setzte er halblaut hinzu, „dann muss ich leider verduften, und du musst allein mit dem Schlamassel fertigwerden."

Damit verließ er die Telefonzelle. Weil Tabitha sich nicht traute, hinter dem Vorhang hervorzuspähen, hörte sie nur, wie der Mann seinen Koffer am Tresen zur Aufbewahrung abgab.

„Wann kommen Sie denn zurück?", wollte der Angestellte wissen.

„Schwer zu sagen. Hoffentlich eher früher als später. Hab seit fünfzehn Jahren nicht mehr richtig Urlaub gemacht."

Wer konnte das bloß sein? Ein Reporter, der sich nach Klatsch umhörte, um mit dem Honorar für die Informationen seine Verlobte heiraten zu können? Gut möglich. Dass die Gräfin Besuch empfing, war eine wichtige Neuigkeit, und sie hatte noch nie einer Zeitung ein Interview gegeben. Aber hatte Tabitha richtig verstanden, was der Mann zum Schluss gesagt hatte? Dass er das arme Mädchen, wenn das Geld nicht eintraf, sitzen lassen wollte? Das bestätigte wieder einmal, dass die Grausamkeit von Erwachsenen keine Grenzen kannte. Die Grausamkeit von Kindern allerdings auch nicht. Nur wurden die

Grausamkeiten mit dem Älterwerden raffinierter, weil man im Lauf des Lebens mehr Erfahrung damit sammelte.

Nachdem es ihr nunmehr gelungen war, den Mann und seine Absichten einzuordnen, sann Tabitha darüber nach, ob Zeitungsreporter wohl ein befriedigender Beruf war. Auch ein Reporter löste Rätsel, ähnlich wie ein Kriminalkommissar, allerdings war der Reporterberuf längst nicht so angesehen. Andererseits war es für Frauen (auch für solche, die zufälligerweise Spülhilfe im Waisenhaus waren) vielleicht einfacher, Reporterin zu werden als Kriminalkommissarin.

Oben im Hotelzimmer übten sich Tabithas Eltern schon einmal in der hohen Kunst der gepflegten Konversation. Ihre Tochter wiesen sie an, so lange den Mund zu halten. Mr Crum trug jetzt ein Frackhemd, eine Weste, einen Gehrock und einen Zylinder, dazu einen nagelneuen, eleganten schwarzen Spazierstock, Mrs Crum hatte sich mit einem knöchellangen Rock und einer langen Jacke ausgestattet. Letztere machte ein Korsett erforderlich, in das Tabitha sie einschnüren musste. „Das ist gerade der allerletzte Schrei“, schnaufte sie wiederholt und kämpfte mit ihrem neuen Hut, auf dessen breiter Krempe ein ausgestopfter Kolibri sowie mehrere Straußenfedern prangten.

„Beeilt euch, wir werden unten erwartet." Mr Crum klopfte ungeduldig mit dem Fuß.

Tabitha strich das neue Kleid glatt, das ihre Mutter ihr besorgt hatte. Es war schwarz, knielang und stammte aus einem Laden für Dienstbotentrachten. Es war spottbillig gewesen, weil es vorn einen großen Fleck hatte. „Mach nicht so ein Gesicht", sagte Mrs Crum. „Hier hast du eine Schürze, die hab ich gratis dazubekommen. Obendrüber kannst du deinen Schulpullover anziehen."

Mit ihren abgetretenen Schuhen, dem zu weiten Kleid, dem zu engen Pullover und der albernen grauen Schürze, die unten aus dem Pullover hing, glich Tabitha eher einer Küchenmagd als jemandem, der bei einer Gräfin eingeladen war. Aber weil Pemberley in der Schürzentasche sitzen konnte und durch ein kleines Loch im Pullover genug Luft bekam, beklagte sie sich nicht. Sie strich sich das Haar aus dem Gesicht und steckte es mit zwei Klammern fest, was immerhin eine kleine Verbesserung war.

Ich sehe trotzdem lächerlich aus, dachte sie.

„Du siehst lächerlich aus", konstatierte Mr Crum. „Natürlich soll sie bescheiden und demütig wirken, aber doch nicht *so*!"

Mrs Crum seufzte schwer, als hätte der Kauf dieser ärmlichen Kostümierung sie entsetzlich angestrengt. „Auf jeden Fall bekommst du in diesem Aufzug einen Mitleidsbonus."

„Dann wollen wir mal.“ Mr Crum nahm den Koffer, der seine Sachen und die seiner Frau enthielt, Tabitha trug ihre bestickte Reisetasche selbst. Um Punkt Viertel vor drei standen sie oben an der Treppe. In letzter Sekunde steckte sich Tabitha noch die Vogelbrosche an den Kragen, damit sie ein bisschen festlicher aussah. Vielleicht brachte ihr die Brosche ja Glück bei dem, was ihr bevorstand – aber was stand ihr eigentlich bevor?

Der Zeitungsreporter in der Telefonzelle interessierte sich für die Kinder, was darauf hindeutete, dass etwas Spannendes passieren würde. Sechs anscheinend nach dem Zufallsprinzip ausgewählte Kinder, die ein Wochenende auf Hollingsworth Hall verbringen sollten … da lohnte es sich offenbar, nach Einzelheiten zu schnüffeln. Aus der Lektüre der Kommissar-Clever-Romane wusste Tabitha, dass Einzelheiten oft entscheidend waren.

Als sich ihre Eltern nun anschickten, die Treppe hinunterzugehen, holte sie tief Luft. *Halte die Augen offen*, ermahnte sie sich im Stillen, *alles kann ein Indiz sein.* Aber ein Indiz wofür? Das Rätselhafte an diesem Rätsel quälte sie. Bis sie plötzlich auf die Lösung kam, auf das fehlende Puzzleteil, das die wichtigste Zutat aller Kommissar-Clever-Romane war, die sie jemals wieder und wieder gelesen hatte.

Ein Verbrechen.

4.

„Achten Sie immer darauf, woran ein Mensch besonders hängt, mein lieber Tibbs. Ist es ein Gemälde, ein Zeitvertreib oder eher Geld?
Stopft jemand Geschenke in eine Schublade oder stellt er sie auf den Kaminsims?
Wenn jemand in Eile aus dem Haus geht, ist alles, was er dalässt, mindestens so interessant wie das, was er offenbar mitgenommen hat.“

Kommissar Clarence Clevers neuester Fall
Der verschwundene Vorstehhund

In der Halle des Hotels McAvoy raschelte und tuschelte es, als nun lauter Damen mit langen, weiten Röcken und Federhüten sowie Herren mit Fräcken und steifen Filzhüten eintrafen. Der Türsteher und der Angestellte am Empfangstresen hatten alle Hände voll zu tun, und allgemeine Vorfreude lag in der Luft, als sich die Eltern und Gepäckstücke, die nach Hollingsworth Hall gebracht werden sollten, in einer Ecke versammelten. Die übrigen, nicht eingeladenen Hotelgäste schielten bewundernd und neidisch zu ihnen hinüber.

Tabitha ging die Treppe langsam hinunter und musterte dabei die vier Kinder, die bereits auf einer Bank neben dem marmornen Empfangstresen saßen wie kleine Soldaten, die es nicht erwarten können, in die Schlacht zu ziehen. Es konnte sich nur um ihre Wochenendkameraden handeln.

Direkt am Fenster saß ein gut aussehender, großer Junge mit dunklen Haaren, der mit angedeutetem Lächeln etwas silbern Blinkendes betrachtete, das er in den Händen hin und her drehte. Das blonde Mädchen mit dem Engelsgesicht neben ihm wirkte nett und fröhlich, und der Dritte in der Reihe war ein dicklicher, strohblonder Junge mit Nickelbrille, der mit krummen Schultern dahockte, ein Buch im Schoß hatte und beim Lesen tonlos die Lippen bewegte. Den Außenplatz direkt am Tresen besetzte ein Mädchen, das zwar wunderschöne rote Locken hatte und in eleganter Pose dasaß, dabei aber ein mürrisches Gesicht machte und dem Mann am Empfang so vernichtende Blicke zuwarf, als wünschte es ihn zum Teufel.

Alle vier waren tadellos gekleidet, wobei der große Junge und das mürrische Mädchen die teuersten Sachen trugen. *Das müssen Oliver Appleby und Frances Wellington sein*, rief sich Tabitha den Zettel ihres Vaters ins

Gedächtnis, *und die beiden anderen sind dann Viola und Edward. Obwohl man nie jemanden nur anhand der äußeren Erscheinung beurteilen soll, Pemberley. Was die vier wohl über mich denken?* Tabitha holte abermals tief Luft. Sie war entschlossen, sich ihre Unsicherheit nicht anmerken zu lassen.

„Guck nicht so grimmig, Frances – du bist doch so ein liebes Mädchen!“, rief eine elegante Dame quer durch die Halle.

„Ist gut.“ Auf dem Gesicht der Mürrischen erschien schlagartig ein reizendes Lächeln, sie stand auf und knickste in Richtung ihrer Mutter. Ihr Blick allerdings war immer noch verdrießlich.

Der große Junge steckte das Taschenmesser ein, mit dem er gespielt hatte, entdeckte Tabitha, die unschlüssig am Fuß der Treppe stehen geblieben war, und winkte ihr. Sie machte ein überraschtes Gesicht, zögerte, drehte sich noch einmal kurz um und nickte schließlich.

Ruck nicht mit dem Kopf wie eine Schwachsinnige, hörte sie ihre Mutter in Gedanken sagen. *Ein anständiges Mädchen nickt sittsam.* Weil Tabitha aber nicht wusste, wie man sittsam nickte, wurde sie einfach nur rot und ging zu den anderen Kindern hinüber. *Keiner von ihnen will sich mit dir anfreunden, du kannst also nichts falsch machen. Außerdem hast du ja schon einen besten Freund.* Sie tätschelte Pemberley unauffällig.

Der Große streckte ihr lächelnd die Hand hin. „Ich bin Oliver. Wir sehen ein bisschen einschüchternd aus, was?“

Tabitha freute sich, dass sie ihm den richtigen Namen zugeordnet hatte, und setzte sich hin. „Stimmt, ihr seht ein bisschen einschüchternd aus“, bestätigte sie flüsternd, „aber das soll natürlich keine Beleidigung sein. Ihr seid bestimmt völlig harmlos ... äh ... ich wollte damit nur sagen, dass ...“ *Herrgott, jetzt benimm dich doch mal wie ein normaler Mensch!* „Äh ... ich wollte nur sagen, dass ich Tabitha bin.“

Olivers Blick huschte zum Eingang, denn jetzt betraten Barnaby Trundle und seine Eltern mit großem Hallo die Halle. „Harmlos ... da bin ich nicht so sicher“, zischelte er dann. „Manche machen den Eindruck, als seien sie entschlossen, ein Spiel zu gewinnen, das wir alle noch gar nicht kennen. Aber du“, Tabitha entging nicht, dass sein Blick ihre Schürze streifte, „du wirkst, als wüsstest du genau, worum es hier geht. Du bist nicht zufällig ein Spitzel, der heimlich die Fäden in der Hand hält, oder? Wenn an diesem Wochenende irgendetwas Schlimmes passiert, bist du jedenfalls die Erste, die ich im Verdacht habe!“

„Wie bitte?“, fragte Tabitha verwirrt.

Er zwinkerte ihr zu. „Das war ein Scherz.“

„Ach so. Na ja, ich bin’s halt gewohnt, dass man mir

immer für alles die Schuld gibt." In Gedanken verpasste sie sich für dieses peinliche Geständnis eine Ohrfeige. Wenn Oliver scherzte, war es das Beste, in ebenfalls scherzhaftem Ton darauf einzugehen. „Sehe ich denn wie eine Verbrecherin aus?"

Er musterte sie von Kopf bis Fuß. „Wer weiß, wer weiß ..." Dann zog er eine Augenbraue hoch. „Haben wir nicht alle schon mal etwas verbrochen?"

Tabitha lachte gezwungen. Auf einmal sehnte sie sich richtig nach den abfälligen Blicken und dem Getuschel auf dem Schulhof. Das konnte sie wenigstens einschätzen. Warum war es eigentlich so viel leichter, sich mit Pemberley zu verständigen als mit anderen Menschen? Es war schrecklich verwirrend, sich einerseits zu wünschen, dass sie einen mochten, und andererseits zu hoffen, dass sie einen ablehnten.

Tabitha riss sich zusammen und besann sich auf Kommissar Clever. Sie würde das Wochenende zum Anlass nehmen, ihre Beobachtungsgabe zu schärfen. *Charakterstudien, mein lieber Tibbs, sind ein unverzichtbarer Bestandteil jeder Ermittlung.* Sie sah verstohlen zu der Rothaarigen hinüber. Frances Wellington ließ sich von dem Trubel ringsum nicht stören. Sie hatte wie unbeabsichtigt die Hand auf den Empfangstresen gelegt, doch ihre Finger mit den makellos manikürten Nägeln schoben sich auf ein Häufchen Federhalter zu, die neben einem Tintenfass lagen, das wiederum neben einem großen, in Leder gebundenen Gästebuch stand. Blitzschnell schnappte sie sich einen Federhalter und ließ ihn in ihrem kunstvoll mit Perlen bestickten Täschchen verschwinden.

Was will so ein reiches Mädchen denn mit einem billigen Hotelfederhalter?

Barnaby Trundle stand immer noch neben seinen Eltern. Sein Vater, der eine genauso verächtliche Miene zur Schau trug wie sein Sohn, nur eine Nummer größer und noch unverhohlener, hielt ihn am Arm gepackt, und zwar so fest, dass es wehtat, nach Barnabys schmerzverzerrtem Gesicht zu urteilen. Den Zeigefinger der anderen Hand hatte Mr Trundle erhoben und rammte ihn seinem Sohn mehrmals nacheinander in die Brust, woraus Tabitha schloss, dass er Barnaby irgendwelche Anweisungen erteilte. Dann schubste er ihn in Richtung der anderen Kinder.

Barnaby machte ein betretenes Gesicht wie ein Hundewelpe, der gerade eine Pfütze auf den Fußboden gemacht und sich dafür einen Klaps eingefangen hat. So kleinlaut hatte ihn Tabitha noch nie erlebt. Der Matrosenanzug, in den ihn seine Mutter gesteckt hatte, stand ihm überhaupt nicht. Er lächelte Frances schüchtern an und deutete mit dem Kinn fragend auf das kleine Stück freie Sitzfläche zwischen ihr und dem Empfangstresen.

Mit so verkniffenen Lippen, als betrachtete sie das Nettsein als unzumutbare Strafe, rutschte Frances beiseite, sodass schließlich alle sechs Kinder nebeneinander auf der Bank saßen.

„Wie wär's mit einer kleinen Vorstellungsrunde?", fragte Oliver munter. „Ich fange einfach mal an. Ich heiße Oliver Appleby und bin elf Jahre alt, fast zwölf. Ich komme aus London und besuche die Abbott-Privatschule. Mein Vater leitet den Appleby-Schmuckkonzern – wenn also eine von euch jungen Damen eine hübsche Kette oder ein Armband braucht, wendet ihr euch am besten an ihn." Er verdrehte scherzhaft die Augen.

Niemand lachte.

Oliver grinste verlegen. „Mein Vater will immer, dass ich das sage. Ich soll den Laden später mal übernehmen, aber ich würde lieber Mechaniker werden und Automobile reparieren." Er holte das silberne Taschenmesser wieder heraus und hielt es ihnen zur Begutachtung hin. „Mit der Klinge und dem Zahnstocher da dran habe ich erst letzte Woche einen kaputten Motor wieder in Gang gebracht." Er verzog den Mund. „Na ja … beinahe. Jedenfalls freue ich mich, euch alle kennenzulernen."

„Ich heiße Viola Dale", stellte sich nun die niedliche Blonde vor. Sie hatte eine helle, aber selbstbewusste Stimme, einen mit leuchtend grünem Samt bezogenen Reifen im Haar und ein offenes Lächeln. Auch ihr knielanges, mit großen Knöpfen und Spitze besetztes Kleid war aus grünem Samt. Darunter trug sie schneeweiße Wollstrümpfe und blitzblanke schwarze Lackschuhe. An jedem anderen Mädchen hätten die vielen Knöpfe und die Spitze übertrieben aufgeputzt gewirkt, aber Viola benahm sich so natürlich, dass Tabitha sie sofort ins Herz schloss.

„Ich bin auch elf", fuhr Viola fort, „und gehe zusammen mit Edward auf St. Stephens. Wir sind Nachbarn und wohnen in London. Unsere Eltern sind befreundet. Was kann ich noch über mich erzählen? Ich interessiere mich für soziale Einrichtungen und lerne Französisch."

Frances warf die Locken zurück und schnaubte wie ein belustigtes Ferkel. „‚Ich lerne Französisch.' Puh, wie neureich! Deine Eltern können sich gern mal an meine Mutter wenden. Sie leitet ein Institut, in dem junge Damen den letzten Schliff erhalten. Wobei man Anmut und Klasse natürlich nicht lernen kann."

Bescheidenheit aber auch nicht, Pemberley.

„Frances Hortensia Rathbourne Wellington, ebenfalls elf Jahre alt, beziehungsweise fast zwölf. Ich spreche bereits fließend Französisch. Ich wohne auch in London, habe aber einen Hauslehrer. Als wir den Brief bekommen haben, hat meine Mutter sofort ihre Beziehungen spielen lassen und ein Dienstmädchen eingestellt, das früher in Hollingsworth Hall gearbeitet hat.

Gegen ein hübsches Sümmchen hat die Frau bereitwillig alles ausgeplaudert." Sie machte eine Pause. „Viel war es leider nicht."

„Dann schieß mal los", sagte Edward.

Die anderen nickten.

„Meinetwegen", sagte Frances säuerlich. „Also, die Gräfin schließt sich nachts manchmal in ihrem Schlafzimmer ein, und sie unterstützt die Frauenbewegung, wenn auch nicht offen. Ach ja, und sie behandelt ihre Dienstboten wie richtige Menschen ... wie kann man nur!"

Tabitha mimte einen Hustenanfall, damit keiner merkte, dass sie am liebsten losgeprustet hätte. *In der Tat - skandalös!*, wandte sie sich an Pemberley, indem sie ihm auf den Rücken klopfte.

Als Nächster war Barnaby Trundle an der Reihe. Er erwähnte weder, dass er auf die gleiche Schule ging wie Tabitha, noch verlor er ein Wort darüber, was er für ein gemeiner Kerl war. Tabitha war kurz in Versuchung, die anderen darüber aufzuklären, begnügte sich dann aber mit der befriedigenden Erkenntnis, dass er in seinem Matrosenanzug noch alberner aussah als sie mit ihrer Schürze.

Dann war Edward dran. „Hallo zusammen!", sagte er und setzte sich aufrecht hin. „Ich heiße Edward Herringbone. Meine Eltern arbeiten mit den Dales zusammen und sind schon ewig mit ihnen befreundet, wie Viola gesagt hat. Wir verbringen so oft Weihnachten und die Ferien miteinander, dass wir wie eine einzige große Familie sind. Ich mag Tiere, beobachte gern Insekten und lese mit Vorliebe dicke Wälzer über Geschichte und Medizin." Er nickte Oliver zu. „Auf einem mittelalterlichen Schlachtfeld hättest du mit deinem Taschenmesser vielen Menschen das Leben retten können. Damals stocherte man noch mit rostigen Nägeln in den Wunden herum oder brannte sie mit heißen Eisen aus oder …" Als er merkte, dass die anderen seine Begeisterung nicht teilten, verstummte er und setzte nach kurzer Pause hinzu: „Ist ja auch egal. Auf jeden Fall habe ich keine Ahnung, was wir eigentlich hier sollen." Er ratterte noch ein paar Sätze auf Französisch herunter und sah Frances erwartungsvoll an.

Sie verzog keine Miene.

„Ich hab dich gefragt, ob *du* vielleicht weißt, was wir hier sollen", sagte er daraufhin. „Du machst so einen besserwisserischen Eindruck."

„Vielleicht ist ihr altreiches Französisch ja ein bisschen eingerostet", warf Oliver ein und zwinkerte Tabitha zu.

„Quatsch. Aber ich spreche natürlich kein *Unterschichts*französisch. Apropos Unterschicht", setzte sie hämisch und mit einem vielsagenden Blick auf Tabitha hinzu, „wer bist du eigentlich?"

Mach's am besten kurz. „Ich heiße Tabitha Crum und komme aus Wilting. Mein Vater ist Bankangestellter, und ich bin auch elf."

„Tabitha hat zahme Ratten!", platzte Barnaby heraus. „Ich hab selbst gesehen, wie sie beim Schulausflug mit einer gespielt hat."

Tabitha warf ihm einen finsteren Blick zu und legte schützend die Hand auf die Schürzentasche. „Das war keine Ratte."

„Doch! Und du hast sie mit irgendwas gefüttert wie ein richtiges Haustier."

„Eine dreckige Ratte? Igitt!" Frances rutschte näher an Barnaby heran. „Meinst du das ernst? Ich kann es kaum glauben, aber es muss wohl stimmen. Hiermit erkläre ich Tabitha Crum offiziell zum ekligsten Mitglied unserer Gruppe. Du hast Edward noch übertroffen, Tabitha."

„Mich übertroffen? Was soll das denn heißen?" Edward griff in seine Hosentasche und steckte sich ein Stück Schokolade in den Mund.

„Es war keine Ratte, sondern ein Mäuserich", sagte Tabitha leise. Diese Richtigstellung würde wahrscheinlich endgültig dazu führen, dass sich keiner von den anderen mit ihr anfreunden wollte, aber sie war es Pemberley schuldig. Mit Freundschaften kannte sie sich aufgrund des Mangels an Gelegenheiten nicht gut aus, aber sie wusste, dass man zu seinen Freunden stehen musste. „Und er war nicht dreckig." *Außerdem* hört *er alles, was wir sagen.*

„Klar doch. Hübsche Brosche übrigens." Frances' Ton war abfällig. „Was soll sie darstellen? Ein Insekt?"

„Ich mag Tiere auch gern", sagte Viola und legte Tabitha die Hand aufs Knie.

Tabitha griff sich unwillkürlich an den Kragen. „Das ist ein Rabe", erwiderte sie und ärgerte sich, dass sie schon wieder rot wurde, denn schließlich gab es *Schlimmeres*, als verspottet zu werden:

- wenn einem jemand Strähne für Strähne die Haare ausreißt
- wenn man in einer stinkenden Mülltonne nach Essensresten wühlen muss
- wenn man mit ansehen muss, wie eine Kutsche ein Kätzchen überfährt

„Ein Rabe!", rief Viola aus. „Die haben wir gerade in Naturkunde durchgenommen. Raben sind sehr kluge Vögel, aber es gibt nicht mehr viele. Sie sind vom Aussterben bedroht, meinte unsere Lehrerin. Weil ich das so traurig fand, habe ich schnell gesagt, dass sich bestimmt noch welche irgendwo verstecken und eines Tages zurückkommen." Sie lehnte sich vor, damit sie an Oliver vorbeispähen konnte, und betrachtete Tabithas Brosche. „Ich finde sie wunderhübsch. Wusstet ihr schon, dass die Gräfin fast achttausend Pfund für den Schutz bedrohter Vogelarten gespendet hat?“

„Vögel sind im Schmuckhandel gerade sehr beliebt“, warf Oliver ein. „Meine Mutter besitzt eine ganz ähnliche Brosche.“ Mit einem ärgerlichen Seitenblick auf Frances fuhr er fort: „Deine Rabenbrosche wäre in jedem Schmuckladen meines Vaters ein Blickfang, Tabitha. Wo hast du sie her? Ich würde meinem Vater den Juwelier gern empfehlen.“

Tabitha wurde abermals rot. Oliver log. Er wollte nur nett sein und gleichzeitig Frances eins auswischen. „Meine Mutter hat sie mir geschenkt.“

„Wie lieb von ihr. Bestimmt war die Brosche ihr bestes Stück“, entgegnete Frances mit gespielter Unschuldsmiene.

Tabitha hielt sich kurz an Pemberley fest, damit sie nicht die Beherrschung verlor.

„Der Gräfin gefällt deine Brosche sicher auch“, sagte Edward, der seine Schokolade inzwischen aufgelutscht hatte. „Schließlich hat sie Schwäne auf ihrem Siegel.“

„Stimmt! Schwäne haben wir auch schon in der Schule durchgenommen“, kam es von Viola. „Das Männchen und das Weibchen bleiben ein Leben lang zusammen. Die Gräfin hat nach dem Tod ihres Mannes auch nicht wieder geheiratet. Ist das nicht schrecklich romantisch?“

Edward zog einen zerknitterten Briefumschlag aus der Hosentasche, betrachtete das zerbrochene Siegel und drückte die beiden Hälften aneinander. „Romantisch? Also, ich weiß ja nicht. Die beiden Schwäne hier sind gleich groß. Wenn einer davon ein Männchen wäre, müsste er größer sein als das Weibchen. Wahrscheinlich sind es Geschwister, vielleicht auch beste Freunde, aber bestimmt kein Paar.“ Er kratzte sich an der Nase. „Und soweit ich weiß, gibt es Gerüchte, dass der Mann der Gräfin *ermordet* wurde und dass es auf ihrem Landsitz spukt.“ Er drehte sich zu Frances um. „Du bist hier nämlich nicht die Einzige, die Gerüchte zum Besten geben kann, Zuckerschneckchen.“

„Lieber Himmel, denkst du eigentlich die ganze Zeit nur ans Essen?“, gab Frances verächtlich zurück. „Und dass im Landhaus der Gräfin Geister ihr Unwesen treiben, weiß jeder, der die Schlagzeilen der Boulevardzeitungen liest. Meine Mutter sagt, diese Gerüchte werden von ehemaligen Angestellten der Gräfin in die Welt gesetzt, die sich für ihre Entlassung rächen und ihre Lügen zu Geld machen wollen.“

Viola schaute sich erst nach allen Seiten um, bevor sie mit hochgezogenen Augenbrauen raunte: „Von irgendwelchem Spuk weiß ich nichts, aber ich habe gehört, dass der Mann der Gräfin auf ganz grauenvolle Weise ums Leben gekommen ist."

Oha! Tabithas Neugier gewann die Oberhand über ihre Vernunft, sie konnte nicht länger schweigen. „Äh ... was meinst du damit?", fragte sie scheinbar beiläufig und wünschte sich im Stillen, dass sie mitschreiben könnte oder Pemberleys überragendes Gedächtnis besäße.

Viola räusperte sich. „Seit die Gräfin in Hollingsworth Hall lebt, spendet sie pro Jahr fünftausend Pfund dafür, dass verletzte Polizeibeamte überall in England medizinische Hilfe erhalten. Sie bezahlt ihnen den Krankenhausaufenthalt – vom Dorfschutzmann bis hin zum Stadtpolizisten. Aber die Spenden sind nur für die Behandlung ganz schwerer Verletzungen gedacht: tiefe Fleischwunden, eingeschlagene Schädel, abgetrennte Gliedmaßen und so weiter. Wie viel sie dafür gespendet hat, bevor sie hierhergezogen ist, weiß ich allerdings nicht, denn meine Mutter konnte darüber keine Unterlagen finden, als sie unter dem Namen DeMoss nachgeforscht hat. Aber es ist wissenschaftlich belegt, dass jemand, der regelmäßig so hohe Summen an Krankenhäuser spendet, höchstwahrscheinlich einen nahen Angehörigen durch eine schwere Verletzung verloren hat."

„Und wie kommt die Gräfin dann ausgerechnet auf Polizeibeamte?" Tabitha spürte, dass sie wieder rot wurde. *Sei endlich still! Du führst hier keine kriminalistische Ermittlung durch. Hör auf deine Eltern und halt einfach den Mund!*

Doch Viola schien nichts dabei zu finden. Sie machte ein nachdenkliches Gesicht. „Vielleicht, weil die Arbeit der Polizei so wichtig ist, um Verbrechen aufzuklären? Bei einer Wohltätigkeitsveranstaltung haben sich mal zwei Damen darüber unterhalten, wie man die Gräfin am besten um Spenden angeht. Die eine Dame sagte, dass die Gräfin nur zusammen mit ihrem Sohn und ihrer Schwester nach Hollingsworth Hall gezogen sei, und die Dienstboten sollen die beiden Schwestern dabei belauscht haben, wie sie sich über ihre verstorbenen Ehemänner unterhielten. Es soll ein *Doppelmord* gewesen sein!"

Tabitha streichelte Pemberley beruhigend durch ihre Schürzentasche, hatte aber nicht den Eindruck, dass er zitterte. Wahrscheinlich hatte sie ihm schon so viele Kommissar-Clever-Romane vorgelesen, dass ihn das Wort „Mord" nicht mehr aus der Fassung brachte. Merkwürdig, in dem *Times*-Artikel hatte gar nichts von einem Doppelmord gestanden.

Oliver, der wieder mit seinem Taschenmesser spielte und das Zubehör nacheinander ausklappte, schnalzte mit der Zunge. „Schrecklich."

„Das finde ich auch", sagte Viola. „Eigentlich kein

Wunder, dass sie danach nicht noch mal geheiratet hat."

Edward zuckte die Achseln. „Bestimmt gibt es auch Gerüchte darüber, dass die Gräfin und ihre Schwester ihre Ehemänner höchstpersönlich umgebracht haben. Schließlich hatten die beiden genug Geld, um sich ein riesiges Anwesen kaufen zu können. Ha – nicht schlecht!"

Viola machte missbilligend „Ts-ts-ts", sagte aber gleich darauf nachsichtig: „Aus dir wird wohl nie ein Romantiker, Edward."

Edward steckte sich das nächste Stück Schokolade in den Mund und erwiderte feixend: „Das war auch nie mein Ziel."

Wie es wohl ist, wenn man statt einer zahmen Maus einen Freund hat, mit dem man sich necken kann?, ging es Tabitha flüchtig durch den Kopf. Was natürlich nicht heißen sollte, dass Mäuse weniger wert waren als Menschen.

Jetzt trat ein Mann in Kutscheruniform in die Hotelhalle, zog seine Rockschöße zurecht und räusperte sich würdevoll. „Abfahrt nach Hollingsworth Hall, meine Damen und Herren. Kinder bitte in den ersten Wagen, Erwachsene in den zweiten und dritten."

Vor dem Hotel standen drei prächtige schwarze Kutschen, jede mit einem Kutscher und einem Diener besetzt. Die weißen Pferde hoben sich eindrucksvoll von dem schwarzen Lack ab. Sogar sie wirkten irgendwie würdevoll, wie sie so mit den Hufen stampften, um sich warmzuhalten, denn es wurde stündlich kälter.

Die Kinder marschierten an ihren Eltern vorbei nach draußen, wobei sie von jenen noch einmal kritisch gemustert wurden. Mrs Dale gab Viola einen Kuss auf die Stirn, Mr Appleby schüttelte Oliver mit gespieltem Ernst die Hand. Frances Wellington hatte einen großen und zwei kleine Koffer dabei und wies den Diener an, vorsichtig mit ihren Sachen umzugehen. Der Mann hob einen der beiden kleineren Koffer hoch. „Da ist doch gar nix drin, so leicht wie der ist!“, sagte er, worauf Frances ihm einen so eisigen Blick zuwarf, dass er rot wurde. „Ist jedenfalls mal ’ne schöne Abwechslung nach dem ganzen schweren Zeug“, setzte er verlegen hinzu.

„Beeilt euch bitte, Kinder“, sagte ein anderer Diener.

„Beeilen Sie sich doch selbst“, gab Frances patzig zurück, stapfte den Wagentritt hoch und ließ sich auf eine der beiden gegenüberliegenden Sitzbänke fallen.

„Gut festhalten!“, übertönte der vorderste Kutscher das Getümmel. „Die Fahrt könnte ein bisschen holprig werden.“ Er schaute nach oben. Der Himmel hatte sich zugezogen, in den weißen und grauen Wolken grollte es dumpf. „Wir sind ein paar Stunden unterwegs, und es sieht ganz danach aus, als ob da bald ordentlich was runterkommt.“

5.

„Die richtig Reichen und jene, die es gern wären, mein lieber Tibbs, sind oftmals schräge Vögel, die ihre Käfige nur beschmutzen, wenn gerade niemand hinschaut. Manche Leute haben wirklich erstaunlich schlechte Angewohnheiten.“

Kommissar Clarence Clevers neuester Fall
Die misshandelte Magd

Das Anwesen der Gräfin lag eine halbe Stunde im flotten Trab von dem letzten Haus entfernt, an dem sie vorbeigefahren waren, doch diese Abgeschiedenheit unterstrich die Pracht des Landsitzes nur noch. Als die Kutschen erst zwischen zwei niedrigen Mauern hindurch, dann über eine Brücke über einen kleinen Fluss und schließlich auf Hollingsworth Hall zufuhren, blieb Tabitha der Mund offen stehen.

Das Gebäude erhob sich hoch und selbstbewusst vor ihnen, nichts daran war schief oder baufällig, ganz anders als bei Tabithas zukünftigem Wohnsitz, dem Waisenhaus. Von den nicht vorhandenen Waisenkindern mal ganz abgesehen.

Nicht weniger als zehn Schornsteine ragten wie Wachtürme empor, und ganz oben unter dem Dach saßen dicht nebeneinander drei rautenförmige kleine Fenster. *Daraus schließe ich, dass es hier sogar auf dem Dachboden gemütlich ist, Pemberley.*

„Donnerwetter", rief Edward aus, „das ist ja das reinste Schloss!"

Das fand Tabitha zwar ein bisschen übertrieben, trotzdem war es das eindrucksvollste Wohnhaus, das sie je gesehen hatte. Ihr Blick wanderte über die Giebel und Vordächer und schließlich an der Fassade herab. Die untere Hälfte des Gebäudes wurde von hohen Gaslaternen mit Glasschirmen angeleuchtet, verschwamm aber überwiegend im Schatten. Davor reihten sich sorgfältig gestutzte Bäume und Büsche wie Spalier stehende Soldaten.

Die Pferde hielten so unvermittelt an, dass die Kinder von den Bänken geschleudert wurden und durch die Kutsche purzelten wie gefangene Forellen. Dann mussten sie erst einmal warten, bis auch die Kutschen mit den Erwachsenen eingetroffen waren, und anschließend mussten sie wieder warten, bis alles Gepäck ausgeladen war. Durch den Regen, der anfangs nur getröpfelt und sich später in einen echten Wolkenbruch verwandelt hatte, war der Boden so aufgeweicht, dass man beinahe im Matsch stecken blieb. Es machte fast den Eindruck, als wollte das Anwesen selbst die Ankömmlinge daran hindern, das Gelände jemals wieder zu verlassen. Als sie vor dem Haus standen und niemand die hohe, geschnitzte Flügeltür öffnete, scharte sich das Grüppchen aus Eltern und Kindern unschlüssig davor zusammen.

„Haben Sie eine Ahnung, was wir hier eigentlich machen?“, wandte sich Mr Dale an Tabithas Vater.

„Wir stehen in der Kälte und frieren“, gab Mr Crum zurück und setzte barsch hinzu: „Falls Sie damit meinen, warum man uns eingeladen hat, Dale, ich habe keine Ahnung, und wenn ich eine hätte, würde ich sie Ihnen nicht auf die Nase binden.“

„Aha“, machte Mr Dale verdutzt.

„Wir wissen es auch nicht“, sagte Mr Appleby, stellte sich auf die andere Seite seiner Frau, um sie vor dem Wind zu schützen, und stampfte mit den Füßen, um sich warmzuhalten. „Sonst vielleicht jemand?“

Der Wind fegte etliche „Neins“ und die verschiedensten Vermutungen hinweg. Seit der Abfahrt vom Hotel war die Temperatur um mehrere Grad gefallen. Frost lag in der Luft, als stünde ein früher Winteranfang bevor, der beschlossen hatte, als Erstes den Landsitz der Gräfin heimzusuchen. Tabitha beobachtete verstohlen ihren Vater. Seine Reserven in puncto Geduld waren gering, genau wie sein Vorrat an Höflichkeit, insofern passte es gut, dass er als Erster entschlossen aus der Gruppe heraustrat.

„Wenn kein Dienstbote geruht, uns zu öffnen, klopfe ich eben“, verkündete er, setzte brummelnd etwas von schlechten Manieren hinzu, die auch vor den höchsten Kreisen nicht haltmachten, fasste dann aber doch nur zaghaft nach dem Türklopfer, der aus einem Messingring im Schnabel eines eisernen Greifenkopfes bestand. Er betätigte den Ring so hektisch, als fürchtete er, der Greif könnte ihn beißen.

Das viermalige Klopfen verklang irgendwo im Inneren des Gebäudes. Als daraufhin die Tür langsam nach innen aufgezogen wurde, wich Mr Crum einen Schritt zurück. In der Öffnung erschien ein stattlicher Butler, hinter dem sich der Marmorfußboden der Eingangshalle erstreckte. Er hatte ordentlich gestutzte Koteletten und braune Augen, die den Ankömmlingen gelassen entgegenblickten. Das tiefe Grübchen im Kinn und ein unbewusstes Zucken der Mundwinkel bewahrten sein Gesicht davor, allzu durchschnittlich auszusehen. Er trug eine schwarze Uniform und braune Halbschuhe.

„Guten Abend. Treten Sie bitte ein.“ Als er sich verbeugte, sah man, dass inmitten seiner dichten, schwarzen, von wenigen Silberfäden durchzogenen Haare eine kahle Stelle glänzte.

„Machen wir." Mr Crum zupfte seinen Gehrock zurecht und spähte mit gerecktem Hals um den Butler herum. „Wer sind Sie überhaupt, zum Teufel? Und wo ist die Gräfin?"

„Ich heiße Phillips und bin der Butler, Sir. Die Gräfin von Windermere pflegt nicht eigenhändig zu öffnen. Willkommen in Hollingsworth Hall."

Ein eisiger Windstoß traf die Gruppe, die sich daraufhin ohne weitere Umstände durch die Tür drängelte. Als sich die Eingeladenen anschließend zum ersten Mal umschauten, senkte sich ehrfürchtige Stille über sie.

An den Wänden rechts und links hingen die in Öl gemalten Porträts zweier älterer Herren. Vor jedem Bild war ein schwarzer Samtvorhang angebracht, der mit goldenen Kordeln auseinandergehalten wurde. Die beiden Männer saßen im Sessel, hielten jeder eine große Taschenuhr in der Hand, und ihre Augen schienen Tabitha auf Schritt und Tritt zu folgen. Sie beobachtete, wie die beiden sie beobachteten, und überlegte unwillkürlich, ob die Porträts wohl des Nachts irgendwelche Geister vorbeihuschen sahen.

Der riesige, tief hängende Kronleuchter verströmte ein gedämpftes Licht. Obwohl er höchstwahrscheinlich gut befestigt war, stellte sich Tabitha lieber nicht darunter. Nicht nur eine, sondern gleich drei Ritterrüstungen bewachten die Eingangshalle. Sie wirkten ein bisschen fehl am Platz, passten aber hervorragend zum Anlass. Nur eines fehlte noch, dachte Tabitha – doch es war kein Gegenstand, sondern eine Person.

„Wo ist sie?“, wollte jetzt auch Barnaby wissen. „Wo steckt die Gräfin? Aua, Mutter, wieso …?“ Er rieb sich das Ohr und sah Tabitha so böse an, als hätte sie daran gezogen.

Phillips musterte die Anwesenden kurz und verkündete dann mit zweimaligem Zucken der Mundwinkel: „Ihre Ladyschaft hat sich in Ihre Gemächer zurückgezogen und wird erst zum Abendessen erscheinen. Im Salon steht eine kleine Erfrischung bereit. Anschließend können sich die Eltern von den Strapazen der Anreise erholen, und die Kinder werden auf ihre Zimmer gebracht. Wenn sie von dort zurückkommen, folgt eine kurze Führung durch das Haus.“ Er verbeugte sich wieder. „Agnes nimmt Ihnen jetzt die Mäntel ab und kümmert sich darum, dass das Gepäck der Kinder auf die jeweiligen Zimmer verteilt wird.“ Er klatschte zweimal in die Hände, als wollte er einen Hund herbeirufen. „Agnes!“

Ein Hausmädchen erschien, knickste artig und brach anschließend unter der Last der ihr aufgebürdeten dicken Jacken und Mäntel beinahe zusammen. Allein Mrs Wellingtons Nerz sah aus, als wöge er gut und gern fünfzehn Kilo.

„Sagen Sie mal, Phibbits“, wandte sich Mr Trundle

an den Butler, „bevor wir irgendeine Erfrischung zu uns nehmen, verlangen wir zu erfahren, was wir hier eigentlich sollen." Er kramte in seiner Jackentasche und förderte einen Schilling zutage. „Das ist für Sie. Und jetzt raus mit der Sprache."

Phillips betrachtete die Münze mit einer Miene, als handelte es sich um einen verschimmelten Apfelbutzen, und entgegnete dann: „Bitte stecken Sie das wieder ein, Sir, das ist wirklich nicht nötig. Es ist mir ohnehin nicht gestattet, Ihnen darüber Auskunft zu erteilen, weshalb Sie eingeladen wurden."

„Aber Sie wissen es?", fragte Frances.

„Wir wollen es auch wissen!" Mrs Crum schlug mit der flachen Hand auf einen Tisch, dass die griechische Maske darauf nur so schepperte. „Erst erscheint die Gastgeberin nicht zu unserer Begrüßung, und dann weiß der Butler auch noch mehr als wir! In meinem ganzen Leben bin ich noch nicht so beleidigt worden!"

Mrs Trundle entgegnete spitz: „Vielleicht haben Sie es ja bloß nicht mitbekommen, meine Liebe."

Frances quietschte wie eine schlechte geölte Kellertür: „Gib ihm zwanzig Pfund, Daddy. Ich will's wissen. Sofort!"

„Sei still, Frances. Wie oft muss ich dir noch sagen, dass du nicht sprechen sollst, wenn ich mich der Kunstbetrachtung hingebe." Mr Wellington beäugte die beiden Porträts und strich sich das Kinn. „Gainsborough-Umkreis, würde ich sagen.“

„Folgen Sie mir bitte.“ Phillips führte sie durch einen breiten Flur. Seine Schuhe klackerten über die Steinfliesen, ab und zu quietschte das Leder diskret. Die durchweichten Schuhe der Gäste dagegen schmatzten beim Gehen, ob es sich nun um Tabithas alte Treter handelte oder um Frances' zierliche Absatzschuhe.

Dann forderte Phillips sie mit schwungvoller Gebärde auf, durch eine breite Flügeltür zu treten. Der Anblick, der sich ihnen bot, war überwältigend. Die Einrichtung des Salons musste ein Vermögen gekostet haben, von den zierlichen Elfenbeinfiguren auf den Konsoltischen bis hin zu den beiden großen Gemälden rechts und links vom Kamin. Auf jedem war ein einzelner Schwan zu sehen, der anmutig auf einem malerischen See schwamm.

„Das hier ist der große Salon. Bitte nichts anfassen, Sir!“ Phillips entwand Mr Crum einen silbernen Apfel und legte ihn wieder auf einen Beistelltisch. „Wenn sich jemand kurz frisch machen möchte, finden Sie die entsprechenden Räumlichkeiten für Damen und Herren am anderen Ende des Flurs. Die Kinder werden gleich auf ihre Zimmer gebracht. Die Eltern können gern schon einmal Platz nehmen.“ Er deutete auf ein anderes Tischchen neben dem Kamin, auf dessen unterer Platte ein ledergebundenes Album lag. „Dieses Album enthält über dreihundert Dankesbriefe. Sie können gern darin blättern, während Sie auf Ihre Kinder warten. Die Gräfin ist eine freigiebige Wohltäterin."

„Wenn sie so reich ist, warum hat sie sich dann keine Automobile angeschafft? Dann wären wir schneller hier gewesen!", polterte Mr Crum.

Phillips zog nur diskret die Augenbrauen hoch. „Selbstverständlich besitzt die Gräfin fünf der neuesten Modelle, die in den zur Garage umgebauten Pferdestallungen stehen. Ich vermute jedoch, dass Ihre Ladyschaft zur Abholung ihrer Gäste Kutschen bevorzugt, weil das stilvoller ist. Aber dafür hat natürlich nicht jeder ein Gespür. Wenn Sie gestatten, entferne ich mich jetzt, bin aber in Kürze wieder hier." Er drehte sich zu einer Frau um, die mit ausdrucksloser Miene in einer Ecke stand. „Das ist Jane. Wenn Sie Tee wünschen, kann sie das Einschenken übernehmen. Auch ein kleiner Imbiss ist für Sie hergerichtet, aber ich darf Ihnen ankündigen, dass die Gräfin ein üppiges Abendessen geplant hat, also lassen Sie lieber noch ein bisschen Platz. Sie hat –", er hustete hinter vorgehaltener Hand, und eine steile Falte erschien auf seiner Stirn, „– keine Kosten gescheut." Damit verbeugte er sich abermals und zog die Tür hinter sich zu.

Auf dem Tisch neben Jane standen Servierplatten mit Gurkensandwiches, Räucherlachssandwiches, Schinkensandwiches und einfachen, dick mit Butter bestrichenen Brotscheiben mit frischer Minze obendrauf.

„Hallihallo, Jane!“ Edward rieb sich voller Vorfreude die Hände. „Und hallihallo, Erfrischungen!“ Doch als er sich gerade ein Butterbrot mit Minze schnappen wollte, erschienen zwei Hausmädchen und holten die Kinder ab.

Das eine Hausmädchen konnte nicht älter als fünfzehn sein. Es hatte dunkle Ringe unter den Augen, seine blonden Haare steckten unter eine Haube. „Tabitha Crum?“, fragte es und spielte nervös mit den Fingern, als strickte es einen unsichtbaren Schal.

Tabitha hob die Hand. „Hier.“

„Folgen Sie mir bitte, Miss. Ich bringe Sie auf Ihr Zimmer.“ Und schon marschierte das Mädchen los.

Tabitha drängte sich rasch zwischen Oliver und Edward hindurch und lief hinterher. Als sie das Hausmädchen eingeholt hatte, kam ihr die Idee, sie könnte doch schon einmal damit anfangen, Konversation zu betreiben. Ein bisschen Übung darin, sich mit anderen Menschen zu unterhalten, konnte an diesem Wochenende bestimmt nicht schaden, und das Hausmädchen sah zwar müde aus, aber nett genug, um als Versuchsfreundin herzuhalten.

„Arbeitest du schon lange hier?“

„Nein, Miss, erst seit zwei Tagen.“

„Und bist du schon irgendwelchen Geistern begegnet?“ Das war eigentlich scherzhaft gemeint, aber das junge Mädchen blieb jäh am Fuß der Treppe stehen.

Mit abgewandtem Gesicht antwortete es leise: „Das … das darf ich nicht sagen, Miss.“

Hmmm … *Wer eine zögerliche Antwort bekommt, sollte unbedingt nachhaken*, hätte Kommissar Clever dazu gesagt. Aber wie? Tabitha lächelte das Hausmädchen an. „Ich habe keine Angst vor Geistern. Ich mag Geistergeschichten sogar, weil sie immer so spannend sind.“

Das Hausmädchen sah sie mit aufgerissenen Augen an, als hätte sie plötzlich zwei Köpfe, und stieg dann rasch die Treppe empor. *Oje, Pemberley, mit anderen Menschen kann man anscheinend nicht so offen reden wie mit dir.*

Oben blieb das Hausmädchen stehen und zeigte auf den langen Flur zu ihrer Linken. „Die anderen Kinder sind im Westflügel untergebracht, aber dort gibt es leider nur fünf Gästezimmer.“ Sie knetete wieder nervös ihre Finger und bog nach rechts ab. Erst eilten sie an einer geschlossenen Tür vorbei und dann einen kurzen Flur entlang, der vor einer ebenfalls geschlossenen Tür endete. „Da wären wir. Tut mir leid, dass Sie so weit weg von den anderen sind, Miss. Ich kann nichts dafür.“ Sie biss sich auf die Unterlippe.

„Das macht doch nichts“, versicherte ihr Tabitha rasch. „Und mir tut es leid, dass ich vorhin das Thema Geister angesprochen habe. Vor allem, wenn du über solche Dinge nicht reden darfst.“

Das Mädchen musterte sie prüfend und gab sich einen Ruck. „Na ja, weil ich sowieso nicht mehr lange hierbleibe und weil Sie in diesem Zimmer untergebracht sind ... wenigstens einer von Ihnen sollte wissen, dass Hollingsworth Hall nicht nur aus Glitzerkram und Zehn-Gänge-Menüs besteht.“

Pemberley regte sich in der Schürzentasche, und als Tabitha ihn unauffällig kurz drückte, glaubte sie zu spüren, dass er den Druck erwiderte. *Ganz recht, mein lieber Pemberley! Was das Mädchen da sagt, könnte eins zu eins aus einem Kommissar-Clever-Roman stammen – und im Roman würde darauf eine schaurige Enthüllung folgen. Also aufgepasst!* „Verstehe“, sagte sie ermutigend. „Erzähl doch weiter.“

„In den letzten beiden Nächten habe ich Geräusche gehört. Als ich mein Zimmer verlassen habe, um nachzusehen, kam es mir vor, als ob etwas durch die Eingangshalle huschte. Ich habe ganz deutlich einen Luftzug gespürt. In diesem Haus ist es nicht geheuer!

Schon bevor ich hierherkam, habe ich gehört, dass es unten in der Halle spuken soll“, fuhr das Mädchen fort. „Ein anderes Hausmädchen ist sogar extra noch mal zu uns in die Agentur gekommen, weil sie uns warnen wollte. Die Ärmste hat Stimmen gehört, die klagend nach einer Anne, einem George und einer Victoria gerufen haben. Können Sie sich das vorstellen, Miss?"

„Nein", sagte Tabitha, was gelogen war, denn sie besaß eine durchaus lebhafte Vorstellungsgabe. Außerdem war ihr bewusst, dass manche Leute anderen Menschen gern hinterhältige Streiche spielten. Gut möglich, dass sich jemand einen dummen Scherz mit dem gutgläubigen Hausmädchen erlaubt hatte, aber das behielt sie für sich. Sie wollte das junge Mädchen, das sich überwunden hatte, sich ihr anzuvertrauen, nicht kränken. „Und wer sind Anne und George und so weiter?"

Das Hausmädchen schüttelte den Kopf. „Keine Ahnung." Sie öffnete die Zimmertür. „Bitte sehr. Es ist nicht so groß wie die Gästezimmer im Westflügel, aber vielleicht gefällt es Ihnen ja trotzdem, Miss." Ihr Ton war jetzt wieder förmlich.

Tabitha sah in Gedanken den schäbigen Dachverschlag in ihrem Elternhaus vor sich. „Ganz bestimmt. Vielen Dank."

Doch das Mädchen hatte bereits den Rückweg angetreten, hielt dabei den Kopf gesenkt und redete halblaut vor sich hin. Tabitha griff in ihre Schürzentasche und setzte Pemberley auf ihre Schulter. „Frische Luft, mein lieber kleiner Kommissar!" Dann trat sie über die

Schwelle … und blieb wie angewurzelt stehen. Beim Anblick ihrer neuen Unterkunft verflog jeder Gedanke an Spuk und Geister. Tabitha Crum spürte eine ungewohnte Feuchtigkeit in den Augenwinkeln und begriff, dass sie doch noch eine Figur in einem Buch geworden war, so wie sie es sich am Vortag gewünscht hatte. „Ich bin in einem Märchen gelandet!“, entschlüpfte es ihr.

Das Zimmer war in der Tat märchenhaft. Edle Stoffe, geschwungene Schnitzereien und ein dicker, weicher Teppich, dessen leuchtende Farben Tabitha zum Hereinkommen einluden und ihr einsames Herz wärmten wie eine von Zauberhand gewobene Decke und eine sich von selbst nachfüllende Tasse Tee.

An der Wand stand ein Himmelbett mit hauchzarten grünen Vorhängen, einem blassgelben Überwurf aus schwerer Seide und Bergen von bestickten Kissen – ein Bett wie für eine Prinzessin. Zwischen der Kommode und dem Schrank an der gegenüberliegenden Wand stand ein einfacher Stuhl. Als Tabitha den Schrank öffnete, erwartete sie unwillkürlich reihenweise wunderschöne Ballroben in ihrer Größe, doch die ordentlich aufgehängten Kleider – vier Stück an der Zahl – waren schlicht und erinnerten eher an Dienstmädchentrachten (waren also genau passend für sie, dachte Tabitha). Dann gab es noch vier Hosen, auch diese eher für einen Diener oder Hausburschen gedacht, vier Schürzen, sechs Blusen, sechs Hemden, eine Kutscheruniform und verschiedene Schuhe und Hüte – alles säuberlich sortiert.

„Wahrscheinlich bewahrt die Gräfin hier die Reservekleidung für das Personal auf“, wandte sich Tabitha an Pemberley.

Neben dem Schrank stand eine große Frisierkommode mit einem Spiegel und einem zierlichen Sessel davor. Nachdem Tabitha Pemberley auf einen Teller mit appetitlich arrangierten Schokoladenkeksen gesetzt hatte, strich sie vorsichtig mit dem Finger über die Gegenstände auf der Mahagoniplatte. Da gab es Haarbürsten mit silbernen Griffen, eine Puderquaste und einen kleinen Schmuckkasten mit Ringen und geschmackvollen Broschen. Einer der Ringe war aus schlichtem Silber und mit einem großen, durchsichtigen Stein geschmückt. Als Pemberley vom Keksteller auf die Tischplatte hüpfte, streifte ihm Tabitha den Ring über das Köpfchen. „Hier ist ein hübsches Halsband für dich.“ Sie setzte den Mäuserich vor den Spiegel. Pemberley stemmte die Pfötchen gegen das Glas, beschnupperte sein Spiegelbild erst, setzte sich dann auf die Hinterpfoten und bewunderte sich ausgiebig.

„Nun werd mal nicht eitel!“, neckte ihn Tabitha. „Aber gut, du darfst den Ring zum Abendessen anbehalten.“ Als sie Pemberley sanft vom Spiegel wegzog und auf den Fußboden setzte, quiekte er empört, huschte dann aber unters Bett, um sich dort umzusehen. Tabitha nahm ein kleines gerahmtes Foto von der Frisierkommode und setzte sich damit auf den Seidenüberwurf. „Was glaubst du, wer diese Leute sind?"

Das Bild zeigte einen hochgewachsenen Mann, eine rundliche Frau und einen Stubenwagen mit Verdeck, in dem nur die untere Hälfte eines Babys zu erkennen war. Der kleine Junge – oder das kleine Mädchen – spreizte die Beinchen, als hätte er – oder sie – eben die Decke weggestrampelt. Tabitha verspürte ein seltsames Kribbeln, als wäre auf dem Foto ein wichtiger Hinweis verborgen.

Ob ich früher auch so liebevoll zugedeckt wurde?, schoss es ihr durch den Kopf. Sie stellte das Foto auf den Nachttisch neben dem Bett, schloss die Augen und versuchte, sich an ihre frühe Kindheit zu erinnern. Hatte sie vielleicht so lange gestrampelt, bis ihre Mutter es aufgegeben hatte, sie zuzudecken? Hatte sie schon als Wickelkind ihren Eltern immer nur Scherereien gemacht?

Pemberley kletterte am Bettüberwurf hoch und sprang in ihren Schoß.

„Wie bitte, Pemby? Du findest, diese Überlegungen führen zu nichts? Auch wieder wahr. Und weil das bestimmt das schönste Zimmer ist, in dem wir je wohnen werden, wollen wir es uns jetzt gemütlich machen." Sie ließ sich zurücksinken, verschränkte die Arme unter dem Kopf, betrachtete die Stuckornamente an der Decke und atmete tief durch. „Auch wenn es hier drin nach alter Frau riecht, mein lieber Pemberley.“

Quiek. Quieki-quiek.

„Nein, das war natürlich nicht wörtlich gemeint. Es riecht nicht wirklich nach einer alten Frau, sondern einfach nur ein bisschen muffig. Ein bisschen nach Mr Maunz’ Lieblingssessel.“ Sie sog abermals die Luft ein. „Und nach Pfeifentabak.“ Tabithas Blick wanderte zu dem Gemälde an der Wand. Es war das Porträt eines Knaben auf einem Schaukelpferd. Die langen rotblonden Haare hingen ihm in die Augen, und er sah fröhlich und ein bisschen spitzbübisch aus. Ob das der Sohn der Gräfin war? Oder stammte das Gemälde noch aus der Zeit, bevor sie das Anwesen gekauft hatte?

Es klopfte. „Die Hausführung fängt gleich an, Miss.“

„Komme schon.“ Als Tabitha zur Treppe ging, um dort auf die anderen Kinder zu warten, kam ihr der Gedanke, dass es eigentlich gar nicht so schlecht war, dass man sie in einem abgelegenen Zimmer einquartiert hatte. Als hätte die Gräfin geahnt, dass sie eine Außenseiterin bleiben würde, während alle anderen im Nu die dicksten Freunde werden würden.

Quiek!

„Ja, ich weiß, das ist albern.“

Mahagoniholz hängen, in der das Rückenteil eines braunen Herrenmantels sowie eine ebenfalls braune Hutkrempe zu erkennen waren. Der Mann scharrte beim Telefonieren mit den Füßen, als tanzte er auf der Stelle, und schüttelte nachdrücklich den Kopf über das, was sein Gesprächspartner am anderen Ende der Leitung sagte. Leider wurden seine Worte vom Kommen und Gehen am Hoteleingang übertönt, trotzdem entging Tabitha der eindringliche Tonfall nicht.

„Hmmm, Pemberley ... Vielleicht hat Mr Hut & Mantel ja endlich seine verloren geglaubte Geliebte in einem nahe gelegenen Herrenhaus aufgestöbert und will sie jetzt unbedingt sprechen."

Pemberley stieß ein erfreutes Quieken aus.

Eigentlich interessierte sich Tabitha nicht für derlei Sentimentalitäten, aber Verlieren und Wiederfinden war in den Gutenachtgeschichten, die sie sich für Pemberley ausdachte, ein beliebtes Thema. Soldaten, die im Krieg das Gedächtnis verloren hatten, und ihre wartenden Liebchen, vermeintliche Waisenkinder und ihre Eltern, entlaufene Hündchen und ihre Besitzer – all diese Geschichten nahmen ein glückliches Ende und trösteten Pemberley damit ein wenig über seinen eigenen Verlust hinweg, davon war Tabitha überzeugt.

Pemberley quiekte abermals und zappelte in der Pullovertasche herum.

Doch als die anderen nun aus ihren Zimmern kamen, konnte Tabitha nicht umhin, festzustellen, wie selbstbewusst Frances war, wie vertraulich sie Oliver etwas ins Ohr flüsterte, und wie ungezwungen Viola und Edward miteinander umgingen.

„Komm, Tabitha." Viola streckte ihr die Hand hin. „Hoffentlich erfahren wir jetzt endlich, warum uns die Gräfin eingeladen hat! Ist das alles nicht furchtbar aufregend? Ich habe keine Ahnung, was uns bevorsteht, aber es wird bestimmt toll. Ich fühle mich wie beim Feuerwerk, bevor die ersten Raketen in die Luft steigen."

„Leider müssen wir ja erst noch das Haus besichtigen", hielt Edward dagegen. „Großer Salon, kleiner Salon, teurer Teppich hier, teures Porzellan da. Wie öde! Als wäre man in den Buckingham-Palast eingeladen und müsste als Erstes die vornehmen Toiletten besichtigen, mit parfümiertem –"

„Hör auf." Violas Hand berührte Tabithas unschlüssig herabhängende. „Ist alles in Ordnung?"

„Äh ... ja, klar." *Dumme Gans, jetzt nimm die Hand schon!* Trotz der Beschimpfung folgte Tabitha der Aufforderung ihrer inneren Stimme und legte ihre Hand in die von Viola.

Viola drückte ihre Hand aufmunternd, lehnte sich zu ihr hinüber und flüsterte, wobei ihr warmer Atem Tabithas Wange streifte: „Öde Besichtigung hin oder her, ich bin schrecklich gespannt auf die Gräfin. Du auch?“

„Und ob!“, erwiderte Tabitha, der bei Edwards Erwähnung von Toiletten eingefallen war, dass in einem Kommissar-Clever-Roman bei der Besichtigung eines Landhauses eine Leiche im Badezimmer entdeckt wurde.

Pemberley zappelte in ihrer Schürze, und sie angelte mit der freien Hand einen Schokoladenkeks aus ihrer Ärmelmanschette, den sie vorhin im Zimmer für ihn eingesteckt hatte. Während sie den Keks in die Schürzentasche beförderte, prallte sie auf einmal gegen eine Wand.

6.

„Bei der Besichtigung eines Herrenhauses sind die Anzahl und Ausstattung der Räume oft längst nicht so eindrucksvoll wie die Unzahl von Geheimnissen, die sich in den Mauern verbergen."

Kommissar Clarence Clevers neuester Fall
Der hinterlistige Hausbesitzer

Wie sich herausstellte, handelte es sich bei der Wand, gegen die Tabitha gelaufen war, um den Butler. Seine schwarze Uniformjacke, an die sich ihre Wange drückte, war für das gut geheizte Haus seltsam kalt. Er stand auf der drittuntersten Stufe der prächtigen Treppe, sodass er auf die versammelten Eltern herabschauen konnte, die ihrerseits erwartungsvoll zu ihm aufblickten.

„Verzeihung", entschuldigte er sich überraschenderweise bei Tabitha und schob sie mit einer Verbeugung zu den anderen, die sich sofort vor sie stellten, sodass sie schließlich ganz hinten landete.

Viola war nicht die Einzige, die vor Neugier fast

platzte. Die allgemeine Spannung war seit der Abfahrt vom Hotel immer mehr gestiegen, und jetzt knisterte die Luft förmlich. Sogar Pemberley war unruhig und zappelte so lange unter Tabithas Pullover herum, bis es ihm gelang, das Schnäuzchen durch das kleine Loch zu stecken.

Alle wollen endlich wissen, warum wir hier sind, mein lieber Pemby. Ich kann das gut nachvollziehen. Dieses Herrenhaus gleicht einem Pulverfass, das jeden Augenblick explodieren kann.

Phillips legte den Kopf ausgesprochen butlerisch im Fünfzehn-Grad-Winkel schief, holte tief Luft und begann mit der Hausführung. „Hollingsworth Hall wurde im fünfzehnten Jahrhundert erbaut. Es hatte viele wohlhabende Besitzer, aber bis zum Jahre 1880 noch nie eine derart wohltätige Eigentümerin wie Camilla Lenore DeMoss."

„Sind diese Herren auch frühere Besitzer?" Mrs Crum zeigte auf die beiden Porträts.

Phillips verschränkte mit einem leisen Seufzer die Hände hinter dem Rücken. „Das entzieht sich leider meiner Kenntnis, Gnädigste. Die Bilder hingen schon hier, als ich vorletztes Jahr meinen Dienst angetreten habe. Und nun folgen Sie mir bitte in die Bibliothek." Er marschierte mitten durch die Versammlung hindurch und sagte dabei über die Schulter: „In Hollingsworth Hall gibt es abgesehen von den Privaträumen noch –"

Barnabys Mutter drängelte sich unter Einsatz ihrer Ellenbogen nach vorn durch und fiel ihm ins Wort: „Eine Bibliothek, ein Arbeitszimmer, ein Wohnzimmer, zwei Salons, ein Esszimmer, einen Keller sowie Zimmer für Gäste und Dienstboten." Mit gierigem Blick spähte sie in die beiden nächsten Räume.

Barnaby sah seine Mutter mit aufgerissenen Augen an und wurde knallrot, sagte aber nichts. Phillips verzog lediglich den Mund, nickte knapp und ergänzte die Aufzählung: „Nicht zu vergessen eine Gemäldegalerie mit Englands größter Sammlung von Verbrechensdarstellungen, angefangen mit der Ermordung Julius Cäsars bis hin zu den Frauenmorden von Jack the Ripper."

Oh, là, là!, dachte Tabitha und hielt Pemberley für den Fall, dass Phillips ins Detail gehen würde, vorsichtshalber die Ohren zu. *Das ist ja mal ein ungewöhnliches Sammlungsgebiet.*

„Wie gruselig!", sagte Barnabys Mutter schaudernd.

„In der Tat ein ausgefallenes Thema", meinte Mr Wellington, der Kunstsammler. „Aber wenn die Gemälde von herausragender Qualität sind, können sie trotzdem hohe Preise auf dem Kunstmarkt erzielen."

„Glauben Sie?", fragte Phillips interessiert.

„Ganz bestimmt", bestätigte Mrs Wellington. „Viele

Sammler sind auf der Suche nach originellen Stücken. Ach, Kunst ist doch das Allerschönste und Allerwichtigste auf der Welt, nicht wahr, Frances?“

Frances zog einen Flunsch. „Ja, Mutter.“

„Du, Edward“, flüsterte Viola und packte ihren Freund an der Schulter, „hast du schon gewusst, dass die Gräfin fast dreitausend Pfund im Jahr für bedürftige Künstler spendet? Trotzdem möchte ich die Gemäldesammlung lieber nicht besichtigen.“

Edward machte sich los. „Ich verstehe sowieso nichts von Kunst. Aber das Bild mit der Ermordung Cäsars würde ich gern sehen. Ich habe mal ein Buch über das Ärztewesen im alten Rom gelesen, und darin stand, dass Cäsars Autopsiebericht die allererste Dokumentation dieser Art ist. Er soll dreiundzwanzig Dolchstiche abbekommen haben. Ein gewisser Antistius hat die Leiche untersucht – der Glückspilz!“

Sie betraten jetzt einen großen Raum mit drei Fenstern und lauter Bücherregalen an den anderen Wänden. Das Holz in dem riesigen Kamin war sorgsam aufgeschichtet und brannte knisternd. Nicht nur wegen der behaglichen Wärme gefiel Tabitha dieser Raum bis jetzt am besten. Die Kamineinfassung war aus dunklem Holz geschnitzt und reichte bis zur Decke, hier und da schimmerten vergoldete Blattornamente. Daneben hing ein kleines Gemälde mit einem Knaben, der unter einem Baum saß.

Violas Nase zuckte, sie nieste dreimal hintereinander. „Oje, hoffentlich werde ich nicht krank."

„Vielleicht bist du ja gegen den Teppich allergisch", meinte Edward.

Viola nieste ein viertes Mal und schüttelte den Kopf. „Nein, ich habe mich wahrscheinlich bei unserem letzten Besuch im Armenhaus angesteckt. Dort war es eisig, und viele Leute waren krank."

„Oder du bist gegen zu viel Eleganz und Stil allergisch", warf Frances boshaft ein.

Phillips räusperte sich so lange, bis wieder Ruhe eingekehrt war. „Der Kamin in der Bibliothek ist von den sieben funktionierenden Kaminen des Hauses der prachtvollste. Die Gräfin besitzt über zweitausend Bücher zu den verschiedensten Themen."

Nur sieben Kamine, aber auf dem Dach sind zehn Schornsteine. Tabitha hatte sie vorhin gezählt.

„Wen interessieren schon Kamine und Bücher?", sagte Mr Crum gedämpft, aber Phillips hatte ihn gehört.

„Tut mir leid, dass meine Führung offenbar Ihre überragende Intelligenz unterfordert, Sir", entgegnete er mit zuckendem Mundwinkel. „Gibt es denn hier *irgendetwas*, wofür Sie sich interessieren?"

Viola zupfte ihre Mutter am Ärmel. „Was ist mit den Geistern? Müssen wir beten, damit sie uns an diesem Wochenende verschonen?"

„Psst!“, machte Mrs Dale, strich ihrer Tochter sanft übers Haar und küsste sie auf den samtbezogenen Reifen. „Sei nicht albern, Schätzchen. Bitte fahren Sie doch fort, Mr Phillips.“

Tabitha malte sich unwillkürlich aus, wie *ihr* jemand übers Haar strich, verscheuchte die Vorstellung aber sogleich energisch. Wie würde Phillips auf die Erwähnung von „Geistern“ reagieren?

Erstaunlicherweise schmunzelte er nicht. Im Gegenteil, er kniff die Lippen zusammen. Galt seine grimmige Miene Violas Frage oder dem tatsächlichen Vorhandensein von Geistern? „Die Gerüchte darüber, ob es in Hollingsworth Hall spukt, sind leider nicht Gegenstand dieser Führung, genauso wenig wie die Frage, warum die Gräfin Sie alle eingeladen hat. Was das angeht, muss ich Sie noch um ein wenig Geduld bitten.“

Während sich Phillips weiter über die Ausstattung der Bibliothek ausließ und die Eltern mit schlecht verhohlener Ungeduld zuhörten, wanderte Tabithas Blick zum Fenster. Das Wetter hatte sich wieder verschlechtert. Offenbar stand vor der Bibliothek eine der Gaslaternen, denn man sah den Regen niederprasseln, und der Wind peitschte kahle Glyzinienäste gegen die Fenster. In das mittlere waren drei farbige, rautenförmige Buntglasscheiben eingelassen, die Tabitha an die drei kleinen Fenster unter dem höchsten Dachgiebel erinnerten, von dem übrigens ebenfalls ein Schornstein aufragte. *Wenn Ihnen etwas Ungewöhnliches auffällt, sollten Sie es immer ansprechen, Tibbs*, sagte Kommissar Clever in dem Roman, den Tabitha in ihre Reisetasche gepackt hatte. *Außer es handelt sich um den ungewöhnlich hässlichen Hut einer Dame. Dieses Thema ist natürlich tabu.*

„Was ist denn mit den anderen Kaminen?", platzte sie heraus. „Sie haben vorhin gesagt, dass es nur sieben Stück gibt, aber auf dem Dach sind zehn Schornsteine."

Um festzustellen, von wem die Frage kam, musste sich Phillips auf die Zehenspitzen stellen. „Da hast du aber gut aufgepasst", sagte er, allerdings klang es nicht wie ein Lob. „Drei weitere Kamine befinden sich in den verschlossenen Räumen."

Edward stieß Viola an. „Verschlossene Räume!"

Frances lehnte sich zu Oliver hinüber und raunte: „Verschlossene Räume!"

Tabitha wiederholte halblaut: „Verschlossene Räume!" und stupste Pemberley vielsagend an.

„Ganz recht, verschlossene Räume", bestätigte Phillips.

„Was für verschlossene Räume denn?", fragte Barnaby.

„Die Räume, von denen ich eben gesprochen habe", gab Phillips zurück. „Einige Zimmer im Haus werden nicht mehr genutzt und deshalb auch nicht betreten."

Mrs Crum tippte den Butler an und fragte in vertraulichem Ton: „Und was befindet sich in diesen Zimmern?“

Phillips wich diskret vor der Berührung zurück. „Das kann ich Ihnen nicht sagen, Gnädigste, denn ‚verschlossen‘ bedeutet, dass man nicht hineinkann. Ihre Ladyschaft erwähnte neulich, dass eine dieser Türen zum ehemaligen Spielzimmer ihres Sohnes im zweiten Stock führt, mehr weiß ich leider auch nicht.“

Als Tabitha die Hand hob, packte ihr Vater sie am Handgelenk und zog ihren Arm mit einem Ruck wieder nach unten.

„Halt endlich den Mund!“, fauchte er gereizt.

Doch Tabitha konnte nicht verhindern, dass ihr weitere Fragen durch den Kopf gingen: *Sind die Zimmer verschlossen, weil schmerzliche Erinnerungen daran hängen? Dürfen nicht mal die Dienstboten hinein, um ab und zu Staub zu wischen?*

„Als Nächstes werden wir nun die Gemäldegalerie besichtigen …“

Phillips Stimme und das Getrappel der Gruppe verklangen, denn Tabitha konnte sich einfach nicht aus der wunderschönen Bibliothek losreißen. Sie steckte den Zeigefinger in die Schürzentasche. „Aufgepasst, Pemberley!“ flüsterte sie. „Das sind schon zwei große Rätsel! Erstens: Was befindet sich in den verschlossenen

Räumen?, und zweitens: Was ist an den Gerüchten dran, dass ein Hausmädchen Geisterstimmen gehört hat? Phillips hat schließlich nicht gesagt, dass es *nicht* spukt. Ach ja, und: Warum hat die Gräfin uns eingeladen? Macht insgesamt drei."

Quiek!

„Stimmt – viertens wissen wir auch immer noch nicht, um was für ein Verbrechen es hier eigentlich geht."

Quieki-quiek.

Tabitha grinste. „Nein, natürlich nicht darum, dass Frances Wellington Hotelfederhalter klaut."

Schritte klapperten über den Marmorfußboden. Das Hausmädchen Agnes, das ihnen die Mäntel abgenommen hatte, kam herein, knickste und verkündete: „Die Gräfin erwartet Sie zum Abendessen – huch! Wo sind denn die anderen, Miss?"

„In der Gemäldegalerie. Da wollte ich auch gerade hin, aber ich konnte mich nicht von den Büchern trennen." Tabitha deutete auf die Regale. „Am liebsten lese ich ja Kriminalromane und Geistergeschichten, aber hier drin könnte ich trotzdem Stunden verbringen."

„Wenn Sie auf Geistergeschichten aus sind, Miss, brauchen Sie nicht in der Bibliothek zu suchen", gab Agnes zurück und erschauerte, als sei ihr kalt. „Wir müssen zu den anderen. Die Hausführung muss abgebrochen werden. Die Gräfin hat ihre Gemächer zwar noch nicht verlassen, hat aber angeordnet, dass Sie schon einmal im Esszimmer Platz nehmen sollen."

Das Esszimmer wurde von einer langen Tafel aus dunklem Holz beherrscht, auf der ein herbstliches Bukett aus bunten Seidenblättern und vergoldeten Eicheln prangte, dazu mehr Besteck, als Tabitha in ihrem ganzen Leben gesehen hatte. Neunzehn Teller standen auf weinroten Sets mit goldenem Muster, hübsche Tischkarten gaben die Sitzordnung vor. Die Eltern saßen jeweils bei ihren Kindern. Nur eines störte den festlichen Anblick – nämlich die mit dem Kopf wackelnde alte Frau, die zusammengesunken in einem Sessel am hinteren Ende der Tafel saß.

Am gleichen Ende, an dem auch Tabitha sitzen sollte.

„Ist *das* etwa die Gräfin? Das Hausmädchen hat doch gesagt, sie ist noch auf ihrem Zimmer! Und warum wackelt sie die ganze Zeit mit dem Kopf?", wandte sich Barnaby an seine Mutter. Er verpackte eine unübersehbare Tatsache in dreiste Fragen, aber im Grunde dachten alle Anwesenden das Gleiche.

„Eine Tattergreisin", brummelte Mr Crum abfällig, strich aber trotzdem sein Toupet glatt und setzte ein breites Lächeln auf.

Der Butler würdigte die Frau keines Blickes, trotzdem blähten sich seine Nasenflügel. Vor Abscheu? „Nehmen

Sie bitte Platz“, sagte er. „Die Gräfin ist gleich bei Ihnen.“

„Dann ist die Alte offenbar niemand Wichtiges“, schlussfolgerte Mrs Crum und setzte sich neben Tabitha, deren Platz neben dem der Tattergreisin war.

Die alte Frau sabberte ein bisschen, und eine Hälfte ihres Gesichts war verzerrt. Ihr langärmeliges, graues Kleid war schlicht und ein bisschen verknittert. Von dem dichten schneeweißen Haarschopf abgesehen, bestand ihr einziger Schmuck in einem ungewöhnlich dicken Armreif aus Holz, in den grob zwei ineinander verschlungene Fabelwesen geschnitzt waren – vielleicht sollten es Schlangen sein. Ein billiges Ding, wie man es an Marktbuden kaufen konnte.

Alle nahmen Platz, nippten an ihren Wassergläsern aus edlem Kristall und unterhielten sich gedämpft. Niemand sprach die Alte an, vor der auch keine Tischkarte stand. Sie hing schief im Sessel, ein Arm war seltsam verdreht, die blauen Augen jedoch waren fest auf Tabithas Gesicht geheftet.

„Guten Abend“, raunte Tabitha, während sich ihre Eltern über den Wert des Geschirrs stritten. „Soll ich Ihnen irgendetwas reichen?“ Die alte Frau trug nur einen einzelnen Ohrring, einen zierlichen, mit funkelnden Steinen besetzten silbernen Vogel. Auf jedem Flügel saßen drei blaue Steine und in den Augen jeweils einer.

Aber wo war der andere Ohrring? War er der Alten heruntergefallen, als sie ihn anlegen wollte, oder war sie so vergesslich, dass ihr sein Fehlen nicht aufgefallen war?

Sie senkte den Blick jetzt auf die Hände in ihrem Schoß und und drehte die obere Hand unbeholfen um, wobei sie vor Anstrengung ächzte. Die andere Hand blieb schlaff liegen. Als sie den Kopf wieder hob, lag in ihren Augen etwas unendlich Einsames. Tabitha musste an Schwalbenkinder denken, deren Mutter weggeflogen ist und nie mehr zurückkehren wird.

„Ist ja gut", sagte sie tröstend und streichelte die oben liegende Hand. Die Haut war weich und glatt, die Nägel der langen Finger waren sauber und kurz geschnitten. Im Augenwinkel der Frau erschien eine Träne und drohte hinabzurollen.

Tabitha faltete vorsichtshalber ihre Serviette auf, weil sich ihre Sitznachbarin bestimmt nicht selbst das Gesicht abtupfen konnte. „Ist ja gut", wiederholte sie. „Ich weiß zwar nicht, wie Sie heißen, aber wir sitzen hier an einem wunderschön gedeckten Tisch und … und ich freue mich, dass ich neben Ihnen sitzen darf."

Oliver schaute zu ihr herüber, und sie nickte ihm zu. Er saß ein ganzes Stück weiter weg zwischen seinen Eltern, die sich angeregt mit den Herringbones unterhielten. Er deutete mit dem Kinn auf Tabithas Sitznachbarin und zog die Augenbrauen hoch, als wollte er fragen: *Wer ist das?*

Tabitha zuckte nur die Achseln. *Keine Ahnung.*

Daraufhin hob Oliver sein Glas in ihre Richtung und bewegte die Lippen zu einem stummen *Prost.*

Tabitha erwiderte die Geste und prägte sich dabei Olivers schelmisches Grinsen und sein erhobenes Glas gut ein. Wie sich wohl ein Mädchen fühlen mochte, das keine Listen darüber führte, was es alles *Schlimmeres* gab, als keine Freunde zu haben?

„Ell–!“, stieß die Alte hervor. *So würden sich wahrscheinlich die Mumien im Britischen Museum anhören, wenn sie sprechen könnten.*

„Wie bitte?“, fragte Tabitha höflich. „Ich habe Sie leider nicht verstanden.“

Die Brust ihrer Sitznachbarin hob und senkte sich heftig vor Anstrengung, und der verzerrte Mund ächzte: „Ell-b-b-b!“

„Ach so.“ Tabitha nahm sofort den aufgestützten Ellenbogen vom Tisch. „Vielen Dank für den Hinweis. Ich heiße übrigens Tabitha Crum.“

Zwei dicke Tränen liefen über die linke Wange der Alten. Die blauen Augen blickten traurig, verwirrt und eine Spur ängstlich.

„Kann ich Ihnen irgendwie hel–“ Tabitha unterbrach sich, als sie ein Wimmern vernahm. Doch es kam nicht von der Alten, auch wenn sich jetzt alle nach ihr umdrehten.

Da war es wieder! Ein gedämpftes Jaulen.

Barnaby, der am anderen Ende der langen Tafel saß, schob quietschend seinen Stuhl zurück, stand auf und beugte sich weit vor. „Will sie was sagen?“

Da! Diesmal war es eher ein ersticktes Röcheln.

„Was zum Teufel ist das?“ Mr Crum sah sich nach allen Seiten um, als hielte sich irgendwo jemand versteckt.

Nach dem zweiten Wimmern war Tabitha ganz sicher, dass das Geräusch von irgendwo *hinter* ihrer Sitznachbarin kam. Die Anspannung im Raum war spürbar, alle spitzten die Ohren und hofften gleichzeitig, dass sie sich die unheimlichen Laute nur eingebildet hatten.

Barnaby drehte sich zu seiner Mutter um. „Was sagt sie denn? Warum kann sie nicht vernünftig reden?“

„Das war nicht sie“, klärte Tabitha ihn auf.

„Hier spukt's!“, sagte Mrs Herringbone mit belegter Stimme.

„Ach wo, Liebes“, entgegnete ihr Mann beruhigend. „Das kam wahrscheinlich aus der Küche.“

„Bestimmt!“ Edward spähte ungeduldig zu der Schwingtür hinüber. „Vielleicht hat die Köchin ja gerade einen Hummer ins kochende Wasser geworfen, und das waren seine Todesschreie.“ Er grinste Frances an, die ganz grün um die Nase wurde. „Das hab ich mal in einem von Mums Kochbüchern gelesen. Eigentlich ist es nur die Luft aus dem Magen, die pfeifend durch die Mundwerkzeuge entweicht, aber es hört sich richtig gruselig an."

Doch bevor sich noch jemand zum Ursprung der Geräusche äußern konnte, trat Phillips in den Speisesaal. Beim Knallen seiner Absätze fuhren die Gäste herum.

„Ä-hem!", machte er energisch und wies mit großer Gebärde auf die geschnitzte Flügeltür. „Darf ich Ihnen eine Wohltäterin unseres Landes und Ihre Gastgeberin vorstellen – Camilla Lenore DeMoss, Gräfin von Windermere."

7.

„Da zwischen den Anwesenden solche starken Spannungen herrschen, wird dieses Abendessen für uns zweifellos äußerst aufschlussreich, mein lieber Tibbs“, sagte Kommissar Clever und richtete sich vor dem Spiegel die Krawatte. „Von den Speisen ganz abgesehen, ist es gut möglich, dass auch die Gespräche vergiftet sein werden. Also sperren Sie bitte während der Mahlzeit nicht nur Ihren Gierschlund auf, sondern auch Augen und Ohren.“

Kommissar Clarence Clevers neuester Fall
Der gehaltvolle Gänsebraten

Eine Parfümwolke wallte ins Esszimmer und erfüllte es mit dem Duft von Lavendel, Rosen und Veilchen. Der Wolke folgte die Gräfin. Alle verstummten und erhoben sich ehrerbietig.

Zu einem blauen Abendkleid trug sie passende Handschuhe sowie einen modischen, mit einem kleinen Schleier dekorierten Hut. Der riesige Saphir an ihrer

Halskette war so geschliffen, dass er im Schein des Kronleuchters funkelte wie ein See in der Sonne. Die Gräfin neigte anmutig den Kopf und musterte einen Gast nach dem anderen. Erst als sie damit fertig war, erschien ein strahlendes Lächeln auf ihrem Gesicht.

„Herzlich willkommen!“, rief sie melodisch und klatschte freudig in die behandschuhten Hände. „Willkommen in meinem Haus! Wie Sie sich denken können, bin ich Camilla DeMoss, und ich bin überglücklich, Sie alle hier begrüßen zu dürfen.“

Ihr braunes Haar hatte einen hübschen Graustich und war kunstvoll hochgesteckt, das Gesicht war makellos gepudert. Die Augen waren dezent umrandet, die Lippen mit einem an leuchtendes Herbstlaub erinnernden, glänzenden Rostrot nachgezogen.

„Donnerwetter!“ Edward stieß seinen Vater an. „Für eine alte Frau sehen Sie aber noch sehr gut aus.“

„Und du bist für einen jungen Mann sehr galant“, gab die Gräfin wohlwollend zurück und schritt ans Kopfende der Tafel. Sie hatte eine übergroße Handtasche dabei, und von ihrem Seidengürtel hing ein riesiger Messingring mit mindestens zwanzig Schlüsseln daran.

„Doch, sie ist jünger, als ich dachte“, sagte Mr Crum anerkennend und so laut, dass es der ganze Tisch hörte, strich sein Hemd glatt und richtete sich hoch auf.

Als die Gräfin näher kam, fand Tabitha allerdings, dass sie ziemlich stark geschminkt war, was ein bisschen unnatürlich wirkte, aber vielleicht war das in Adelskreisen ja so üblich. Tabithas Mutter hatte sich oft genug darüber ausgelassen, dass diese oder jene reiche Dame den neuesten Puder, das neueste Rouge oder falsche Wimpern benutzte. Oder hatte die Gräfin einen anderen Grund, sich so anzumalen? Tabitha setzte ihren unsichtbaren Kommissarhut auf und widerstand der Versuchung, an einer unsichtbaren Uhrkette zu kauen. *Vielleicht hat sie ja auch Verbrennungen im Gesicht und schämt sich wegen ihrer Narben. Oder sie war früher mal Zirkusartistin und hat von daher eine Vorliebe für auffälliges Make-up.*

„Eigentlich müssten wir jetzt eine Vorstellungsrunde machen“, sagte die Gräfin mit ihrer tiefen, warmen Stimme, „aber wir können uns auch einfach an die Tischkarten halten.“ Sie bückte sich, um die Handtasche neben ihrem Stuhl auf den Boden zu stellen, dann richtete sie sich wieder auf und stützte die Hände auf die Rückenlehne. „Ich gehe davon aus, dass alle auf dem richtigen Platz sitzen, außerdem habe ich mir vorher Ihre Akten durchgelesen. Aber setzen Sie sich doch bitte wieder!“

Viola machte große Augen und raunte ihren Eltern das Wort „Akten!“ zu. Die anderen Anwesenden schienen genauso befremdet, nur Tabitha freute sich, denn es hörte sich ganz so an, als hätte die Gräfin eine richtiggehende Ermittlung durchgeführt, bevor sie ihre Einladung ausgesprochen hatte. Was wiederum bedeutete, dass die sechs Kinder keineswegs zufällig ausgewählt worden waren. Tabitha stupste Pemberley verstohlen an, damit er auch ja gut aufpasste. Wer mochte im Auftrag Ihrer Ladyschaft Informationen über die Familie Crum eingeholt haben? Und was hatte derjenige herausgefunden?

„Heißt das, Sie haben über jeden von uns eine Akte angelegt?", fragte Edward unverblümt. „Ich finde es übrigens sehr nett, dass ich neben Ihnen sitzen darf. Ich bin Edward Herringbone und freue mich schon sehr auf das Essen!"

Die Gräfin tätschelte ihm den Kopf. „Du bist wirklich ein reizender Junge. Offenheit weiß ich immer zu schätzen. Dass du so laut sprichst, ist übrigens wunderbar, denn ich bin ein wenig schwerhörig, und dieser Tisch ist sehr lang, weshalb ich alle Anwesenden bitten möchte, laut zu sprechen. Und ich freue mich ebenfalls schon sehr auf das Essen!"

Jetzt, da köstliche Düfte aus der Küche herüberdrangen, das Licht gedämpft war und die Gräfin sie so herzlich willkommen geheißen hatte, entspannten sich die Gäste. Die allgemeine, unerträgliche Ungeduld hatte sich in nachsichtige Neugier verwandelt. Sogar der Butler Phillips, der neben der Flügeltür Posten bezogen hatte, schien dem Zauber Ihrer Ladyschaft zu erliegen.

„Wohltätigkeit gehört zu meinen größten Leidenschaften, aber meine Leidenschaft für gutes Essen ist fast genauso groß“, fuhr die Gräfin fort, „daher werden Sie mir die zehn Gänge hoffentlich verzeihen. Überfluss kann etwas sehr Schönes sein, findest du nicht auch, Herzchen?“ Dabei sah sie Viola an.

Viola erwiderte verlegen: „Gewiss, Lady DeMoss.“

„Und was ist mit den anderen Kindern? Würde es euch etwas ausmachen, ein bisschen verwöhnt zu werden?“

Sie schüttelten – wenn auch zögerlich – die Köpfe. Sogar Frances wirkte eingeschüchtert, wie Tabitha auffiel.

„Sehr gut. Ich freue mich auch, dass eure Eltern hier sind. So liebe Kinder brauchen liebevolle Eltern, nicht wahr“, sie beugte sich vor und spähte auf die Platzkarte neben Tabitha, „nicht wahr, Mrs Crum?“

Mrs Crum nickte nachdrücklich. „Ganz recht, Eure Ladyschaft, das sage ich auch immer.“

„Ach ja? Wie klug von Ihnen. Nun, dann fangen wir doch mal mit dem ersten Gang an. Erklärungen verdaut man am besten mit vollem Magen. Aber, aber, bitte keine enttäuschten Mienen! Ich versichere Ihnen, dass sich das Warten lohnt.“ Als hätte sie eine Beschwörungsformel ausgesprochen, erschien daraufhin die Köchin und beaufsichtigte zwei Küchenmädchen, die den ersten Gang servierten – Austern.

Tabithas Sitznachbarin stieß einen leisen Klagelaut aus.

„Soll ich Ihnen etwas auftun?“, raunte ihr Tabitha zu. Darauf antwortete die alte Dame zwar nicht, bekam aber wieder feuchte Augen, und ihre Hand zuckte, als wünschte sie sich, dass jemand sie festhielte. Dieses Gefühl kannte Tabitha aus eigener Erfahrung so gut, dass sie die arme Hand rasch zweimal tröstend drückte, bevor sie sich ihrem Teller widmete.

Es war ein echtes Festmahl. Nach einer klaren Vorsuppe mit Lauch gab es kalten Räucherlachs mit Schaumsoße und Gurkensalat, danach ein Wildcurry, gefüllte Hammelkeulen, gebratenes Geflügel (Ente, Fasan und Taube) mit Kräutergemüse und so weiter und so fort. Tabitha, die bisher Büchsenfleisch mit Senf für den Gipfel des Genusses gehalten hatte, war von den vielen verschiedenen Gerüchen und Geschmacksnoten so überwältigt, dass ihr beinahe die Tränen kamen.

Zwischendurch versuchten sich die anwesenden Eltern in der sorgfältig geprobten Kunst der Konversation, erinnerten dabei aber an ein Boot voller Angler, die voller Zuversicht ihre Köder auswarfen, nur um sie enttäuscht wieder einzuholen, weil kein fetter Fisch angebissen hatte. Auch Tabithas Mutter versuchte dann und wann, eine Frage anzubringen, doch die Antwort war jedes Mal nur ein schmächtiger Stichling.

Erst als die Köchin persönlich das zweite Fischgericht auftrug, kam eine gewisse Lebhaftigkeit auf. Die große, kräftige Frau zwängte sich polternd durch die Schwingtür und wuchtete die Servierplatte vor dem Platz der Gräfin auf den Tisch. Der Fisch war auf einem Bett aus Spinatblättern und Zwiebelringen angerichtet, darum herum standen lauter kleine Glasschälchen, von denen eine Hälfte mit durchsichtigem und die andere mit zartrosafarbenem Gelee gefüllt war. Der lidlose Augapfel des Tieres war so groß wie eine Münze, im Tode schien er alles und nichts zu sehen. Sein Maul stand offen, sodass man die spitzen Zähne sah.

Die Köchin wischte sich mit dem verschwitzten Arm über die Stirn und deutete schwungvoll auf die Servierplatte. „Hier kommt der gedämpfte Barsch mit Gelee aus Champagner und Roséwein, Eure Ladyschaft!“, verkündete sie mit Bassstimme.

Mrs Crum schüttelte sich unwillkürlich und sagte halblaut: „Da ist ja noch der Kopf dran!“

„Was für ein Riesenvieh!“, flüsterte Viola ihrem Freund Edward zu und lächelte Tabitha über den Tisch hinweg an. „Was der wohl schon alles gefressen hat?“

„Er guckt mich an!“ Edward rieb sich strahlend die Hände. „Ein Hoch auf die Köchin!“

Die Köchin errötete und macht einen kleinen Knicks. „Fünfundvierzig Zentimeter vom Kopf bis zum Schwanz, frisch aus dem Windermere-See."

„Ich kann's nicht leiden, wenn mein Essen mich anguckt", sagte Barnaby. „Aua! Tut mir leid, Mutter, aber so ist es nun mal."

„Ich mag das auch nicht", stimmte ihm Frances zu, deren Ekel kurzzeitig über ihre guten Manieren siegte.

Du hast wohl Angst, dass dich der Barsch dabei beobachtet, wie du das Tafelsilber klaust, dachte Tabitha bei sich und schielte zur Gräfin hinüber, die einen kehligen Unmutslaut von sich gab.

„Stimmt etwas nicht, Eure Ladyschaft?", fragte die Köchin.

Die Gräfin legte die Hand an die Stirn und stieß einen abgrundtiefen Seufzer aus. „Sie haben den Fisch ganz gelassen, dabei hatte ich doch angeordnet, dass Sie den Kopf in der Vorsuppe auskochen sollen, damit sie würziger wird." Sie umklammerte ihre Leinenserviette.

„Entschuldigung, Eure Ladyschaft. Ich bringe das sofort in Ordnung." Die Köchin wollte die Platte wieder mitnehmen.

„Lassen Sie nur", sagte die Gräfin knapp, legte die Serviette neben ihren Teller und lächelte gezwungen. „Sie haben sich so viel Arbeit mit diesem Menü gemacht, dass Sie jetzt bestimmt erschöpft sind. Ich möchte nicht, dass Sie den Fisch so zersäbeln, dass er hinterher wie ein Mordopfer aussieht." Sie lächelte in die Runde, und ihre Schönheit und der funkelnde Schmuck schlugen die Gäste abermals in einen besänftigenden Bann. „Ich bin zwar eine Gräfin", setzte sie bescheiden hinzu, „aber deswegen bin ich mir nicht zu fein, mir auch mal die Hände schmutzig zu machen."

Unter den staunenden Blicken der Gäste griff sie in ihre riesige Handtasche, holte ein ebenfalls riesiges Messer heraus, erhob sich, zielte und trennte den Fischkopf mit einem einzigen Hieb sauber ab.

Nachdem sie sich wieder hingesetzt hatte, wischte sie das Messer an ihrer Serviette ab, verstaute es wieder in der Tasche und deutete mit dem Kinn auf die Servierplatte. „Nehmen Sie den Kopf bitte wieder mit in die Küche."

Die Köchin glotzte ihre Dienstherrin mit offenem Mund an, wodurch sie dem geköpften Barsch nicht unähnlich sah. „Jawohl, Eure Ladyschaft." Ihr Blick wanderte zu der Handtasche hinüber. „Hab mich schon gewundert, wo das Tranchiermesser abgeblieben ist."

Daraufhin holte die Gräfin ein zweites, kleineres Messer aus der Tasche. „Und falls Sie das Schälmesser vermissen, hier ist es. Ich habe *immer* ein paar Messer dabei." Als sie die verdutzten Gesichter der Gäste sah, sagte sie lächelnd: „Sie mögen das seltsam finden, aber eine Witwe ist ein schutzloses Wesen und muss sich verteidigen können. Darum schließe ich auch immer mein Arbeitszimmer ab und lasse mein Personal Verschwiegenheitserklärungen unterschreiben. Seit dem Tod meiner Angehörigen bin ich ein bisschen ängstlich geworden – und außerdem mag ich meine Messer sehr gern."

Diese Erklärung klang vernünftig, wenn auch reichlich exzentrisch. Aber schließlich war ihr Ehemann umgebracht worden, da wurde vermutlich jede Frau ängstlich. *Trotzdem kann sie erstaunlich gut mit so einem großen Messer umgehen,* dachte Tabitha. *Einmal gezielt und – zack!*

„Das kann ich gut verstehen", sagte Edward, „und Sie machen das prima. Sie hätten einen guten Scharfrichter abgegeben. Wussten Sie, dass der Henker im Tower von London elfmal zuschlagen musste, bis er die Gräfin von Salisbury enthauptet hatte? Angeblich war es seine erste Hinrichtung. Beim ersten Hieb hat das Schwert ihre Schulter getroffen, und dann musste er noch zehnmal ausholen, bis sie endlich tot war. Das arme Mädel war erst siebenundsechzig. Steht alles in *Stümperhafte Hinrichtungen und ärztliche Kunstfehler.* Kein Buch für schwache Nerven."

Dazu äußerte sich niemand, und Viola nahm es auf sich, das Gespräch auf die Wohltätigkeitsarbeit der Gräfin zu bringen. Und da der Barsch ausgesprochen gut schmeckte, war das Messer in der Handtasche bald vergessen. Doch dann senkte sich allmählich wieder eine unbehagliche Stille auf die Tafelrunde.

„Phillips wird jetzt eine kleine Überraschung holen. Hat in der Zwischenzeit noch jemand eine allgemeine Frage zu Hollingsworth Hall?“, ergriff die Gräfin wieder das Wort und nickte dem Butler zu, der sich verbeugte und entschwand.

Das war das Stichwort für Barnaby Trundle, der während des gesamten Essens immer wieder verstohlen zu Tabithas Tischende hinübergespäht hatte. „*Ich* habe eine Frage! Wer ist das?“ Er zeigte mit dem Finger auf Tabithas Tischnachbarin, zuckte aber gleich zusammen, weil ihn seine Mutter offenbar gekniffen hatte.

Die Gräfin dagegen schien sich über die Frage zu freuen. „Wie schön, dass sich endlich jemand nach unserer *lieben* Mary Pettigrew erkundigt!“ Sie stand auf und ging um den Tisch herum. Tabitha fiel auf, dass sie einen sehr entschlossenen Gang hatte, mit kurzen, fast stampfenden Schritten.

Die Gräfin trat hinter Mary und legte ihr die Hände auf die Schultern. „Sie haben vielleicht schon gehört, dass ich mein gesamtes Personal alle halbe Jahre auszuwechseln pflege.“

„Aber Phillips nicht“, sagte Edward. „Er hat uns

bei der Führung erzählt, dass er schon zwei Jahre hier ist."

„Ach so? Was hat er denn noch so alles erzählt? Wie auch immer, jedenfalls war es letzten Montagabend mal wieder so weit. Doch dann entdeckte Phillips die *liebe, liebe* Mary in meinem Arbeitszimmer. Sie hatte einen Schlaganfall erlitten und war über meinem Schreibtisch zusammengebrochen."

Tabithas Hand machte sich selbstständig und schoss in die Höhe. „Entschuldigung, aber hatten Sie nicht gesagt, dass Sie Ihr Arbeitszimmer immer abschließen?"

„Das war in der Tat auch *mein* erster Gedanke", die Gräfin beugte sich vor und spähte auf die Tischkarte, „meine liebe Tabitha Crum. Wenn man ein Zimmer abschließt, bedeutet das bekanntlich, dass niemand es betreten soll."

Aber warum nicht? Wahrscheinlich bewahrte die Gräfin in ihrem Arbeitszimmer persönliche Unterlagen auf, und das war etwas, das Erwachsene sehr ernst nahmen. Kommissar Clever dagegen hielt überhaupt nichts von verschlossenen Türen. *Wer seine Wertsachen und Privatangelegenheiten einschließt, mein lieber Tibbs, schreit doch geradezu heraus, dass hinter der verschlossenen Tür etwas Spannendes zu finden ist*, pflegte er in gleich mehreren Romanen zu verkünden.

„Aber in dem Zustand, in dem Mary war, konnte ich

sie natürlich nicht befragen", fuhr die Gräfin fort. „Ich bat Phillips, sie auf ihr Zimmer zu bringen, denn sie tat mir leid. Sie tut mir heute noch leid."

„Habe ich das richtig verstanden, Eure Ladyschaft – wir essen mit Ihrem *Hausmädchen* zu Abend?", fragte Mrs Trundle ungläubig und setzte nach einer kurzen Pause matt hinzu: „Das ist ja ... nett." Sie gab sich sichtlich Mühe, sich zusammenzureißen, und wiederholte etwas lauter: „Doch, das finde ich wirklich nett von Ihnen. Ein Hausmädchen ... beim Abendessen ..."

„Sie isst doch gar nicht richtig mit", wagte Tabitha einzuwerfen, denn Mary war beim Servieren jedes Mal übergangen worden. Sie spürte, wie Pemberley sie mit der Schnauze in den Bauch stupste. *Ganz recht, Kommissar Pemby, hier müssen wir noch einmal nachhaken.* „Bitte entschuldigen Sie, dass ich noch einmal darauf zurückkomme, Eure Ladyschaft, aber was kann eigentlich so einen Schlaganfall auslösen?" Für diese Frage erntete sie von ihrer Mutter einen kräftigen Tritt auf den Fuß.

Die Gräfin ließ Marys Schultern los und musterte Tabitha mit der typischen Miene einer Erwachsenen, die findet, dass ein Kind zu viele Fragen stellt. „In diesem Fall wahrscheinlich von zu fettem Essen. Mary hat eine Schwäche für Speck und Wurst, stimmt's, Mary?" Sie klopfte dem Hausmädchen zweimal mit der flachen

Hand auf die bleiche Wange. „Sie hat bestimmt jeden zweiten Monat versucht, das ungesunde Zeug wegzulassen, aber zu viel Schweinebraten ist und bleibt zu viel Schweinebraten." Die Gräfin schnalzte mit der Zunge, hob den Kopf und blickte lächelnd in die Runde.

„Vielleicht hat sie ja auch einen Geist gesehen", meinte Viola.

Edward wischte sich einen Klecks Champagnergelee vom Kinn und meldete sich mit erhobener Hand.

Zwischen den gezupften Augenbrauen der Gräfin erschien eine steile Falte. „Ja bitte", wieder der Blick auf die Tischkarte, „Edward Herringbone?"

Edward räusperte sich bedeutungsvoll. „Es ist richtig, dass ein Schlaganfall durch verstopfte Blutgefäße verursacht werden kann, die wiederum durch zu fettreiches Essen verursacht werden", dozierte er. „Die Folgen sind oftmals Verwirrtheit sowie eine halbseitige Lähmung, die sowohl das Bewegungs- als auch das Sprachvermögen betrifft. Das steht alles in Masons *Lexikon der Anatomie und der Krankheiten*. Genauso gut können aber auch übermäßige Anstrengung oder eine seelische Erschütterung einen Schlaganfall auslösen, und ... äh ..." Er fuhr sich mit der Zunge über die Lippen und richtete den Blick Hilfe suchend an die Decke, bis er schließlich sagte: „Den Rest hab ich leider vergessen."

„Furchtbar", entfuhr es Tabitha, und sie überlegte

flüchtig, ob ihre Eltern vielleicht erträglicher würden, wenn sie einen Schlaganfall hätten. *Deshalb hatte Mary auch solche Schwierigkeiten, das Wort „Ellenbogen" auszusprechen.* Auch jetzt stieß ihre Tischnachbarin wieder unverständliche Laute aus.

„Zu fettes Essen?", sagte Frances angewidert und so leise, dass es die Gräfin nicht hörte. „Dann pass mal lieber gut auf, Edward. Und deine beste Freundin Viola genauso."

Während sich die anderen Gäste nach den Dales und Herringbones umwandten, um zu sehen, wie sie auf diese Beleidigung reagieren würden, beobachtete Tabitha, wie Frances blitzschnell die Hand nach dem Bukett in der Tischmitte ausstreckte, eine vergoldete Eichel abrupfte und in ihrem Perlentäschchen verschwinden ließ.

Viola und Edwards Eltern waren rot geworden, doch Edward entgegnete nur unbekümmert: „Ach, wir haben bloß schwere Knochen. Außerdem essen wir so viel Gemüse, dass wir garantiert keinen Schlaganfall kriegen." Er klopfte sich auf den Bauch, grinste erst breit in die Runde und dann seine Mutter an. „Mach dir mal keine Sorgen, Mum."

„Aber haben Sie denn keinen Arzt gerufen?", kam Mr Appleby wieder auf Mary zurück.

Die Gräfin tupfte dem alten Hausmädchen mit dessen

unbenutzter Serviette den Speichel ab. „Einen Arzt? Ich war in meinen ganzen Leben noch keinen Tag krank."

Als sie Mr Applebys verblüfftes Gesicht sah, wandelte sich ihr gleichgültiger Tonfall in einen mitleidsvollen: „Selbstverständlich habe ich sofort einen Arzt angerufen, aber er sagte nur, sie brauche viel Ruhe, davon abgesehen könne man nichts tun. Weil sie schon so viele Jahre bei mir ist, hätte ich sie natürlich auf gar keinen Fall vor die Tür gesetzt. Sie kann ja nicht mehr arbeiten und sich selbst versorgen. Das", sie kniff Mary in die Wange, „wäre in der Tat grausam gewesen." Dann hob sie die Hand und richtete sich die Frisur. „Aber jetzt genug davon. Hat es Ihnen denn geschmeckt? Und haben Sie sich gut unterhalten?"

Zögerliches Nicken der Tischrunde.

„Dann kläre ich Sie jetzt wohl am besten auf, weshalb ich Ihre Kinder herbestellt habe. Sie sind doch bestimmt schon neugierig."

Alle Eltern und Kinder setzten sich aufrecht hin und wippten nervös mit den Beinen.

„Offenbar habe ich recht – wie schön! Nun denn." Die Gräfin ging gemessen wieder um den Tisch herum und zur Tür. Davor blieb sie stehen, drehte sich noch einmal mit neckisch erhobenem Zeigefinger nach den Gästen um und öffnete die Türflügel einen Spalt. „Phillips! Bringen Sie mir –"

Weil der Butler sofort hereinkam, musste sie ein paar Schritte zurückweichen. Er hatte einen kleinen schwarzen Kasten dabei. „Das ging ja schnell, Phillips. Stellen Sie den Kasten auf den Tisch und dann hinaus mit Ihnen."

Phillips sah die Gräfin einen Augenblick lang an, dann tat er wie geheißen, verbeugte sich und verließ das Esszimmer. Nun ruhten alle Blicke gebannt auf dem schwarzen Kasten.

Die Gräfin setzte sich wieder auf ihren Platz. „Liebe Kinder, bitte bekommt jetzt keinen Schreck. Eure Eltern waren sehr unartig. Sie haben euch nämlich angelogen."

Es wurde so schlagartig kalt im Raum, als wäre eine Sonnenfinsternis eingetreten. Sogar die elektrische Deckenbeleuchtung flackerte kurz.

Vielleicht ist es jetzt endlich so weit, dachte Tabitha, *und ein grausiges Verbrechen wird enthüllt*. Sie ermahnte sich, einen kühlen Kopf zu bewahren, rief sich die zahlreichen Lehrstunden bei Kommissar Clever und Timothy Tibbs ins Gedächtnis, die sie beim Lesen absolviert hatte, und nahm eine rasche Bestandsaufnahme der Erwachsenen vor, die soeben der Unehrlichkeit bezichtigt worden waren:

- mein Vater: schuldbewusstes Zusammenzucken
- meine Mutter: ersticktes Hüsteln

- Mr Wellington: hochgezogene Augenbraue
- Mrs Wellington: selbstbewusstes Lächeln in den Taschenspiegel, in dem sie ihren Lippenstift überprüft
- Mr und Mrs Herringbone: höflich-angespannte Mienen
- Mr und Mrs Dale: verdutzt-ängstliche Blicke
- Mr und Mrs Trundle: Panik
- Mr und Mrs Appleby: Verwirrung

Die Gräfin sah die Schlüssel an dem gewaltigen Messingring durch, bis sie den richtigen gefunden hatte – ein kleines, silbernes Exemplar. Mit großer Geste schloss sie den geheimnisvollen Kasten auf und öffnete den Deckel. Ein kleiner Stapel Papphefter bot sich den neugierigen Blicken dar.

Mrs Trundle und Mrs Crum standen halb von ihren Stühlen auf und verrenkten sich die Hälse in dem Versuch, die Beschriftung zu entziffern.

„Wie gesagt, über jede der hier anwesenden Familien gibt es eine Akte."

Die Gräfin atmete tief ein und langsam wieder aus. Dann prustete sie plötzlich los. Sie schlug zwar gleich die Hand vor den Mund, aber man sah trotzdem, wie ihre Augen funkelten. „Oje, das war jetzt gar nicht damenhaft, aber gleich wird es sooo lustig!" Sie musste sich sichtlich zusammenreißen, um halbwegs ernst zu bleiben.

„Eure Eltern, liebe Kinder“, verkündete die Gräfin von Windermere, „haben nämlich Geheimnisse vor euch.“

8.

„Geld ist nicht alles, mein lieber Tibbs, vor allem nicht für jene, die bereits welches besitzen. Jemandem eine große Summe in Aussicht zu stellen, kann daher ganz verschiedene Reaktionen hervorrufen: Bestürzung, Argwohn oder ehrliche Freude, wobei die Erfreuten gut daran täten, darüber nachzudenken, ob sie tatsächlich Grund zur Begeisterung haben. Bekanntlich hat alles seinen Preis – auch geschenktes Geld.“

Kommissar Clarence Clevers neuester Fall
Der bestechliche Bankdirektor

„Geheimnisse“, hatte die Gräfin gesagt. Das Wort hallte stumm um die Tafel wider. Die Glühbirnen im Kronleuchter verdunkelten sich abermals kurz, dann flammten sie flackernd wieder auf. Die Gräfin warf einen Blick an die Decke, biss sich auf die Unterlippe und sagte halblaut: „Es stürmt.“

Dann zog sie ein Blatt Papier aus einem der Hefter und überflog es. „Doch bevor wir uns mit euren Familiengeheimnissen amüsieren, möchte ich euch einen kleinen Einblick in meine eigene traurige Geschichte geben."

Edward fuhr sich mit seinem Löffel quer über den Hals, zwinkerte Frances vielsagend zu und flüsterte vernehmlich: „Doppelmord!"

Frances' Hand schnellte in die Höhe. „Gestatten Sie mir bitte eine Frage, Eure Ladyschaft. Hatten Sie es jemals mit einem Doppelmord zu tun?"

Der Blick der Gräfin wurde kurz ausdruckslos, dann riss sie sich zusammen. „Spielst du etwa auf meinen Mann und meinen Schwager an? Ja, dieses Gerücht ist mir auch schon zu Ohren gekommen, aber ich weiß nicht recht, was ich davon halten soll. Das Wort ‚Mord' wird heutzutage viel zu gedankenlos benutzt, finde ich." Sie sah wieder auf das Blatt in ihrer Hand. „Sind alle so weit?"

Die eintretende Stille mochte als Zustimmung gelten.

„Vor zwölf Jahren ist mein Sohn Thomas mit einer völlig ungebildeten und unbedeutenden Frau durchgebrannt und hat mich damit so gekränkt, dass ich den Kontakt zu ihm abgebrochen habe. Ich muss allerdings einräumen, dass die Frau ein Kind von ihm erwartete. Der Dummkopf hat den Kontaktabbruch begrüßt und sogar seinen Namen geändert. Nach einem knappen Jahr sind beide bei einem Bootsunglück ertrunken. Ihr Kind, das damals ein halbes Jahr alt war, war mit einer

Betreuerin an Land geblieben, die offenbar keine Ahnung von der Herkunft meines Sohnes hatte. Sie steckte das Kind ins Waisenhaus. Das herauszufinden, hat mich Jahre gekostet."

Tabitha musste an das Augustus-Heim denken, in dem sie nach dem Wochenende auf Hollingsworth Hall bleiben sollte. *Aber es gibt Schlimmeres, als im Waisenhaus zu wohnen, Pemberley:*

- in einer Toilette zu wohnen
- mit Barnaby Trundle im selben Zimmer zu wohnen
- in einer Spukvilla voller rachsüchtiger Geister zu wohnen

„Nachdem Thomas und seine Frau ums Leben gekommen waren", fuhr die Gräfin fort, „habe ich unverzüglich nach meinem Enkelkind suchen lassen, doch die Betreuerin war verschwunden und niemand konnte mir sagen, wo das Kind hingekommen war. Das weiß ich erst seit Kurzem."

Sie blickte abermals auf das Blatt und las laut vor: „Die Ermittlungen haben die Spur der gesuchten Person bis zum Basilius-Heim zurückverfolgt, Londons ältestem Waisenhaus für Säuglinge und Kleinkinder." Sie ließ das Blatt sinken und zeigte der Reihe nach auf die anwesenden Kinder. „Ihr sechs seid die einzigen Waisen, die im Mai 1895 im Alter von ungefähr einem halben Jahr ins Basilius-Heim gekommen sind. Kurz darauf wurdet ihr alle von euren kinderlosen und großherzigen Eltern adoptiert." Die Gräfin breitete die Arme aus und strahlte übers ganze Gesicht. „Ta-daaa, Überraschung!"

Jemand schnappte so laut nach Luft (es hörte sich nach Barnaby Trundle an), dass es im ganzen Esszimmer widerhallte.

Viola ließ ihren Silberlöffel fallen, dass es nur so klirrte, und fragte ungläubig: „Mum, Dad, stimmt das?"

„Wie bitte?", sagte Edward fröhlich, aber sein Grinsen verblasste, als er begriff, was er da gehört hatte, und auch er drehte sich zu seinen Eltern um. „Was hat sie da gerade gesagt? Heißt das, ich bin gar nicht euer richtiger Sohn? Wessen Sohn bin ich denn dann?"

Frances Wellington verschluckte sich an ihrem Wasser. Sie griff sich mit beiden Händen an die Kehle, und die Augen quollen ihr aus dem Kopf, bis sie das Wasser schließlich ausgehustet hatte.

Oliver war ganz still geworden, nur sein Gesicht war leicht verzerrt, als hätte er von dem üppigen Essen Magendrücken bekommen.

Tabitha schnappte weder nach Luft noch stellte sie Fragen, verschluckte sich oder verzog das Gesicht. Sie tastete nur nach der rundlichen Beule in ihrer Schürzentasche und spürte ein leichtes Ziehen in der Brust. Ob es ein heilsames Ziehen war, wie wenn man das Gift aus einem Schlangenbiss heraussaugt (*Ich bin keine echte Crum, Pemberley*), oder ein Verlustgefühl, aufgrund dessen sie sich noch unbedeutender als sonst schon vorkam (*Ich bin überhaupt niemand, Pemberley*), konnte sie nicht sagen. Vielleicht von beidem etwas.

„Das bedeutet, dass einer von euch mein Erbe ist." Die Gräfin legte das Blatt weg. „Während meiner langen, verzweifelten Suche habe ich eine beträchtliche Summe in einen Treuhandfonds eingezahlt, der meinem geliebten Enkelkind eines Tages zugutekommen soll."

Die Gäste am Tisch zogen die Augenbrauen hoch, machten verblüffte Gesichter und wiederholten in verschiedenen Tonlagen das Wort „Treuhandfonds". Die Gräfin klatschte vergnügt in die Hände: „Großartig – die Überraschung ist mir voll und ganz gelungen! Nur ihr sechs kommt infrage, und ich kann es nicht erwarten, herauszufinden, wer von euch mein Enkelkind ist, damit ich es nach Strich und Faden verwöhnen kann! Es darf sogar den ganzen nächsten Sommer hier verbringen. Das wird mich ein bisschen darüber hinwegtrösten, dass alle anderen Mitglieder meiner Familie tot sind."

Tabitha spürte ein Kratzen am Bauch. *Ganz recht, Pemby – nicht nur tot, sondern höchstwahrscheinlich ermordet, jedenfalls zum Teil.*

Als die Gräfin die Versammelten jetzt wieder anstrahlte, sah man, dass an einem ihrer Schneidezähne ein bisschen Lippenstift klebte. „Ist das nicht eine großartige Neuigkeit? Für eins von euch Kindern jedenfalls. Es kann mich ganz oft besuchen, damit wir die verpassten Jahre nachholen, und das ganze schöne Geld gehört ihm."

„Und wie viel ist das?", wollte Barnaby wissen, zuckte aber sofort zusammen und warf seiner Mutter einen bösen Blick zu.

Die Gräfin überhörte die Frage und klopfte mit der Gabel an ihr Glas. „Champagner, bitte!"

Daraufhin kam die Köchin mit einem Tablett hereinmarschiert. Jeder Elternteil bekam einen Sektkelch mit perlendem Champagner und jedes Kind ein Sherryglas mit sprudelnder Limonade.

„Es handelt sich um hunderttausend Pfund, meine Lieben." Die Gräfin hob ihr Glas. „Zum Wohl!"

„Hunderttau–" Mr Trundle verschluckte sich und bekam einen Hustenanfall, und Barnaby starrte die Gräfin mit aufgerissenen Augen an. Die Applebys, Dales und Herringbones wechselten beeindruckte Blicke. Sogar Viola bekam bei dieser Summe, die größer war als jede Spende, die sie bis jetzt für wohltätige Zwecke gestiftet hatte, leuchtende Augen.

Frances hob die Hand. „Hunderttausend Pfund – ist das Ihr Ernst?" Sie blickte abschätzend zwischen ihrer Mutter und ihrem Vater hin und her. „Und wann soll ich das nächste Mal zu Besuch kommen?“ Ihre Augen blickten gierig, doch sie setzte ein engelhaftes Lächeln auf. „Denn ich bin doch die Gesuchte, nicht wahr?“

„Das weiß ich leider noch nicht, Herzchen, sonst hätte ich euch ja nicht alle zusammen eingeladen.“ Die Gräfin wandte sich wieder an die Erwachsenen. „Reden wir doch offen miteinander. Bestimmt haben Sie damals bei der Adoption Näheres über die Herkunft Ihrer Kinder erfahren.“

Die Eltern wechselten verunsicherte Blicke, aber niemand sagte etwas.

„Nicht? Dann denken Sie am besten noch mal in Ruhe darüber nach und erzählen Ihren Kindern, was Ihnen eingefallen ist. Verschweigen Sie ihnen nichts. Sie tun es für die Kleinen – und für die hunderttausend Pfund natürlich. Morgen werde ich jedes Kind einzeln befragen, und dann werden wir ja sehen, wer mein Erbe ist. Aber jetzt möchte ich Ihnen noch einmal sagen, wie sehr ich mich freue, dass Sie alle erschienen sind und an dieser wundervollen Wiedervereinigung teilnehmen!“

Auf Anweisung der Gräfin wurden Champagner und Limonade nachgeschenkt, man stieß miteinander an, und bald hatten alle rosige Wangen – vor Aufregung über das Gehörte und Vorfreude auf all die Wünsche, die sich mit hunderttausend Pfund in der Brieftasche erfüllen ließen.

„Die Chancen stehen also eins zu fünf", witzelte Mr Trundle. „Ich freue mich schon. Barnaby wird es hier gut haben, und wir machen uns ohne ihn einen schönen Sommer. Wenn Sie es wünschen, kann er natürlich auch gern noch länger hierbleiben, Eure Ladyschaft." Dabei übersah er Barnabys gekränkte Miene, oder sie war ihm egal. „Aber wie wollen Sie denn nun herausfinden, welches Kind das richtige ist?", fügte er eher neugierig als beunruhigt hinzu.

Ja, wie will sie das herausfinden?

Die Gräfin stellte behutsam ihr Glas ab. „Anhand der Hinweise, die das Waisenhaus den Adoptiveltern damals gegeben hat. Das könnte eine Beschreibung der leiblichen Eltern sein, die auf meinen Sohn und seine Frau zutrifft, oder irgendwelche Details über ihre Vergangenheit, die auf Hollingsworth Hall hindeuten, oder aber irgendein Gegenstand, den die leiblichen Eltern dem Kind mitgegeben haben. Außerdem wird mir die liebe Mary dabei helfen, das richtige Kind zu identifizieren."

„Ein halbseitig gelähmtes Hausmädchen, das nicht sprechen kann?", schnaubte Mr Crum verächtlich. „Sie ist ja wohl kaum die Richtige, um irgendwen zu identifizieren!"

„Und sie kann wohl kaum beurteilen, wer von uns gräfliches Blut hat", warf Frances naserümpfend ein, setzte sich aufrecht hin und lächelte die Gräfin wieder liebreizend an. „Außerdem steht doch schon fest, wer dein Erbe ist, *Großmutter*." Mit einem Seitenblick auf Tabitha, Viola, Barnaby und Edward fügte sie an: „Beziehungsweise, wer es auf gar keinen Fall sein kann!"

„Das gesuchte Kind hat aber doch gar kein gräfliches Blut, weil die Gräfin ihren Titel erst von König Edward verliehen bekommen hat, oder?", wandte Edward ein.

Stimmt. Was sie wohl für ein Leben geführt hat, bevor sie nach Hollingsworth Hall gezogen ist?

Die Gräfin ließ sich nicht beirren. „Mary Pettigrew hat das Kind als Baby gesehen und kannte meinen Thomas gut. Außerdem war sie – anders als ich – mit der Frau befreundet, mit der mein Sohn durchgebrannt ist." Sie lächelte das alte Hausmädchen an. „Unterschicht und Unterschicht gesellt sich gern und so weiter. Vielleicht erkennt Mary ja irgendwelche vertrauten Gesichtszüge oder dergleichen. Auf jeden Fall bin ich fest überzeugt, dass ich am Ende dieses Wochenendes ein Enkelkind haben werde. Ist das nicht aufregend?"

„Habe ich Sie richtig verstanden, dass Sie selbst Ihr Enkelkind noch nie gesehen haben?", vergewisserte sich Mrs Wellington. „Und dass das Waisenhaus keine Unterlagen darüber besitzt, von wem welches Kind abgegeben wurde?"

Die Gräfin schlug den obersten Hefter auf und runzelte die Stirn. „Natürlich besitzt das Heim Unterlagen, aber manche Waisen werden auch einfach nur vor der Tür abgelegt. Das trifft auf alle hier versammelten Kinder zu."

„Ich möchte noch etwas dazu sagen, Eure Ladyschaft", meldete sich Mrs Appleby ein bisschen zaghaft zu Wort. „Ich weiß nicht recht, ob Sie einfach so eins unserer Kinder zu Ihrem Enkel erklären und ausgedehnte Besuche verlangen können."

„Ach, Barnaby können Sie gern kriegen", sagte Mr Trundle prompt. „Wir haben nichts dagegen."

Die Gräfin kniff die Lippen zusammen, holte tief Luft und griff nach ihrer Handtasche. Dann entgegnete sie: „Da kann ich Sie beruhigen. Mein guter Freund, der König von England, hat mich geadelt, weil ich eine Wohltäterin unseres Landes bin. Das ist ja wohl Beweis genug für die Redlichkeit meiner Absichten."

Tabitha überlegte, ob König Edward wirklich so gut mit der Gräfin befreundet war und ob er wohl wusste, dass sie Messer mit sich herumtrug.

„Und warum hat uns noch nie jemand erzählt, dass wir adoptiert sind?", fragte jetzt Viola.

Mrs Dale zog sie an sich und sah die anderen Mütter mitfühlend an. „Sicherlich wissen einige von Ihnen, wie schmerzlich es ist, wenn man keine eigenen Kinder bekommen kann. Es ist nur verständlich, wenn man nicht möchte, dass alle Welt davon erfährt."

Mrs Appleby nickte und nahm die Hand ihres Mannes. „Wir sind damals nach Frankreich gezogen“, sagte sie leise. „Lawrence ist noch mal hergekommen und hat Oliver abgeholt, und wir sind erst zurückgekehrt, als er ein Jahr alt war. Nur die Leiterin des Basilius-Heims weiß darüber Bescheid, dass Oliver nicht unser leiblicher Sohn ist.“

Mrs Herringbone ergriff das Wort. „Verzeihung, Eure Ladyschaft, aber ich bin der gleichen Meinung wie die Applebys.“ Sie legte Edward den Arm um die Schulter. „Mein lieber Junge“, sie deutete mit der freien Hand auf die Dales, „als damals unsere allerbesten Freunde ein Kind adoptiert haben, schlugen sie uns vor, es ihnen gleichzutun. Weil wir wollten, dass Viola und du zusammen aufwachsen, haben wir zwei Kinder im gleichen Alter ausgesucht. Und wir haben euch deshalb nicht erzählt, dass ihr adoptiert seid, weil manche Leute dumme Vorurteile haben und weil es sowieso keine Rolle spielt. Du *bist* mein richtiger Sohn, Edward!“

Die Gräfin fingerte an den Nähten ihrer Handtasche herum und stieß ein trillerndes Lachen aus. „Lassen wir doch die ernsten Themen – das hat Zeit bis Sonntag. Ich kann mich auf alles einstellen, und auch alle anderen werden zum Schluss zufrieden sein. Den Nachtisch, bitte!“

„Sie hat ja recht.“ Mr Appleby streichelte besänftigend die Hand seiner Frau und nickte Oliver zu. „Wo bleiben bloß unsere Manieren! Entschuldigen Sie bitte, Eure Ladyschaft.“ Er stand auf und hob sein Champagnerglas. „Lassen Sie uns noch einmal anstoßen!“ Er wartete, bis alle so weit waren, und rief dann: „Auf die Gräfin von Windermere!“

„Auf die Gräfin von Windermere!“, ertönte es vielstimmig.

„Auf die hunderttausend Pfund!“, rief Mrs Trundle schrill dazwischen.

Agnes kam mit einem Tablett herein, das mit Himbeertörtchen, Fruchtsorbet und Pistazieneis beladen war. Die Gräfin ging von einer Familie zur anderen, streichelte Arme, tätschelte Köpfe und schlug abermals alle in ihren Bann.

Tabithas Eltern stritten sich schon wieder, machten aber keine Anstalten, ihre Tochter einzubeziehen. Anders als die übrigen Eltern hatten die Crums bei der Erwähnung des Treuhandfonds keine Sekunde lang erfreut ausgesehen, was nur bedeuten konnte, dass sie schon jetzt ganz sicher waren, das Geld nicht zu bekommen.

„Ich muss mal aufs Klo“, sagte Tabitha zu ihrer Mutter und verließ das Esszimmer. Das aufgeregte Stimmengewirr verklang hinter ihr, doch sie vernahm ein anderes, leises Stimmchen, das seinen Sitz irgendwo zwischen ihrem Herzen und ihrem Hirn hatte.

Es gibt Schlimmeres, als keine Familie mehr zu haben.

Sie holte den Mäuserich aus der Schürzentasche. „Ich verstehe bloß nicht, warum die beiden überhaupt ein Kind adoptiert haben, Pemberley."

Tabitha hatte immer gespürt, dass es schwer sein würde, sich die Liebe ihrer Eltern zu verdienen, aber sie hatte nicht aufgegeben und es nach besten Kräften versucht. Doch abgesehen von ihrer Sehnsucht, zu einer Familie zu gehören und geliebt zu werden, und ihrem Kummer darüber, dass es ihr nicht gelingen wollte, machte sich jetzt noch ein anderes Gefühl bemerkbar, das sie nicht einordnen konnte, von dem ihr aber ganz heiß wurde. Sie bekam schon Angst, von dem lästigen Gefühl überwältigt zu werden und die Beherrschung zu verlieren, schaffte es aber zum Glück, tief durchzuatmen und sich auf ihre Vernunft zu besinnen.

Ein richtiger Kommissar ließ sich nicht von Gefühlen überwältigen. Auch Tabitha ging nicht davon aus, dass sie mit der Gräfin verwandt war, aber wo sie schon mal hier war, konnte sie das Wochenende mit ihren Eltern ebenso gut dafür nutzen, zu ergründen, weshalb sie von zwei Menschen adoptiert worden war, die Kinder allem Anschein nach generell nicht leiden konnten. *Ja, dieses Rätsel würde ich wirklich gern lösen.*

9.

„Wenn Sie den wahren Charakter eines Menschen kennenlernen wollen, mein lieber Tibbs, dann beurteilen Sie ihn nicht danach, wie er Sie behandelt, sondern danach, wie er sein Personal behandelt. Und wenn Sie ein Verbrechen aufklären wollen – ganz gleich, ob es sich in einem Palast ereignet hat oder in einer ärmlichen Mietwohnung –, dann sprechen Sie unbedingt zuerst mit dem Dienstmädchen.“

Kommissar Clarence Clevers neuester Fall
Der liederliche Lord

Tabitha trocknete sich die Hände an einem zartvioletten Handtuch ab. „Es ist wirklich ein wunderschönes Haus“, sagte sie aufmunternd zu Pemberley, denn sie spürte, dass ihr Mäusefreund dem klärenden Gespräch mit den Crums ein wenig beklommen entgegensah. „Und eine Großmutter ist schließlich auch Familie. Vielleicht bin ich ja doch eine verschollene DeMoss, und mein Leben fühlt sich deswegen immer wie ein Kleid an, in das ich nicht richtig hineinpasse. Vielleicht erbe ich zu guter Letzt doch den Treuhandfonds und kann dir ein Käseschloss kaufen und –"

Quieki-quiek.

„Ja, ich weiß, vielleicht kommt es auch anders. Aber dann kann ich vielleicht wenigstens hier die Böden wischen statt im Augustus-Heim. Auf geht's!"

Tabitha fand die elektrische Beleuchtung irgendwie trostlos, als Pemberley und sie jetzt ins Esszimmer zurückkehrten und unterwegs an lauter Beweisen für den Reichtum vorbeikamen, in dessen Besitz eins der Kinder bald gelangen würde. Die silbergerahmten Gemälde und goldgerahmten Spiegel hingen so dicht nebeneinander, dass es Tabitha vorkam, als wollten die Wände sie erdrücken. Sie musste an die fleischfressende Pflanze denken, die in einem Kommissar-Clever-Roman vorkam und einen verschwundenen Brillanten verschluckt hatte.

Doch als sie wieder hereinkam, war das Esszimmer abgesehen von Mary Pettigrew und einem Küchenmädchen, das die Reste des Nachtischs abräumte, leer. Mary schien es nicht gut zu gehen. Sie war nach vorn gegen die Tischkante gekippt und hatte den Blick auf das Gemälde an der gegenüberliegenden Wand gerichtet. Allerdings hatte Tabitha den Eindruck, dass sie in Gedanken weit weg war und etwas ganz anderes vor sich sah. Als Tabitha eintrat, drehte sich das Küchenmädchen um.

„Kommt denn niemand, um Mary zu holen?“, fragte Tabitha.

Das Mädchen wurde rot. „Doch, bestimmt, Miss. Die anderen Gäste sind in den Salon und die Bibliothek gegangen, oder sie sind draußen in der Halle.“

Tatsächlich hatten sich die anderen Kinder und ihre Eltern grüppchenweise auf die genannten Räume verteilt. Die Trundles standen neben einer der Ritterrüstungen, Mr Trundle hatte Barnaby an der Schulter gepackt und redete in eindringlichem Flüsterton auf ihn ein. Mr Wellington stand in der Tür zum Salon und paffte eine dicke, dunkelbraune Zigarre.

Tabitha ging weiter, bis sie Mr und Mrs Crum am Fuß der großen Treppe entdeckte, wo sie die Köpfe zusammensteckten.

Tabitha trat zu ihnen. „Hallo Mum, hallo Daddy.“

Beide wandten sich gleichzeitig mit ärgerlichen Mienen um, sagten aber nichts. Da sie anscheinend nicht vorhatten, ein Gespräch zu beginnen, holte Tabitha tief Luft. Laut Kommissar Clever gab es zwei Möglichkeiten, wenn eine Ermittlung ins Stocken oder an einen Wendepunkt kam: Entweder man war feige und unternahm nichts oder man unternahm etwas, trug dann aber auch die Folgen.

„Ich weiß ja nicht, ob ihr mir etwas zu mitzuteilen habt …“, begann sie vorsichtig und erwog flüchtig, hinzuzusetzen: *abgesehen davon, dass ihr mir bitte mal erklären könntet, warum ihr mich überhaupt adoptiert habt, wenn ihr den armen, vom Schicksal gebeutelten Pemberley und mich jetzt doch wieder ins Waisenhaus steckt.* Doch das verkniff sie sich und fuhr fort: „Auf jeden Fall wird mich die Gräfin morgen befragen. Könnt ihr euch denn noch erinnern, wie ihr mich damals im Basilius-Heim abgeholt habt? Habt ihr da irgendetwas über mich erfahren?"

„Also ich weiß nur noch, dass du wie am Spieß geschrien hast. Du wolltest dich nicht von mir beruhigen lassen, und dein Vater hat furchtbare Kopfschmerzen bekommen", sagte Mrs Crum.

Mr Crum nickte bestätigend. „Du warst von Anfang an undankbar."

Als Tabitha klein gewesen war, hatte sie geglaubt, „undankbar" sei ein Kosewort, weil sie es so oft in Bezug auf sich selbst zu hören bekam. Inzwischen wusste sie es natürlich besser. „Undankbar" bedeutete, dass man egoistisch war und nicht zu schätzen wusste, wenn sich andere für einen aufopferten. Sie hatte das Wort sogar im Wörterbuch nachgeschlagen, und seit sie die Definition schwarz auf weiß gelesen hatte, war sie noch fester überzeugt, dass es ihre eigene Schuld war, wenn ihre Eltern sie nicht liebten.

„Warum kannst du nicht einfach mal die Klappe halten?", sagte Mr Crum barsch. „Löcher uns nicht andauernd mit dummen Fragen!" Er warf ein Stück Papier nach ihr.

Tabitha hob es auf. „Eine Bahnfahrkarte?"

„Du hast's erfasst. Nach diesem Wochenende kannst du nämlich allein in den Zug steigen. Der Bahnhof, an dem du wieder aussteigst, ist ein paar Meilen vom Augustus-Heim entfernt. Du kannst das letzte Stück zu Fuß laufen." Er drohte ihr erst mit dem Finger, strich dann sorgfältig sein Toupet glatt und beugte sich vor, wobei er aber an Tabitha vorbeiblickte. „Wir waren verrückt, dass wir unsere Reise wegen dieses blöden Wochenendes aufgeschoben haben! Deinetwegen haben wir Kopf und Kragen riskiert, weil wir natürlich dachten, es springt etwas dabei heraus. Und jetzt kommt uns die Gräfin mit ihren albernen Bedingungen!"

„Albern ist gar kein Ausdruck", pflichtete Mrs Crum ihm bei. „Tabitha soll mit einer Gräfin verwandt sein – absurd!" Sie sah ihren Mann an. „Sie war Lehrerin, oder?"

Tabitha horchte auf. „Wer?"

„Ja, Lehrerin", wiederholte Mrs Crum. „Das stand angeblich auf dem Zettel, den deine leibliche Mutter hinterlassen hat. Dass sie eine Ausbildung zur Lehrerin macht oder sonst was Blödsinniges. Hausmädchen war sie jedenfalls nicht. Und ein Vater wurde auch nicht erwähnt, also mach dir keine Hoffnungen, dass du *irgendwen* beerbst!" Mit zusammengebissenen Zähnen setzte sie hinzu: „Du bist ein lästiges Nichts, merk dir das endlich!"

Pemberley regte sich in Tabithas Schürzentasche. Wenn Tibbs dabei war, handelte Kommissar Clever stets mutig, auch wenn er hinterher manchmal zugab, dass ihm in Wahrheit ziemlich mulmig gewesen war. „Vielleicht irrt ihr euch ja, und das Waisenhaus hat sich auch geirrt", widersprach Tabitha darum um ihres Mäuserichs willen tapfer. „Vielleicht ist die Gräfin ja *doch* meine Großmutter."

„Du glaubst allen Ernstes, dass du aus einer reichen, vornehmen Familie stammst?" Diesmal benutzte Mr Crum seinen Zeigefinger, um ihn Tabitha in die Brust zu bohren. Als er sich wieder vorbeugte, roch sein Atem nach einer Mischung aus Zwiebeln, Fisch und Himbeertörtchen. „Das Einzige, was man uns damals mitgegeben hat, war die Decke, in die du gewickelt warst. Und die Heimleiterin meinte, dass deine leibliche Mutter bestimmt eine sehr schöne Frau war. Daraufhin haben wir gehofft, dass wir dich eines Tages aufgrund deines Aussehens mit irgendeinem reichen Hohlkopf verheiraten können."

Mrs Crum nickte. „Ein hübsches Gesicht bringt die Männer um den Verstand. Meine eigene Mutter kam aus einer so bettelarmen Familie, dass sie uns nie davon erzählen mochte. Und wie ist es ihr gelungen, der Armut zu entkommen? Indem sie sich hochgeheiratet hat! Wenn ich mich damals nicht in dich verliebt hätte, Mortimer, hätte ich jederzeit einen Prinzen haben können. Jetzt, wo mich die Mühen der Mutterschaft gezeichnet haben, ist es dafür natürlich zu spät."

„Ganz deiner Meinung, Schatz", erwiderte Mr Crum liebevoll, „du verdienst nur das Beste." Er verzog das Gesicht, als sei ihm ein übler Geruch in die Nase gestiegen, und wandte sich wieder an seine Tochter: „Hast du's jetzt endlich kapiert, Tabitha? Nur deswegen haben wir dich adoptiert – weil wir dachten, du wächst zu einer Schönheit heran. Von wegen! Wahrscheinlich erzählt die Heimleiterin allen Adoptiveltern diesen Schwachsinn."

Tabitha wich zurück, als hätte er sie geohrfeigt, erwiderte aber trotzig und mit brennenden Wangen: „Dieser Zipfelhaarschnitt macht mich jedenfalls bestimmt nicht schöner!"

Mrs Crum schüttelte matt den Kopf. „Irgendwann hätte ich ihn herauswachsen lassen. Ich wollte nur nicht, dass die Jungs zu früh hinter dir her sind. Und jetzt ..." Die Stimme versagte ihr und sie musste sich die Nase putzen. „Ach, Mortimer, jetzt werde ich wohl niemals in den besseren Kreisen Londons verkehren!"

„Na, na“, machte Mr Crum beruhigend und streichelte ihren Arm. Dann strich er sich seufzend über den Schnurrbart. „Denk nicht mehr an London, Schatz. Wir müssen uns an unseren Plan halten.“

Tabitha blickte zwischen den beiden Menschen hin und her, die sie davor bewahrt hatten, elternlos aufzuwachsen. Mrs Crum besaß immerhin den Anstand, betreten dreinzublicken, was aber nur daran lag, dass Tabitha versehentlich auf ihrem Fuß stand. „Runter da!“

„Es tut mir leid“, sagte Tabitha so leise, dass ihre Stimme sogar in ihren eigenen Ohren wie die eines sehr kleinen Kindes klang, das einsam und frierend auf einem sehr hohen Berg steht. Wie die Stimme eines Kindes, das nicht begreift, wie es in diese missliche Lage gekommen und wer dafür verantwortlich ist: ein grausames Schicksal oder womöglich es selbst. Sie betrachtete abwechselnd die Schuhe ihrer Eltern. „Es tut mir wirklich leid, dass ich eure Erwartungen nicht erfülle.“

Mrs Crum tupfte an ihrer zerlaufenen Wimperntusche herum. „Nerv uns nicht mit deinem Gejammer.“

Mit zitternden Fingern nahm Tabitha die Vogelbrosche ab, die ihre Mutter ihr geschenkt hatte, streichelte noch einmal zärtlich das Messinggefieder und drückte das Schmuckstück ihrer Mutter in die Hand. Dabei war ihr bewusst, dass sie sich vermutlich zum letzten Mal berührten. Ihre Eltern würden nicht nach einem Jahr zurückkommen und auch nicht nach zwei oder drei Jahren – sie würden nie mehr zurückkehren. „Was bei meinem Gespräch mit der Gräfin herauskommt, weiß ich nicht, aber die Brosche kannst du wiederhaben. Als Andenken an unseren Abschied. Ich will sie nicht mehr."

„So ein Quatsch", brummte Mr Crum. „Weg mit dem hässlichen Ding!" Er schnappte sich die Brosche und schleuderte sie quer durch die Halle. Der Rabe schlitterte über den Marmorfußboden und blieb in irgendeiner dunklen Ecke liegen.

Tabitha verbot sich, ihm nachzublicken.

Mrs Crum hob Tabithas Kinn an, bis sich ihre Augen trafen. „Denk immer dran, Tabitha …"

„Ja, Mutter?" Tabitha beugte sich überrascht und zaghaft erwartungsvoll vor. *Jetzt kommt's! Ein mütterlicher Rat für mein künftiges Leben, wo auch immer ich es verbringen werde.*

Tatsächlich wurde Mrs Crums Blick sanfter, und sie drückte kurz die Hand auf den Mund, ehe sie weitersprechen konnte. „Denk immer dran, Tabitha", wiederholte sie, „dass du für uns eine Riesenenttäuschung warst. Und jetzt geh. Verschwinde."

Die Crums kümmerten sich nicht um Tabithas flehende Blicke und schlenderten davon. Durch die großen Fenster sah Tabitha, dass es draußen schneite. Weiche

Flocken schwebten in frostiger Schönheit herab. Wenn sie Pech hatten, landeten sie auf den Scheiben und schmolzen sofort. Tabitha sah ihnen wie erstarrt zu, als wäre sie selbst auf einmal gefroren. Als wäre auch sie eine Schneeflocke hinter Glas, die nichts dagegen tun kann, dass sie herabschwebt und schmilzt.

Und spurlos verschwindet.

Es gibt Schlimmeres, als aufgefordert zu werden, dass man verschwinden soll!, schalt sie sich selbst zwischen zwei zittrigen Atemzügen. *Du hast doch sowieso nie richtig geglaubt, dass sie dich irgendwann noch mal lieb gewinnen!* Doch ihre Brust zog sich so zusammen, dass es wehtat, und die Last der Wahrheit – ach, sie war erdrückend.

Oje, anscheinend hast du das insgeheim doch *gehofft – sogar noch, nachdem sie dir das mit dem Augustus-Heim erzählt haben. Dumme, dumme Tabitha!*

Ihre Eltern hatten sie nur adoptiert, um eines Tages mit ihrer Hilfe gesellschaftlich aufzusteigen. Sie selbst war nichts wert – weder als Tochter noch als Mensch noch als mageres, zottelhaariges Kind namens Tabitha Crum.

Tabitha suchte sich eine Ecke zwischen einer Ritterrüstung und einem Konsoltisch, hockte sich auf den Boden und schlang die Arme um die Knie. *Es gibt Schlimmeres, viel Schlimmeres … viel, viel Schlimmeres …*

Pemberley schlüpfte aus der Schürzentasche, kletterte an Tabithas Pullover hoch, setzte sich auf ihre Schulter und quiekte so leise, dass nur Tabitha ihn hörte.

„Du meinst, sie haben unrecht? Ich bin *doch* liebenswert?", fragte Tabitha flüsternd. „Ach, mein lieber Pemberley, diesmal täuschst du dich leider."

Die Eingangstür öffnete sich, und Phillips trat mit weiß bestäubtem Haar herein. „Die Wagen warten. Wir haben drei Automobile aus der Garage geholt, die Eltern brauchen sich also nicht zu drängeln. Bitte holen Sie Ihre Sachen."

Tabitha fühlte sich immer noch so elend, dass sie es nicht einmal mit der Angst zu tun bekam, als Pemberley an ihrem Bein herunterhuschte und auf Mortimer Crum zulief.

„Es schneit!", sagte Barnabys Vater vorwurfsvoll. „Auch das noch!" Man wusste nicht recht, wem er die Schuld daran gab: dem Wetter, der Gräfin oder dem Butler.

„Ja, für Schnee ist es noch ein bisschen früh im Jahr", stimmte ihm Phillips zu, „aber so was kommt schon mal vor. Im Auto fahren Sie aber wesentlich bequemer und schneller als in der Kutsche." Er verbeugte sich vor Mr Crum. „Sie kommen also doch noch in den Genuss der gräflichen Karossen, Sir. Vielleicht lässt Sie der Chauffeur ja mal hupen oder sogar kurz lenken."

„Meinen Sie das ernst oder sind Sie unverschämt?", fragte Mr Crum misstrauisch.

„Ich glaube, ein Butler darf gar nicht unverschämt sein, Schatz", besänftigte ihn seine Gattin.

„Also wir hatten mal einen unverschämten Butler", widersprach Frances. „Vater hat ihn natürlich auf der Stelle entlassen."

„Ich darf Ihnen versichern, meine Damen und Herren, wenn ein erstklassiger Butler unverschämt wird, merkt man das niemals", entgegnete Phillips.

Mr Crum ließ nicht locker. „Waren Sie denn nun gerade unverschämt oder nicht?"

Die Gräfin betrat die Eingangshalle. Sie lächelte und sah wieder wie ihr bezauberndes Ich aus. „Na, freuen sich schon alle aufs warme Bettchen?" Sie stupste den ausgestopften Kolibri auf Mrs Crums Hut an. „Nur dieser kleine Bursche hier braucht kein Bettchen mehr – er schläft schon einen ewigen Schlaf."

„Aua!", brüllte Mr Crum plötzlich, trat wild um sich und stieß dabei eine der beiden Rüstungen um. Es schepperte ohrenbetäubend. „Was zum Teufel war das denn?" Er zerrte sein Hosenbein hoch, und man sah ein kleines Blutrinnsal auf seinem Bein. „Mich hat was gebissen!"

Er umklammerte sein Bein mit so verzerrtem Gesicht, als schmerzte die winzige Wunde hundertmal heftiger als die Einsamkeit, die Tabitha ihr Leben lang hatte aushalten müssen.

„Vielleicht der Ritter?“ Phillips hielt sich diskret die Hand vor den Mund, um sein schadenfrohes Grinsen zu verbergen. „Dann bittet die Gräfin natürlich um Entschuldigung.“

Pemberley war schon wohlbehalten in die Schürzentasche zurückgekehrt, und Tabitha spürte sein kleines Mäuseherz an ihrem Magen pochen.

„Danke, mein Freund“, flüsterte sie heiser und so leise, dass niemand sonst sie hörte. „Das geschieht ihnen recht, denn sie haben mich nie geliebt.“ Doch auch wenn ihre Worte trotzig klangen, so bebten ihre Lippen doch im Rhythmus von Pemberleys Puls. Dass sie ihre Eltern entlarvt hatte, war für sie kein Triumph, und es befriedigte sie nicht, das Rätsel um ihr eigenes Ungeliebtsein gelöst zu haben. Im Gegenteil – sie war unglücklicher als je zuvor.

Phillips scheuchte die Eltern nach draußen wie eine Herde störrischer Schafe. Als Letzte schob er Mrs Trundle mit einem Schubs gegen ihren nerzverhüllten Rücken in den Schneesturm hinaus, wo schon zwei dick eingepackte Diener darauf warteten, die Wagentüren aufzureißen. Die Schneeflocken tanzten im Licht der Scheinwerfer, die Eltern zwängten sich in die Sitze, und die ganze Gesellschaft brauste davon. Und als die Haustür krachend zufiel und den frostigen Luftzug abschnitt, erloschen schlagartig sämtliche Glühbirnen in Hollingsworth Hall.

„Kerzen!“, befahl die Gräfin bestürzt. „Kerzen, sofort!“

Schritte tappten durch die Eingangshalle, jemand stieß gegen Tabithas Schienbein. Ängstliches Getuschel überall.

„Ruhe! Alle sind still und rühren sich nicht vom Fleck, bis es wieder hell wird!“

In der daraufhin eintretenden Stille war ein dumpfes Ächzen zu vernehmen. Tabitha spitzte die Ohren und kam zu dem Schluss, dass das Geräusch von vorne links kam … oder doch nicht?

Nein, es wanderte weiter.

Das Ächzen hielt vor einem der beiden Porträts an und verwandelte sich in ein leises Stöhnen. Gleichzeitig hatte Tabitha das unbehagliche Gefühl, dass sie aus der Dunkelheit heraus beobachtet wurde. Sie musste an die Geisterstimmen denken, von denen das junge Hausmädchen erzählt hatte. Vielleicht hieß der Mann auf dem Gemälde ja George. Vielleicht spukte sein Geist hier in –

Die Glühbirnen flammten wieder auf, und alle Kinder starrten ihre Gastgeberin an, die mit hoch erhobenem Tranchiermesser mitten in der Halle stand.

10.

„Jeden Tag geschieht etwas Schreckliches, mein lieber Tibbs, buchstäblich jeden Tag. Zum Beispiel habe ich kürzlich bei allerschönstem Wetter ein Picknick gemacht und einen riesengroßen Käfer in meiner Fleischpastete entdeckt. Ekelhaft. Für den Käfer war unsere Begegnung allerdings noch unerfreulicher, schätze ich."

Kommissar Clarence Clevers neuester Fall
Der heimtückische Hausierer

Die Gräfin blinzelte heftig und atmete so schwer, dass ihr wogender Busen den Spitzenbesatz ihres Kleides zu sprengen drohte. Sie drehte sich langsam um sich selbst, den Blick immer noch auf den Kronleuchter geheftet, und hielt vor Barnaby Trundle an.

„Bitte erstechen Sie mich nicht!", flehte er mit erstickter Stimme.

Das Messer sank herab und verschwand wieder in der gräflichen Handtasche. „Bitte entschuldige, kleiner

Bartleby." Die Gräfin legte dem verängstigten Jungen die Hand auf die Schulter, ohne sich darum zu kümmern, dass er panisch zurückwich.

„Barnaby", brachte er wimmernd heraus. „Ich heiße Barnaby."

Sie lachte ein bisschen gezwungen und fuhr sich mit der Zunge über die Lippen. „Ich habe mich nur erschrocken, liebe Kinder. Der Hausbursche ist im Dunkeln mit mir zusammengestoßen, und da habe ich mich eben erschrocken."

„Das kann ich gut verstehen, Großmutter", sagte Frances, aber ihre Stimme zitterte dabei kaum merklich. „Du hast einfach zu lange allein gelebt."

„Es liegt am Sturm, dass der Strom ausgefallen ist", meldete sich Edward zu Wort. „Wusstet ihr schon, dass ein einziger Stromschlag einen Menschen von Kopf bis Fuß grillen kann? Das ist nämlich so –"

„Lass gut sein", fiel ihm Viola ins Wort.

Er grinste verunsichert. „Na schön."

Die Gräfin nickte Frances bestätigend zu. „Du hast ganz recht – ich habe zu lange allein gelebt. Da kann einen so ein Schneesturm schon mal aus der Fassung bringen. Aber jetzt ist ja wieder alles in Ordnung. Phillips, bitte bringen Sie die Kinder in den kleinen Salon. Agnes, bitte richte dieser unfähigen Köchin aus, dass sie heißen Kakao, Tee und Gebäck bringen soll. Aber sag vorsichtshalber dazu, dass man Kakao mit Zucker anrührt, nicht mit Salz. Ich möchte die Kinder jetzt gern ein bisschen besser kennenlernen, und sie mich bestimmt auch."

„Ich bin sowieso die Einzige, die du hier kennenlernen musst, Großmutter", sagte Frances halblaut.

Oliver nahm Tabithas Hand und drückte sie kurz. „Das war jetzt aber mehr als nur exzentrisch, oder?", flüsterte er.

Tabitha traute sich nicht, ihn anzusehen, spürte aber, wie ihr angenehm warm wurde und ... Sie konnte das Gefühl nicht recht beschreiben, aber es war ausgesprochen tröstlich in dieser ausgesprochen beängstigenden Situation.

Oliver ließ ihre Hand wieder los und bot ihr förmlich den Arm. „Dann wollen wir mal. Auf in die Schlacht!"

„Auf in die Schlacht!", wiederholte Tabitha.

Der kleine Salon war nicht ganz so prunkvoll wie der große, den sie bei der Hausführung besichtigt hatten, doch auch er war luxuriös möbliert und dekoriert. Die Gemälde an den Wänden zeigten überwiegend häusliche Szenen mit Abendgesellschaften, Kartenspielern und so weiter. Als sich die Kinder auf die Sitzgelegenheiten verteilt hatten, wurden auf dem großen Tisch in der Mitte Tee und Gebäck serviert. Eine sichtlich nervöse Agnes stellte jedem Kind eine persönliche Auswahl zusammen, wogegen sich die Gräfin Kostproben von allem auf den Teller lud. Phillips stand abrufbereit neben der Tür.

„Das ist ja wie im Schlaraffenland!“, freute sich Edward und biss herzhaft in ein schokoladenüberzogenes Mandelhörnchen. „Ich finde auch, dass Überfluss etwas Herrliches ist!“

Das flackernde Kaminfeuer tauchte den Raum in gemütliches Licht und verströmte anheimelnde Wärme, jedoch wurde die Behaglichkeit dadurch beeinträchtigt, dass über allem eine unbestimmte Spannung lag wie eine dicke Schicht leicht ranziger Buttercreme. Außerdem fühlte sich Tabitha immer noch schrecklich elend. Das Gespräch mit ihren Eltern hatte sie so aufgewühlt, dass sie sich wie an Bord eines leeren, schwankenden Schiffes fühlte, auf dem sie fortan ihr Dasein fristen sollte.

War der gestrige Nebel etwa eine Warnung gewesen, dass sie schon bald orientierungslos in der Welt umherirren würde? War die Rabenbrosche – der Unglücksrabe – ein böses Omen gewesen? *Jetzt hör schon auf, dir selbst leidzutun! Schließlich bist du nicht der arme Kerl aus dem Kommissar-Clever-Roman, der gefesselt am Strand liegt, während die Flut hereinbricht.*

Ganz recht, kratzte Pemberley. *Uns steht eine spannende Ermittlung bevor – Geister, verschollene Erben und andere Seltsamkeiten. Also Kopf hoch und in die Hände gespuckt!*

Touché, mein lieber Partner, kratzte Tabitha ihrerseits. *Dann wollen wir doch mal sehen, was der Abend noch so bringt.*

Als wollte er ihr zustimmen, schlüpfte Pemberley aus der Schürzentasche und sprang auf den Fußboden. Dort verputzte er erst ein paar heruntergefallene Kuchenkrümel und verschwand dann unter einem Beistelltisch.

Frances erhob sich und blickte so lange streng in die Runde, bis die anderen Kinder verstummt waren. Erst dann wandte sie sich mit heuchlerisch unterwürfiger Miene der Gräfin zu. „Hollingsworth Hall ist wunderwunderschön, liebe Großmutter, und ich glaube, ich habe mich noch gar nicht richtig für die Einladung bedankt." Sie vollführte einen übertrieben tiefen Knicks. „Ich bin überwältigt und kann es gar nicht erwarten, dich bald einmal länger zu besuchen. Ich komme jederzeit, wann immer du es wünschst, und bestimmt amüsieren wir uns prächtig, wenn erst einmal alle diese *Betrüger* das Haus verlassen haben." Sie setzte sich wieder hin und faltete züchtig die Hände im Schoß.

Kurz darauf tauchte Pemberley wieder auf. Er huschte über das Kissen hinter Frances und seine Schnurrhaare zuckten verdächtig. *Auweia,* dachte Tabitha, *diesen Gesichtsausdruck kenne ich doch.*

Frances knabberte an einem Keks. „Die Schokostreusel sind lecker“, sagte sie.

„Ich will auch einen mit Schokostreuseln!“, erwiderte Edward prompt und spähte argwöhnisch auf die Teller der anderen.

Tabitha spürte, wie Pemberley an ihrem Bein hochkletterte und sich wieder in die Schürzentasche verkroch. Gleichzeitig stellte sie erschrocken fest, dass der Mäuserich auch auf dem Rand von Frances' Teller „Schokostreusel“ hinterlassen hatte.

„Tja, ich bin eben etwas Besonderes!“, sagte Frances spitz, tupfte die braunen Krümel mit dem Finger auf, leckte ihn ab und steckte den restlichen Keks in den Mund. „Köstlich. Aber lasst uns über etwas anderes sprechen. Wie wär's mit … hässlichen Frisuren?“ Sie lächelte Tabitha scheinheilig an. „Du zum Beispiel siehst aus, als hätte eine Möwe die Person attackiert, die dir mit einem stumpfen Küchenmesser die Haare abgesäbelt hat. Findet ihr nicht auch?“ Sie blickte in die Runde.

„Ach, wir haben alle unsere Fehler“, entgegnete Edward gutmütig und nahm sich einen Keks ohne Schokostreusel. „Das wird auch Großmutter spätestens morgen feststellen, wenn sie einzeln mit uns spricht.“ Er zwinkerte der Gräfin zu. „Tabitha ist schlecht angezogen, ich bin zu dick, Viola beschäftigt sich zu viel mit diesem Wohltätigkeitskram, Oliver ist zu zurückhaltend und verbirgt seinen Charakter – nichts für ungut, Kumpel, aber ich bin sicher, dass noch mehr in dir steckt –, und du, Frances, na ja, also ich finde, dass deine Augen mindestens einen halben Zentimeter zu eng zusammenstehen. Typisch Unterschicht, würde ich sagen … wenn es nicht immerhin möglich wäre, dass du mit Ihrer Ladyschaft verwandt bist."

Die Gräfin verfolgte den kleinen Wortwechsel versonnen kauend, dann spuckte sie ein Stückchen Nusskuchen in ihre Serviette. „Zu viel Mehl. Übrigens, Phillips, ich glaube, Mary sitzt immer noch im Esszimmer. Holen Sie sie doch bitte her."

„Sehr wohl, Eure Ladyschaft", erwiderte der Butler naserümpfend.

Der Blick der Gräfin glitt an ihm herab, und sie zuckte zusammen. „Wieso tragen Sie zu dieser Uniform *braune* Schuhe?", fragte sie scharf und setzte in gekränktem Ton hinzu: „Ich habe mir extra die Mühe gemacht, eins der Mädchen zu bitten, Ihre schwarzen Schuhe zu putzen!"

Phillips scharrte mit den Füßen und entgegnete: „Das war sehr liebenswürdig von Ihnen, Eure Ladyschaft, aber das Mädchen hat die Schuhe anscheinend nicht zurückgestellt. Ich habe keine Ahnung, wo sie geblieben sind."

Die Gräfin fasste nach ihrem Saphir und richtete sich

hoch auf. „Dann suchen Sie die Schuhe gefälligst!“, sagte sie aufgebracht, „denn sonst muss ich annehmen, dass es Ihnen egal ist. Und dann könnte ich mich gezwungen sehen –“ Sie unterbrach sich, als sie merkte, dass alle Kinder sie anstarrten. Barnaby Trundle ließ die riesige Handtasche nicht aus den Augen. „Jedenfalls sehen Sie in diesem Aufzug wieder aus wie damals, als ich Sie aus der Gosse geholt habe“, fuhr sie fort. „Als Sie mir wie eine räudige Katze über den Weg gelaufen sind. Aber im Lauf der Zeit sind wir beide ja dann gut miteinander zurechtgekommen, nicht wahr? Ich weiß es immer zu schätzen, wenn sich jemand aus dem Dreck hocharbeitet.“ Sie stand auf, ging zu ihm hinüber und tätschelte ihm die Wange.

Phillips’ Mundwinkel zuckten unbeherrscht, er wich einen Schritt zurück. Dann verließ er den Salon. *Was hat sie wohl mit der „Gosse“ gemeint, aus der sie ihn angeblich geholt hat?*

Die Gräfin wandte sich mit ausgebreiteten Armen zu den Kindern um. „Na, wer von euch wird mir denn nun dazu verhelfen, mein Vermögen zu behalten?“

„Verzeihung, aber geht es nicht darum, Ihr Vermögen zu *vererben*?“, fragte Tabitha verwundert.

Daraufhin baute sich die Gräfin mit verschränkten Armen vor ihr auf. „Du stellst ziemlich viele Fragen, Tabitha Crum. Falls sich herausstellen sollte, dass du die

Gesuchte bist, musst du dir das abgewöhnen. Vor allem, weil mein Enkelkind ja nach diesem Wochenende zu mir ziehen soll."

„Wie bitte?" Oliver hustete und lockerte seinen Kragen. „Meinen Sie damit etwa, dass Ihr Enkelkind bei Ihnen *wohnen* soll, Eure Ladyschaft?"

Der Blick der Gräfin wanderte zum Fenster. Weil die Scheibe voller Schneeflocken war, konnte man nicht mehr richtig hinausschauen. „Wenn wir nicht so furchtbar schlechtes Wetter hätten, wäre der Vertrag längst eingetroffen."

„Äh ... welcher Vertrag denn?" Als Viola ihre Teetasse auf die Untertasse stellte, klirrte es, weil ihre Finger so zitterten.

„Der Vertrag, der mich zum offiziellen Vormund meines Enkelkindes macht. Für immer."

Betroffene Stille. Nur Tabitha, die ja schon von ihren Eltern wusste, dass sie keinesfalls die Enkelin der Gräfin sein konnte, war in der Lage, eine rasche Kommissar-Clever-Musterung der Anwesenden vorzunehmen. Oliver und Viola machten Gesichter, als hätten sie verdorbenen Fisch gegessen, Edward saß mit offenem Mund da, und Barnaby war leichenblass geworden.

Die Gräfin runzelte die Stirn und befingerte wieder ihren Saphiranhänger. „Nun ja, zumindest, bis das betreffende Kind volljährig ist. Danach kann es machen, was es will. Außer zufällig zu Tode kommen, versteht sich."

Edward fiel das angebissene Mandelhörnchen aus der Hand. „Zu Tode kommen? Was wollen Sie damit sagen?"

Die Gräfin brach in fröhliches Gelächter aus, das so lange anhielt, bis Frances und Barnaby zaghaft einstimmten. „Das war ein *Scherz*! Niemand kommt hier zufällig zu Tode. Ich wollte nur die Stimmung ein bisschen auflockern, aber ihr Kinder habt anscheinend keinen Humor." Als neben ihr ein hoher Klagelaut ertönte, fuhr sie erschrocken herum, beruhigte sich aber sofort, als sie feststellte, dass der Laut von einem der Kinder kam. „Was hast du denn, Viola?"

Viola rutschte verlegen auf ihrem Stuhl herum. „Ich … ich weiß gar nicht, ob ich meine Eltern verlassen möchte."

„Ich verlasse meine bestimmt nicht!", sagte Edward nachdrücklich. „Obwohl", er rülpste diskret, „obwohl ich gern mal ab und zu übers Wochenende vorbeikomme, wenn Sie wirklich meine Großmutter sind. Das Essen hier ist toll, und die Zimmer auch. Trotz der seltsamen Geräusche in den Wänden und der Spukgerüchte und der verschlossenen Räume und der Gemälde von grausigen Verbrechen." Er lachte gezwungen und setzte hinzu: „Außerdem können Sie unsere Eltern sowieso nicht zwingen, uns wegzugeben. So was ist gesetzlich verboten."

„Und ob ich das kann." Ein leicht irres Lächeln spielte um die Lippen der Gräfin. „Wer Beziehungen zum Königshaus hat, der kann sich eine Menge erlauben." Sie sah ein Kind nach dem anderen drohend an, als wollte sie jeden Widerspruch im Keim ersticken.

Doch niemand versuchte zu widersprechen, weil alle die Verwandlung verdauen mussten, die mit der größten Wohltäterin des Landes vorgegangen war. Sogar Frances, die weiterhin mit artig im Schoß gefalteten Händen dasaß, wirkte beunruhigt. Aus dem Gesicht ihrer Gastgeberin war alle Liebenswürdigkeit verschwunden, als sei das Fest zu Ende und jemand hätte alle Kronleuchter durch trübe Funzeln ersetzt.

Viola hob die bebende Hand. „Ich würde jetzt lieber –" Doch als sie das herablassende Lächeln der Gräfin sah, verstummte sie.

Die Gräfin nickte beifällig. „So ist's recht. Es interessiert mich nämlich nicht, was ihr lieber machen würdet. Glaubt ihr etwa, ihr bekommt jeden Tag eine Gelegenheit wie diese?"

„Äh … nein?", kam es von Oliver.

„Du hast's erfasst, Mr Appleby. Also: Ich bin fest entschlossen, einen von euch zu mir zu nehmen. Und hunderttausend Pfund sind eine Menge Geld. Da möchte ich schon sichergehen, dass diese Summe auch an den Richtigen geht und nicht in den Brieftaschen eurer Eltern landet. Wenn ich der Vormund des betreffenden Kindes bin, kann ich mich persönlich vergewissern, dass alles seine Ordnung hat.“ Sie schloss die Augen, holte tief Luft, und als sie die Augen wieder aufschlug, hatten sich ihre Züge geglättet.

Damit Pemberley diese abermalige Verwandlung auch ja mitbekam, drückte ihn Tabitha einmal kurz. *Auf einmal ist sie wieder die liebe Gräfin. Entweder ist sie ungewöhnlich launisch oder sie ist gemeingefährlich oder ... etwas anderes.*

Frances meldete sich geziert. Sie hatte das Kinn hoch erhoben, als sei sie trotz der neuen, zweifelhaften Entwicklungen weiterhin entschlossen, als „Siegerin“ aus dem Wochenende hervorzugehen. „Eure Ladyschaft, *meine* Eltern stört es ganz gewiss nicht, wenn ich auf dem Papier Ihnen gehöre. Sie sagen immer, dass sie Künstlernaturen sind und Vorschriften und Gesetze für sie nicht gelten.“

„Ach ja? Dann werden wir uns sicher wunderbar verstehen. Ich hoffe sehr, dass *du* es bist, Herzchen, denn ich sehne mich so danach, Großmutter zu sein. Unsere Vereinbarung wird allen Beteiligten zum Vorteil gereichen, daher wäre es wunderbar, wenn ihr euch entschließt, mitzumachen. Aber esst doch weiter, meine

Kleinen! Süßes für die Süßen, sage ich immer." Sie hob einen Keks, als wäre es ein Champagnerglas, und begann, mit dem verstörten Barnaby zu plaudern.

Die übrigen Kinder wechselten verunsicherte Blicke. Viola zupfte nervös an ihrem Samtkleid herum und flüsterte Tabitha zu: „Wahrscheinlich kann sie einfach nicht so gut mit Menschen umgehen. Und es ist ihr wichtig, dass ihr Geld an die richtige Adresse kommt." Sie knabberte am rosa Zuckerguss ihres Törtchens und rang sich ein Lächeln ab. „Ja, so muss es wohl sein."

Tabitha nickte. „Ganz bestimmt. Und sie kann trotzdem kein Kind hierbehalten, wenn die Eltern es zurückhaben wollen." Dass das für sie selbst ein wunder Punkt war, weil ihre eigenen Eltern nicht zu diesem Typus gehörten, verschwieg sie allerdings. „So etwas kann nicht rechtens sein."

„Nein, so etwas würde König Edward niemals gutheißen", stimmte ihr Edward zu. „Ich glaube auch, dass Viola recht hat. Die Gräfin hat einfach nur Sorge um ihr Geld."

Vielleicht tut sie ja gut daran. Meine Eltern würden die hunderttausend Pfund bestimmt in ihrem Urlaub verprassen. Trotzdem ist es merkwürdig, dass ihre Stimmung so plötzlich umschlägt.

Als Phillips jetzt mit Mary hereinkam, klatschte die Gräfin erfreut in die Hände. „Da ist sie ja! Setzen Sie sie bitte neben mich aufs Sofa, Phillips, und dann dürfen Sie sich entfernen. Ich fürchte mich nicht vor der Berührung mit dem Abschaum, stimmt's, Mary? Das war natürlich ein Scherz, Herzchen." Sie kniff die halbseitig Gelähmte wieder in die Wange. „Wenn du dich nicht an unserer Unterhaltung beteiligen magst, kannst du dir ja die hübsche Blumenvase anschauen."

Mary kippte hilflos gegen die Armlehne des Sofas, wobei ihr Kopf beinahe die große violette Vase auf dem Tischchen daneben streifte. Sprechen konnte sie eindeutig nicht, doch ihre Augen ... Ihr Blick glitt langsam durch den Salon. Er blieb an Oliver hängen, der sie freundlich anlächelte. Verweilte auf Tabitha. Musterte Edward, der gerade beim Futtern eine kurze Pause einlegte. Ruhte auf Viola. Und betrachtete zum Schluss Frances und Barnaby, die mit ihren roten Haaren und Sommersprossen Geschwister hätten sein können.

Dann tat sie mehrere mühsame Atemzüge, wobei ein paar Speicheltröpfchen auf der Vase landeten.

Die Gräfin verzog angewidert das Gesicht. „Armes Ding. Ich fürchte, sie macht es nicht mehr lange."

„Bitte sagen Sie doch so etwas nicht in ihrer Gegenwart", wagte Tabitha einzuwerfen.

Die Gräfin schmunzelte nur. „Wir wollen jetzt ein kleines Spiel spielen. Es heißt ‚So was sagt man nicht' oder ‚Erzähl mir Gemeinheiten über die anderen'. Ob die Gemeinheiten wahr oder erfunden sind, spielt dabei keine Rolle."

„Das ist die lustigste Großmutter, der ich je begegnet bin", sagte Edward halblaut, nahm eine aufziehbare Libelle von einem Tischchen und ließ sie auf dem Fußboden im Kreis surren, bis Frances von ihrem Stuhl aufsprang und das Spielzeug mit dem Absatz zertrat. „Huch!", machte sie dann scheinheilig. „Entschuldigung, Eure Ladyschaft, ich dachte, es wäre eine Ratte. Tabitha Crum hat nämlich Ratten als Haustiere." Sie knickste und setzte sich wieder.

„Ratten?" Jetzt sprang die Gräfin auf, und ihre Augen funkelten unheilvoll. „Ratten verabscheue ich noch mehr als Raucher und Katzen!"

Viola fiel die Kinnlade herunter. Sie nieste zweimal und wandte schüchtern ein: „Aber Sie haben doch erst letztes Jahr dem Verein zur Wiedereingliederung streunender Katzen dreitausend Pfund gespendet! Oder war das ein Druckfehler in der Spendenliste?"

Die Gräfin verdrehte die Augen. „Da muss mir wohl ein Irrtum unterlaufen sein. Ich bekomme so viele Bittbriefe, dass ich manchmal versehentlich für irgendeinen Schwachsinn spende."

Und wenn sie Raucher nicht leiden kann, warum hat sie dann Zigarren im Haus? Aber vielleicht sind die ja nur für Gäste gedacht. Pemberley zappelte und quiekte leise. *Beziehungsweise für die zukünftigen Opfer der gräflichen Küchenmesser, meinst du?* Tabitha drückte ihn freundschaftlich. *Ich weiß gar nicht, wo du immer diese blutrünstigen Ideen hernimmst. Du liest wohl zu viele Kriminalromane.*

„Ratten verbreiten Seuchen!“, sagte die Gräfin. „Phillips kann sie auch nicht ausstehen. Wenn er eine Ratte sieht, kreischt er wie ein verängstigtes Schulmädchen. Pestverseuchtes Ungeziefer! Am liebsten würde ich alle Ratten und Mäuse der Welt in einen großen Topf werfen, eine Suppe daraus kochen und das Zeug an alle verfüttern, die Nagetiere mögen.“

Jetzt, wo die Eltern nicht mehr dabei sind, lässt sie offenbar alle Hemmungen fallen. Pemberley wollte aus der Schürzentasche klettern, aber Tabitha stupste ihn wieder hinein. *Nein, Pemby, ich weiß auch nicht mehr, ob ich wirklich mit ihr verwandt sein möchte.*

Mary schwankte ein bisschen hin und her und richtete den Blick flehend auf ein Kind nach dem anderen. *Was möchte sie denn?*

Die Gräfin setzte sich wieder aufs Sofa und tätschelte dem alten Hausmädchen gönnerhaft den Kopf. „Du weißt noch nicht, welches der Kinder mein künftiger Wohngenosse ist? Nun, vielleicht sehen wir morgen früh ja klarer.“ Sie klopfte Mary aufs Knie und drehte sich zur Tür um. „Agnes!“

Agnes kam hereingehuscht, und Phillips folgte ihr auf dem Fuße. Er führte einen riesigen Wolfshund an einer kurzen Leine, und sein Blick streifte flüchtig die Handtasche der Gräfin. „Da ist wieder ein Anruf für Eure Ladyschaft“, meldete er leicht außer Atem. Dabei zuckten seine Mundwinkel so heftig, dass er die freie Hand auf den Mund drücken musste.

Die Gräfin schüttelte unwillig den Kopf. „Wahrscheinlich ein Reporter. Wer immer es ist – sagen Sie ihm, dass ich Gäste habe. Wir hatten uns doch darauf geeinigt, dass ich an diesem Wochenende keine Anrufe entgegennehme.“

„Das habe ich dem Herrn schon gesagt, Eure Ladyschaft, aber er ist sehr hartnäckig. Es ist übrigens kein Reporter, sondern ein gewisser Mr Simmons. Er ruft schon zum zweiten Mal an und will Sie sofort, ‚am liebsten noch schneller‘ sprechen. Es scheint dringend zu sein, außerdem behauptet er, Sie persönlich zu kennen.“

Auf der gräflichen Stirn erschien eine kleine Falte. „Dann sagen Sie ihm, dass ich unpässlich bin. Diese Anrufer werden auch immer unverschämter. Erzählen Lügen, dass sie mich kennen, und was nicht alles. Bestimmt geht es nur wieder um eine Spende für irgendein albernes Projekt.“

Wiederholte Anrufe von einem gewissen Simmons, Ächzen in der Eingangshalle …

Am liebsten wäre Tabitha jetzt allein gewesen und hätte die zahlreichen Denkwürdigkeiten dieses Tages schriftlich festgehalten. Das Gespräch mit ihren Eltern allerdings nicht – das wollte sie am liebsten so schnell wie möglich vergessen. Ja, wenn sie Papier und Stift gehabt hätte, hätte sie nicht mehr an diese ganze Jetzt-habe-ich-keine-Familie-mehr-Sache zu denken brauchen.

Tabitha schluckte noch einmal und riss sich zusammen. Heute hatte sie ausnahmsweise mal Stoff für eine spannendere Liste als ihre übliche Es-gibt-Schlimmeres-Aufzählung. „Seltsame Geräusche im Herrenhaus", könnte die heutige Liste heißen:

- das Quietschen von Phillips' Schuhen während der Hausführung
- das erstickte Röcheln im Esszimmer oder aus der Küche
- das Ächzen und Stöhnen in der Eingangshalle
- die von einem Hausmädchen geschilderten Geisterstimmen, die nach Anne, Victoria und George rufen

Die Köchin betrat den Salon. Ihre Schürze und ihre Hände waren mehlig, ihre Miene war entnervt. Sie legte zwei Kerzen und ein paar lange Streichhölzer auf den Tisch. „In der Küche ist schon wieder der Strom ausgefallen, Eure Ladyschaft, und da dachte ich, ich bringe Ihnen schon mal vorsichtshalber das hier."

„Und womit kann ich Ihnen noch dienen, Eure Ladyschaft?", fragte Agnes.

„Ich möchte, dass du –"

Doch Camilla DeMoss brachte den Satz nicht zu Ende, denn das gesamte Herrenhaus versank abermals in Finsternis.

Es dauerte drei volle Sekunden, bis die ersten Schreie ertönten, doch dann war der Salon im Nu von Jammern, Poltern, Niesen, Krachen, Rascheln, Um-sich-Schlagen und Kreischen erfüllt.

„Ey! Schubs mich nicht!", protestierte eine Jungenstimme.

„Hiiilfeee!", kreischte ein Mädchen. „Lass mich los! Lass mich los!"

„Nein!"

„Dir werd ich's zeigen!"

„Ein Geist! Da ist ein Geist!"

„Aua, meine Hand!"

„Wer hat mich da gepackt? Ogottogott!"

„Ich bin nicht Gott, ich bin Edward! Wer ist – aaaaaaaah!"

Tabitha versuchte, den fuchtelnden Armen und Beinen auszuweichen, kniete sich hin und tastete über den Fußboden, weil sie gehört hatte, wie eine der Kerzen vom Tisch gerollt war. Dabei versuchte sie geflissentlich, den Schwall von derben Flüchen zu überhören, die sie der Köchin gar nicht zugetraut hätte. Dann fand sie die Kerze. *Hab sie!* Vielleicht lagen die Streichhölzer ja noch auf dem Tisch? Doch da entwand ihr eine raue Hand die Kerze, und ein Fuß (Tabitha war nicht sicher, ob er zum selben Körper gehörte) versetzte ihr einen Tritt, der sie an die Wand beförderte. Im selben Augenblick ertönte ein so ohrenbetäubendes Krachen, dass es alle menschengemachten Geräusche übertönte.

Als die Glühbirnen kurz darauf wieder aufflammten, lag quer über dem Teetisch eine reglose Gestalt.

11.

„Wie jemand auf ein unerwartetes oder verstörendes Ereignis reagiert, sagt eine Menge über seinen Charakter aus – und auch darüber, welche Rolle er in einem Kriminalfall spielt. Ob Wutanfall oder hysterisches Gelächter, alles ist aufschlussreich, mein lieber Tibbs, wobei man nie vergessen darf, dass eine solche Reaktion womöglich genauso sorgfältig geplant ist wie das Verbrechen selbst."

Kommissar Clarence Clevers neuester Fall
Die gemeuchelte Märtyrerin

Mary lag bäuchlings auf dem polierten Tisch, auf ihrer nach oben gewandten Wange schimmerte ein Speichelfaden. Ihr Kleid hatte auf dem Rücken einen großen Fleck, als hätte jemand ein nasses Handtuch darauf gedrückt, und unter einer Hand lugte etwas metallisch Glänzendes hervor. *Ihr Armreif? Nein, der war aus Holz.* Auf ihrem Hals – soweit er zu erkennen war – zeichneten sich rötliche Flecken ab.

Tabitha notierte sich im Geiste wieder einmal, wie sich die Anwesenden verhielten. Die Lektüre unzähliger Kommissar-Clever-Romane hatte sie so darin geschult, dass es ihr schon ganz selbstverständlich war.

- Phillips: atmet schwer, reibt sich den Hinterkopf und sieht sich aufgebracht nach allen Seiten um; hat eine feuerrote Schramme auf der Wange
- Agnes: schluchzt hemmungslos; hat das Teetablett in der Hand und steht zwischen den Scherben der violetten Vase
- die Köchin: schnauft und sieht Agnes besorgt an
- Viola: umfasst die rechte Faust mit der linken Hand
- Edward: starrt Mary gebannt an, hat ein zermanschtes Törtchen im Gesicht
- Barnaby: ist verängstigt und zerzaust
- Frances: fummelt an ihrem Perlentäschchen herum und sieht aus, als müsste sie sich gleich übergeben
- Oliver: lässt die rechte Hand der Gräfin nicht aus den Augen
- die Gräfin: bleich, aber gefasst; umklammert mit der rechten Hand einen Messingleuchter

Und ich selbst, fügte Tabitha der Vollständigkeit halber an, *stecke die linke Hand in die Schürzentasche und halte meine Maus beschützend fest.*

Edward löste sich aus seiner Erstarrung, ging zum Tisch und ergriff Marys Handgelenk. Niemand erhob Einwände, als er ihr mit zwei Fingern den Puls fühlte. Mit gerunzelter Stirn stand er eine volle Minute lang reglos da, dann schüttelte er den Kopf und ließ Marys Hand fallen. Sie schlug dumpf auf der Tischplatte auf.

Ein zweiter dumpfer Aufprall ertönte, als die Gräfin ohnmächtig zu Boden sank.

„O Gütiger Gott, die Alte ist tot!“, stieß die Köchin heiser hervor, ohne ihre bewusstlose Arbeitgeberin zu beachten.

„Wie wollen *Sie* das denn beurteilen? Sie sind doch bloß das Dienstmädchen!“, blaffte Frances.

„Sie ist die Köchin“, berichtigte Tabitha.

„Na schön, dann ist sie eben bloß die Köchin!“

Viola rang die Hände, verzog aber sofort schmerzgepeinigt das Gesicht. Von ihrer rechten Faust tropfte es. „Ich blute!“ Dann rief sie entsetzt aus: „O nein, ich habe auf Marys Kleid geblutet!“

„Auf dem Stoff sind auch Flecken von Barnabys Haarpomade“, stellte Tabitha fest.

Oliver beugte sich vor und schnupperte. „Stimmt. Riecht jedenfalls danach.“

„Er war's!“, verkündete Frances daraufhin. „Barnaby Trundle hat das Hausmädchen umgebracht.“

Der verstörte Barnaby suchte hinter Edward Schutz.

„Ich konnte doch nichts sehen! Ich wollte nicht in sie reinrennen. Ich –“

„Red keinen Unsinn, Frances“, sagte Oliver ärgerlich. „Mary Pettigrew ist eines natürlichen Todes gestorben. Keiner von uns hatte einen Grund, sie umzubringen.“

Tabitha ließ sich von Pemberleys eindringlichen Kratzzeichen, dass sie schweigen möge, nicht beirren. „Was den natürlichen Tod betrifft, hast du vermutlich recht, Oliver, aber einen guten Grund haben wir alle sechs, denn Mary Pettigrew hätte zur Identifizierung des verschollenen Enkelkindes beitragen können. Jetzt, wo sie tot ist, kann jeder von uns ungehindert versuchen, die Gräfin davon zu überzeugen, dass er oder sie die hunderttausend Pfund bekommen muss.“

„Ich finde sowieso, das Geld sollte gespendet werden!“, rief Viola. „Außerdem will ich gar nicht hier wohnen.“

„Ich auch nicht“, schloss sich Oliver an, „aber –“

„Ruhe!“ Alle drehten sich nach Phillips um. „Seid verdammt noch mal still und lasst mich überlegen. Ihre Gnaden, die Gräfin, hat so etwas schon vorhergesehen.“

Entsetzte Blicke.

„Sie …“, Agnes’ Stimme schwankte, „sie hat vorhergesehen, dass Miss Pettigrew ermordet wird?“

„Nein, das natürlich nicht. Mary hat sich nie richtig von ihrem Schlaganfall erholt. Der Gräfin war klar, dass sie jederzeit sterben könnte, ohne je wieder ein Wort gesprochen zu haben. Bei der Cousine der Gräfin, die ebenfalls einen Schlaganfall erlitten hat, war es genauso. Sie hat die Sprache auch nicht mehr wiedererlangt, und darum dachten wir –"

„Sie kennen sich mit der Familiengeschichte der Gräfin aus?", fragte Tabitha neugierig. „Wie hat sie denn so gelebt, bevor sie Hollingsworth Hall gekauft hat?"

Phillips lief rot an. „Hat dir die Gräfin nicht vorhin erklärt, dass du nicht so viel fragen sollst? Im Übrigen glaube ich nicht, dass du die Antwort auf diese Frage hören möchtest."

„Um einen zweiten Schlaganfall auszulösen, reicht es schon, dass man sich erschreckt", dozierte Edward. „Unter Umständen genügt es schon, wenn einem der Arzt eröffnet, dass man einen Schlaganfall gehabt hat – schwupps, erwischt einen der zweite. Ärztliche Kunstfehler, sage ich nur." Er schüttelte betrübt den Kopf. „Man hätte jede Aufregung von ihr fernhalten müssen."

„Vielleicht hast *du* sie ja erschreckt", warf Frances giftig ein.

Phillips mischte sich wieder ein: „Genauso gut kann es daran liegen, dass der Strom wieder ausgefallen ist, Miss Wellington." Er sah sich im Zimmer um. „Aber wer weiß, vielleicht hat ja doch jemand nachgeholfen."

Er beugte sich über die Liegende und hob ihren Kopf

an. „Die Beule auf der Stirn hat sie sich wahrscheinlich geholt, als ihr Kopf auf der Tischplatte auftraf, aber es könnte auch anders gewesen sein." Er inspizierte das verschmutzte Kleid. „Und außer der aufdringlich riechenden Haarpomade klebt hier auch noch ein bisschen Zuckerguss."

Edward schluckte. „Es war stockdunkel, alle haben geschubst und um sich geschlagen. Ich würde niemals eine alte Dame absichtlich umwerfen, schon gar nicht eine Schlaganfallpatientin."

Viola nickte. „Nein, das sieht dir wirklich nicht ähnlich. Mich hat Edward nur ein einziges Mal geschubst, und das war zum Spaß."

Phillips zog Marys Kragen zurück. „Ihr Hals ist gerötet, und auf der Schulter hat sie eine große rote Stelle wie von einem Faustschlag. Ist mit deiner Hand alles in Ordnung, Viola?"

„Es war dunkel!", jammerte die Angesprochene. „Und ich dachte, mich hätte ein Geist gepackt. Ich habe um mich geschlagen und habe wahrscheinlich eine Tischkante getroffen. Ich bin überhaupt nicht in Marys Nähe gekommen, das schwöre ich!" Sie stockte und setzte mit gesenktem Blick und einem Anflug von Zweifel in der Stimme hinzu: „Glaube ich jedenfalls."

Phillips kniete sich hin und betrachtete das Parkett. „Hier sind weiße Flecken. Auf dem Teppich auch."

„Das könnte Mehl sein“, sagte Tabitha.

Die Köchin stemmte empört die Hände in die Hüften. „Ich wurde genauso rumgeschubst wie alle anderen, aber deswegen bin ich noch lange keine Mörderin! Und warum sollte ich ein krankes Hausmädchen loswerden wollen?“, setzte sie halblaut hinzu. „Da gäb's ganz andere, auf die ich gern verzichten könnte.“

„Danke, das genügt“, fiel ihr Phillips ins Wort und strich Mary behutsam das Haar aus dem Gesicht. „Mal sehen ... ja, vorn ist ihr Hals auch gerötet, und –“

„Sie war's!“ Frances richtete anklagend den langen, manikürten Fingernagel auf Viola. „Ihr habt alle gehört, wie dieses dicke Dummchen die Gräfin beim Abendessen nach dem ganzen Wohltätigkeitsquatsch ausgefragt hat. Sie hat das Hausmädchen von hinten angesprungen und zu Tode erschreckt, damit sie sich als das verschollene Enkelkind ausgeben und die hunderttausend Pfund für Gott weiß was spenden kann!“

Violas Kinn und ihre Unterlippe zitterten. „Gar nicht wahr! Außerdem bin ich nicht dick. Ich bin nur kräftig gebaut, frag meine Mutter.“

„Stimmt.“ Edward legte seiner Freundin tröstend den Arm um die Schulter. „Wir beide haben schwere Knochen und sind stark wie Ochsen.“

Viola machte sich unwillig los. „Ich bin kein Ochse!“

„Ich meinte doch bloß –“

„Der Butler war's!", rief Barnaby dazwischen und wich ängstlich vor Phillips zurück. „Der Mörder ist immer der Butler, das weiß doch jeder!" Nichts erinnerte an den großspurigen Kerl, der Tabitha in der Schule schikaniert hatte. Er war nur noch ein weinerlicher kleiner Junge.

„Beruhigt euch." Phillips' Gesichtsfarbe erinnerte unterdessen an eine überreife Tomate. „Sobald der Sturm nachlässt, rufen wir einen Arzt, der die Todesursache feststellt. Mehr können wir erst mal nicht tun."

„Doch!", widersprach Edward. „Sie könnten zum Beispiel die Messer aus der Handtasche der Gräfin holen, bevor der Strom noch mal ausfällt und sie aus Versehen jemandem den Kopf –"

Im selben Augenblick kam die Gräfin wieder zu sich, und im Salon wurde es still. Sie setzte sich auf, rieb sich den Kopf und drehte sich nach dem Tisch mit der leblosen Mary um.

„Ist sie tot?", fragte sie mit halb entsetzter, halb faszinierter Miene. Dann hielt sie nach ihrer Handtasche Ausschau, nahm sie an sich und schaute zu Phillips hoch. „Ist sie tot?", wiederholte sie.

Der Butler sah seiner Dienstherrin fest in die Augen, und Tabitha glaubte zu erkennen, dass sich seine Kiefernmuskeln anspannten. „Jawohl, Eure Ladyschaft."

Die Gräfin spielte mit ihrem Saphiranhänger und

richtete den Blick auf das Tablett in Agnes' Hand. „Warst du das, Herzchen? Hast du die arme Mary erschlagen?"

Agnes schnappte nach Luft. „Ich ... ich ..." Das Tablett entglitt ihrer Hand. „Ich dachte, der Geist will uns alle umbringen!" Ihr Blick fiel auf den Leuchter in der Hand der Gräfin. „Äh ... Verzeihung, Eure Ladyschaft, aber Sie haben sich doch auch verteidigt."

Die Gräfin funkelte sie vernichtend an. „Ich habe lediglich die Vase zerschlagen, aber du hast den Tod eines Menschen verschuldet. Wahrscheinlich hast du im Dunkeln falsch gezielt und wolltest eigentlich *mich* treffen! Du und diese stümperhafte Köchin, ihr beide habt euch doch von Anfang an gegen mich verschworen und zusammen mit den Stallburschen einen Aufstand geplant."

„Die Stallburschen sind abgehauen", entgegnete die Köchin scharf, „und die übrigen Hausmädchen und Küchenhilfen haben ebenfalls die Flucht ergriffen. Deswegen bin ich nämlich unter anderem hergekommen, um Ihnen das mitzuteilen. Alle sind weg. Sie haben Ihre Herrschsucht und Ihr Spukhaus nicht mehr ertragen. Wenn ich Sie wäre, Gnädigste, würde ich mir allmählich Sorgen um meinen Ruf machen!" Sie nickte Agnes verschwörerisch zu. „Man hört da so manches, und Gerüchte verbreiten sich schnell. Und wie soll ich bitte anständig kochen, wenn es in den Wänden poltert und mich ein schauriges Heulen und Stöhnen die halbe Nacht wach hält?"

Agnes nickte bestätigend und vergrub das Gesicht an der Schulter der Köchin.

„Papperlapapp", sagte die Gräfin ungehalten. „Wenn überhaupt, heult hier höchstens der Wind. Und was soll das überhaupt heißen: ‚Alle sind weg'?" Ihr Kopf fuhr wieder zu Phillips herum. „Was meint sie damit?"

Phillips gab sich kaum Mühe, seine finstere Miene zu verbergen. „Sie meint damit, dass das übrige Personal mit dem letzten funktionstüchtigen Automobil davongefahren ist. Der einzige Wagen, der jetzt noch da ist, springt nicht richtig an."

„Lächerlich!", schnaubte die Gräfin. „Wenn ein Wagen vom Grundstück gefahren wäre, hätten wir das gehört."

Tabitha fiel auf, dass ihre Stimme trotz des verächtlichen Tonfalls kaum merklich bebte. *Hat sie etwa Angst?*

„Der Schnee dämpft die Geräusche, außerdem waren wir alle anderweitig beschäftigt", hielt Phillips dagegen. „Lächerlich oder nicht, Tatsache ist, dass Eure Ladyschaft ohne Personal dasteht."

„Die Köchin ist immerhin noch hier", gab die Gräfin zurück, „so unfähig sie auch ist, und die restliche Arbeit kann Agnes erledigen. Und Sie sind ja auch noch da, Phillips. Dann übernehmen Sie drei eben ein paar zusätzliche Aufgaben, bis das Wetter wieder besser wird."

„Und wenn wir uns weigern?", konterte die Köchin. „Was ich auf den Tisch bringe, schmeckt Ihnen doch sowieso nicht."

„Wenn Sie die Arbeit verweigern, wirft Phillips Sie hinaus und verriegelt alle Türen, sodass Sie nicht mehr ins Haus können."

Die Köchin wollte wütend etwas erwidern, doch Agnes brach angesichts dieser Drohung in leises Gejammer aus.

„Entfernen Sie bitte die Leiche, Phillips", befahl die Gräfin.

„Jawohl, Eure Ladyschaft. Ich gehe mich mal umsehen, wo ... wo wir sie am besten lassen."

„Entfernen?", wiederholte Agnes, als der Butler hinausgegangen war, und ihr Gesicht wurde erst aschfahl und dann grünlich. Es war nicht zu übersehen, dass sie kurz vor einem Nervenzusammenbruch stand. „Was soll er denn mit ihr machen? Sie in die Speisekammer packen? Zwischen die Steaks für morgen Abend?"

Die Gräfin schlenderte gelassen zu Agnes hinüber und baute sich vor ihr auf.

„Oder soll er sie vielleicht in den Garten setzen, damit sie sich in einen Schneemann verwandelt?", fuhr Agnes immer atemloser und hysterischer fort. „Man kommt auch von der Küche aus in den Garten, da kann er Ihnen auf dem Rückweg auch gleich noch was zu essen mitbringen. Wenn sie dann steif gefroren ist, können wir sie ja vor der Haustür aufstellen, um die Reporter abzuschrecken." Jetzt brach sie in lautes Schluchzen aus und verstummte erst, als ihr die Gräfin eine kräftige Ohrfeige verpasste.

„Ich verstehe, dass du durcheinander bist", sagte die Gräfin, „aber das ist kein Grund, dummes Zeug zu plappern. In der Speisekammer ist kein Platz, insofern bleibt nur der Garten. Wenn sie im Haus bleibt, fängt sie über kurz oder lang an zu stinken. Sie kriegt sowieso nichts mehr davon mit, also mach nicht so ein Theater."

„Ihr Geist hat sich schon zu den anderen Geistern hier im Haus gesellt", sagte Viola leise.

Agnes bestätigte jammernd: „Stimmt, die Geister haben sich gegen uns verbündet, und jetzt geht's uns allen an den Kragen!"

Tabitha hob die Hand. „Wollen wir nicht mal eine kurze Schweigeminute einlegen?"

Die Gräfin sah sie verständnislos an.

„Macht es ... macht es Ihnen denn gar nichts aus, dass Ihr geliebtes altes Hausmädchen tot ist?"

Die Gräfin seufzte tief, strich sich über die Frisur und steckte eine lose Strähne in den zerzausten Haarknoten. „Natürlich macht es mir etwas aus", erwiderte Camilla

Lenore DeMoss, die größte Wohltäterin von ganz England dann. „Sogar sehr viel. Ich habe sie zwar nicht eigenhändig umgebracht, aber ich warte schon seit Jahren drauf, dass die alte Schachtel endlich stirbt. Es ist furchtbar anstrengend, jemandem gegenüber mildtätig zu sein, den man nicht leiden kann."

Man hätte eine Stecknadel fallen hören können, so still wurde es.

Die Gräfin sah in die Runde, und auf ihrer Stirn erschien wieder die Falte. „Was ist denn? Wisst ihr Ehrlichkeit etwa nicht zu schätzen? Ich habe nicht gesagt, dass ich ihr den Tod *gewünscht* habe, ich habe nur gesagt, dass mich ihr Tod nicht sonderlich aufregt."

„Das glaube ich", entgegnete Edward. „Als Sie damals das Gemälde von Jack the Ripper ersteigert haben, waren Sie bestimmt wesentlich aufgeregter. Heute ist ja nur mitten in Ihrem Salon ein bereits krankes Hausmädchen gestorben. Ganz schön gruselig übrigens, wie Jack auf dem Bild durch die finstere Gasse schleicht. Ich war ehrlich gesagt nicht böse, dass die Führung durch die Gemäldegalerie abgebrochen werden musste, weil es Abendessen gab."

Viola brachte ihn mit einem Rippenstoß zum Verstummen. „Natürlich kann man nicht jeden mögen, Eure Ladyschaft", sagte sie taktvoll, „und es ist bestimmt anstrengend, immer zu allen Leuten nett zu sein, aber Sie sind doch für Ihre Mildtätigkeit berühmt. Möchten Sie da nicht zum Gedenken an Mary der Hausangestellten-Gewerkschaft etwas spenden?“

„Und wie wollen Sie überhaupt ohne Marys Unterstützung Ihr Enkelkind identifizieren?“, setzte Tabitha hinzu.

„Das schaffe ich auch allein“, erwiderte die Gräfin barsch. „Mein Gefühl wird mir schon sagen, wer am besten für diese Rolle geeignet ist.“

Rolle? Schon wieder so eine seltsame Wortwahl.

Und dann hörten sie es alle. Ein Rascheln, als fegte jemand welkes Laub zusammen. Es kam erst aus der Decke und dann aus der Wand über dem Kamin, wo das Gemälde einer Teegesellschaft hing.

Das Rascheln wurde von gedämpften Klagelauten untermalt, als schluchzte jemand erstickt, und dazu ertönten wie aus weiter Ferne – ferner noch als der Tod – abgerissene, hohe Schreie wie von einem Kind, das sich verletzt hat.

12.

„Das Motiv für ein Verbrechen, mein lieber Tibbs, ist leider oft schwer zu fassen, ganz ähnlich wie die Austern auf diesem Teller. Man muss die Schale aufbrechen und das Innere des Täters erforschen. Der Beweggrund für ein Verbrechen liegt manchmal tiefer verborgen, als man denkt."

Kommissar Clarence Clevers neuester Fall
Die strychningefüllte Seezunge

Das Schreien und Schluchzen verklang, im Salon wurde es totenstill. Oliver sah Tabitha mit grimmiger Miene an, Frances zwirbelte mit beiden Händen ihre Locken, und Viola sah aus, als zählte sie in Gedanken die Spenden der Gräfin zusammen, um sich wieder zu beruhigen. Barnaby trat nervös von einem Fuß auf den anderen, und Edward aß seinen Schokoladenkuchen auf.

„Der Geist!", rief Agnes aus und drehte sich jäh nach der Leiche um. „Das war ihr Geist, der sich zu den anderen Geistern gesellt hat!"

„Es gibt keine Geister!“, entgegnete die Gräfin, ging zum Kamin hinüber und trommelte mit zitternden Fingern auf den Sims. „Das sind Ammenmärchen.“

Phillips kam wieder herein. Er war ein bisschen blass um die Nase und meldete: „Das Telefon funktioniert nicht mehr, und der Strom im Obergeschoss ist jetzt auch ausgefallen.“

„Macht nichts, es ist sowieso Schlafenszeit“, gab die Gräfin zurück. „Abmarsch in den Westflügel! Die Kinder bekommen Kerzen. Aber kürzen Sie die Kerzen bitte, damit sie in die Leuchter auf den Nachttischen passen, und vergewissern Sie sich, dass keine Petroleumlampen auf den Zimmern sind. Frühstück gibt's um neun.“ Sie wandte sich an die Köchin und brachte es fertig, trotz der unheimlichen Wendung der Ereignisse herablassend zu fragen: „Soll ich morgen Früh herunterkommen und Ihnen zeigen, wie man Eier kocht, oder schaffen Sie das allein?“

„Das kriege ich auch so hin“, antwortete die Köchin giftig, „und ich werd mir Mühe geben, dass keine Kieselsteine in Ihrem Essen landen. Ich will ja nicht, dass Sie ersticken.“

„Hör auf!“, zischelte Agnes, laut sagte sie: „Eure Ladyschaft, leider haben die Zimmer im Westflügel nicht ausgereicht, und Jane musste eins der Kinder im Ostflügel unterbringen.“

„Wo denn?“, fragte die Gräfin scharf. „Dort gibt es doch gar keine richtigen Gästezimmer.“

Agnes sah sie an, als litte ihre Dienstherrin unter plötzlichem Gedächtnisverlust. „Doch, eins schon. Die einzige Tür im kleinen Flur. Ich dachte immer, dort ist nur ein Abstellraum, aber es steht ein Bett drin, und ein weniger wichtiger Gast kann dort durchaus schlafen. Als ich gesehen habe, dass das Zimmer länger nicht benutzt worden ist, habe ich Jane gebeten, es herzurichten. Ich glaube, Tabitha Crum ist dort untergebracht.“

Die Miene der Gräfin schwankte zwischen Verwirrung und Ärger. „War das Zimmer denn nicht abgeschlossen? Wenn ich mich recht entsinne, hatte ich dem Personal verboten, den kleinen Flur zu betreten. Die Tür ist *immer* verriegelt – wer hat sie aufgeschlossen? Habt ihr die anderen Räume etwa auch geöffnet? Und wo hattest du überhaupt den Schlüssel her? Gib ihn mir sofort zurück!“

Auweia, Pemberley, wir schlafen offenbar in einem der verschlossenen Räume!

Agnes kämpfte wieder mit den Tränen. „Die Tür war nicht abgeschlossen, Eure Ladyschaft. Ich wollte doch nur, dass Sie Bescheid wissen. Ich kann die Kleine natürlich auch in einer Dienstbotenkammer unterbringen. Jetzt, wo alle weg sind, gibt’s dort reichlich freie Betten. Ob sie sauber sind, weiß ich allerdings nicht.“

„Garantiert nicht, so wie du und das übrige Personal aussehen.“ Die Gräfin blickte zur Salontür und legte nachdenklich den behandschuhten Zeigefinger an die Lippen. Dann gab sie sich einen Ruck. „Das Zimmer im Ostflügel muss genügen. Ich vergewissere mich am besten noch mal persönlich, ob es in Ordnung ist.“

„Nicht nötig, Eure Ladyschaft“, erwiderte Agnes gekränkt. „Es ist meine Aufgabe, mich um die Gästezimmer zu kümmern, und ich würde niemals –“

„Schluss jetzt! Das ist mein Haus. Ich gehe zusammen mit dem Mädchen nach oben.“ Die Gräfin funkelte Tabitha mit hochgezogenen Augenbrauen an, als wollte sie sie warnen, Einwände gegen die Begleitung durch ihre adlige Gastgeberin zu erheben. „Aber vorher muss ich noch etwas anderes erledigen, darum warte bitte hier. Phillips, Sie kommen mit mir. Die Leiche kann auch erst mal hierbleiben. Sie kann Tabitha Gesellschaft leisten.“ Sie lächelte matt. „Ihr beide“, sie deutete auf Agnes und die Köchin, „ihr bringt die anderen Kinder nach oben.“ In sanfterem Ton fügte sie an: „Schlaft schön, meine Süßen. Ich freue mich schon auf unsere morgigen Gespräche. Bald darf sich einer von euch glücklich schätzen, Hollingsworth Hall sein Zuhause zu nennen. Für den Rest seines Lebens.“ Sie runzelte die Stirn. „Warum seht ihr denn so ängstlich aus? Mache ich den Kindern etwa Angst, Phillips?“

„Vielleicht liegt es ja an der Leiche, Eure Ladyschaft", entgegnete der Butler.

„Ach so." Es hörte sich an, als sei die Gräfin noch gar nicht auf diese Idee gekommen. „Aber das hat sich doch jetzt erledigt. Natürlich ist es traurig, aber immerhin braucht die Köchin jetzt eine Person weniger zu vergiften." Sie brach in schrilles Gelächter aus, verstummte aber, als niemand mitlachte. „Das sollte ein Scherz sein, Kinder. Gute Nacht."

Tabitha winkte Oliver zu, als Agnes mit ihm, Edward, Barnaby, Viola und Frances den Salon verließ. „Tja, Pemberley", flüsterte sie und musste sich beherrschen, um sich nicht nach dem Teetisch umzudrehen, „jetzt sind nur noch du und ich hier."

Und die tote Mary Pettigrew.

Und der Geist, beziehungsweise die Geister.

„Aber wir beide haben Besseres zu tun, als in Selbstmitleid zu versinken, stimmt's?"

Quieki-quiek.

„Ja, ich musste auch gerade an Kommissar Clevers Leitspruch denken: *Wenn dich die Hoffnung mal verlässt, dann sag dir einfach, dass sie nur einen Happen essen gegangen ist und gleich zurückkommt.* Sie nickte ihrem Partner zu. „Das passt wunderbar auf unsere Lage." Trotz der Erkenntnis, dass sie niemals liebende Eltern haben würde, und der Tatsache, dass dicht hinter ihr eine Leiche lag, fühlte sich Tabitha gestärkt.

Als sie einmal tief durchgeatmet hatte, kehrte auch ihr Tatendrang zurück. „Das hier ist unser erster richtiger Kriminalfall, Pemby. Wahrscheinlich erbe ich kein Vermögen und muss nach diesem Wochenende ins Waisenhaus umziehen, aber jetzt und hier heißt es: an die Arbeit! Wie schon mein liebloser Vater sagte: Vielleicht ist das ja unsere Chance!"

Quiek! Pemberley huschte freudig auf Tabithas Schulter.

„Vielleicht können wir diesen Fall ja sogar beim Bewerbungsgespräch für Scotland Yard anführen, wenn sie sich endlich dazu durchringen, auch Frauen einzustellen. Also – ab jetzt geht es um Schauplätze, Spuren und Schlussfolgerungen."

Tabitha fing an, auf und ab zu gehen, und kaute in Ermangelung einer Uhrkette an ihren Fingerknöcheln. „Die entscheidende Frage lautet nicht, woran Mary Pettigrew gestorben ist. Ich glaube, dass jemand sie versehentlich so erschreckt hat, dass sie einen zweiten Schlaganfall erlitten hat. Die entscheidende Frage ist, warum ihr Tod die Gräfin offensichtlich kaltlässt beziehungsweise ihr womöglich sogar gelegen kommt, obwohl sie uns doch erzählt hat, wie treu Mary ihr gedient hat. Und was hatte Mary überhaupt im Arbeitszimmer der Gräfin zu suchen, als sie der erste Schlaganfall ereilte?“

Sie rief sich noch einmal ins Gedächtnis, was sie alles über die Gräfin wusste. Ihre Vergangenheit war rätselhaft und von Todesfällen geprägt, sie hatte zeitgleich mit dem Kauf von Hollingsworth Hall ihre wohltätige Ader entdeckt, sie hatte eine Vorliebe für schaurige Gemälde und Messer …

Als sich Tabitha anschließend doch nach dem Tisch umdrehte, fiel ihr abermals auf, dass unter Marys Hand etwas Glänzendes hervorschaute. „Und warum“, fuhr sie fort und beugte sich tapfer über die Tote, „warum hat die Gräfin die Kranke nicht in Pflege gegeben, sondern sie hierbehalten?“

Mit einer geflüsterten Entschuldigung überwand sie sich und drehte Marys Hand um. Der Verschluss des hölzernen Armreifens hatte sich zwischen den Köpfen der beiden Fabelwesen geöffnet, und man sah, dass er innen hohl war.

„Der Verschluss muss aufgesprungen sein, als Mary auf die Tischplatte gefallen ist“, wandte sie sich an ihren Partner. „Und siehst du auch, was ich sehe?“ Aus dem Hohlraum ragte ein kleiner Schlüssel.

Tabitha zog ihn rasch heraus und steckte ihn in die Schürzentasche. „Damit du nicht so allein bist, Pemby“, witzelte sie, drückte den Armreif wieder zusammen und machte sich anschließend daran, die Gemälde an den Wänden zu begutachten. Sie wanderte von einem zum anderen und atmete dabei bewusst gleichmäßig ein und aus, um sich wieder zu beruhigen.

Vor dem Porträt eines vornehmen Herrn mit einem Vogel auf der Schulter blieb sie stehen. Seine blitzblauen Augen waren so raffiniert gemalt, dass sie ihr überallhin zu folgen schienen. Tabitha musste an die beiden Porträts in der Eingangshalle denken, bei denen sie das gleiche Gefühl gehabt hatte. Sie trat ein Stück zurück und betrachtete den Dargestellten von drei verschiedenen Stellen aus. Er schien sie jedes Mal direkt anzublicken. Gerade war sie wieder näher herangetreten, da vernahm sie Schritte hinter sich.

„Los, komm mit!“, befahl die Gräfin barsch. Sie trug einen großen Leuchter mit vier noch nicht angezündeten Kerzen und führte Tabitha die Haupttreppe hinauf in den Ostflügel des Gebäudes, wo sie in den kurzen Flur einbog. Als sie vor der bewussten Tür stehen blieb, fiel der Strom abermals aus. Die Gräfin kramte ein Streichholz aus der Tasche und zündete die Kerzen an. Die Flammen warfen ein unheimlich flackerndes Licht auf ihr Gesicht.

Weil alle anderen im gegenüberliegenden Flügel waren, waren sie ganz allein. Die Gräfin legte wieder den Finger unter Tabithas Kinn und hob es an. „Meine liebe

Tabitha Crum, Adoptivtochter der Eheleute Crum aus Wilting – ob du wohl die Richtige bist?“ Doch ihr Blick war nicht der einer großherzigen Wohltäterin oder liebevollen Großmutter, sondern hatte etwas Gieriges.

Wenn man einen Verdächtigen verhört, bringt man die entscheidenden Fragen am besten überraschend an, pflegte Kommissar Clever zu sagen. „Sie fehlen Ihnen bestimmt sehr“, begann Tabitha.

„Wie bitte?“ Die Miene der Gräfin umwölkte sich. „Von wem redest du?“

„Von Ihrem Mann, Ihrem Sohn und Ihrer Schwester.“

„Ach so. Natürlich fehlen sie mir.“ Die Gräfin blickte zweifelnd zwischen dem Türschloss und ihrem Schlüsselbund hin und her.

„Und jetzt möchten Sie sich ein Stück Familie zurückholen, nicht wahr?“

„Die ganze Zeit nicht abgeschlossen?“, sagte die Gräfin halblaut. „Äh … was hast du gesagt?“

„Warum möchten Sie Ihr Enkelkind unbedingt zu sich nehmen?“, Tabitha verschränkte die Arme, um der Frage Nachdruck zu verleihen. „Und warum ausgerechnet jetzt?“

Die Gräfin zögerte, und die Art ihres Zögerns verriet Tabitha, dass die Antwort nicht Liebe sein konnte. Im Gegenteil, die Gräfin wirkte auf einmal beinahe schuldbewusst. Tabitha dachte daran, wie sie vorhin fast die

Beherrschung verloren hatte und wie gleichgültig sie im Gegensatz dazu auf Mary Pettigrews Tod reagiert hatte. Tabitha konnte sich des Eindrucks nicht erwehren, dass hinter den Einladungen nach Hollingsworth Hall etwas ganz anderes steckte.

Vielleicht ging es ja überhaupt nicht darum, dass sich die Gräfin ein Enkelkind wünschte, sondern darum, dass sie eines *brauchte*. Aber wozu? Als Statussymbol? Um ihren Ruf als liebevoll sorgende Wohltäterin zu erhalten? Oder für irgendwelche finsteren Zwecke, die sich Tabitha um Pemberleys willen lieber nicht ausmalen mochte?

„Sei nicht so frech!“, sagte die Gräfin unwirsch. „Das geht dich überhaupt nichts an.“

Sie drückte zögerlich die Klinke herunter. Als sich die Tür mühelos öffnen ließ, straffte sie die Schultern und spähte mit zusammengekniffenen Augen in das dunkle Zimmer, denn der Kerzenschein erhellte gerade mal den ersten Meter hinter der Schwelle. „Denk lieber drüber nach, was du mir morgen erzählen willst. Deine Zukunft hängt davon ab. Und jetzt träum süß, Herzchen.“

Sie nahm eine Kerze aus dem Leuchter, drückte sie Tabitha in die Hand und ging davon. Der dicke Läufer dämpfte ihre Schritte, doch als Tabitha die Ohren spitzte, glaubte sie zu hören, wie die Messer in der gräflichen Handtasche leise klirrten.

13.

„Einsamkeit kann durchaus fruchtbar sein, wenn man Theorien über ein Verbrechen aufstellt. Wobei meistens einige dieser Theorien auf den leichten Verfolgungswahn zurückzuführen sind, der jene zu befallen pflegt, die überwiegend mit sich selbst, den Zimmerwänden, alten Fotos oder ihrem Abendbrot sprechen.“

Kommissar Clarence Clevers neuester Fall
Der eingeschüchterte Einsiedler

Vom Schein der einzelnen Kerze abgesehen, war der Flur stockdunkel, aber das Licht würde noch mindestens eine Stunde lang vorhalten, weil die Gräfin vergessen hatte, die Kerze zu kürzen. Außerdem stand auf dem Nachttisch eine halb volle Lampe. Tabitha betrat das Zimmer und zündete die Petroleumlampe mit der Kerze an.

„Jetzt bin ich allein in einem der verschlossenen Räume“, sagte sie, doch sogleich zappelte es protestierend in ihrer Schürzentasche. Sie holte ihren flauschigen

Freund heraus und drückte ihn zärtlich an die Wange. „So war das doch nicht gemeint, Pemberley. Ich bin so froh, dass du bei mir bist, und außerdem wissen wir bereits, dass die Gräfin hier drin die Ersatzkleidung für ihr Personal aufbewahrt, was ein völlig nachvollziehbarer Grund ist, die Tür abzuschließen. Ich wollte ja auch nur sagen, dass –"

Ein dumpfes Ächzen unterbrach sie. Ob es aus dem Zimmer gekommen war oder aus dem Flur, war unklar. Tabitha wartete reglos, dann riss sie sich zusammen. „Wahrscheinlich rüttelt nur der Sturm am Haus. Draußen tobt nämlich ein richtiger Orkan, Pemby. Hoffentlich hatten die Eltern auf dem Weg zu ihrer Unterkunft keinen Unfall, und hoffentlich fürchten sich die anderen Kinder nicht zu sehr."

Quiek.

„Na gut, ich hätte nichts dagegen, dass Frances sich ein bisschen fürchtet. Vielleicht hat sie ja einen Spiegel im Zimmer und beschimpft die Person, die sie darin erblickt, ehe sie begreift, dass sie es selbst ist."

Quieki?

„Wie bitte? Ach so, der Schlüssel." Tabitha griff in die Schürzentasche und holte ihn heraus. „Wozu er wohl passt? Hmmm ... In den Kommissar-Clever-Romanen achten die Figuren, die einen Schlüssel oder dergleichen verstecken, immer auf dreierlei:

- Sie verstecken den Gegenstand an einem unpassenden Ort.
- Sie haben eine persönliche Beziehung zu dem Versteck, damit sie es nicht vergessen.
- Das Versteck befindet sich in einem Raum, den man öfter aufsuchen kann, ohne dass jemand Verdacht schöpft.

Quiek.

„Auch wieder wahr“, sagte Tabitha seufzend. „Der Schlüssel war in Marys Armreif versteckt, was bedeutet, dass das passende Schloss überall sein kann. Wir suchen sowieso besser morgen bei Tageslicht.“ Sie stellte ihre bestickte Reisetasche neben das Bett und holte Pemberleys Pomadedose heraus. Dann schlüpfte sie in ihr Nachthemd und wusch sich am Waschtisch Gesicht und Hände.

„Du kannst dich ruhig auch waschen, Pemby. Mit sauberem Fell träumt es sich besser. Schade, dass es hier keine Waschschüssel in Mäusegröße gibt. Wenn wir eines Tages unser eigenes Detektivbüro gründen, bekommst du dein eigenes Waschgeschirr. Bis dahin musst du dich leider hiermit begnügen.“ Sie goss ein bisschen Wasser aus dem Krug in die Seifenschale und sah belustigt zu, wie Pemberley sich das Schnäuzchen putzte und anschließend erwartungsvoll zu ihr aufblickte. „Schon viel besser. Freust du dich, dass ich mich wie eine Mutter um dich kümmere?"

Als Tabitha unter das schwere Federbett und die dicke Tagesdecke schlüpfte, fiel ihr Blick wieder auf das gerahmte Foto auf dem Nachttisch. Eigentlich sah die Familie ganz normal und glücklich aus – Vater, Mutter und Kind. Was störte Tabitha dann an dem Bild? Denn sie hatte wieder das deutliche Gefühl, dass irgendetwas nicht stimmte. Hatte es mit dem Stubenwagen zu tun oder mit …

Sie sah zu dem Porträt des Knaben an der Wand hinüber, und ein leiser Schauer überlief sie. „Hallo, du da! Du siehst dir dieses Foto doch bestimmt schon jahrelang an. Kannst du mir vielleicht verraten, was damit los ist?

Quiek, zappel, quiek.

„Ja, Pemby, natürlich weiß ich, dass der Junge bloß gemalt ist und nicht antworten kann." Obwohl sie die Augen kaum noch offen halten konnte (schließlich war es trotz allem ein ungewöhnlich ereignisreicher Tag gewesen), betrachtete Tabitha noch einmal die schöne Frau mit den langen Haaren und der rundlichen Figur, die neben dem Stubenwagen stand. Liebe und Hoffnung lagen in ihrem Blick. Der gut aussehende Mann hatte den Arm um sie gelegt und strahlte übers ganze Gesicht.

„Was meinst du, Pemberley, ob wir beide auch irgendwann mal so glücklich werden, selbst wenn wir jetzt keine Familie mehr haben?" Tabitha stützte das Gesicht in die Hände.

Quiek.

„Du hast recht, ich bin rührselig. Fest steht, dass mich Mum und Daddy nicht im Geringsten vermissen werden." Tabitha grub die Zähne in die Unterlippe und starrte so lange auf das Foto, bis das Bild vor ihren Augen verschwamm. „Aber schließlich sind sie sowieso nicht meine richtigen Eltern, darum brauche ich auch nicht traurig zu sein. Nein, ich brauche nicht traurig zu sein."

Quiek.

„Ach, mein lieber Pemberley!" Sie hob ihn hoch und drückte ihn an sich. „Ich will dir mal etwas sagen – pass gut auf!" Sie küsste ihn aufs Köpfchen und hob ihn dann vors Gesicht, bis ihre Nasen auf gleicher Höhe waren und sie sicher war, dass er ihr zuhörte.

„Letztes Jahr im November, an einem Dienstagabend, sind wir beide uns zum ersten Mal begegnet. Mum hatte mich in meinem Dachverschlag eingeschlossen, weil mir das Abendessen angebrannt war. Ich fror und war einsam und niedergeschlagen, aber dann hörte ich es unter einem der Dachbalken leise rascheln. Als ich dich inmitten deiner Geschwister entdeckte, ging mir das Herz auf und ich vergaß all meinen Kummer. Du hast mich vom ersten Augenblick an glücklich gemacht. Ich werde diesen Tag nie vergessen, denn dir habe ich zu verdanken, dass es ein ganz besonderer Tag wurde."

Quiek?

„Doch, ehrlich! Lass dir bloß von niemandem einreden, dass du dreckig wärst oder nicht liebenswert oder nutzlos, hörst du?"

Pemberley beschnupperte hungrig Tabithas Hand.

„Du bist ein furchtloser Ritter unter den Mäusen und mein einziger richtiger Freund, und ich liebe dich. Na, hörst du das nicht gern? Ja, ich liebe dich." Sie hielt ein Brotstückchen in die Höhe. „Drehst du dich mal?" Der Mäuserich lief erst rechtsherum und dann linksherum im Kreis und stellte sich zum Schluss auf die Hinterbeine. „Bravo!"

Tabitha legte ihren Pullover neben das Bett, schob ihn zu einem Häufchen zusammen und drückte Pemberleys Blechdose für den Fall, dass jemand überraschend ins Zimmer kam, so tief hinein, dass man sie nicht auf den ersten Blick sah.

„Eine Gutenachtgeschichte?" Sie gähnte und setzte den Mäuserich in sein Bettchen. „Na gut, dann lese ich dir noch ein Kapitel aus *Der heuchlerische Herzog* vor."

Quieki.

„Ja, dieses Buch gehört auch zu meinen Lieblingsromanen."

Tabitha hatte Mühe, die schweren Decken anzuheben, um das Buch aus der Reisetasche zu holen. Sie tastete nach dem viereckigen Umriss, bekam aber stattdessen die zusammengerollten Papiere zu fassen, die ihre Mutter zu Hause in Wilting in die Tasche gestopft hatte.

Tabitha holte die Rolle heraus, strich die Papiere glatt und stellte nach kurzem Überfliegen fest, dass es sich um Bankunterlagen voller Zahlen und Diagramme handelte. Sie begriff nur so viel, dass Mr Crums Arbeitgeber vermutlich nicht erfreut über den Inhalt wäre. Außerdem entdeckte sie die Beschreibung einer Villa in Spanien samt weiterem Finanzkauderwelsch, das irgendwie damit zu tun hatte.

„Endlich weiß ich, wo die beiden hinwollen", sagte sie zu Pemberley. „Sie reisen ins sonnige Spanien und lassen uns beide hier zurück. Ach, Pemby, kannst du mir sagen, warum –"

Quieki-quiek!

„Du hast ja recht. Es bringt nichts, sich darüber den Kopf zu zerbrechen. Am besten versuchen wir zu schlafen. Es war ein anstrengender Tag, und du siehst todmüde aus. Morgen befassen wir uns dann mit dem geheimnisvollen Schlüssel." Sie faltete zu einem kurzen Gebet die Hände. „Lieber Gott, bitte segne die arme Mary Pettigrew und alle anderen, die es nötig haben, und vielen Dank für Pemberley und Kommissar Clever, Ende, gute Nacht."

Bald ging Tabithas Atem langsamer, und sie war schon fast eingeschlafen, als ein markerschütternder Schrei sie hochschrecken ließ.

Sie sprang aus dem Bett, drückte Pemberley an sich, lief zur Tür und spitzte die Ohren. Doch sie hörte nichts mehr. Daraufhin öffnete sie die Tür einen Spalt und vernahm fernes Klirren und Gepolter, das aus einem entlegenen Teil des Hauses zu kommen schien. Sie schlich auf Zehenspitzen ans Ende des kleinen Flures. Im Westflügel war alles ruhig und dunkel. Keines der anderen Kinder war aufgewacht.

Stille.

Unheimliche, ohrenbetäubende Stille.

Tabitha schlich zur Treppe, spähte in das dunkle Erdgeschoss hinab und wartete.

Nichts rührte sich.

„Hast du das auch gehört, oder habe ich mir die Geräusche nur eingebildet?", wandte sie sich flüsternd an Pemberley. „Oder war es ein Albtraum? Schlafe ich vielleicht noch?"

Pemberley antwortete nicht, aber er zitterte. Oder war sie es selbst?

„Ich hab schon mal gehört, dass es solche Wachträume gibt." Tabitha kniff sich kräftig und war enttäuscht, als sie keine Veränderung wahrnahm. „Aber es gibt *Schlimmeres* als einen gruseligen Wachtraum, stimmt's? Wollen wir eine Liste machen?" Leider fiel ihr jedoch beim besten Willen nichts ein, was schlimmer sein könnte als ein Albtraum, der von einem bestürzend lebensechten Schrei begleitet wurde. „Am besten sind wir vernünftig und gehen wieder ins Bett, Pemberley. Kommissar Clever rät auch immer zur Vernunft."

Doch eine innere Stimme schalt sie, weil sie zu feige war, der Sache auf den Grund zu gehen. Wenn man einen Kriminalroman las, war es nicht schwer, mutig und abenteuerlustig zu sein – in einer echten Gefahrensituation war das etwas ganz anderes.

„Du brauchst keine Angst zu haben", sagte sie nachdrücklich, kehrte in ihr Zimmer zurück und klemmte einen Stuhl unter die Türklinke, wie es Tibbs in so gut wie jedem Kommissar-Clever-Roman tat. *Seien Sie nicht albern, Tibbs,* pflegte Clever zu sagen. *Wenn ein Mörder es auf uns abgesehen hat, wird ihn ein klappriger Stuhl nicht aufhalten. Höchstwahrscheinlich liegen wir morgen Früh vergiftet in unseren Betten.*

„Leider habe ich gerade keine Idee, wie ich dich beruhigen könnte", raunte Tabitha Pemberley zu, als sie mit ihm zusammen wieder unter die Decken schlüpfte. „Ich fühle mich nämlich selbst ein bisschen zittrig. Das kommt von diesem Albtraum, diesem blöden, blöden

Albtraum! Schade, dass keiner von uns noch Eltern hat, zu denen er ins Bett kriechen könnte." Sie wurde wieder traurig – so traurig, dass sie ihre Angst einen Augenblick lang vergaß. „Allerdings habe ich das früher wahrscheinlich auch nie gemacht."

Kurz darauf schlummerte Tabitha Crum aus purer seelischer Erschöpfung ein. Im Traum erschienen ihr die anderen Eingeladenen, dazu ein geheimnisumwitterter Herzog, eine bitterkalte Kutschfahrt, berechnende Gräfinnen, der Dialekt von Ostlondon, das Herrenhaus Hollingsworth Hall, Waisenhäuser, Geister und die arme Mary Pettigrew – alles umwölkt von Kommissar Clevers Pfeifenrauch.

14.

„Ich behaupte nicht, dass es keine Geister gibt, mein lieber Tibbs, ich sage nur, dass hinter den meisten Geistererscheinungen, die ich bis jetzt beobachtet habe, höchst lebendige Geschöpfe steckten, die obendrein nach Schweiß müffelten."

Kommissar Clarence Clevers neuester Fall
Der Grimaldinische Geist

Ein kräftiges dreimaliges Klopfen weckte Tabitha. Sie schob die Bettdecke bis zur Taille von sich, setzte sich auf, reckte die Arme und beugte sich dann weit vor, bis sie ihre noch unter der Decke verborgenen Zehen umfassen konnte. Der neue Morgen und der Anblick der duftigen Bettvorhänge hoben ihre Stimmung und ließen die Schrecken der vergangenen Nacht ein wenig verblassen. Was hatte sie doch für einen scheußlichen Albtraum gehabt!

„Aufwachen, Miss!" Agnes öffnete die Tür einen Spalt. „Ich bringe Ihnen frisches Waschwasser, denn es gibt gleich Frühstück. Sie müssen etwas in den Magen bekommen. Gestern im Salon haben Sie kaum etwas gegessen – was ich gut verstehen kann."

Tabitha rieb sich die Augen. „Das hast du ganz richtig beobachtet, Agnes, vielen Dank."

Das Hausmädchen blieb mit dem Wasserkrug in der Hand auf der Schwelle stehen. „Miss Mary wurde übrigens inzwischen weggebracht, Sie brauchen also keine Angst zu haben, ihr zu begegnen. Ehrlich gesagt hatte ich selbst Angst davor. Die arme, arme Frau. Hoffentlich hatte sie einen einigermaßen leichten Tod." Der Krug neigte sich ein bisschen, das Wasser drohte herauszuschwappen.

Tabitha spürte, dass ein paar tröstende Worte angebracht waren, wenn sie sich waschen wollte. Sie musste sich beeilen, schließlich wollte sie sich heute noch mit Geistern, geheimnisvollen Schlüsseln und ungeklärten Motiven befassen. „Ich bin so gut wie sicher, dass Mary an einem zweiten Schlaganfall gestorben ist. Eines natürlichen Todes also. Alles andere waren einfach nur unglückliche Umstände."

Agnes lächelte gezwungen, richtete sich aber wieder auf und tauschte endlich den Wasserkrug aus. „Danke, dass Sie das sagen, Miss. Glauben Sie eigentlich, dass Sie die verschollene Enkelin der Gräfin sind?"

„Ich habe zu danken. Und nein. Leider kann ich nicht

mit irgendwelchen Hinweisen dienen, die darauf hindeuten. Außerdem weiß ich gar nicht, ob ich die Gräfin zur Großmutter haben möchte. Ich habe den Eindruck, dass sie etwas zu verbergen hat. Hast du vielleicht eine Idee, was das sein könnte?“

Agnes zuckte so heftig zusammen, dass sie ein bisschen Wasser verschüttete und es mit einem Händehandtuch aufwischen musste. „Ungeschickte Agnes!“, tadelte sie sich selbst und setzte hinzu: „Nein, Miss, ich habe keine Ahnung.“ Sie lächelte wieder gezwungen, knickste und verließ das Zimmer, ohne die Tür hinter sich zuzumachen.

Tabitha wartete ab, bis das Hausmädchen außer Hörweite war, dann weckte sie Pemberley. „Aufstehen, Partner. Bereit für den Tag?“

Quiek.

Barnaby und Oliver fehlten am Frühstückstisch, aber immerhin hatten sie wieder Strom, auch wenn das Licht des Kronleuchters und der Lampen auf den Beistelltischen irgendwie zu hell wirkte. Trügerisch hell, als sollte das Licht sie beruhigen, was aber nicht der Fall war.

„Guten Morgen, Tabitha!“, wurde sie von Edward begrüßt. „Hoffentlich hast du ordentlich Hunger mitgebracht. Die Köchin wollte die Gänge wieder einzeln auftragen, aber ich habe sie überredet, alles auf einmal auf den Tisch zu stellen."

„Oh." Tabitha ging langsam zu einem freien Stuhl und hörte in Gedanken ihren Vater sagen: *Mach nicht dauernd ‚Oh!' wie eine Schwachsinnige!* Doch als ihr das einfiel, war es schon zu spät, um etwas Intelligenteres zu erwidern.

Die prächtige Tafel, an der sie gestern zu Abend gegessen und sich anschließend der gepflegten Konversation gewidmet hatten, bog sich abermals unter der Last der Köstlichkeiten. Tabitha blieb unschlüssig neben dem Stuhl stehen und hörte zu, wie ihr Edward die einzelnen Speisen anpries. Da gab es Melonenstücke und Weintrauben auf großen Tellern, körbeweise Muffins, hart gekochte Eier, eingelegte Pilze, Spiegeleier auf Toast und große Porzellanschüsseln mit in Butter geschwenkten Erbsen. An dieser Stelle musste Edward kurz Luft holen, setzte die Aufzählung dann aber mit Würstchen, Bohnen und warmem Haferbrei fort, der neben einer Servierplatte mit dampfenden Steaks stand.

Den letzten Gang präsentierte Edward mit besonders schwungvoller Gebärde. „Gefüllter Hummer! Hab ich nicht gestern gesagt, dass wir seine Todesschreie gehört haben? Armer Kerl. Aber trotzdem lecker."

Als Tabitha den Blick über das Festmahl gleiten ließ, merkte sie, dass sie immer noch keinen rechten Appetit hatte. Frances ging es offenbar ähnlich, denn sie saß mit abwesendem Blick auf der gegenüberliegenden Seite der Tafel. Die garstige kleine Wellington schien nicht die Kraft aufzubringen, irgendwen zu beleidigen, nicht einmal Viola, die ebenfalls vor einem leeren Teller saß.

„Hallo, Tabitha!", rief das blonde Mädchen. „Möchtest du dich neben mich setzen?"

Tabitha war ein bisschen befremdet. Warum war Viola so nett zu ihr? Betrachtete sie Tabitha etwa als jemanden, zu dem man wohltätig sein musste? Erst als sich Pemberley in der Schürzentasche rührte, begriff Tabitha, dass Viola auf eine Antwort wartete. „Ja, gern." Sie setzte sich.

Viola lächelte sie an, bekam dann aber wieder einen Niesanfall.

„Oje, bist du noch krank?"

„Nein, mich hat nur was in der Nase gekitzelt. Außerdem war ich gar nicht richtig krank. Ich weiß auch nicht, warum ich dauernd niesen muss." Als ihr Edward ein Würstchen auf den Teller legen wollte, wehrte sie ab: „Nein danke. Ich hab keinen Hunger."

„Du darfst dir von den Umständen nicht den Appetit verderben lassen." Edward häufte sich Bohnen auf seinen Toast. „Du musst bei Kräften bleiben."

„Stimmt." Oliver kam hereingeschlurft. Er hatte sich gekämmt, aber ein, zwei Strähnen standen widerspenstig ab. Er setzte sich auf Tabithas andere Seite, musterte die Tischrunde und sah auf die Uhr. „Entschuldigt die Verspätung. Agnes musste mich zweimal wecken. Guten Morgen. Oder eher einfach: ‚Morgen'."

„Bis jetzt ist doch alles prima!", entgegnete Edward und goss Oliver Saft ein. „Keine Toten und keine messerschwingenden adligen Damen." Er grinste. „Habt ihr schon mal von Elisabeth Bathory gehört, auch die ‚Blutgräfin' genannt? Eine richtige Hexe. Besonders gern hat sie junge Mädchen gefoltert, weil sie sich einbildete, dass deren Blut eine verjüngende Wirkung auf ihre Haut hätte. Das war natürlich Quatsch. Seife hätte es bestimmt genauso getan, oder?"

Niemand antwortete, aber Viola wurde ganz grün im Gesicht.

„Einmal hatte eins ihrer Dienstmädchen eine Birne geklaut. Elisabeth ließ sie so heftig auspeitschen, dass sie selbst sich hinterher umziehen musste, die Ärmste. Sie stand zu dicht dran und hatte Blutspritzer abbekommen. Der menschliche Körper enthält übrigens fünf bis sechs Liter Blut." Als auch darauf niemand einging, nahm sich Edward noch ein Würstchen.

Frances, die inzwischen einen Bissen Toast heruntergewürgt hatte, war wieder ganz sie selbst. „Bist du so blöd, wie dein Hintern breit ist, oder was?", fragte sie giftig. „Du könntest unserer Gastgeberin gegenüber ruhig etwas respektvoller sein. Auch wenn du die hunderttausend Pfund sowieso nicht kriegst."

Die Köchin kam herein und schnaubte missbilligend – entweder über Frances' Bemerkung oder wegen der kaum angerührten Speisen. „Stimmt schon wieder was mit meinem Essen nicht? Die Jungs sind anscheinend die Einzigen, die es sich schmecken lassen!" Sie nahm Tabitha den leeren Teller weg und fing an, ihn zu vollzuladen. „Seid froh, dass es überhaupt was gibt! Die Fahrer, die die Gäste ins Clavendor Cottage rübergebracht haben, haben nämlich meine Küche geplündert. Heute Früh fehlte die Hälfte meiner Eier und Tomaten, und ich hab erst vor drei Tagen die Lieferung für die ganze Woche bekommen. Tja, dann müssen wir eben mit weniger auskommen. Bitte sehr, Miss."

Tabitha rang sich ein Lächeln ab. „Vielen Dank. Wahrscheinlich liegt uns allen der Tod der armen Mary noch im Magen."

„Agnes und ich sind auch ganz schön durch den Wind", entgegnete die Köchin. „Gestern Nacht hat es in der Küche laut gepoltert und geschrien."

Dann war es also kein Traum.

„Verschonen Sie uns mit Ihren Geschichten", sagte Francis herrisch. „Wenn Sie hier nichts mehr zu tun haben, können Sie sich wieder in Ihre Küche verziehen."

Die Köchin fuhr mit beladener Gabel herum. „Von

Ihnen hab ich schon lange die Nase voll, Miss! Schade, dass Ihnen der Geist gestern Nacht nicht die hübschen Ohren und schönen Augen rausgerissen hat!“ Sie warf vier dicke Würstchen auf Frances’ Teller.

„Nein danke.“ Viola konnte gerade noch schützend die Hände über ihren Teller breiten, bevor die Köchin drei hart gekochte Eier darauf fallen ließ.

Die Köchin legte die Eier ärgerlich wieder zurück und griff sich stattdessen einen Teller mit Melonenschnitzen. „Vielleicht kam der Krach ja auch von Phillips’ grässlichem Köter.“ Sie schob die Melonenstücke geschickt unter Violas Händen hindurch. „Oder ich hab schlecht geträumt. Von euch hat wahrscheinlich keiner was gehört, oder?“ Sie hielt inne und sah die Kinder nacheinander an.

Edward und Frances schüttelten die Köpfe.

„Ich habe etwas gehört“, sagte Tabitha.

„Ich bin nicht sicher“, kam es von Viola. „Ich dachte auch, ich hätte gehört, wie es geschrien und gepoltert hat, aber ich habe von einem Überfall auf ein Herrenhaus geträumt, und vielleicht gehörten die Geräusche ja zu meinem Traum.“

Oliver sah sich um. „Ist Barnaby eigentlich schon runtergekommen? Bitte sagt Ja. Bitte sagt, dass er bloß auf dem Klo ist.“

Doch bevor jemand antworten konnte, kam die Gräfin hereingeschwebt und wechselte einen kurzen Blick mit der Köchin, die es plötzlich sehr eilig hatte, in ihre Küche zurückzukehren. Ihre Gastgeberin trug heute Morgen ein schwarzes Kleid mit dazu passenden Handschuhen und sah erstaunlich rosig und ausgeruht aus. „Grüß Gott, Kinder! Ich möchte recht bald mit unseren Gesprächen anfangen. Wo steckt denn Barnaby Trundle?"

„Der ist noch nicht erschienen, *Großmutter*", erwiderte Frances, den Blick auf die funkelnden Armbänder der Gräfin geheftet. „Wenn du mich fragst, ist er ein Faulpelz und passt nicht in so einen vornehmen Haushalt. Er hat überhaupt kein Gespür für Klassenunterschiede."

„Ich werde daran denken, wenn ich mich mit ihm unterhalte."

Die Tür flog auf, und Agnes kam hereingestürmt. Ihr Häubchen saß schief, ihre Schürze war zerknittert. Sie rannte gegen den Tisch und warf einen Teller Trauben um. Beinahe hätte sie auch die Gräfin umgerannt.

„Pass doch auf, dummes Ding!"

Agnes war so verstört, dass sie kaum den Mund aufmachen, geschweige denn sprechen konnte. Sie tat Tabitha schrecklich leid, denn sie wusste aus eigener Erfahrung, wie schwer es ist, sich zu verteidigen, wenn man überraschend beschimpft wird.

„Was ist denn?“, fragte die Gräfin ungeduldig. „Raus mit der Sprache!“

Doch das Hausmädchen konnte nur stumm und mit angstvoll aufgerissenen Augen den Mund auf- und zuklappen.

Tabitha fasste nach ihrer Hand. Vielleicht beruhigte das die junge Frau ja. „Noch mal vielen Dank für das frische Wasser vorhin“, sagte sie, „das war wirklich sehr nett.“

„B-B-Barnaby!“, stammelte Agnes.

„Ja, wo steckt der Junge denn nun?“, wiederholte die Gräfin.

Agnes befreite ihre Hand mit einem Ruck, fiel auf die Knie und sprach zu Tabithas Bauch: „Er ist nicht mehr da! Die Geister haben ihn entführt! Jetzt verwandeln sie ihn bestimmt auch in einen Geist, und ich hab noch gehört, wie er geschrien hat, aber ich dachte, ich träume bloß schlecht, und bin nicht hingegangen!“ Das alles brach in einem einzigen Wortschwall aus ihr heraus, und als er versiegt war, rang sie nach Atem.

„Was soll das heißen: Er ist nicht mehr da?“, fragte die Gräfin.

Jetzt kam Phillips herein. Auch er war ganz außer Atem und hatte wieder den Furcht einflößenden Riesenhund dabei. „Ich habe überall nachgeschaut, Eure Ladyschaft, aber er ist nirgends zu finden. Burgess hat ihn auch nicht gewittert, obwohl ich ihn an Barnabys Bett hab schnüffeln lassen. Aber der Junge war auf jeden Fall in der Küche, denn dort ist Burgess die ganze Zeit jaulend im Kreis gelaufen. Als wäre Barnaby dort verschwunden."

„Verschwunden?! Was ist das denn wieder für ein Unsinn? Und was hatte der Junge überhaupt in der Küche zu suchen?" Die Gräfin stieß energisch die Schwingtür auf und rief nach der Köchin. „Lassen Sie die angebrannten Töpfe sofort stehen und kommen Sie her!"

„Der Junge ist verschwunden", wiederholte Phillips atemlos. „Auf Burgess kann man sich hundertprozentig verlassen. Mein Hund wittert eine pralle Brieftasche auf hundert Meter gegen den Wind!" Er verstummte und wurde knallrot.

Tabitha sah ihn neugierig an. Die vergebliche Suche nach Barnaby hatte ihn sichtlich aus der Fassung gebracht, denn er scharrte nervös mit den Füßen (heute trug er schwarze Schuhe), und auch seine Uniform saß nicht korrekt.

Die Köchin trat ein und lächelte die Gräfin mit zornfunkelnden Augen künstlich an. „Was wünschen Sie diesmal, Gnädigste? Soll ich Ihnen vielleicht eine Extrawurst braten?"

Agnes klammerte sich an ihre Schürze. „Die Geister haben Barnaby geholt!"

„Stimmt das?“ Viola tat es Agnes nach und klammerte sich an Tabithas Pullover, wobei sie Pemberley beinahe zerquetschte. „Haben ihn die Geister entführt?“

„Dazu kann ich nichts sagen“, gab Tabitha zurück.

„Ich schon.“ Oliver war leichenblass geworden.

Alle drehten sich zu ihm um.

Er blickte beim Sprechen auf den Tisch. „Gestern Abend ist Barnaby noch mal in mein Zimmer gekommen und hat mich gefragt, ob wir uns in der Küche was zu essen holen wollen. Er konnte nicht schlafen. Aber ich hatte keine Lust, und da ist er allein nach unten gegangen.“

Nach dieser Mitteilung war es erst still, dann fing Agnes leise zu wimmern an. Unbehagen erfüllte die Luft wie unsichtbarer Nebel und hüllte die Kinder ein, bis sie alle wie gelähmt dasaßen.

Die Gräfin ergriff als Erste wieder das Wort, doch auch sie war blass und ihre Stimme schwankte leicht. „Gleich beginnen unsere Gespräche. Sie werden jeweils eine halbe bis eine ganze Stunde dauern. Barnaby möchte seine Chance, mein Erbe zu werden, offenbar dadurch verspielen, dass er sich versteckt. Aus unerfindlichen Gründen hat der Junge Angst vor mir. Er kommt wahrscheinlich erst wieder zum Vorschein, wenn ihn seine Eltern abholen. Das mit den Geistern ist natürlich Firlefanz. Burgess wird Barnaby schon noch aufspüren.“ Sie tastete nach der übertrieben großen, mit Brillanten, Smaragden und Saphiren besetzten Pfauenbrosche auf ihrem Busen. „Außer uns ist niemand hier.“ Sie wandte sich zum Gehen, blieb aber an der Tür stehen und wiederholte: „Niemand!“

Abermals waberte beklemmende Stille durch den Raum.

„Edward Herringbone“, sagte die Gräfin, „bitte komm in zehn Minuten in mein Arbeitszimmer. Ihr anderen könnt euch amüsieren gehen. Bleibt aber bitte hier unten, damit Phillips euch findet, wenn ihr dran seid. Die Reihenfolge lautet: Edward, Frances, Viola, Oliver und zum Schluss Tabitha.“

Während sich die anderen Kinder auf die beiden Salons, das Wohnzimmer und die Gemäldegalerie verteilten, setzte sich Tabitha in die Bibliothek und vertrieb sich die Zeit damit, Pemberley in der Schürzentasche zu streicheln, an ihrem Schal weiterzustricken und Pfeifen zu üben. Der Anblick der Bücher beruhigte sie, und sie ließ den Blick so lange über die Regale schweifen, bis ihr Herz wieder gleichmäßig schlug.

Tabitha war Grausamkeit gewohnt, weshalb sie die kaltschnäuzige Art der Gräfin nicht so aus der Fassung brachte wie die anderen Kinder. Marys Tod und Barnabys Verschwinden machten natürlich auch ihr zu schaffen, doch sie hatte das unbestimmte Gefühl, dass sie für beides eine logische Erklärung finden würde, wenn es ihr nur gelang, die Puzzleteile zusammenzufügen. Sie klopfte sich nachdenklich an die Schläfe. Diese Angewohnheit kam in zahlreichen Kommissar-Clever-Romanen vor und schien stets bei der Problemlösung zu helfen, auch wenn Tabitha nicht begriff, wieso eigentlich. Vielleicht regte das Klopfen ja den entsprechenden Teil des Gehirns an.

Nachdem sie inzwischen mehrere Stunden lang Gelegenheit zu „Charakterstudien“ gehabt hatte, wie Kommissar Clever das zu nennen pflegte, fand Tabitha die Gleichgültigkeit der Gräfin angesichts von Marys Tod immer seltsamer. Was für eine Geschichte mochte die beiden Frauen verbunden haben? „Es ist furchtbar anstrengend, jemandem gegenüber mildtätig zu sein, den man nicht leiden kann“, hatte die Gräfin gesagt. Aber warum hatte sie diese Anstrengung dann auf sich genommen? Vielleicht war Mary Pettigrew ja ein altes Familienfaktotum und genoss eine Vorzugsbehandlung, weil sie schon bei den Eltern der Gräfin in Stellung gewesen war.

Oliver kam hereingeschlendert. Er hatte die Hände in den Hosentaschen und sah sich erst einmal um. „Keine Kindesentführer“, witzelte er lahm. Er sah immer noch ziemlich mitgenommen aus. „Hallo übrigens.“

Tabitha unterbrach ihr Auf- und Abgehen und erwiderte: „Äh … danke gleichfalls.“ *Benimm dich gefälligst normal!*

„Weißt du schon, was du der Gräfin erzählen willst?“

„Nein.“ Tabitha setzte sich wieder hin und strich ihr Kleid glatt.

Oliver setzte sich neben sie. „Sehr gesprächig bist du nicht, was? Du bist eher von der stillen, schüchternen Sorte.“

Tabitha dachte an ihre Unterhaltungen mit Pemberley und musste unwillkürlich grinsen. „Eigentlich nicht.“

Oliver stand wieder auf, zog ein Buch aus einem Regal und blätterte darin, ohne einen Blick hineinzuwerfen. „Ich bin mal so sauer auf meine Eltern geworden, dass ich mir geschworen habe, nie mehr mit ihnen zu reden.“ Er grinste. „Was glaubst du, wie lange ich das durchgehalten habe?“

Tabitha zuckte die Achseln.

„Genau drei Stunden. Mein Vater sagt immer, wer zu lange schweigt, verliert die Stimme. Komischer Spruch, oder?“

Tabitha zuckte wieder die Achseln. „Ich glaube, ich weiß, was er meint.“ *Los, red weiter. Mach es wie andere Leute und halte das Gespräch in Gang.* „Es spielt sowieso keine große Rolle, was ich der Gräfin erzähle.“

„Warum nicht?“

Jetzt sag bloß nichts Falsches – und fang um Himmels willen nicht mit dem Waisenhaus an! Tabitha zuckte ein drittes Mal die Achseln. „Ich kann gar nicht die gesuchte Erbin sein, denn sonst hätten meine Eltern bestimmt nicht an ihren Reiseplänen festgehalten. Als die Einladung der Gräfin eintraf, wollten sie gerade in den Urlaub aufbrechen, und soweit ich weiß, haben sie ihre Absicht nicht geändert. Und was hast du dir überlegt?"

Oliver betrachtete die Regale. „Glaubst du, sie hat die Bücher alle gelesen? Ich könnte sie ja mal danach fragen. Oder ich frage sie nach den Gemälden in der Galerie. Glaubst du ... glaubst du, sie ist geisteskrank? Und ist so was eigentlich erblich?"

„Keine Ahnung. Edward weiß bestimmt mehr darüber." Ob Geisteskrankheit nun erblich war oder nicht – vielleicht brachte es ja manchmal auch das Leben mit sich, dass man verrückt wurde, dachte Tabitha. Was für Erlebnisse brachten eine Frau wohl um den Verstand?

Zappel.

Ganz recht, Pemberley. Schöne Erlebnisse ganz gewiss nicht, aber wir wissen immer noch nichts über die Vergangenheit der Gräfin – und bitte lenk mich jetzt nicht ab, denn ich versuche gerade, mich mit einem menschlichen Wesen zu unterhalten.

Sie wandten sich anderen Themen zu, wobei sowohl Tabitha als auch Oliver das Rätsel um Barnabys Verschwinden sorgfältig aussparten. Sie unterhielten sich stattdessen darüber, welche Kuchen sie sich zum Geburtstag wünschten, denn beide wurden im nächsten Monat zwölf Jahre alt. Tabitha ging erst nur zögerlich auf dieses Gedankenspiel ein, fand dann aber immer mehr Gefallen daran, ihren Fantasiekuchen mit Orangenschnitzen und Zuckerblüten zu dekorieren. Dabei war ihr natürlich klar, dass niemand ihren Geburtstag feiern würde. Nach ungefähr einer halben Stunde schlug Oliver vor, die übrigen Räumlichkeiten des Herrenhauses zu erforschen. Tabitha lehnte ab, doch Oliver gab sich nicht damit zufrieden.

„Willst du nicht doch mitkommen? Ich finde, nach dem, was passiert ist, sollten wir zusammenbleiben."

Er will bloß nett sein. Er möchte viel lieber allein losziehen. „Nein danke. Hier gibt es für mich genug zu erforschen." Tabitha winkte ihm nach und hoffte, dass nicht noch jemand hereinkommen würde. Endlich hatte sie mal eine ganze Bibliothek für sich allein und wurde diesmal auch bei keiner Hausführung erwartet.

Doch die Frage, was mit Barnaby geschehen war, leistete ihr hartnäckig Gesellschaft, genau wie die Frage, weshalb sich die Gräfin so merkwürdig verhielt. Und das Gefühl, dass mit Hollingsworth Hall irgendetwas nicht stimmte.

„Rätsel über Rätsel, Pemberley“, sagte sie. „Dieses Haus steckt voller Rätsel.“

Der Mäuserich knabberte zart an ihrem Daumen. *Quieki.*

„Stimmt, vielleicht erfahren wir mehr über unsere illustre Gastgeberin, wenn wir uns hier mal umsehen. Gute Idee!“ Tabitha machte sich daran, den Raum einer gründlichen Musterung zu unterziehen, wobei sie jedes Mal erschrocken herumfuhr, wenn die Glyzinienäste über die Fensterscheiben scharrten. Die exquisiten Möbel, exotischen Teppiche, erlesenen Gemälde und Statuen eingehend zu betrachten, dauerte eine Viertelstunde. Weitere zehn Minuten vergingen damit, den riesigen Globus auf seinem Gestell hin und her zu drehen und zu bestaunen. Und dann waren da natürlich noch die Bücher, deren schiere Anzahl und Vielfalt Tabitha ihr Unbehagen vergessen ließen.

Die Bibliothek war so sinnreich eingerichtet, dass man die oberen Bücherreihen in den deckenhohen Regalen mithilfe von verschiebbaren Leitern erreichen konnte. Nachdem sie sich vergewissert hatte, dass der Flur menschenleer war, nahm Tabitha Anlauf, sprang auf die zweitunterste Stufe der Leiter vor dem hintersten Regal und rauschte schwungvoll von links nach rechts, ohne sich um Pemberleys ängstliches Quieken zu kümmern.

Im Regal standen Geschichtsbücher über die alten Römer, Griechen und Angelsachsen. Dicke Wälzer über Philosophie und Naturwissenschaften, über Architektur sowie nützliche Betätigungen wie Tischlern und Stricken. Eine ganze Abteilung über wissenschaftliche Methoden und Rechtsmedizin. Fachbücher über Wetterkunde, Atlanten über den Nahen und Fernen Osten, über Europa und Amerika. Werke über Psychologie und menschliches Verhalten. Kunstbände, Theaterstücke und Gedichte. Homers Verse. Ein schmaler Band mit Shakespeares Sonetten. Ein noch schmalerer Band mit Scherzgedichten und Witzen.

Weiter unten gab es eine Reihe mit Bilderbüchern. *Merkwürdig ... Die Gräfin mag doch anscheinend keine Kinder.* Aber vielleicht hatten die Bücher ja ihrem Sohn gehört. Ja, das war die Erklärung. Vielleicht war die Gräfin ja auch nicht immer so hartherzig gewesen. Konnte das Leben einen Menschen hart machen, auch wenn derjenige das gar nicht wollte?

„Nanu, was ist das denn?“ Tabitha betrachtete ein Fach im unteren Drittel des Regals. Auch hier waren die Bücher penibel geordnet, doch aus der Reihe von Kommissar-Clever-Romanen (wie herrlich!) stach ein Band auf den ersten Blick heraus. Der Rücken war sehr abgegriffen, und der Titel war silbern. Tabitha beugte sich mit zusammengekniffenen Augen vor. Die Schrift war schwärzlich angelaufen und schwer zu lesen. Sie legte den Kopf schief. „*Die Witwe und die Waise*“, las sie vor. „Von diesem Fall habe ich ja noch nie gehört.“

Sie freute sich, dass sie ein Buch aus der Kommissar-Clever-Serie entdeckt hatte, das sie noch nicht kannte, doch als sie es herausziehen wollte, schnappte sie verblüfft nach Luft. Es war gar kein Buch, sondern ein als Buch getarntes Stück Holz. Als Tabitha fester daran zog, machte es plötzlich *Klick!* und das ganze Regal schwang ihr entgegen.

15.

„Ein Geheimgang verbirgt nicht in jedem Fall ein Geheimnis, sondern manchmal auch schlicht den Lauscher an der Wand. Das wird oft übersehen.“

Kommissar Clarence Clevers neuester Fall
Das getarnte Guckloch

Als Tabitha hinter das Regal spähte, erblickte sie eine Öffnung in der Wand und darin eine niedrige Bank sowie ein Bord mit Petroleumlampen, Kerzenleuchtern und Streichhölzern. Jeder Liebhaber von Kriminalromanen wünscht sich, eines Tages einen Geheimgang zu entdecken, und Tabitha war keine Ausnahme.

„Toll!“, entfuhr es ihr angesichts dieses unerwarteten Glücksfalls, doch bevor sie den Kopf hineinstrecken und sich in Ruhe umsehen konnte, vernahm sie draußen in der Eingangshalle Schritte. Die Schritte hielten an, und Tabitha glaubte zu hören, wie sich jemand an einer der Ritterrüstungen zu schaffen machte.

Raus oder rein? Mutig oder feige?

Tabitha schaute unwillkürlich auf die Wanduhr und kam sich vor wie Clevers Partner Tibbs, der sich immer wieder die geistreichen Ausführungen des Kommissars anhören musste, wie entscheidend es war, die Zeit im Blick zu haben. Wenn sich die Gräfin mit jedem Kind mindestens eine halbe Stunde lang unterhalten wollte, blieb Tabitha noch mindestens eine Stunde, bis sie selbst an die Reihe kam.

„Mich stets der Stimme der Vernunft zu beugen, hat mir bis jetzt ein ziemlich langweiliges Leben beschert, Pemberley“, flüsterte sie, schlüpfte in die Öffnung und zog von dort aus das Regal wieder an die Wand, bis sie es einrasten hörte. Dann setzte sie sich im Stockdunkeln auf die Bank und tastete nach den Streichhölzern. Zum Glück hatte sie oft zu Hause die Kamine anfeuern müssen, wenn es im Winter frühmorgens noch dunkel war. *Ratsch!* machte es, das Streichholz flammte auf, und Tabitha konnte eine Petroleumlampe anzünden.

„Hoffentlich bekommen wir keine Rauchvergiftung, Pemby.“ Sie setzte den Mäuserich auf ihre Schulter. „Was glaubst du, wo dieser Gang hinführt?“

Der Gang war knapp zwei Meter hoch und einen Meter breit, bot also genug Platz. Wahrscheinlich hatten viele alte Herrenhäuser, selbst wenn sie renoviert worden waren, solche Geheimgänge, die jahrelang unentdeckt und unbenutzt blieben. Ob die Gräfin überhaupt von diesem hier wusste? Tabitha nahm sich vor, sie bei ihrem Gespräch danach zu fragen, dann fuhr sie vorsichtig mit dem Finger über eine andere Petroleumlampe. Keine dicke Staubschicht.

„Irgendjemand muss kürzlich hier drin gewesen sein", schlussfolgerte sie. „Zum Glück bevorzugen Geister und Bösewichte die Nachtstunden, Pemberley. Sonst müssten wir uns jetzt fürchten. Aber dazu besteht kein Anlass. Nicht der geringste Anlass, stimmt's? Stimmt."

„Oliver? Viola?" Die Stimme drang klar und deutlich zu ihr herein. „Seid ihr hier?"

Frances.

„Umso besser." Zierliche Absätze durchquerten die Bibliothek. „Hmmm ... wo verstecke ich ihn bloß am besten?"

Jetzt entdeckte Tabitha, dass auf der Rückseite des Bücherregals hier und da kleine Öffnungen aufleuchteten – Gucklöcher.

„Pssst, Pemberley!", mahnte sie, „nicht quieken!" Sie drückte das Auge an eins der Löcher und erblickte Frances Wellingtons Rücken, der sich an den gegenüberliegenden Regalen entlangbewegte.

In der Ecke blieb Frances stehen, und Tabitha erkannte an ihrem Profil, dass sie angestrengt die Stirn runzelte. „Wo soll ich ihn bloß verstecken?", wiederholte sie halblaut. „Ah, Gedichte. Diesen Schwachsinn liest doch keiner." Sie nahm ein Buch heraus. „William Wordsworth. Nie gehört."

Sie zog einen dicken Umschlag aus ihrem Rockbund und hatte ihn gerade hinter den Gedichtband geschoben, als Viola hereinkam.

„Hallo, Frances. Was machst du denn da?"

„Tja, Viola", Frances wandte sich ab und spazierte zum gegenüberliegenden Regal, „das hier nennt man eine Bibliothek. Ich wollte mir gerade etwas zu lesen holen. Aber Literatur ist bei deinen Wohltätigkeitsaktivitäten vermutlich kein Thema."

Viola knetete ihre Hände, als müsste sie sich schwer beherrschen, Frances keinen Kinnhaken zu verpassen. „Wenn niemand wohltätig wäre, würden die Armen alle Hoffnung verlieren. Aber das ist dir vermutlich egal. Immerhin haben wir beide jetzt eins gemeinsam – wir haben beide erfahren, dass wir Waisen sind. Man sollte denken, dass du ab jetzt mehr Mitgefühl für jene aufbringst, die vom Schicksal benachteiligt wurden."

Frances gackerte undamenhaft. „Ich soll etwas mit dir gemeinsam haben? Da überschätzt du dich aber gewaltig, Waise hin oder her. Außerdem machst du dir etwas vor. Bloß weil du selbst nicht zu den Armen gehörst, heißt das noch lange nicht, dass die reichen Leute, mit denen deine Eltern verkehren, sie als ihresgleichen betrachten. Jemanden um Geld zu bitten, ist typisch Unterschicht, ganz egal, wen man anbettelt."

„Wie bitte?"

„Willst du mich nicht verstehen, oder bist du zu blöd? Und was hast du überhaupt hier zu suchen? Wenn es um das Tablett mit den Keksen geht, das Agnes hier hingestellt hat, dann sag's doch einfach." Damit ließ sie Viola stehen und rauschte zur Tür hinaus.

Viola setzte sich aufs Sofa und nahm sich einen Keks.

Tabitha begriff, dass sie nicht wieder zurückkonnte, ohne ihr Geheimnis preiszugeben. Ihr blieb nichts anderes übrig, als dem Geheimgang zu folgen und zu hoffen, dass er irgendwo einen zweiten Ausgang hatte. Nach ein paar Metern kam sie an eine Wendeltreppe, die aufwärts führte – wohin, war nicht zu erkennen. „Wahrscheinlich in den ersten Stock, Pemberley."

Zappel-zappel.

„Vielleicht sogar in den zweiten, wo laut Phillips das ehemalige Spielzimmer ist. Aber ich habe keine große Lust, mich dort umzuschauen – wir haben in unserem Leben schon genug Zeit unterm Dach verbracht."

Hinter der Treppe gabelte sich der Gang.

Tabitha entschied sich für eine Abzweigung und stellte fest, dass sie auf der Rückseite der Bibliothek entlangführte. Ihr Strickzeug fiel ihr ein. Sie lief noch einmal zum Ausgangspunkt zurück, stellte eine leere Petroleumlampe auf den Boden und band den Wollfaden daran fest. In den Kommissar-Clever-Romanen pflegten sich Geheimgänge immer um unerwartete Biegungen zu schlängeln.

„Wir wollen uns ja hier drin nicht verirren“, sagte sie zu Pemberley.

Die beiden Ermittler wanderten weiter. Hier und dort gestattete ein Guckloch Tabitha einen Blick in ein Zimmer oder einen Flur.

„Hier drin müffelt's“, raunte sie Pemberley zu. „Der Geruch kommt mir irgendwie bekannt vor, aber ich weiß nicht, woher. Macht nichts, weiter geht's.“

Sie bog erst nach rechts ab, dann nach links und stieg dann ein paar Stufen hinab (dort waren vermutlich die hohen Fenster in der Bibliothek). Dann ging es wieder ein paar Stufen hinauf, ein Stück geradeaus und schließlich eine Treppe hinunter. Offenbar folgte der Geheimgang dem Verlauf der Wände. Hinter der Treppe gabelte er sich abermals. Nach links ging es noch vier, fünf Meter weiter, dann war vor einer Wand Schluss. Tabitha leuchtete die Wand mit der flackernden Kerze ab und entdeckte eine viereckige Holzscheibe. Als sie die Scheibe betastete, glitt sie auf und gab eine kleine Öffnung frei. *Noch ein Guckloch.*

Tabitha erblickte einen großen Schreibtisch, der mit Papierstapeln und Teetassen übersät war. Die untere rechte Schublade war so zerschrammt, als wäre jemand mit einem Schürhaken darauf losgegangen. Tabitha trat einen Schritt zurück und leuchtete die Wand noch einmal ab. Diesmal entdeckte sie den Umriss einer Tür, die sich aber nicht aufdrücken ließ. Sie suchte nach einem Schlüsselloch, fand aber nur einen Riegel, der sich ebenfalls nicht öffnen ließ. Vielleicht war das Schlüsselloch ja auf der Zimmerseite.

Quiek.

„Dieser Gedanke ist mir auch gerade gekommen." Tabitha klopfte auf den Schlüssel in ihrer Schürzentasche. „Aber weil wir nicht wissen, was das für ein Zimmer ist, möchte ich nichts riskieren. Lass uns lieber die andere Abzweigung ausprobieren."

Tabitha ging wieder zu der Gabelung zurück und hielt dabei nach weiteren Türen Ausschau, entdeckte aber keine. Als sie sich anschließend nach links wandte – sie nahm an, dass diese Abzweigung am kleinen Salon entlangführte –, fiel ihr in der sonst glatten Wand wieder eine kleine Holzscheibe auf.

Auch diese Scheibe ließ sich drehen und gab zwei kleine Gucklöcher frei. Als Tabitha hindurchspähte, erblickte sie tatsächlich den kleinen Salon sowie Frances und Oliver, die sich in zwei Sesseln niedergelassen hatten, vermutlich, weil ihnen das Sofa unheimlich war, auf dem die arme Mary gesessen hatte.

Plötzlich hatte Tabitha eine Eingebung, die sie zu Eis erstarren ließ. *Allmächtiger*, dachte sie, *ich blicke aus einem Gemälde!* „Das muss aber nicht heißen, dass vorhin jemand hier drin gestanden und *mich* beobachtet hat, Pemby. Maler vollbringen heutzutage Erstaunliches, ihre Werke können täuschend lebensecht wirken." Als sie es aussprach, wich die Erstarrung von ihr. Schließlich besaß sie jahrelange Erfahrung darin, so zu tun, als wäre etwas ganz normal, das eindeutig das Gegenteil davon war. Trotzdem war sie froh, dass sie kein Fingerabdruckpulver dabeihatte, wie Tibbs es in einem der neueren Kommissar-Clever-Romane benutzte.

„Ich hab Hunger", sagte Oliver gerade.

Frances seufzte angeödet und fragte: „Warum hast du dann nicht richtig gefrühstückt?"

Er klopfte mit dem Absatz auf den Boden und schüttelte den Kopf. „Zu durcheinander. Und ein bisschen Angst habe ich auch."

Frances lachte. „Brauchst du nicht. Ich bin sowieso die Erbin." Sie nahm eine Schale aus Kristallglas von einem Beistelltisch und drehte sie hin und her. „Meine Eltern sagen immer, dass es auf der Welt nichts Wertvolleres gibt als Kunstwerke." Ihre Miene wurde grimmig. „Und jetzt bin ich auf einmal hunderttausend Pfund wert! Das geschieht ihnen ganz recht. Nach allem, was ich der Gräfin vorhin erzählt habe, braucht sie nicht lange zu überlegen. Wahrscheinlich wirst du gar nicht mehr reingerufen."

„Das meine ich nicht. Gestern Abend ist hier eine Frau gestorben, und es kann gut sein, dass einer von uns sie aus Versehen umgebracht hat. Außerdem ist die Gräfin auf einmal überhaupt nicht mehr nett und freundlich. Darauf zu bestehen, dass ihr Enkelkind seine Eltern verlassen und zu ihr ziehen soll, ist nicht normal. Es kommt mir vor, als ob sie irgendeinen Plan verfolgt. Ich weiß zwar nicht, welchen, aber das Ganze ist mir unheimlich. Und jetzt ist auch noch Barnaby verschwunden." Er sah Frances an. „Macht dir das alles denn gar keine Angst?" Dann schüttelte er seufzend den Kopf. „Ich hätte ihn in die Küche begleiten sollen." Er stand auf. „Und das mit den Geistern ist auch immer noch nicht geklärt."

„Alles Humbug. Du brauchst gar nicht zu überlegen, ob du zu unserer Gastgeberin ziehen möchtest oder nicht, denn ich mache sowieso das Rennen." Frances zwirbelte ihre Locken. „An Geister glauben nur Dummköpfe, und Barnaby hockt bestimmt bloß irgendwo in einer Ecke und lutscht am Daumen. Und wenn nicht, dann tippe ich auf die Köchin. Es ist ihre Küche, und ich traue ihr nicht über den Weg."

„Oder es war die Gräfin", meinte Oliver.

„Oder Phillips' Hund hat Barnaby gefressen", entgegnete Frances unbekümmert. „Obwohl – eher nicht. Barnaby stinkt zum Himmel, und so ein Hund verdirbt sich nicht freiwillig den Magen. Barnaby Trundle war schrecklich Unterschicht, auch wenn er verzweifelt versucht hat, wie Oberschicht zu wirken. Das sind die Schlimmsten, finde ich immer. Tabitha Crum ist wenigstens bewusst, dass sie minderwertig ist."

„Tabitha ist nicht minderwertig!", widersprach Oliver empört.

Danke, Oliver.

Frances spähte in eine hübsche Porzellandose und rümpfte die Nase. „Schokoladenplätzchen, wie langweilig. Und nein, ich bin nicht durcheinander, denn ich habe niemanden umgebracht und habe auch Barnaby nicht entführt."

„Und wie sind dann deine Haare auf Marys Kleid gekommen? Sie hatte mehrere lange rote Haare auf dem Rücken. Das kannst du niemand anderem in die Schuhe schieben."

Gut beobachtet. Dieser wichtige Hinweis war Tabitha entgangen. Vielleicht hatte Oliver ja das Zeug zum Kommissar.

Frances spielte mit dem Verschluss ihres Perlentäschchens. „Als der Strom ausfiel, sind wir alle herumgeschubst worden. Und Geister gibt es nicht."

Höchstwahrscheinlich hatte Frances gute Gründe, so

eklig zu sein, trotzdem war sie eine gemeine Ziege. Tabitha erlag der Versuchung und stieß ein geisterhaftes Stöhnen aus. Frances fiel fast vom Sessel.

Tabitha schlug die Hand vor den Mund. „War *ich* das, Pemberley?“, flüsterte sie. „Ich habe sie bestimmt zu Tode erschreckt. Und der arme Oliver ist auch zusammengezuckt.“ Das Schuldbewusstsein überwältigte sie, doch dann entschlüpfte ihr ein Kichern. „Ganz schön dreist, was? Schade, dass ich nicht schon früher entdeckt habe, wie befriedigend eine gut gezielte Rache sein kann. Mit dem Toupet meines lieblosen Vaters hätte ich mich herrlich amüsieren können.“

Doch bevor Tabitha ihren Triumph richtig auskosten konnte, hörte sie auf einmal, wie hinter ihr etwas vorbeihuschte, und spürte einen leichten Luftzug. Sie fuhr zusammen und spitzte die Ohren, hörte aber nichts mehr. Daraufhin traute sie sich, sich umzudrehen, konnte jedoch im trüben Schein der Petroleumlampe nichts Verdächtiges erkennen. „Alles Einbildung“, sagte sie halblaut und zwang sich, wieder durch das Guckloch zu schauen. „Das sind nur die Nerven.“ Trotzdem waren Ort und Zeitpunkt vielleicht doch nicht so geeignet, um Geister nachzuahmen.

„Oliver ist dran!“ Edward kam mit Viola herein. „Ich habe gerade Phillips getroffen, und er hat gesagt – nanu! Ich hätte gar nicht gedacht, dass du so tollpatschig bist.“

Das galt Frances, die beim Verlassen des Salons gegen den Türrahmen gelaufen war. Dabei hatte sich ihre Tasche geöffnet, und der Inhalt hatte sich auf den Fußboden ergossen. Edward bückte sich danach.

„Nimm sofort deine dreckigen Pfoten aus meinen Sachen!“, fauchte Frances.

Auf dem Boden verstreut lagen der Hotelfederhalter, ein Knopf von Violas Samtkleid, die von der Abendbrottafel stibitzte goldene Eichel, ein großer grüner Edelstein, eine Zigarre, ein geschnitztes Elfenbeinherz und die Schokoladenplätzchen, über die das rothaarige Mädchen eben noch die Nase gerümpft hatte.

„Da ist ja mein Knopf!“, rief Viola erfreut. „Den habe ich schon überall gesucht.“ Dann fiel ihr die Kinnlade herunter. „Sag mal, gehören ein paar von den Sachen nicht hier ins Haus?“ Sie drohte der Diebin mit dem Finger. „Das ist sogar für deine Verhältnisse ganz schön unverschämt!“

„Und ob!“, sagte Edward schadenfroh. „Netter Beweis für ihren Charakter, würde ich mal sagen.“

Frances warf erbost die Locken zurück. „Halt den Mund, du hässliche Kröte!“

„Du musst die Sachen sofort zurückbringen“, sagte Oliver streng.

„Klappe! Den Smaragd hab ich mir von meinen Eltern ausgeborgt, und die anderen Sachen habe ich auf dem Fußboden gefunden. Ich habe sie erst mal aufgehoben und wollte sie später zurücklegen. Aber nach diesem Wochenende gehört das alles sowieso mir!" Sie richtete sich wieder auf, schloss ihr Täschchen und stolzierte einmal um die anderen Kinder herum. „Das ist ein Missverständnis, kapiert?!" Sie richtete nacheinander den Zeigefinger auf sie. „Wenn mich einer von euch bei der Gräfin verpetzt, mach ich ihn fertig." Damit verließ sie hoch erhobenen Hauptes den Salon.

Sofort brachen die anderen in aufgeregtes Getuschel aus. Tabitha hätte liebend gern weiter gelauscht, aber die Gelegenheit war günstig, den Geheimgang unbemerkt durch die Tür hinter dem Bücherregal in der jetzt leeren Bibliothek zu verlassen. Sie ging aber nicht den ganzen Weg zurück, sondern einfach weiter, weil sie annahm, dass der Geheimgang wieder zum Ausgangspunkt zurückführen würde.

Erst nach rechts, dann eine schmale Treppe hoch, ein Stückchen geradeaus und anschließend nach links. Wieder treppab und um die Ecke.

Eine Sackgasse. Und eine weitere verriegelte Geheimtür, durch die der Geruch von Braten und Kräutern hereindrang. Tabitha war an der Küche angekommen. Doch als sie durch das Schlüsselloch spähte, erblickte sie nur die gegenüberliegende Wand, ein Stück von einem Vorratsschrank und das Porträt eines Knaben, der sich an einem Baum lehnte und über einen See blickte.

„Mist! Ich würde so gern noch ein bisschen weiterspionieren. Und wonach riecht es hier eigentlich?"

Quiek!

„Ich meine nicht die Essensdüfte, sondern den komischen Geruch, der überall in diesem Gang in der Luft hängt. Na ja, ist eigentlich auch egal." Tabitha machte nun doch kehrt und ging den gleichen Weg wieder zurück, wobei sie unterwegs feststellte, dass sich nur noch Edward und Viola im kleinen Salon aufhielten. *Dann ist Oliver jetzt bestimmt im Zimmer der Gräfin.*

Doch vor der Geheimtür zur Bibliothek rutschte sie aus, stieß sich den Kopf an der Wand und ließ beinahe die Petroleumlampe fallen. *Feuer – das fehlte gerade noch!* Als sie sich keuchend hochrappelte, sah sie auf dem Boden etwas funkeln. Sie hob es auf.

Es war ein Ohrring. Ein mit blauen Steinen besetzter Vogel.

Tabitha betätigte rasch den Mechanismus, schlüpfte hinter dem Bücherregal hervor und schob es wieder an die Wand.

Die nächste halbe Stunde verbrachte sie damit, nachzudenken und Pemberley sowie sich selbst mit Keksen zu füttern.

„Also, Pemby, Mary Pettigrew muss kurz vor ihrem

Schlaganfall im Geheimgang gewesen sein. Am Montagabend hat die Gräfin sie gelähmt und unfähig zu sprechen in ihrem Arbeitszimmer vorgefunden. Demnach könnte sie zuletzt am Montagvormittag hinter dem Regal gewesen sein."

Quiek?

„Wie ich darauf komme?" Tabitha setzte den Mäuserich auf ihre Hand und hob ihn vor die Augen. „Weil keine Frau, und schon gar kein Hausmädchen, so einen hübschen Ohrring verliert und es länger als einen Tag nicht merkt." Sie erhob sich und wanderte zwischen den Regalen auf und ab. „Mary war also am Montagvormittag im Geheimgang und am gleichen Abend im Arbeitszimmer der Gräfin.

Bald darauf traf das neue Personal ein, aber inzwischen sind alle wieder weg, entweder wegen der Spukgeräusche oder wegen der herrischen Art der Gräfin. Und am Freitag sind wir dann alle eingetroffen, und die Gräfin hat uns eröffnet, dass einer von uns ihr Enkelkind ist, dass der oder die Betreffende zu ihr ziehen soll und in den Besitz eines großen Vermögens kommt."

Tabitha blieb vor den Fachbüchern über Verhaltensforschung stehen. „Wir wissen bereits, dass die Gräfin gruselige Gemälde sammelt, dass sie die unschöne – wenn auch erklärliche – Angewohnheit hat, stets ein paar Messer bei sich zu tragen, und dass sie die Ersatzkleidung für ihr Personal in einem eigenen Raum aufbewahrt. Dann wissen wir noch, dass in der Eingangshalle geisterhafte Geräusche ertönen, dass ein gewisser Mr Simmons, der vermutlich Reporter ist, mehrmals angerufen hat und dass ein Hausmädchen, das den Geheimgang kannte, gestorben ist. Habe ich etwas vergessen?"

Quiek.

„Ach, richtig. In meinem Zimmer steht ein Familienfoto, an dem irgendetwas komisch ist, und überall im Haus hängen Porträts eines Knaben. Nicht zu vergessen Barnabys Verschwinden, ob er sich nun versteckt oder ob ihm etwas zugestoßen ist."

Quiek.

„Ach ja, und die Gräfin ist ganz versessen auf ein Enkelkind, aber es scheint ihr nicht darum zu gehen, es nach langer Suche in die liebenden Arme zu schließen. Tja, was sagt uns das nun alles?" Sie zog ein Buch aus dem Regal.

Es hatte keinen Zweck. Alle diese Informationen ließen sich nicht in einen logischen Zusammenhang bringen. Doch keine drei Sekunden, nachdem sie sich mit dem Werk *Psychologie der abartigen Verhaltensweisen – Band 1* in einen Sessel verzogen hatte, erschien erst ein Schatten in der Tür und dann sein Besitzer.

„Folgen Sie mir bitte, Miss Crum", sagte Phillips.

„Komme schon." Tabitha stellte das Buch rasch zurück. Doch erst, als sie schon vor dem Arbeitszimmer der Gräfin stand, ging ihr auf, wonach es im Geheimgang müffelte.

Nach verbranntem Toast und verschimmeltem Zimt.

Nach Barnaby Trundle.

16.

„Wer etwas zu verbergen hat, versucht meistens, Zeit zu gewinnen, mein lieber Tibbs. Manchmal kommt ein Verbrecher an einen Punkt, an dem er nicht mehr weiterweiß und sich so lange Aufschub verschafft, bis sich der nächste Schritt abzeichnet. Unsere Aufgabe ist es, ihn vorher zu überführen."

Kommissar Clarence Clevers neuester Fall
Der scheinheilige Sommelier

Als Tabitha das Arbeitszimmer betrat, blickte Camilla DeMoss auf und schenkte ihr ein künstliches Lächeln, das aber sofort wieder erlosch. „Setz dich", sagte sie, griff in eine Glasschale mit Pfefferminzbonbons und steckte eins in den Mund. Aus der tiefen Furche auf ihrer Stirn und der verbissenen Art, wie sie an dem Bonbon lutschte, schloss Tabitha, dass ihre Gastgeberin entweder ihr Enkelkind immer noch nicht identifiziert hatte – oder abnehmen wollte. Von ähnlichen Versuchen ihrer Adoptivmutter wusste Tabitha, wie gereizt manche Frauen dann wurden. Vielleicht traf auf die Gräfin ja auch beides zu.

„Was ist *das* denn?" Die Gräfin griff über ihren Schreibtisch hinweg in Tabithas Haare und schüttelte feinen Staub heraus. „Du hast doch nicht etwa Läuse?!"

„Nein", sagte Tabitha. *Der Staub kommt aus dem Geheimgang, von dem Sie womöglich gar nichts wissen – im Gegensatz zu Ihrem Hausmädchen Mary Pettigrew.*

„Was ist es dann?" Die Gräfin zog die Handschuhe aus, öffnete eine silberne Cremedose und rieb sich die rauen Hände ein.

„Es ist bloß, na ja ..." Tabitha suchte fieberhaft nach einer passenden Antwort. Wie konnte sie herausfinden, ob die Gräfin über den Geheimgang Bescheid wusste, ohne sich dabei selbst verdächtig zu machen? Was für Tricks pflegte der Kommissar in solchen Fällen anzuwenden?

„Ich habe dich nicht hergebeten, um mir dein Gestotter anzuhören", sagte die Gräfin unwirsch und setzte naserümpfend hinzu: „Und mit der Körperpflege scheinst du es ja auch nicht allzu genau zu nehmen."

Tabitha fand endlich die Sprache wieder. „Wahrscheinlich habe ich ein bisschen Weizenkleie im Haar, Eure Ladyschaft. Die hat uns die Köchin heute Morgen hingestellt, damit wir sie auf unseren Haferbrei streuen können, und Edward hat damit herumgespielt. Dabei fällt mir ein – war dieses Riesenhaus nicht früher ein herrlicher Spielplatz für Ihren Sohn? Er hat doch bestimmt nach Geheimgängen und Geheimtüren und dergleichen gesucht.“ Tabitha beobachtete gespannt Augen, Mund und Hände der Gräfin.

Hätte Camilla DeMoss überhaupt nicht reagiert, hätte das darauf hindeuten können, dass sie sich verstellte, doch sie wirkte einfach nur angeödet. „Das ist ja wohl die dümmste Frage, die ich bis jetzt von dir gehört habe“, gab sie abfällig zurück. „Geheimgänge, so ein Blödsinn. So etwas gibt es nur in Romanen, und ich lese nicht gern.“

„Aber Sie haben doch eine ganze Bibliothek voller Bücher!“ Wieder beobachtete Tabitha ihr Gegenüber gespannt. „Ich habe mich so gefreut, als ich die Abteilung mit Kriminalromanen entdeckt habe.“

Die Gräfin winkte verächtlich ab und streifte die Handschuhe wieder über. „Keine Ahnung. Die Bücher waren schon im Haus, als ich hier eingezogen bin. Aber sag mal, reden Kinder eigentlich immer so viel? Bei Frances hieß es die ganze Zeit: ‚Wie viel ist das wert?‘ und ‚Kann ich das Geld auch schon früher kriegen?‘ und bei Viola: ‚Sie müssen unbedingt etwas für die Armen spenden!‘ Ich habe schon so viel gespendet, dass es für mein ganzes Leben reicht, und die Dankbarkeit der Beschenkten ließ meistens sehr zu wünschen übrig.“

Sie ahnt also nichts. Mary Pettigrew hat den Geheimgang von allein entdeckt und hat … Ja, was eigentlich?

Die Gräfin setzte abermals ein künstliches Lächeln auf. „Dann erzähl mir doch mal, was du über dich weißt, Herzchen. Könnte es sein, dass du meine Erbin bist?“

Tabitha zwang sich, das Lächeln zu erwidern. „Leider weiß ich gar nichts. Meine Eltern sagten, dass es keinerlei Hinweise auf meine Herkunft gab, als ich vor dem Waisenhaus abgelegt wurde. Daher ist es ziemlich unwahrscheinlich, dass ich Ihre Enkelin bin.“

Als sich die Gräfin Tee nachschenkte, betrachtete Tabitha ihren Schreibtisch, und erst da fiel ihr auf, dass es der gleiche Tisch war, den sie schon vorhin durch das Guckloch gesehen hatte. Doch als sie rasch den Blick über die Wand gleiten ließ, entdeckte sie keine Öffnung, was aber am verschlungenen Muster der Tapete liegen konnte.

Neben einem großen Kleiderschrank *(wer hat denn einen Kleiderschrank im Arbeitszimmer, Pemby?)* hing das gerahmte Porträt eines Knaben in einer Zinkwanne, der von zwei Händen gewaschen wurde. Die zugehörigen Arme waren abgeschnitten. Diesmal war es eine Profilansicht, und das Kind war viel jünger als auf den anderen Bildern, trotzdem war Tabitha ziemlich sicher, dass es sich um den gleichen Jungen handelte wie auf dem Gemälde in ihrem Zimmer im Ostflügel – und dass die Wanne in der Küche von Hollingsworth Hall stand.

„Gar keine Hinweise?“ Die Gräfin blätterte in dem Hefter, der vor ihr lag. „Ich hätte erwartet, dass sich deine Eltern irgendetwas aus den Fingern saugen. Aber das macht nichts, Herzchen. Wahrscheinlich muss ich mir einfach das Kind aussuchen, das meine Anforderungen am besten erfüllt. Barnaby fällt ja nun weg. Keine Ahnung, wo sich das Bürschchen versteckt hat. Du stehst natürlich nicht ganz oben auf meiner Liste, trotzdem würde ich dir nicht raten, wegzulaufen. Ich brauche dich wohl nicht zu erinnern, dass Phillips Mary Pettigrew in den Garten gesetzt hat, damit sie dort gefriert, und du würdest bei diesem Wetter außerhalb des Hauses auch nicht lange überleben. Hoffentlich steht Barnaby nicht irgendwo als zu Eis erstarrte Vogelscheuche am Wegesrand.“ Sie setzte eine gutmütige Großmuttermiene auf. „Dann darfst du jetzt spielen gehen, Herzchen.“

Als Tabitha aufstand, fiel ihr Blick wieder auf das Gemälde. Ob sich das Guckloch womöglich dahinter verbarg? Die Höhe, in der das Bild hing, stimmte schon mal, aber sie konnte es ja nicht einfach abhängen.

Zappel, zappel.

„Huch, mein Schuh ist offen.“ Tabitha kniete sich hin und drückte Pemberley unauffällig viermal hintereinander (Gut mitgedacht, Partner). Dann setzte sie ihn auf den Fußboden und räusperte sich ein paarmal – ihr vereinbartes Signal, dass ein Ablenkungsmanöver erforderlich war. Bis jetzt hatten Pemberley und sie dieses Signal benutzt, wenn Tabitha mal wieder aus unsinnigen Gründen von ihren Eltern ohne Essen ins Bett geschickt wurde und sich vorher heimlich mit Proviant versorgen musste.

Wie würde sich die Gräfin verhalten? Sie schien eher der Typ zu sein, der gewalttätig reagierte, als jemand, der ängstlich auf einen Stuhl kletterte.

„Kommissar Pemby meldet sich zur Stelle!“, sagte Tabitha laut und deutlich.

Der kluge Mäuserich huschte sofort los.

Die Gräfin hob den Kopf. „Kommissar wer?“

Quieki-quiek, quiek!

„Was soll der Un– Iiiieehhh, eine Ratte!“ Die reiche Wohltäterin sprang auf und schrie: „Mach sie tot! Mach sie tot!“, während Pemberley zum Schreibtisch flitzte.

„Eine Ratte!“, wiederholte Tabitha scheinbar entsetzt. „Fassen Sie das Vieh bloß nicht an! Es könnte verseucht sein. Mit Flöhen oder mit Krätze!“ Dann lief sie hinter den Tisch – einerseits, um Pemberley Deckung zu geben, andererseits, um das Gemälde näher zu betrachten. Die gemalte Frauenhand betätigte behutsam einen gelben Waschlappen, das Kind legte den Kopf zurück und schaute zu seiner Mutter auf.

Wie kommst du eigentlich darauf, dass das Kind von seiner Mutter gewaschen wird?, meldete sich Tabithas innere Stimme zu Wort. *Bist du etwa jemals so liebevoll gebadet worden?*

Ich hatte nie Gelegenheit, Mum darum zu bitten, und jetzt ist sie nicht mehr da, also halt die Klappe!

Schluss mit dem albernen Gezänk! Verbirgt sich hinter dem Gemälde nun ein Guckloch oder nicht?

Tabitha kreischte auf und schlug zum Schein um sich, wobei sie den goldenen Rahmen traf. Das Bild fiel mit der Gemäldeseite nach unten auf den Boden, und tatsächlich – inmitten des Tapetenmusters war eine winzige, wie ein Schlüsselloch geformte Öffnung zu erkennen. *Jetzt schnell den Schlüssel rausholen und –*

„Mach schon!“, kommandierte die Gräfin barsch. „Laut Frances Wellington hast du doch ein Faible für Ratten! Lock sie zu dir, damit ich sie höchstpersönlich erschlagen kann!“

Irgendwo über ihnen polterte es dumpf.

„Hört sofort auf, auf den Betten rumzuspringen, ihr grässlichen Gören!“, brüllte die Gräfin erbost.

Es krachte laut.

„Igitt!“, kreischte die Gräfin, als Pemberley auf der Suche nach einem besseren Versteck ihren Knöchel streifte. „Verfluchtes Mistvieh! Wenn ich dich erwische, servier ich dich der Köchin gebraten zum Abendbrot!“ Sie zog das größere der beiden Messer aus der Handtasche, schleuderte es auf die Wand und verfehlte Pemberleys Schwanz nur um Haaresbreite. „Verdammt!" Das kleinere Messer bohrte sich neben der anderen Klinge in die Wand. „Gottverdammt!" Die Gräfin beugte sich vor und wollte die beiden Messer wieder aus der Wand ziehen, aber sie steckten zum Glück fest. Daraufhin nahm sie mit mordlustig funkelnden Augen ihren Schlüsselbund vom Gürtel, probierte erstaunlich systematisch mehrere Schlüssel aus und rief schließlich: „Ha!"

Sie holte eine Schachtel aus der linken unteren Schreibtischschublade und förderte daraus eine Pistole zutage.

„Phillips!", rief sie in Richtung Tür. „Kommen Sie sofort her und erschießen Sie diese eklige Ratte!" Sie setzte noch etwas Unverständliches hinzu, rannte dann nach draußen und knallte die Tür hinter sich zu.

Tabitha war zwar beim Anblick der Pistole erschrocken, aber ihr war trotzdem nicht entgangen, dass

- die Gräfin offenbar mit Schusswaffen nicht so gut umgehen konnte wie mit Messern und dass
- sie wahrscheinlich lange genug draußen bleiben würde, dass sich Tabitha im Zimmer umsehen konnte.

Sie rief sich Kommissar Clevers weise Worte ins Gedächtnis: *Manche Menschen bevorzugen für ihre persönlichen Papiere aufwendige Verstecke, mein lieber*

Tibbs, aber Sie würden sich wundern, was alles auf einem ganz gewöhnlichen Schreibtisch offen herumliegt. Doch bevor sie drauflosstöberte, holte sie rasch den Schlüssel aus der Schürzentasche und probierte ihn in dem Guckloch aus.

Er passte, was nur bedeuten konnte, dass Mary Pettigrew öfter durch die Geheimgänge des Hauses gegeistert war – warum auch immer. Hatte sie den Schlüssel gestohlen, hatte sie ihn von einem anderen Familienfaktotum bekommen oder –

Quiek!

Stimmt, darüber kann ich später noch nachdenken. Erst mal der Schreibtisch!

Auf dem Tisch lagen zwei Hefter. Der obere enthielt ein paar magere Informationen über die Familie Crum, der untere war dicker. Tabitha blätterte ihn durch. Der Hefter enthielt einen offiziellen Ermittlungsbericht über die Suche nach dem verschwundenen Enkelkind der Gräfin sowie Anfragen bei Behörden, Befragungen von Personen und eine von der Gräfin von Windermere unterschriebene Erklärung. Allerdings erfuhr Tabitha im Grunde nicht mehr als das, was die Gräfin ihren Gästen bereits bei ihrer Ankunft erzählt hatte. Tabitha legte die beiden Hefter wieder weg.

Sonst gab es auf dem Schreibtisch noch Siegelwachs, ein Tintenfass, drei gleiche Siegelstempel und einen Stapel noch unbenutzter cremefarbener Briefumschläge. Rechts hatte der Tisch ebenfalls zwei Schubladen, von denen die untere die zerschrammte war, die Tabitha durch das Guckloch im Geheimgang erspäht hatte. Jemand hatte mit etwas Hartem darauf eingeschlagen und tiefe Kerben hinterlassen, und das Holz um das kleine Schlüsselloch herum war wüst zerkratzt. „Wer wollte diese Schublade wohl unbedingt aufbrechen? Und ist es ihm oder ihr gelungen?“, wandte sich Tabitha an Pemberley. „Glaubst du, es war Mary Pettigrew?“

Quiek?

„Stimmt, die Frage, was drin ist, ist wesentlich spannender, aber damit können wir uns jetzt leider nicht befassen.“ Tabitha öffnete stattdessen die obere Schublade und zog zwei Zettel heraus.

Auf dem kleineren stand mit der schön geschwungenen Handschrift, in der auch die Einladung verfasst gewesen war, eine Liste:

Appleby, Oliver
Crum, Tabitha
Dale, Viola
Herringbone, Edward
Trundle, Barnaby
Wellington, Frances

Bei dem anderen Zettel schien es sich um einen hastig hingekritzelten Brief zu handeln. Die Schrift war verwackelt, und eine Ecke war so zerknittert, als hätte jemand das Blatt in der Faust zerknüllt.

Meine liebe Hattie,
endlich habe ich die Betreuerin ausfindig gemacht und die Spur bis zum Basilius-Heim in London zurückverfolgt. Die beiliegende Liste der infrage kommenden Kinder ist vollständig. Nun ist es an der Zeit, dass wir den Tatsachen ins Auge sehen. Ich muss dir gestehen, dass ich die Eltern bereits benachrichtigt und ihnen mitgeteilt habe, dass sie ihre Kinder nach Hollingsworth Hall bringen sollen. Sie freuen sich bestimmt über die Aussicht, dass die hunderttausend Pfund aus dem Treuhandfonds am zwölften Geburtstag des betreffenden Kindes an sie ausgezahlt werden.
Liebste Hattie, sicher hast du jetzt sehr gemischte Gefühle. Ich weiß ja, welche Schuld du auf dich geladen hast, aber von allen Menschen sind Kinder diejenigen, die am großmütigsten verzeihen.
Ehe du mir vorwirfst, überstürzt gehandelt zu haben, sollst du wissen, dass ich dafür meine Gründe habe. Der Arzt hat mir eröffnet, dass ich nicht mehr lange zu leben habe. Ich werde von Tag zu Tag schwächer (auch jetzt beim Schreiben überkommt mich die Schwäche wieder) und möchte diese Welt nicht verlassen, ohne unseren wichtigsten Fall zu einem

guten Ende gebracht zu haben. „Großmutter“ ist mindestens so ein Ehrentitel wie „Gräfin“, außerdem bin ich fest überzeugt, dass ich in Thomas' Sinne handle.
Stets die Deine
In Verbrechen und Strafe
Gräfin Camilla Lenore DeMoss

Tabitha legte Liste und Brief wieder in die Schublade, setzte Pemberley auf den Stuhl der Gräfin und fing an, um den Tisch herumzuwandern.

Quiek.

Sie nickte ihrem Partner zu und hielt ihm die flache Hand hin, damit er draufklettern konnte. „Stimmt, das ergibt keinen Sinn. Lass uns noch mal gemeinsam überlegen.

Erstens: Warum hat uns die Gräfin erzählt, dass das Geld nicht an die Eltern geht? Offenbar hat sie es sich inzwischen anders überlegt. Aber warum? Weil sie den Eltern nicht traut? Zweitens: Ist sie tatsächlich sterbenskrank und will das Kind deswegen zu sich nehmen, damit sie noch so viel Zeit wie möglich mit ihm verbringen kann?“

Quieki.

„Was zweitens betrifft, stimme ich dir zu. Die Gräfin macht mitnichten einen geschwächten Eindruck. Geisteskrank, das schon, aber sonst völlig gesund. Und was hat sie doch gestern gesagt? Dass sie in ihrem ganzen Leben noch keinen Tag krank war?“

Quiek.

„Und drittens, was hat die Formulierung ‚In Verbrechen und Strafe‘ am Schluss des Briefes zu bedeuten?“

Tabitha setzte Pemberley auf ihre Schulter und beugte sich vor, um die zerschrammte Schublade noch einmal zu betrachten.

Ihr Jagdtrieb als Ermittlerin siegte über alle Bedenken. „Probieren wir's doch einfach mal aus!“ Sie steckte den Schlüssel aus Mary Pettigrews Armreif in das Schloss der Schublade und drehte ihn um.

Klick!

Jetzt war Eile geboten. In der Schublade lag ein Stapel sorgfältig beschrifteter Aktenhefter.

Waren das die Unterlagen über die Kinder?

Nein, diese Hefter waren größer und sahen irgendwie offizieller aus als jene in dem schwarzen Kasten, außerdem waren es über dreißig Stück.

Auf jedem Etikett standen die drei Großbuchstaben *SYL*, außerdem ein Nachname und ein Datum. Als Tabitha den obersten Hefter aufschlug, stellte sie fest, dass er einen kurzen Zeitungsausschnitt sowie drei mit Schreibmaschine beschriebene Blätter enthielt, offenbar eine Art Bericht.

„O nein, Pemberley!" Ein kleiner Junge war von zu Hause weggelaufen und anschließend mit eingeschlagenem Schädel und etlichen anderen Knochenbrüchen tot in einer Londoner Gasse aufgefunden worden. Ob die Verletzungen von einem Sturz aus großer Höhe stammten oder eine andere Ursache hatten, war ungeklärt. Der Artikel äußerte die Vermutung, dass es sich um einen Mord handeln könnte. „Wie traurig. Der arme Junge ... und die armen Eltern."

Als Tabitha nun nacheinander die übrigen Hefter aufschlug, lief es ihr eiskalt den Rücken herunter.

Wie schrecklich ...

Das ist ja noch schrecklicher ...

Augen zu, Pemberley, nicht hinsehen!

Es waren alles Mordfälle. Sorgfältig dokumentierte, bis in alle Einzelheiten beschriebene Mordfälle aus mehreren Jahren. Alte Menschen, junge Menschen, Männer, Frauen, Kinder. Erdrosselt, hinterrücks erschlagen, vergiftet, ertränkt, erschossen, erstochen. Als Tabitha die Daten verglich, klopfte ihr das Herz bis zum Hals. Alle diese Verbrechen hatten sich vor dem Jahr 1880 ereignet, dem Jahr, in dem die Gräfin nach Hollingsworth Hall gezogen war.

Demselben Jahr, in dem sie laut Viola angefangen hatte, freigiebig für gute Zwecke zu spenden.

„Warum wird eine Frau auf einmal so großzügig,

wenn sie all die Jahre davor nie etwas Nennenswertes gespendet hat, Pemberley? Und warum sammelt dieselbe Frau Gemälde von schrecklichen Mordtaten?“

Pemberley gab keine Antwort. Offenbar hatte ihm die unerwartete Wendung der Ereignisse die Sprache verschlagen.

Nein, dachte Tabitha, *ich muss mich irren … oder doch nicht?* Sie konnte nicht verhindern, dass sich ihr ein ungeheuerlicher Verdacht aufdrängte.

Camilla Lenore DeMoss ist eine ehemalige Mörderin.

„Vielleicht hat sie sich ja geändert! Oder ihre Unschuld wurde bewiesen.“

Quieki. Quiek! Quiek!

„Ja, so muss es wohl gewesen sein. Mary Pettigrew hat diese Hefter entdeckt und vor lauter Schreck einen Schlaganfall bekommen. Aber vielleicht haben die Berichte ja doch nichts mit der Gräfin zu tun.“ Mit zitternder Hand schloss sie die Schublade wieder ab. „Vielleicht interessiert sie sich einfach nur für dieses Thema. Gemälde von Morden, Berichte über Morde … jeder hat doch irgendein Hobby, mit dem er sich die Zeit vertreibt.“ Sie sah zu dem Porträt des Knaben hinüber. Armer Thomas. Er war erwachsen geworden, er war weggelaufen, und dann war er gestorben.

Der Sohn der Gräfin war bei einem Bootsunglück *ertrunken.* War es wirklich ein Unglück gewesen, ein verhängnisvoller Zufall, oder hatte jemand nachgeholfen? Tabitha fiel wieder ein, was die Gräfin am Abend zuvor gesagt hatte: *Niemand kommt hier zufällig zu Tode.*

„Ich will dir ja keine Angst machen, Pemberley, aber unsere Lage ist sehr, sehr ernst." Tabitha ließ sich auf den Stuhl der Gräfin sinken und unterdrückte ihr Zittern nicht länger. „Wir sitzen in einem Haus fest, dessen Bewohnerin eine Vorliebe für Mord hegt. Sie kann jeden von uns jederzeit umbringen. Gut, sie hat es noch nicht getan, und manches an ihr wirkt harmlos, aber –"

Quiek!

„Woher soll ich das wissen? Ich weiß auch nicht, was geschehen wird! Bitte atme tief durch, Pemberley, und gerate auf gar keinen Fall in Panik! O Gott, ich habe keine Ahnung, was wir jetzt machen sollen ..."

Dabei wusste Tabitha das sehr wohl, beziehungsweise Kommissarin Tabitha wusste es. Sie musste sich ganz normal verhalten – so normal, wie es unter den gegebenen Umständen möglich war. Wenn sie irgendwie auffiel, wurde sie womöglich als Ärgernis betrachtet, dessen man sich besser entledigte.

Sie atmete dreimal hintereinander langsam ein und aus und sagte dann: „Hör zu, Pemberley, hier ist irgendetwas höchst Verdächtiges im Gange. Das Ganze ist eindeutig ein Fall für Kommissar Clever, und auch, wenn wir hier nicht in einem Roman sind, kennen wir uns mit solchen Situationen aus. Wir müssen zweierlei erreichen: erstens einen Anlass für eine Verhaftung herbeiführen und zweitens dabei niemanden aus unserer Gruppe in Lebensgefahr bringen."

Doch ehe Tabitha überlegen konnte, wie das am besten zu bewerkstelligen war, riss jemand die Tür auf und stürmte ins Zimmer. Es war aber nicht der Butler Phillips, sondern das Hausmädchen Agnes. Sie war aschfahl im Gesicht und bewegte tonlos die Lippen, ohne einen Laut herauszubringen. Schließlich stieß sie hervor: „Wo ist die Gräfin? Es ist furchtbar!"

Tabitha kam rasch hinter dem Schreibtisch hervor, aber Agnes sah sich hektisch nach ihrer Dienstherrin um und schien gar nicht gemerkt zu haben, dass Tabitha auf deren Stuhl gesessen hatte.

„Was ist denn so furchtbar?", fragte Tabitha.

In diesem Augenblick kam die Gräfin mit gezückter Pistole hereingeeilt. „Ich wüsste auch gern, was hier furchtbar ist, Agnes, außer dass du furchtbar aussiehst, dass ich Phillips nirgends auftreiben kann und dass eine verseuchte Ratte durch meinen Landsitz flitzt!" Sie baute sich vor Agnes auf und musterte sie streng von Kopf bis Fuß (was Tabitha Gelegenheit verschaffte, Pemberley wieder in ihrer Schürzentasche verschwinden zu lassen).

„Es ist schon wieder passiert, Eure Ladyschaft!“, jammerte das Hausmädchen. „Das nächste Kind ist verschwunden! Aber ich konnte nicht rein, es war abgeschlossen!“

Jetzt kamen die Köchin und Phillips mit Burgess an der Leine angerannt. Der Butler trug vorschriftsmäßig seine schwarzen Dienstschuhe.

„Was ist hier los?“, wandte sich die Gräfin an die beiden. „Wer ist verschwunden?“

„Ich wollte Ihr Zimmer aufräumen, Eure Ladyschaft“, sagte Agnes, „und bin frische Bettwäsche holen gegangen. Als ich wiederkam, war die Tür abgeschlossen. ‚Wer ist da drin?‘, hab ich gefragt, aber niemand hat geantwortet. Und dann hat sie plötzlich aufgeschrien und um Hilfe gerufen!“

„Wer denn?“, fragte Tabitha.

Agnes hielt sich mit einer Hand am Schreibtisch der Gräfin fest und drückte die andere Hand aufs Herz. „Sie hat gerufen, dass sie entführt wird – und dann war sie auf einmal ganz still. Phillips hat die Tür aufgebrochen, aber sie war schon weg!“

„Aber wer denn nun?“ Die Gräfin fuchtelte ungeduldig mit der Pistole.

„O Gott!“ Erst jetzt sah Agnes die Waffe, wich erschrocken zurück, knallte dabei mit dem Kopf gegen die Wand und sank zu Boden. „O Gott!“

„Sei nicht albern. Ich will die Ratte erschießen, nicht dich. *Wer* ist verschwunden?“

„Frances Wellington“, schluchzte Agnes. Dann versagten ihre strapazierten Nerven endgültig und sie fiel in Ohnmacht.

Tabithas Gedanken überschlugen sich und sie stupste Pemberley bedeutungsvoll an. *Allmählich wird's spannend, Partner!*

17.

„Stirbt ein Mitglied einer Gruppe, sind Trauer und manchmal auch Rätselraten über die Todesursache die Folge. Verschwindet der Betreffende dagegen, mischt sich Angst in das Rätselraten. Und wenn es die Mitglieder einer Gruppe erst mal mit der Angst zu tun bekommen, dann gibt es kein Halten mehr, mein lieber Tibbs.“

Kommissar Clarence Clevers neuester Fall
Der bedrängte Bootsführer

Sobald Agnes wieder zu sich gekommen war, begab sich die kleine Gruppe in das weitläufige Schlafgemach der Gräfin, das tatsächlich Spuren eines Kampfes aufwies. Die Kommodenschubladen standen offen, Kleidungsstücke lagen auf dem Boden, und die aufgerissene Schranktür gewährte freie Sicht auf eine ausgesprochen ungräfliche Sammlung praktischer flacher Schuhe sowie mehrere Päckchen Fußbad. Kein Cremetiegel, kein Puderpinsel und kein Parfümflakon waren unangetastet geblieben, und die drei Schmuckkästchen auf der Frisierkommode waren ebenfalls geöffnet und durchwühlt. Das Zimmer war ein einziges Chaos aus persönlichen Gegenständen, aber von Frances Wellington war nirgends etwas zu sehen.

Die Köchin streichelte Agnes tröstend. „Ganz ruhig, Schätzchen. Überleg doch noch mal! Fällt dir sonst noch irgendwas ein?“

Agnes schüttelte kläglich den Kopf. „Erst haben sich Miss Wellingtons Rufe wütend angehört – und dann ängstlich.“ Sie schlug die Hände vors Gesicht. „Als hätte sie Todesangst! Es hat gekracht und gerumst, sie hat noch mal erstickt aufgeschrien, und dann war es auf einmal totenstill. Das Ganze dauerte nur ein paar Sekunden. Bestimmt stecken die Geister dahinter! Sie haben Miss Wellington entführt!“

Die Gräfin schien eher darüber erschüttert, dass jemand in ihr Privatgemach eingedrungen war. „Was hatte die Kleine überhaupt hier drin zu suchen?“

Während Phillips unter das Bett spähte, zog die Gräfin die Vorhänge auf, schaute hinter die schweren Stoffbahnen und brummelte etwas Unverständliches vor sich hin. Plötzlich marschierte sie quer durchs Zimmer und knallte die Schranktür zu. „Ich will doch nur ein grässliches kleines Enkelkind – das kann doch nicht so schwer sein!“, rief sie aus und schnauzte im nächsten Atemzug die Köchin an: „Glotzen Sie nicht so! Verschwinden Sie in Ihre Küche und kümmern Sie sich um das ungenießbare Mittagessen."

Die Köchin knickste übertrieben unterwürfig und verschwand.

Tabitha dachte an die Berichte über die Mordfälle und ihr wurde ganz schlecht. Zum ersten Mal in ihrem Leben wünschte sie sich, dass Barnaby Trundle wieder auftauchen möge. Und Frances Wellington auch. Sie würde den beiden sogar ein, zwei Beleidigungen verzeihen. *Bleib ruhig und beobachte*, ermahnte sie sich.

Die Gräfin wirkte genauso verblüfft über Frances' Verschwinden wie alle anderen, doch selbst wenn sie keine Kindesentführerin war, so waren doch Ärger, Enttäuschung, Verwirrung, Messer und Mordgeschichten eine verhängnisvolle Mischung, vor allem in einem abgeschiedenen Herrenhaus.

Pemberley zupfte an Tabithas Pullover. *Ja, wir brauchen wieder mal ein Ablenkungsmanöver.* Das verkündete auch Kommissar Clever im allerersten Band der Serie: *Geben Sie den Verdächtigen immer ausreichend Zeit und Gelegenheit, sich selbst zu entlarven, mein lieber Tibbs, und konzentrieren Sie sich so lange auf jemand anderen. Wer sich für unverdächtig und unbeobachtet hält, vergisst oft alle Vorsicht und überführt sich auf diese Weise aller möglichen Missetaten.*

Nun erschienen Oliver, Viola und Edward in der Tür und streckten ein bisschen zaghaft die Köpfe ins Zimmer.

„Braucht hier vielleicht jemand Hilfe?", erkundigte sich Oliver. „Es hat sich wie eine Prügelei angehört."

„Du lieber Himmel, ist das ein Riesensaal!" Viola hielt die Hand vor den Mund, nahm sie wieder weg, riss die Augen auf und nieste schallend.

„Frances ist verschwunden", verkündete Tabitha mit ernster Miene.

Edward sah erfreut aus. „Die auch? Wie Barnaby? Dann sind die beiden Störenfriede ja endlich weg." Als ihm niemand zustimmte, setzte er hinzu: „Ist doch wahr, oder, Oliver? Nichts für ungut, aber wir anderen vier sind alle nett und verträglich, Barnaby und Frances dagegen –"

„Sei still!" Viola machte ein schuldbewusstes Gesicht. „Schlimm genug, dass ich Frances als Beispiel dafür angeführt habe, wie zu viel Reichtum und Verwöhnung den Charakter verderben können, und wie ... wie ..." Ihr linkes Augenlid zuckte, ihr Mund klappte weit auf. „Ha-ha-tschiii!!!" Das war nur der erste einer eindrucksvollen Serie von insgesamt sieben Niesern. Als sie den Kopf wieder hob, tränten ihr die Augen. „Hier drin ist es ja noch schlimmer als im Arbeitszimmer der Gräfin! Wogegen bin ich bloß allergisch?"

„Gegen Frances vermutlich nicht – die ist ja nicht mehr da", witzelte Edward.

Viola schüttelte nur den Kopf und packte seine Hand. „Ab jetzt bleiben wir beide immer zusammen!"

„Und was ist, wenn ich mal aufs Klo muss?" Edward wandte sich an den Butler. „Also, Phillips, was ist hier los? Was ist passiert?"

„Vor ungefähr einer halben Stunde wollte Agnes das Zimmer der Gräfin aufräumen und das Bett machen. Sie hat frische Bettwäsche geholt, und als sie wiederkam, war Frances hier drin eingeschlossen. Hat einer von euch vielleicht eine Idee, wie es dazu gekommen ist?"

„Haben Sie schon die Gräfin gefragt?", gab Edward zurück. „Schließlich ist es ihr Zimmer."

Daraufhin holte die Gräfin zu einer Ohrfeige aus, hielt aber zwei Zentimeter vor Edwards Wange inne. „Ich habe dem Mädchen nichts getan, ist das klar? Ich habe nichts zu verbergen!"

Nichts zu verbergen – das glaube ich nicht. Seit der Ankunft der Kinder benahm sich die Gräfin immer unberechenbarer, als bröckelte eine Fassade nach und nach ab und gewährte einen Blick auf die dahinterliegende Wahrheit. Wenn Ihre Ladyschaft jetzt endgültig dabei war, durchzudrehen, war es das Beste, sie irgendwie abzulenken. Die Gräfin ging wieder zum Fenster und spähte hinter den letzten der vier Vorhänge. Dabei wogte der Stoff vor und zurück und streifte das Gemälde an der Wand.

Das Porträt eines Kindes.

Tabithas Kommissarinnen-Instinkt sprang plötzlich an, ein Kribbeln überlief sie. Was hatte es mit all diesen Porträts auf sich, die ein und denselben Knaben zeigten? Das musste doch etwas zu bedeuten haben. Andererseits behauptete die Gräfin, sie habe nichts zu verbergen. *Nichts zu verbergen … keine Geheimnisse … Geheimnisse … Geheimtüren!*

Rasch suchte Tabitha mit dem Blick die Wände des Schlafgemachs ab. Wand eins, Wand zwei, Wand drei – Halt, der Teppich! Der prachtvolle orientalische Läufer vor der Frisierkommode war ein bisschen verrutscht und gab eine leicht verstaubte Ecke des Fußbodens frei. Tabitha spähte an der Teppichkante und der Wand entlang – und siehe da! In der geschnitzten Vertäfelung fiel der haarfeine Spalt nur auf, wenn man gezielt danach suchte, und auch das Schlüsselloch war inmitten der aus dunklem Holz geschnitzten Flügel und Federn kaum zu erkennen.

Plötzlich war sich Tabitha ihrer Sache ganz sicher. Genauso sicher, wie sich Kommissar Clever war, wenn er eine Eingebung hatte und die wildesten Schlussfolgerungen zog. *Jetzt hab ich's, Pemberley! Jedes Zimmer mit einem Knabenporträt an der Wand hat auch eine*

Geheimtür. Dass hier Kinder verschwanden, war keineswegs Zufall. Irgendjemand hatte Frances und Barnaby gepackt und in den Geheimgang gezerrt. Irgendjemand oder – Tabitha dachte an die Geister – *irgendetwas.* Und wenn man Menschen in dem Geheimgang verschwinden lassen konnte, dann konnten ihn die verbliebenen Kinder vielleicht auch als Fluchtweg aus Hollingsworth Hall nutzen.

„Nein, die Gräfin hat Frances nicht entführt", sagte Tabitha vernehmlich.

„Wer denn dann?", fragte Viola.

„Ich will's gar nicht wissen", wehrte Agnes mit matter Stimme ab. „Ich hab nicht mehr die Kraft, noch mal in Ohnmacht zu fallen."

Tabitha gab sich einen Ruck. „Frances hat sich selbst hier eingeschlossen. Sie hat nämlich ein kleines Problem. Sie klaut."

„Das stimmt!", sagte Oliver erstaunt.

„Erklär mir das bitte!", forderte die Gräfin angesichts dieser Enthüllung.

Tabitha bat in Gedanken ihr literarisches Vorbild um Beistand. „Na ja, Frances ist eine gewohnheitsmäßige Diebin. Sie wurde bereits dabei erwischt, dass sie etliche Gegenstände aus diesem Haus in ihr Perlentäschchen gesteckt hat."

Agnes schnappte nach Luft, und Oliver, Viola und

Edward sahen Tabitha groß an. Woher wusste sie das? Sie war doch gar nicht dabei gewesen, als Frances' Täschchen ausgekippt war.

Wahrscheinlich zum ersten Mal in ihrem Leben stand Tabitha im Mittelpunkt der allgemeinen Aufmerksamkeit. „Haben Sie Frances denn auch schreien gehört, Phillips?“, fragte sie.

„Nein, aber Agnes hat doch gesagt –“

„Vermutlich“, ein Anflug von schlechtem Gewissen überkam Tabitha, „hat sie sich verhört. Die Ärmste ist schließlich in keiner guten Verfassung. Ich gehe davon aus, dass Frances gesund und munter zusammen mit Barnaby und einem Haufen Diebesgut in einem Wandschrank hockt und sich kaputtlacht.“

Die Gräfin ballte die Fäuste und schluckte schwer. „Red weiter“, knurrte sie durch die zusammengebissenen Zähne.

„Außerdem glaube ich“, fuhr Tabitha fort, „dass Frances der Einladung nur deshalb gefolgt ist, weil sie Eure Ladyschaft ausrauben wollte. Sie hat sogar extra einen leeren Koffer mitgebracht, um ihre Beute aus dem Haus zu schmuggeln. Am besten lassen Sie ihr Zimmer gründlich durchsuchen.“

Das war nicht ganz und gar gelogen. Frances hatte ja wirklich einen zweiten Koffer dabeigehabt, über den sich einer der Diener gewundert hatte, weil er so leicht war. Vermutlich war der Koffer inzwischen tatsächlich mit Diebesgut gefüllt: Servietten, Nippes und so weiter, vielleicht auch ein, zwei kleinere Wertgegenstände. Aber leider würde die Durchsuchung von Frances' Zimmer die Gräfin nicht lange ablenken, und Tabitha musste sich in Ruhe mit den anderen Kindern beraten. „Wenn ich Sie wäre, würde ich außerdem sämtliche Räume durchsuchen, in denen sich Frances' Eltern während und nach der Hausführung aufgehalten haben, zum Beispiel die Gemäldegalerie", setzte sie daher hinzu.

Die Gräfin packte Oliver am Arm und zog ihn aus der Reihe der Kinder. „Stimmt das, Oliver Appleby? Kannst du bezeugen, dass Frances eine Diebin ist?"

Oliver schielte zu Tabitha hinüber. „Ich hab mitbekommen, dass sie ein bisschen Krimskrams eingesackt hat, das schon. Aber mehr weiß ich auch nicht."

Während sich Agnes, Phillips und die Gräfin auf Oliver konzentrierten, trat Tabitha unauffällig einen Schritt vor und tippte auf die Uhr, die auf der gräflichen Frisierkommode stand. Dabei blickte sie die anderen Kinder eindringlich an und bewegte tonlos die Lippen: *Wir müssen Zeit gewinnen!*

Viola ging sofort darauf ein. „Ich glaube, in der Bibliothek haben sich Frances' Eltern auch ziemlich ausführlich umgeschaut."

Tabitha schüttelte erschrocken den Kopf. *Nein!*

„Äh, ich meine natürlich, im Wohnzimmer“, berichtigte sich Viola rasch.

Tabitha nickte.

Die Gräfin fuhr herum. „Wo denn nun? In der Bibliothek oder im Wohnzimmer?“

„Im Wohnzimmer! Als wir alle mit unseren Eltern sprechen sollten, haben sich Mr und Mrs Wellington mit Frances dorthin zurückgezogen, und danach waren sie im ... im kleinen Salon?“

Tabitha grinste erleichtert. Das Wohnzimmer und der kleine Salon waren eine ideale Wahl, weil beide Räume so weit von der Bibliothek entfernt waren, dass niemand die Kinder hören würde, wenn sie dort Kriegsrat hielten.

Oder wenn sie im Geheimgang verschwanden.

„Ja, genau, im kleinen Salon!“, bekräftigte Viola.

Die Gräfin ließ Oliver wieder los und stapfte wütend auf und ab. „So ein kleines Biest! Und ich dachte schon, sie ist womöglich meine Enkelin. Aber Hauptsache, niemand kann mir vorwerfen, dass ich sie in meinem Schlafzimmer eingeschlossen hätte. Phillips, Agnes, kommt mit! Wir müssen sofort Frances’ Gästezimmer, die Gemäldegalerie, das Wohnzimmer und den kleinen Salon durchsuchen, um festzustellen, ob etwas fehlt.“

Sie rauschte mit ihrem Gefolge hinaus, ohne die vier Kinder noch eines Blickes zu würdigen.

„Was sollte das denn, Tabitha?“, fragte Oliver, sobald die Erwachsenen außer Hörweite waren. „Glaubst du wirklich, was du da eben gesagt hast?“

Diesmal überlegte Tabitha keine Sekunde, ob sie sich womöglich seltsam oder unangemessen benahm. Sie umarmte Viola stürmisch und jubelte: „Du bist genial! Ihr seid alle toll!“ Dann ließ sie das blonde Mädchen wieder los und wurde knallrot. „’tschuldigung. Ich meine … äh … das habt ihr gut gemacht.“

Auch Viola war rot geworden, aber vor Stolz über das Kompliment. „Keine Ursache“, wehrte sie bescheiden ab.

Tabitha winkte die anderen zu sich heran und raunte verschwörerisch: „Und nein, ich glaube kein Wort von dem, was ich über Frances behauptet habe. Das war nur ein Ablenkungsmanöver.“

„Aber wo steckt Frances denn nun?“, sagte Viola. „Ich mache mir Sorgen um sie, und um Barnaby auch, so fies die beiden auch waren. Die Gräfin ist eindeutig nicht richtig im Kopf. Wenn sich herausstellt, dass sie meine Großmutter ist, dann ergreife ich die Flucht!“

„Flucht ist genau das richtige Stichwort.“ Tabitha erzählte den anderen, was sie im Arbeitszimmer der Gräfin entdeckt hatte, und fügte ihre Theorie an, dass Mary Pettigrew das Geheimnis ihrer Dienstherrin gelüftet und vor Entsetzen einen Schlaganfall bekommen hatte.

„Mordfälle?“ Violas Kinn bebte. „Vielleicht will sie ja nur für unschuldig verurteilte Verbrecher spenden.“ Als Edward den Kopf schüttelte, fauchte sie ihn an: „Wieso denn nicht? Kann doch sein!“

„Genauso gut kann es sein, dass sie in den sogenannten verschlossenen Räumen ihre Opfer versteckt“, konterte er. „Findet ihr es nicht auch verdächtig, dass sie mit der Eröffnung, dass einer von uns bei ihr wohnen soll, gewartet hat, bis unsere Eltern weg waren? Hast du bei dir oben im Ostflügel vielleicht ’ne Leiche im Schrank, Tabitha?“

„Nein, es ist ein ganz gewöhnliches Zimmer. Sauber, ordentlich, keine Leichen. Ich gebe dir aber recht, dass die Gräfin den Zeitpunkt, uns das mitzuteilen, klug gewählt hat. Wenn deine Eltern etwas davon geahnt hätten, hätten sie dich niemals hier allein zurückgelassen.“ *Mit meinen ist das etwas anderes*, setzte sie in Gedanken hinzu, *die haben sich ja bereits ein für alle Mal aus dem Staub gemacht.*

„Meine auch nicht“, sagte Oliver, der wieder mit seinem Taschenmesser spielte. „Und die Morde haben sich alle ereignet, bevor die Gräfin Hollingsworth Hall gekauft hat, hast du gesagt? Glaubst du, sie hat es sich inzwischen“, er schluckte, „abgewöhnt, Leute umzubringen?“

Tabitha überlegte, aber noch war sie nicht so weit, darüber eine endgültige Aussage zu treffen. „Das weiß ich nicht."

„Also ich finde, das klingt alles ziemlich einleuchtend." Edward schnalzte mit der Zunge. „Jetzt hat es sie wieder gepackt, und sie braucht ein Enkelkind, das sie abmurksen kann. Ganz schön gerissen, uns mit der Aussicht auf viel Geld herzulocken. Meine Eltern würden mich sofort hierlassen und auch noch glauben, dass sie mir damit etwas Gutes tun. Und ich werde derweil in Stücke gehackt!"

Viola erschauerte und schlang die Arme um sich. „Die Gräfin von Windermere war immer mein großes Vorbild in Sachen Wohltätigkeit – und jetzt stellt sich heraus, dass sie eine abscheuliche Mörderin ist! Aber vielleicht will sie ihr Enkelkind ja auch zu sich nehmen, damit es einen guten Einfluss auf sie hat und sie davon abhält, weitere Untaten zu begehen. Vielleicht –" Ihre Nasenflügel bebten erst leicht, dann heftiger, sie war kurz davor zu niesen, tat es dann aber doch nicht. Sie grinste erleichtert, riss aber sofort die Augen auf und nieste ohrenbetäubend. „Ach, herrje, ihr habt ja recht, sie ist eine gemeingefährliche Irre. Aber warum hat sie dann überhaupt so viel gespendet?"

„Weil sie damit ihr schlechtes Gewissen beruhigen wollte?", erwiderte Tabitha. „Als Buße sozusagen."

„Das ist alles so widerlich." Viola knabberte an ihren

Fingernägeln. „Wenn ich nur an die ganzen Dankesbriefe denke! Und gleichzeitig hat sie stapelweise Mordakten in der Schreibtischschublade.“

Oliver schnipste mit den Fingern. „Die Akten! Hast du nicht gesagt, dass sie außer mit dem Nachnamen des Opfers alle mit der Buchstabenfolge ‚SYL‘ beschriftet sind, Tabitha?“

Tabitha nickte.

„Die gleichen Buchstaben stehen auf den Taschenuhren der beiden alten Knaben, die in der Eingangshalle hängen. Ich meine natürlich, ihre Porträts hängen dort, nicht sie selbst.“ Er fing wieder an, die Werkzeuge an seinem Taschenmesser aus- und einzuklappen. „Vielleicht handelt es sich ja um Angehörige der Gräfin.“

„Ist sie denn zweifach verwitwet?“, fragte Viola.

„Nein, aber sie ist zusammen mit ihrer Schwester hier eingezogen“, sagte Tabitha. „Vielleicht ist einer der beiden Herren ja deren verstorbener Gatte. S, Y und L – wofür könnten diese Buchstaben wohl stehen?“

„Es könnten die Anfangsbuchstaben eines Namens sein“, meinte Edward. „Vielleicht hieß sie ja anders, als sie noch gemordet hat.“

„Wie dem auch sei – wir müssen hier weg und haben nicht mehr viel Zeit, uns einen Fluchtplan zu überlegen. Angesichts der Mordberichte und der Tatsache, dass schon zwei von uns spurlos verschwunden sind, bin ich dafür, dass wir Hollingsworth Hall verlassen, solange wir es noch können. Dieses prächtige Haus birgt offenbar ein finsteres Geheimnis, und damit meine ich nicht nur die Geister."

„Die Geister ... die hatte ich schon ganz vergessen", sagte Edward. „Warum musst du jetzt wieder damit anfangen? Was glaubt ihr, was schlimmer ist: bei der Gräfin zu bleiben, die jeden Augenblick wieder vom Blutrausch gepackt werden kann, oder es mit den Entführern von Barnaby und Frances aufzunehmen, um wen oder was auch immer es sich handeln mag?"

Im selben Augenblick fiel der Strom wieder aus, doch weil es noch früh am Nachmittag war, kam von draußen ein bisschen Licht herein. Unwillkürlich drehten sich alle Kinder zum Fenster um. Der Schneesturm war zurückgekehrt und tobte heftiger denn je.

„Bei diesem Wetter sollen wir fliehen?" Oliver spähte mit zusammengekniffenen Augen in das weiße Treiben hinaus.

„Allerdings!", gab Tabitha zurück, „und wir halten uns lieber ran. Was die Geister betrifft, so bin ich sicher, dass sie uns in Ruhe lassen werden." Sie war zwar keineswegs sicher, aber Kommissar Clever pflegte derlei Befürchtungen auch immer energisch auszuräumen und behielt in mindestens sechzig Prozent der Fälle recht. *Ich nenne das ‚Mut machen', mein lieber*

Tibbs, pflegte er zu sagen. *‚Anlügen' ist so ein unschönes Wort.*

„Wenn wir uns nicht selbst helfen, hilft uns keiner", setzte Tabitha energisch hinzu. Es laut auszusprechen, war ein gutes Gefühl. Ein Clever-Gefühl. Tatendrang wallte in ihr auf und verdrängte die Furcht. Auf einmal kam es ihr vor, als strömte eine Tinte erstklassiger Qualität durch ihre Adern, wie sie beim Druck erstklassiger Kriminalromane verwendet wurde.

Ihr Herz schlug schneller. Sie hatte Jahre damit vergeudet, sich schlecht behandeln zu lassen, hatte niemals aufbegehrt, sich in ihr Schicksal gefügt und tatenlos auf ein Wunder gewartet. Jetzt war es an der Zeit, zu handeln! „Wollt ihr etwa hierbleiben und Däumchen drehen?", wandte sie sich an die anderen.

Die drei schüttelten einhellig die Köpfe, und Tabitha stellte erstaunt fest, dass man sie offenbar ernst nahm. „Wollt ihr euch von den Erwachsenen herumschubsen und für ihre Zwecke missbrauchen lassen?", setzte sie noch eins drauf.

„Nö", sagte Edward.

„Nein danke." Viola rieb sich die tränenden Augen.

„Nicht mit mir", kam es von Oliver.

Tabitha dachte an das Abwaschen-Schild, an ihren Dachverschlag und an ihre Eltern, die ihr eingebläut hatten, dass Kinder am besten unsichtbar blieben. Das so oft gehörte Wort „undankbar“ fiel ihr ein. „Wollt ihr euch so lange einreden lassen, dass ihr unnütz und lästig seid, bis ihr es selbst glaubt? Als wärt ihr verflucht und könntet nie mehr etwas daran ändern? Wollt ihr das?!“

Ihr entging nicht, dass die drei anderen angesichts dieses leidenschaftlichen Ausbruchs ein wenig befremdet waren, aber sie schüttelten trotzdem wieder die Köpfe.

Plötzlich spürte Tabitha, dass ihre Wimpern feucht wurden, und sie wischte sich rasch mit dem Pulloverärmel über die Augen. „Sehr gut“, sagte sie mit fester Stimme, „ich auch nicht. Glaubst du, du kannst das kaputte Automobil reparieren, von dem Phillips gesprochen hat, Oliver? Das letzte, das noch in der Garage steht?“

„Na ja, ob wir bei diesem Schneesturm –“

„Wir müssen es versuchen!“, schnitt ihm Tabitha das Wort ab. „Die Garage kann nicht weit weg sein, und wenn wir hierbleiben, sind wir der Gräfin wehrlos ausgeliefert. Sie will ja nur einen von uns zu sich nehmen, da kann sie die drei anderen ruhig auch noch verschwinden lassen.“

„Verschwinden lassen?“, wiederholte Edward fragend.

„Verschwinden lassen“, wiederholte Oliver mit belegter Stimme.

„Ich will aber nicht verschwinden!“, sagte Viola entschieden. „Ich habe eine ganze Menge Wohltätigkeitsprojekte, um die ich mich kümmern muss. Jedenfalls, wenn diese grässlichen Niesanfälle endlich aufhören – Hatschi!"

Tabitha hatte ebenfalls nicht vor, zu verschwinden, schon gar nicht jetzt, wo sie zum ersten Mal das Gefühl hatte, eine gewisse Daseinsberechtigung zu haben. Sie legte Viola die Hände auf die Schultern. „Ach, Viola! Großartige, geniale, mutige Viola."

„Ja?", fragte das blonde Mädchen misstrauisch.

„Traust du dir zu, zusammen mit Edward die Gräfin so lange abzulenken, bis Oliver und ich den Wagen wieder in Gang gebracht haben? Du könntest auf deine medizinischen Kenntnisse zurückgreifen, Edward, und dir eine Krankheit für Viola ausdenken. Oder irgendeine Verletzung, die man von außen nicht sieht. Bist du schauspielbegabt, Viola?"

„Als wir neulich auf dem Wohltätigkeitsbasar für das Waisenhaus einen Sketch aufgeführt haben, ist mir die Stimme weggeblieben", erwiderte Viola verlegen.

„Aber als du der Gräfin erzählt hast, wo sich die Wellingtons überall aufgehalten haben, warst du richtig umwerfend. Glaub mir, du bist ein wahres Naturtalent."

„Stimmt, das war richtig klasse", bestätigte Oliver.

„Jedenfalls viel besser als dein Gestotter auf dem Basar", setzte Edward hinzu. „Wir werden das *beide* genial erledigen. Ich habe schon vier, fünf Ideen für ganz schreckliche Leiden, die Viola haben könnte."

„Wunderbar", sagte Tabitha. „Viel Zeit bleibt uns nicht mehr, aber –"

„Kommen Sie sofort nach oben, Phillips!", schallte es aus der Eingangshalle herüber. „Ich kann es mir nicht leisten, dass noch ein Kind verschwindet! Sperren Sie die Bälger in ihre Zimmer ein. Unter Tabithas Türklinke müssen Sie allerdings einen Stuhl klemmen, weil ich den verdammten Schlüssel nicht finden kann."

Tabitha wartete Phillips' Entgegnung nicht ab. „Wenn es sein muss, dichtest du ihr einfach alle fünf Krankheiten auf einmal an, Edward. Oliver und ich nehmen uns den Wagen vor. Das wird mindestens eine Stunde dauern, vielleicht auch zwei. Wenn Oliver den Schaden beheben kann, fliehen wir heute Abend."

Sonst blieb ihnen nur noch, sich im Geheimgang zu verstecken, und Tabitha konnte den unheimlichen Luftzug nicht vergessen, den sie dort gespürt hatte. Vielleicht würde ihr dafür noch eine logische Erklärung einfallen, genauso wie für die gruseligen Geräusche in Hollingsworth Hall, trotzdem mochte sie sich nicht länger als unbedingt nötig hinter den Geheimtüren aufhalten.

„Dieses Jucken macht mich noch *wahnsinnig*!" Viola kratzte sich wie wild am Hals, am Kopf und am Oberkörper.

„Übertreib nicht“, mahnte Edward.

„Hier!“ Tabitha nahm vier Haarnadeln von der Frisierkommode der Gräfin und drückte sie dem erstaunten Oliver in die Hand. „Kannst du damit das Schloss deiner Zimmertür knacken? Du bist doch so geschickt.“

Er lächelte tapfer. „Kann ich, aber Haarnadeln brauche ich dafür nicht. Ich habe ja das hier!“ Er schwenkte sein Taschenmesser, dann schielte er mit verlegener Miene zu Edward hinüber. „Ich habe nämlich *doch* Charakter.“

„Aber klar!“, entgegnete Edward munter. „Ab jetzt bist du unser schlösserknackender Autodieb. Schade, dass ich so was nicht kann. Du platzt geradezu vor Charakter, würde ich behaupten.“

„Ich fasse noch mal zusammen“, sagte Tabitha. „Wenn wir jetzt in unseren Zimmern eingeschlossen werden, wartest du ein paar Minuten ab, Oliver, öffnest dann deine Tür und befreist auch Viola und Edward. Ihr beide geht die Erwachsenen suchen und seht zu, dass ihr sie in irgendeinen Raum lockt, der möglichst weit von der Bibliothek weg ist. Wenn sie euch fragen, wie ihr rausgekommen seid, sagt ihr einfach, dass Phillips eure Türen nicht richtig abgeschlossen hat. Oliver – wir beide treffen uns in der Bibliothek. Ich warte hinter einem Vorhang auf dich.“

„Aber wie willst du denn dein Zimmer verlassen? Muss ich dich nicht auch befreien?“

Tabitha schüttelte nur den Kopf und zog in bester Kommissar-Clever-Manier vielsagend die Augenbrauen hoch. „Ich habe da schon einen Plan.“

18.

„Ein Mann braucht zweierlei, um die Stürme des Lebens zu überstehen: einen zuverlässigen moralischen Kompass sowie eine ordentliche Portion Anstand“, verkündete Kommissar Clever und hob augenzwinkernd seine Gabel. „Das ist aber kein Anstand, sondern eine Kartoffel mit Soße“, gab Tibbs zurück. Clever kaute, schluckte und tupfte sich diskret mit der Serviette den Mund ab. „Alles dasselbe, mein lieber Tibbs“, entgegnete er dann. „Alles dasselbe.“

Kommissar Clarence Clevers neuester Fall
Der loyale Lakai

Als der Butler Tabitha in ihrem Zimmer eingeschlossen hatte, füllte sie als Erstes Pemberleys Wassernapf auf und legte einen Keks, ein Stück Fleischpastete und einen Brocken Käse daneben. „Eine gesündere Ernährung kann ich dir momentan leider nicht bieten, Pemby. Und du wartest am besten hier drinnen. Draußen ist es viel zu kalt für dich.“

Sie zog einen zweiten Pullover über. Die Mäntel der Kinder hingen noch in der Eingangshalle, sie zu holen, wäre zu riskant gewesen. Tabitha gab Pemberley einen Kuss. „Du bist ein großartiger Tibbs, und ich würde dich niemals durch einen anderen Mäusepartner ersetzen, trotzdem möchte ich dich fragen, ob es dir etwas ausmachen würde, wenn ich in dieser besonderen Situation auch unseren fähigen Kollegen Oliver Appleby hinzuziehe, damit er uns lebendig hier wegbringt?"

Quiek.

„Danke, das wollte ich hören. Du darfst auch so lange mit deinem hübschen Halsband spielen." Sie schob ihm den Brillantring hin. „Aber wo mag in diesem Zimmer die Geheimtür sein?" Tabitha hielt den Schlüssel in die Höhe und warf dem Knabenporträt eine Kusshand zu. „Na, sag schon, wo?" Stille. „Du antwortest nicht, Thomas? Wie unhöflich! Wie bitte? *Ich* bin unhöflich?"

Quieki-quiek.

„Du hast recht, Pemberley, ich höre schon auf mit dem Unsinn."

Mit der flackernden Petroleumlampe in der Hand suchte Tabitha nun sämtliche Ecken und Winkel des Zimmers ab, desgleichen die Wände. Vielleicht war das Schlüsselloch ja in der gleichen Höhe angebracht wie im Schlafgemach der Gräfin. Allerdings waren die Wände hier nicht vertäfelt, sondern tapeziert. Die Tapete hatte ein verzwicktes Muster aus Wiesen, Bäumen, Seen, Kaninchen und Vögeln. Wenn man es zu lange betrachtete, wurde einem ganz schwindlig.

Tabitha verlegte sich darauf, die Wand abzutasten, und strich mit den Fingerkuppen über die glatte Papierschicht, wobei sie die Bereiche hinter dem Bett und dem Schrank ausließ. So arbeitete sich langsam um das Zimmer herum, bis –

Da!

Das Schlüsselloch war in einer Ecke versteckt, mitten in einer Schar Kaninchen, die Löwenzahn mümmelten. Mit angehaltenem Atem steckte Tabitha den Schlüssel hinein. Er passte, und ihr schoss durch den Kopf, dass sie auch gern ein Schlüssel wäre und so wunderbar irgendwo hinpassen würde.

„Auf Wiedersehen, Pemberley. Ich bin bald wieder da und hole dich.“ Ein letzter Kuss aufs Fell, dann öffnete sie die Geheimtür und schlüpfte samt der Petroleumlampe hindurch. Hoffentlich führte auch dieser Geheimgang zur Bibliothek!

Nachdem sie die Wendeltreppe hinuntergestiegen war, schaute Tabitha durch das Guckloch im Bücherregal. Ein großer, dunkelhaariger Junge spähte gerade hinter sämtliche Vorhänge. Tabitha schob das Regal ein Stück von der Wand ab, stieß einen Pfiff aus und amüsierte sich, als Oliver wie angestochen herumfuhr. „Ich bin's bloß."

„Hey, ein Geheimgang! Spitze! Wie hast du den denn entdeckt?" Nach einem letzten Blick auf die angelehnte Flügeltür zum nächsten Raum zwängte sich Oliver hinter das Regal und drückte Tabitha etwas Weiches in die Hand. „Ich habe mein Leben aufs Spiel gesetzt, um Ihren Mantel zu holen, Gnädigste", verkündete er mit einer schwungvollen Verbeugung und setzte leicht verlegen hinzu: „Ich wollte nicht, dass du mich für zu blöd hältst, es wenigstens zu versuchen."

„Den Geheimgang habe ich heute Vormittag durch einen Zufall entdeckt", beantwortete Tabitha seine Frage. „Und du bist überhaupt nicht blöd. Du bist unser Ausbrecherkönig!"

Er wurde rot. „Also, wo müssen wir lang?", fragte er rasch.

Tabitha drehte sich um. „Hier geht es zur Küche."

„Ich dachte, wir wollen das Automobil reparieren – oder musst du erst noch was essen?"

„Gute Frage." Tabitha klopfte ihm anerkennend auf die Schulter und dachte bei sich, dass Oliver seine Aufgabe als Tibbs' beziehungsweise Pemberleys Ersatzmann bis jetzt ausgezeichnet erfüllte. „Aber nein, ich bin nicht hungrig. Agnes hat erwähnt, dass die Küche einen Hinterausgang ins Freie hat. Komm."

Oliver nahm ihr die Lampe ab und trabte hinter ihr her. An der Wendeltreppe blieb er stehen.

„Hier geht's zum ersten Stock hoch", erläuterte Tabitha. „Und zum zweiten. Wo das frühere Spielzimmer ist."

„Du, Tabitha", flüsterte Oliver, als sie weitergingen, „was glaubst du, was in den verschlossenen Räumen ist? Ich meine, in denen außer dem Zimmer, in dem du untergebracht bist."

Darüber möchte ich im Augenblick nicht nachdenken. Laut erwiderte sie: „Hoffentlich nur irgendwelcher Familienkram."

Jegliche Abenteuerlust, die Oliver und Tabitha verspürt haben mochten, wich schnell dem mulmigen Gefühl, dass hinter jeder Biegung die Entführer oder Geister lauern konnten, die Kinder verschwinden ließen. Tabitha war zwar schon durch den Kopf gegangen, dass sich Barnaby und Frances vielleicht wirklich nur im Wandschrank versteckt hatten, bis ihre Eltern wiederkamen, doch inzwischen kam ihr das immer unwahrscheinlicher vor.

Ein beklemmendes Unbehagen kroch ihr den Rücken herunter wie eine Spinne, die sich nicht abschütteln lässt. Je eher sie den Geheimgang wieder verließen, desto besser. Trotzdem wies sie Oliver unterwegs auf die Gucklöcher hin, um das Ganze eher spannend als beängstigend zu gestalten. Da sie in diesem Kriminalfall der Kommissar war, musste sie ihren Partner bei Laune halten.

Als sie durch das Schlüsselloch der Geheimtür zur Küche spähte, schien diese leer zu sein.

Oliver reckte schnuppernd die Nase. „Hier müffelt es komisch, oder? Der Geruch kommt mir irgendwie bekannt vor, er erinnert mich an … an …"

„An Barnaby Trundle, richtig. An sein Duftwasser und seine Haarpomade. Der Geruch hat sich seit gestern Abend hier drin gehalten."

„Glaubst du, Frances und er haben wie du den Geheimgang zufällig entdeckt?", fragte Oliver hoffnungsvoll.

Tabitha dachte an Barnabys nächtliche Schreie und die Kampfspuren im Schlafzimmer der Gräfin. „Gut möglich", schwindelte sie und fuhr fort: „Umso mehr müssen wir uns beeilen. Nicht dass uns die beiden noch das letzte Automobil vor der Nase wegschnappen."

Nachdem Tabitha die Geheimtür aufgeschlossen und hinter ihnen wieder hatte einrasten lassen (zur Tarnung stand ein Gestell für Suppenkellen davor), spähten die beiden Kinder durch das Fenster neben dem Hinterausgang. Das Wetter hatte sich nicht gebessert, und Oliver bestand darauf, dass Tabitha seine Handschuhe anzog.

„Wenigstens verdeckt der Schnee unsere Fußspuren.

Wollen wir?" Tabitha griff nach der Türklinke. „Auf in die Schlacht!"

„Auf in den Schnee!", gab Oliver zurück.

Ein Windstoß schlug die Haustür hinter ihnen zu und schleuderte Tabitha gegen Olivers Rücken.

Er verlor das Gleichgewicht und beide purzelten in eine Schneewehe. Auch die Petroleumlampe versank in den weißen Flocken.

„Oje, das wollte ich nicht! Komm wieder hoch!" Tabitha zerrte Oliver wieder auf die Füße, was in den hüfthohen Schneewehen, die sich entlang der Mauern von Hollingsworth Hall auftürmten, gar nicht so leicht war.

Der Sturm brauste um das Herrenhaus und seine hohen Giebel, fegte um Steine, Bäume und Büsche und heulte dabei wie eine verdammte Seele.

Oliver drehte sich ruckartig um. „Was war das?"

Tabitha legte die Hand über die Augen und spähte zum Dach empor. „Das war nur der Wind, aber er hört sich ein bisschen wie Kinderweinen an, stimmt's?" Wie auf der Vorderseite des Hauses saßen auch unter dem höchsten Giebel auf der Rückseite drei rautenförmige Fenster. Dort musste das ehemalige Spielzimmer sein. Noch ein verschlossener Raum.

Tabitha kniff die Augen zusammen, denn einen Sekundenbruchteil lang glaubte sie, im mittleren der drei

Fenster eine Gestalt zu erkennen. *Nach dem ganzen Gerede über Spuk sehe ich schon Gespenster!* Trotzdem wünschte sie sich insgeheim, dass Pemberley bei ihr wäre. „Gehen wir."

Sie stapften und stolperten durch den Schnee, erst am Gartenschuppen vorbei und dann an der Scheune, und standen schließlich vor den ehemaligen Stallungen, die inzwischen statt Pferden Automobile beherbergten. In ihrem ganzen Leben hatte Tabitha noch nie so viel Schnee auf einmal gesehen, trotzdem erkannte man, wenn man draußen unterwegs war, dass der „Schneesturm" hauptsächlich aus Schneewehen bestand, die vom Wind aufgewirbelt wurden.

Oliver griff nach Tabithas behandschuhter Hand und zeigte auf die Straße, die vom Anwesen der Gräfin wegführte. „Guck mal!"

Durch den Schnee zogen sich schwache, parallele Reifenabdrücke. „Erstaunlich, dass sie noch nicht zugeweht sind." Tabitha verfolgte die Spuren mit dem Blick zu ihrem Ausgangspunkt zurück, aber statt sich vom Herrenhaus zu entfernen, schienen sie eine kleine Anhöhe vor dem See hinunterzuführen. „Verläuft die Straße überhaupt dort drüben?" Sie verfolgte die Spuren noch einmal zurück, aber der nächste Windstoß trieb ihr pulvrigen Schnee in die Augen, sodass sie nichts mehr sehen konnte.

Oliver riss die Garagentür auf und schob Tabitha vor sich her. Als er im hinteren Teil des Gebäudes ein einsames Automobil stehen sah, grinste er erfreut. Die Motorhaube war aufgeklappt, als hätte schon jemand am Innenleben des Wagens herumgebastelt. Tabitha zog die Tür rasch hinter ihnen zu und genoss einen Augenblick lang die Windstille und den schwachen Geruch von Motorenöl. Beide Kinder schüttelten sich wie nasse Hunde. Der Schnee von ihren Mänteln fiel auf den Boden und schmolz sofort.

„Das ist das neueste Modell von Daimler, das bringt uns zuverlässig von hier weg." Oliver krempelte die Ärmel hoch und sah sich suchend um. „Am besten holst du ein paar von den Lampen da drüben." Er ging neben einer offen stehenden Kiste in die Hocke und inspizierte den Inhalt. „Werkzeug – klasse!"

Tabitha ging um ein paar andere Kisten herum und holte die Lampen. Trotz der Handschuhe schmerzten ihre Finger vor Kälte, und sie musste sie erst ein Weilchen beugen und strecken, bevor sie ein Streichholz anreißen konnte.

Oliver schleifte eine Kiste vor das Automobil und stieg darauf. Dann hörte man es nur noch klirren und klappern und zwischendurch zufriedene Grunzlaute, die an ein glückliches Schwein erinnerten. Tabitha wollte ihn schon ermahnen, leise zu sein, aber wer sollte sie hier schon hören? Es war nicht anzunehmen, dass die Gräfin bei diesem Wetter vor die Tür ging.

„Ich hab's!" Oliver sprang von der Kiste und nahm vor lauter Begeisterung Tabithas Gesicht in die ölverschmierten Hände. „Ich hab das Problem gefunden. Der hier klemmte in dem ... in dem Dingsbums." Er hielt einen kleinen Hammer hoch und setzte leicht verlegen hinzu: „Ich weiß noch nicht, wie alle Motorenteile richtig heißen."

Tabitha entwand sich seinem öligen Griff und wischte sich das Gesicht ab. „Ich kann mir beim besten Willen nicht vorstellen, dass du mal einen Schmuckkonzern leitest, Oliver Appleby."

„Ich auch nicht." Er seufzte. „Aber meine Eltern werden es mir wohl kaum erlauben, Autoschrauber zu werden. Es kommt mir vor, als hätten sie meine Zukunft bereits in allen Einzelheiten durchgeplant. Manchmal denke ich, mit einem anderen Kind wären die beiden besser dran."

Tabitha sah ihn groß an. „Ja, glaubst du denn nicht, dass dich deine Eltern lieben? Haben sie dir das denn noch nie gesagt?"

Er wurde rot. „Doch, schon oft."

Tabitha wischte sich die Hand an der Schürze ab. „Dann sind es wunderbare Eltern, auch wenn sie ein bisschen engstirnig sind. Und wenn wir das hier hinter uns haben, bringst du bestimmt auch den Mut auf, ihnen zu gestehen, dass du dem Schmuckgeschäft lieber den Rücken kehren und dich stattdessen deiner Lieblingsbeschäftigung widmen möchtest – dem Autodiebstahl." Sie grinste. „Sei froh, dass du sie hast."

Nach einer kurzen Stille schnippte Oliver mit den Fingern und entgegnete: „Hast ja recht. Und was möchtest *du* später mal werden?"

„Lehrerin vielleicht – aber eigentlich habe ich keine Lust, mich mit aufsässigen Schülern herumzuärgern. Am allerliebsten würde ich mich bei Scotland Yard bewerben und Kriminalkommissarin werden."

Oliver nickte zustimmend. „Du wärst bestimmt eine tolle Kommissarin!" Er drehte sich wieder zu der offenen Motorhaube um. „Außerdem sind alle Ventile locker. Wenn ich sie wieder festgezogen habe, fährt der Wagen wieder eins a. Ich brauche nur noch das passende Werkzeug. Mit meinem Taschenmesser komme ich hier nicht weiter." Er kramte in der Werkzeugkiste, holte ein Teil nach dem anderen heraus und warf es wieder hinein. „Hmmm ... scheint nicht dabei zu sein. Vielleicht liegt ja hinten drin noch mehr Werkzeug."

Er lief um das Auto herum, klappte den Kofferraum auf, griff mit beiden Händen hinein und förderte zwei Siamkatzen aus Porzellan mit funkelnden blauen Glasaugen zutage. „Sind die nicht hässlich? Da drin liegt lauter solches Zeug." Er klappte den Kofferraum wieder zu. „Dann müssen wir eben woanders suchen. Hilfst du mir?"

Obwohl der Wind nicht hereindrang, war es in dem ehemaligen Pferdestall bitterkalt. Aber es gab schließlich *Schlimmeres*, als mit einem neuen Freund nach Fluchtwerkzeug zu suchen, zum Beispiel:

- mit Barnaby Trundle nach Fluchtwerkzeug suchen zu müssen
- von einem Geist entführt zu werden
- von jemand anderem entführt zu werden
- als Opferakte mit der Aufschrift *Crum, Tabitha* in der rechten unteren Schreibtischschublade der Gräfin zu landen

Tabitha stöberte auf Wandborden und in Schubladen, entdeckte aber nichts Brauchbares. Haufenweise Decken, ausrangiertes Mobiliar, alte Boxen, die noch nach Pferd und Stroh rochen, Bücherstapel, verschnürte Kisten, Seile und Gartengerätschaften. In der hintersten Ecke war etwas mit einer großen Plane zugedeckt. Tabitha hob die Plane an und wich erschrocken zurück.

„O nein!"

„Was hast du gefunden?", rief Oliver.

„Gemälde." Tabitha hatte zwar die Führung durch

die Galerie von Hollingsworth Hall verpasst, aber die fünf Bilder zeigten eindeutig historische Verbrechen. Sie betrachtete sie nacheinander und bereute es sofort. „Hier ist eine schrecklich brutale Wirtshausszene." Eine große Gestalt im Vordergrund des Gemäldes blickte auf umgeworfene Tische, zerbrochene Flaschen, ein loderndes Kaminfeuer und zwei in der gleichen Haltung mit verrenkten Hälsen auf dem Boden liegende Kellnerinnen, um die herum sich eine Blutlache ausbreitete.

Oliver verzog das Gesicht. „Das muss der Mord im *Buckligen Erpel* sein. In der Galerie hängt eine andere Darstellung davon. Edward meinte, man hätte nie herausgefunden, was die Todesursache der Mädchen war – das gebrochene Genick oder die Stichwunden."

Tabitha zog die Plane wieder über die Gemälde und stopfte sie rundherum sorgfältig fest, als könnten die Bilder sonst entwischen und sich als Albträume in ihren Schlaf einschleichen. „Ich weiß nicht mehr, wo ich noch suchen soll. Soll ich mal nebenan im Gartenschuppen nachsehen?"

Oliver wollte etwas erwidern, doch ein Geräusch ließ ihn innehalten.

Ein wohlbekanntes Geräusch.

Das Knarren einer sich öffnenden Tür.

Tabitha reagierte instinktiv und pustete die Lampen aus.

„Hast du vorhin die Tür richtig zugemacht?“, raunte Oliver ihr zu.

„Glaub schon.“

Sie wechselten einen angstvollen Blick, dann zeigte Tabitha stumm auf die gegenüberliegende Wand. Sie huschten hinter einen Kistenstapel und drängten sich aneinander. Die Tür knarrte noch einmal ... und war das etwa ein langer Schatten, der jetzt hereinglitt? Dem Schatten folgte eine hochgewachsene Gestalt mit schwarzen Schuhen, einer schwarzen Uniform und einem markanten Kinn mit einem tiefen Grübchen.

„Phillips!“, zischelte Tabitha. „Was will *der* denn hier?“

Die lange, straff gespannte Kette in Phillips’ Hand deutete darauf hin, dass er seinen Hund im Schlepptau hatte. Der Butler schaute sich suchend um. „Ich könnte schwören, dass ich hier drin Licht gesehen habe, Burgess. Wir sehen lieber mal kurz nach dem Rechten, alter Knabe, und dann –“ Doch da stürmte der Hund plötzlich los. Der Butler verlor das Gleichgewicht und fiel hin. „Burgess!“, brüllte er, als er sich wieder aufgerappelt hatte. „Hierher!“ Er trat ins Freie, wartete eine halbe Minute ab und kam wieder herein, wobei er lautstark über seinen Hund und die Eiseskälte fluchte. Er zündete eine Lampe an, die an der Wand hing, und zog die Tür hinter sich zu.

„Ich dachte, er soll drüben im Haus nachsehen, ob irgendetwas weggekommen ist?“, raunte Oliver Tabitha ins Ohr.

„Psst! Wahrscheinlich soll er jetzt wieder nach Barnaby und Frances suchen.“ Tatsächlich sah sich Phillips wieder um und spähte dann nacheinander in die leeren Pferdeboxen. Auch in den Kofferraum des Automobils warf er einen kurzen Blick und ließ die Klappe danach weit offen stehen.

Anschließend ging er forschen Schrittes zu dem verhüllten Gemäldestapel hinüber und zog mit einem Ruck die Plane weg. Er stieß aber keinen Schreckensschrei aus, als er die grausigen Gemälde erblickte, sondern nahm eins der Bilder aus dem Stapel, betrachtete es, wischte ein paar Strohhalme ab und klemmte es sich unter den Arm. Im selben Augenblick ertönte draußen wütendes Hundegebell.

„Was hast du denn, Burgess?“ Der Butler stellte das Gemälde zurück und deckte die Plane wieder über den Stapel. „Was gibt's da zu kläffen? Oder hast du etwa Ihre allergnädigste Ladyschaft entdeckt, die mir den nächsten Befehl erteilen will?“ Er ging zur Tür und schimpfte weiter vor sich hin: „Der Gräfinnentitel ist ihr zu Kopf gestiegen! So viel Macht bekommt ihr nicht. Aber wir sind ja nicht lebensmüde und geben Widerworte, sonst holt sie noch ihre Messer raus ...“ Er riss die Tür auf, ging hinaus und knallte sie hinter sich wieder zu.

Tabitha und Oliver verhielten sich noch ein paar Minuten lang still, doch der Butler kam nicht zurück.

Oliver stupste Tabitha an. „Glaubst du, die Luft ist rein?“

Tabitha erschauerte, antwortete aber nicht. Das Licht draußen vor den Fenstern war jetzt nicht mehr grellweiß, sondern wurde immer grauer. Es dämmerte bereits. „Glaubst du, du kannst den Wagen wieder in Gang bringen?“

„Wenn ich das richtige Werkzeug habe, dann schon.“

„Beschreib es mir doch mal, dann sehe ich im Gartenschuppen nach, während du hier weitermachst.“

Oliver nickte. „Nimm aber eine Lampe mit.“

Die Schuppentür klemmte. Tabitha musste sich dagegenwerfen, um sie aufzubekommen. An einer Wand waren Hacken, Harken, Spaten und andere Gerätschaften säuberlich aufgereiht, an der gegenüberliegenden Gießkannen in verschiedenen Größen. Darüber hingen lauter Vogelhäuschen, was sehr hübsch aussah. Der Schuppen war geräumig und bot Platz für eine Menge Töpfe, Behälter mit Samen und ein Schubladenschränkchen aus Blech. Auf einem Stuhl in der Ecke war etwas Unförmiges mit einer bestickten Picknickdecke verhüllt.

Als Tabitha nirgendwo Werkzeug entdeckte, wandte sie sich dem Stuhl zu. *Vielleicht steht unter der Decke ja eine Werkzeugkiste.*

Doch als sie die Decke wegzog, entfuhr ihr ein gellender Schrei. Das, was sie enthüllte, hatte in einem Gartenschuppen wahrhaftig nichts zu suchen. Es war Mary Pettigrews Leiche, die mit im Schoß gefalteten Händen dasaß.

Beim Zurückweichen prallte Tabitha gegen eine große Gießkanne, fiel hin und verdrehte sich den Knöchel. Die Schmerzen trieben ihr die Tränen in die Augen und sie sah das tote Hausmädchen nur noch verschwommen. Die arme Mary trug noch das gleiche Kleid wie am Vorabend.

Was denn sonst? Hast du etwa geglaubt, sie ist kurz wieder auferstanden und hat sich etwas Wärmeres angezogen?

„So geht man nicht mit Menschen um – auch nicht mit toten!“, sagte Tabitha halblaut. „Das ist abscheulich!“

Um Marys Gesicht nicht anschauen zu müssen, konzentrierte sie sich auf ihren Armreif. Als sie gestern den Schlüssel herausgezogen hatte, war sie nicht dazu gekommen, sich die Schnitzerei richtig anzusehen. *Der kleinste Gegenstand kann ein wichtiger Hinweis auf die Persönlichkeit des Besitzers sein,* pflegte Kommissar

Clever in mindestens jedem zweiten Roman zu predigen. Der Reif schaute unter Marys Ärmel hervor, aber um ihn gründlich zu betrachten, musste Tabitha näher herangehen.

Ruhig atmen, ruhig denken, ruhig entscheiden, wiederholte sie in Gedanken Kommissar Clevers Mantra für knifflige Situationen und holte ein paarmal tief Luft.

„Erstens kann dir die Leiche nichts tun, und du warst schon einmal in ihrer Nähe. Sie ist diejenige, die sterben musste, also hab Mitleid mit ihr. Zweitens ist es eigentlich nicht überraschend, dass man sie hierhergebracht hat, denn drinnen im Haus hätte sie angefangen zu stinken. Auch für ihre Angehörigen ist es besser, dass sie erst mal gefroren bleibt." Hatte Mary überhaupt noch Angehörige? Was hatte sie, abgesehen davon, dass sie in Geheimgängen umherschlich, für ein Leben geführt? Hatte sie ihre Arbeitgeberin verdächtigt, eine Verbrecherin zu sein? Hatte sie gerade aus Hollingsworth Hall fliehen wollen, als sie der erste Schlaganfall ereilt hatte?

Tabitha fasste mit zitternden Fingern nach dem Armreif und drehte ihn herum. Was sie erblickte, überraschte sie. Sie hatte die verschlungenen Fabelwesen für zwei Schlangen gehalten, doch es waren Vögel – zwei Schwäne mit langen Hälsen, so wie auf dem Briefsiegel der Gräfin. *Freunde, aber bestimmt kein Paar*, hörte sie Edward in Gedanken sagen.

„Und drittens“, Tabitha stand auf und wimmerte leise, als sie den verstauchten Knöchel belastete, „drittens: Wenn unsere liebe Gräfin tatsächlich eine Mörderin ist und Mary Pettigrew ihr Hausmädchen, wo hat Mary dann den Armreif her?“ War Mary Pettigrew vielleicht genauso eine Diebin wie Frances Wellington?

„Hmmm ...“, machte Tabitha nachdenklich. In ihrem Kopf nahm eine neue Theorie Gestalt an. Sie ging noch einmal alle Punkte durch und fasste dann zusammen: „Die Gräfin von Windermere will die Vormundschaft für ihr Enkelkind übernehmen, weil sie das Geld aus dem Treuhandfonds nicht dessen Adoptiveltern anvertrauen will. Sie hat Zigarren im Haus, obwohl sie Raucher nicht ausstehen kann. Auf ihren hohen Schuhen hat sie einen auffallend stampfenden Gang. Sie nimmt Fußbäder, zieht Handschuhe über ihre rauen Hände und hat kalte Augen. Außerdem besitzt sie die herrlichsten Bücher, behauptet aber von sich selbst, nicht gern zu lesen. Mary Pettigrew dagegen ...“

Marys Hände waren zu weich für die Hände eines Hausmädchens und ihr Blick war nicht kalt gewesen, sondern angstvoll und flehend. „O Gott“, flüsterte Tabitha und berührte zaghaft die Hand der Toten, „sind *Sie* etwa die geheimnisvolle menschenscheue Gräfin von Windermere? War es das, was Sie uns die ganze Zeit mitteilen wollten?“

Auf einmal war Tabitha ganz sicher, dass die Frau auf dem Stuhl keine Mörderin war. Aber wozu verwahrte sie dann lauter Berichte über schauerliche Mordtaten in ihrem Schreibtisch?

„Denk nach, Tabitha. Was für ein Mensch interessiert sich so für Verbrechen, dass er sich eine ganze Gemäldegalerie zu diesem Thema einrichtet, Bücher über abartige Verhaltensweisen besitzt und über besonders grässliche Fälle ausführliche Akten führt? *Und,* setzte sie in Gedanken hinzu, *einen Brief mit der Formel „In Verbrechen und Strafe" unterzeichnet?*

Vor ihrem geistigen Auge erschien Kommissar Clever, und als die Vision eine imaginäre Pfeife schwenkte und ihr zuzwinkerte, hatte sie plötzlich die Lösung.

„Ein Ermittler? Nein, das ergibt keinen –"

Doch ehe sie weiter überlegen konnte, flog die Schuppentür auf.

19.

„Wissen Sie eigentlich, dass ich Sie bewundere, Timothy Tibbs?" Der Kommissar paffte nachdenklich an seiner Pfeife und bestellte sich noch ein Glas Portwein und seinem Partner eine dritte Portion sauren Hering, die Spezialität der alten Hafenschänke. „Sie rackern sich im Schatten meines Ruhmes unermüdlich ab, dabei weiß ich sehr wohl, wie fähig Sie sind. Und ich habe den leisen Verdacht, alter Freund, dass auch Sie insgeheim ahnen, dass Sie von uns beiden der Klügere sind. Ja, ich möchte behaupten, dass ich ohne Sie ein Niemand wäre, Tibbs."

Kommissar Clarence Clevers neuester Fall
Der sentimentale Seemann

Oliver kam hereingestürmt. Sein Atem machte weiße Wölkchen, als er rief: „Ist alles in Ordnung, Tabitha? Wir müssen sofort hier weg! Phillips ist zurückgekommen und hätte mich beinahe erw–" Als er die gefrorene Leiche erblickte, verschlug es ihm die Sprache.

„Ja, das ist Mary“, bestätigte Tabitha. „Oder vielleicht auch nicht.“

Oliver kam wieder zu sich, packte sie am Arm und zog sie in das Schneetreiben hinaus. „Beeil dich! Achtung!“ Er warf sie zu Boden, ließ sich auf sie drauffallen und wälzte sich mit ihr hinter den Schuppen. „Psst! Da ist er!“

Zum Glück fielen die Flocken inzwischen noch dichter, trotzdem erspähte Tabitha die hochgewachsene Gestalt, die vor der Garage stand. Sie sah zwar keinen Hund und konnte auch in dem wirbelnden Weiß die Züge des Butlers nicht ausmachen, doch der Mann legte die Hand über die Augen, als hielte er nach etwas Ausschau. Als Tabitha aufstehen wollte, schoss ein stechender Schmerz durch ihren verstauchten Knöchel. „Lass uns durch die Küche wieder ins Haus gehen“, raunte sie Oliver zu.

„Warte noch! Wenn wir ihn sehen, kann er uns auch sehen.“

Sie mussten eine halbe Ewigkeit liegen bleiben, bis die Gestalt schließlich zum Hauptgebäude und darum herumging. Hoch aufgerichtet stapfte sie durch den Sturm, als wäre er nur ein laues Lüftchen.

Oliver und Tabitha kämpften sich bis zum Hintereingang durch und spähten erst durchs Fenster in die Küche, bevor sie sich nach drinnen ins Warme wagten.

Dort mussten beide erst einmal eine Verschnaufpause einlegen. Sogar Tabithas Schmerzen ließen ein paar Sekunden lang nach, sodass sie sich entspannen und in Ruhe umsehen konnte.

Die Küche war bei Weitem der gemütlichste Raum in dem prächtigen Herrenhaus. Der Fußboden bestand aus großen, rostroten Fliesen und war blitzsauber. An den niedrigen Deckenbalken hingen glänzende Pfannen und Töpfe aus Kupfer, Suppenkellen und Schöpflöffel, außerdem Zöpfe aus Knoblauchknollen und Zwiebeln sowie ein dicker Bund Thymian und Salbei. Die Ausstattung war durchaus modern, doch eine riesige altmodische Kochstelle nahm beinahe eine ganze Wand ein. Über dem fröhlich züngelnden Feuer hing ein schmiedeeiserner Kessel, in dem es verheißungsvoll blubberte. Der köstliche Geruch einer Brühe aus Schweinefleisch, Huhn oder Rind mischte sich mit dem Duft frisch gebackenen Brotes, und die Lebensgeister der erschöpften Kinder kehrten allmählich zurück.

Leider kehrten auch Tabithas Schmerzen zurück. Sie massierte ihren linken Knöchel und gab sich alle Mühe, nicht in die schlechte Angewohnheit ihres großen Vorbildes zu verfallen und wehleidig zu werden. Trotz seiner Tollkühnheit konnte der Kommissar körperliches Ungemach nämlich nur schlecht ertragen. *Sei ausnahmsweise mal wie Tibbs*, ermahnte sie sich im Stillen, *tapfer, munter und stets selbstbeherrscht.* „Lass uns lieber hier verschwinden, Oliver. Jeden Augenblick kann jemand reinkommen."

„Immer mit der Ruhe. Hier sind wir genauso sicher wie überall sonst. Außerdem riecht es lecker. Vielleicht können wir ja –" Er unterbrach sich, als er Tabithas verzerrtes Gesicht sah. „Was ist denn mit deinem Fuß los?" Er streckte die Hand danach aus und berührte ihn.

Tabitha schrie auf. „Nicht anfassen! Es geht gleich wieder." Auf einmal sehnte sie sich schrecklich nach Pemberley – und seltsamerweise auch nach der Abgeschiedenheit ihrer Dachkammer. Aber das half ihr jetzt nicht weiter.

Du hast dir doch gewünscht, dass der Briefumschlag etwas Spannendes enthält – bitte sehr! Dann schmoll jetzt auch nicht, weil das Abenteuer ein bisschen anders ausfällt als gedacht. Konzentrier dich lieber auf den köstlichen Duft. Das lenkt dich von den Schmerzen ab – und von der Toten, die womöglich die echte Gräfin von Windermere ist.

Während dieser gedanklichen Moralpredigt hatte sich Oliver so weit erholt, um auf dem mitten im Raum stehenden Arbeitstisch zwei frische Brotlaibe zu entdecken. Der eine war schon aufgeschnitten. Oliver stibitzte zwei Scheiben und setzte sich wieder neben Tabitha. „Hier. Ist noch ganz warm. Butter stand keine dabei."

Tabitha nahm die Gabe dankbar entgegen. „Du, Oliver ... ich muss dir was sagen. Erstens: Vielleicht habe ich es mir nur eingebildet, aber ich glaube, vorhin hat jemand am Fenster des Spielzimmers gestanden."

„Hmmm ..." Oliver kaute nachdenklich. „Könnte das Barnaby oder Frances gewesen sein?"

Tabitha nickte. „Vielleicht verstecken sie sich ja dort oben. Oder jemand hat sie eingesperrt."

„Aber wozu? Meinst du, das war Phillips oder die Gräfin?"

Tabitha schüttelte den Kopf.

„Die Köchin oder Agnes?"

„Nein. Glaubst du an Geister, Oliver?"

Er schluckte. „Meinst du ... ein Geist steckt dahinter?"

„Ich weiß nicht, aber eigentlich ist das auch egal. Auf jeden Fall müssen wir schnellstens hier weg. Und falls Barnaby und Frances tatsächlich dort oben eingesperrt sind, lassen wir sie natürlich nicht zurück."

Wenn sich mit dem Schlüssel aus Marys Armreif Geheimtüren und Geheimschubladen öffnen ließen, passte er vielleicht auch zu den Türen der sogenannten „verschlossenen Räume". Die Gräfin hatte Agnes verdächtigt, den Schlüssel zu Tabithas Zimmer an sich genommen zu haben, was nur bedeuten konnte, dass er nicht an ihrem Schlüsselbund hing. Aber sie würden einen anderen Weg nach oben nehmen als durch den Geheimgang, in dem es allem Anschein nach spukte.

„Ich bin ganz deiner Meinung“, sagte Oliver, als könnte er Gedanken lesen. „Aber was machen wir, wenn Barnabys und Frances’ Entführer – um wen oder was es sich auch handeln mag – immer noch dort oben rumlungert?“ Als er Tabithas entschlossene Miene sah, beantwortete er seine Frage selbst: „Dann müssen wir die beiden trotzdem befreien.“ Seufzend biss er wieder von seiner Brotscheibe ab und kaute so gründlich, als könnte er das Unvermeidliche auf diese Weise hinauszögern. „Ich hab mich so auf dieses Wochenende gefreut“, sagte er mit vollem Mund, „und jetzt kann ich es nicht erwarten, wieder nach Hause zu kommen. Die Katzen zu füttern, Hausaufgaben zu machen und so weiter.“

Tabitha ging nicht darauf ein. Sie hatte schließlich kein Zuhause mehr.

„Freust du dich denn nicht auf zu Hause? Ach so, du hast ja erzählt, dass ihr verreist.“

Tabitha hielt den Blick auf den Fliesenboden gerichtet. „Nur meine Eltern verreisen. Mich schicken sie ins Waisenhaus. Ich muss im Augustus-Heim als Spülhilfe arbeiten.“

„Als Spülhilfe?“, wiederholte Oliver ungläubig. „Das ist nicht dein Ernst!“

Tabitha betrachtete die Fliesen und dachte, wie gut sie aneinanderpassten. Sie selbst passte nirgendwo mehr hin, und schuld waren ihre Eltern. Abermals wallte das seltsame Gefühl in ihr auf, von dem ihr ganz heiß wurde, aber diesmal konnte sie es einordnen. Es war weder Kummer noch Angst noch Schuldbewusstsein. Es war Wut – und diese Wut wollte endlich heraus.

Oliver schüttelte den Kopf. „Du willst mich veräppeln. So gemein kann man gar nicht sein."

„Meine Eltern schon. Sie sind schlechte Menschen und noch schlechtere Eltern." Tabitha stockte und setzte erstaunt hinzu: „Weißt du, dass ich das gerade zum ersten Mal laut ausspreche?" Ihr Herz schlug schneller. „Aber sie haben es nicht anders verdient! Sie haben mich jahrelang schlecht behandelt, während ich mich um ihre Liebe bemüht habe."

Auch ihr Atem ging jetzt schneller, und zu ihrer eigenen Überraschung schluchzte sie los. Der schmerzende Eisklumpen in ihrer Brust schmolz endlich und wurde zu heißen Tränen, die ihr wie Regentropfen der Erleichterung über die Wangen strömten. Sie ließ ihnen freien Lauf.

Als sie sich wieder beruhigt hatte, begegnete sie Olivers mitfühlendem Blick. „Es gibt nun mal böse Menschen", sagte sie schniefend, „und man kann sie nicht ändern, auch wenn man sich noch so viel Mühe gibt."

Sie trocknete sich die Augen und hob entschlossen den Kopf. „Das ist nicht meine Schuld."

Nach kurzem Schweigen nahm Oliver ihre Hand und bestätigte: „Nein, das ist nicht deine Schuld."

Sie lächelte ihn zaghaft an. „Tut mir wirklich leid. Aber du hast keine Ahnung, wie gut mir das getan hat."

Er nickte. „Kein Problem. Du darfst mir jederzeit wieder erzählen, dass du deine Eltern hasst."

„Danke, einmal reicht. Sie haben mich damals adoptiert, weil sie hofften, ich würde irgendwann mal so hübsch, dass sie mich mit einem reichen Mann verheiraten können. Sie müssen schrecklich enttäuscht sein."

„Quatsch", widersprach Oliver ihr entschieden. „Du siehst jetzt schon sehr nett aus." Er strich ihr flüchtig über den Kopf. „Und die Haare wachsen ja wieder."

Tabitha versetzte ihm einen spielerischen Knuff und zupfte unwillkürlich an den kurzen Strähnen. Was hatte ihre Mutter doch gleich behauptet? „Angeblich haben sie absichtlich dafür gesorgt, dass ich unansehnlich aussehe, solange ich noch nicht im heiratsfähigen Alter bin. Ich werde bald zwölf. Bestimmt sollte ich mich demnächst vom hässlichen Entlein in einen schönen Schwan verwandeln." Sie lachte. „Tja, Pech gehabt."

„Also ich finde, du hast ein nettes Gesicht und kluge Augen. Sie sind braun, oder?"

Sie nickte. „Wie deine."

„Na schön“, sagte Oliver, „für das Problem, wo du nach unserer Flucht unterkommen kannst, finden wir schon noch eine Lösung, aber jetzt ist erst mal dein Knöchel wichtiger. Ich hätte dich nicht allein in den Schuppen schicken dürfen, wo es hier von Geistern, mordlustigen Gräfinnen und Leichen nur so wimmelt. So geht man nicht mit seinen Freunden um.“

Wie bitte? Soll das etwa heißen, dass er mich als seine Freundin betrachtet? Ach was! Wahrscheinlich hat er sich nur versprochen. Jemand wie Oliver hatte bestimmt schon mehr als genug Freunde, er brauchte keine neuen. *Dumme Tabitha.*

Sie wollte etwas erwidern, doch er legte den Finger auf die Lippen: „Nicht reden.“ Dann streifte er ihr behutsam den durchweichten Schuh vom Fuß und verzog dabei genauso gequält das Gesicht wie sie selbst. „Schade, dass Edward nicht hier ist. Bestimmt kennt er sich auch mit Verstauchungen aus. Soll ich deinen Strumpf aufschneiden?“

Tabitha schüttelte den Kopf, atmete tief durch und versuchte, ihr Zittern zu unterdrücken. Die Schmerzen waren mit aller Macht zurückgekehrt. Sie konnte kaum noch klar denken, und schon gar nicht wollte sie, dass sich Oliver mit einem Messer an ihrem Strumpf zu schaffen machte. „Äh … ich muss dir noch etwas sagen. Ich bin so gut wie sicher, dass Mary Pettigrew die echte –“

Schritte ertönten. „Los, kriech da drunter!“ Tabitha zeigte auf die Arbeitsplatte, an der ein kurzer, zweiteiliger Vorhang angebracht war. Sie fühlte sich auf einmal ganz zittrig, als hätte sie Fieber. „Und kein Wort mehr!“

Die beiden Kinder schlüpften hinter den Vorhang, hinter dem schon ein Blecheimer mit Möhren- und Kartoffelschalen stand, außerdem ein zweiter Eimer, aus dem es nach Fleischabfällen stank. Tabitha und Oliver gaben sich Mühe, nur flach zu atmen.

Durch den Vorhangspalt erspähten sie vier bestrumpfte Beine. Anhand der zwei dicken und zwei mageren Waden waren sie leicht zuzuordnen, ebenso wie die jammerige Stimme der Besitzerin der mageren Waden.

„Beeil dich lieber mit der Hühnerbrühe für Viola“, sagte Agnes. „Das arme Mädel sieht ganz elend aus.“

„Wohl wahr. Aber eine gute Brühe braucht ihre Zeit, und die hier braucht mindestens noch eine Viertelstunde. Kannst du mir ein paar Hühnerknochen geben? Der Eimer steht hinterm Vorhang.“

Agnes leichtfüßige Schritte näherten sich. Tabitha ignorierte Olivers entsetzten Blick, hielt sich die Nase zu und machte sich ganz klein. Agnes’ Hand griff durch den Vorhangspalt, hielt aber inne, als die Köchin barsch sagte: „Warte mal, hol mir lieber ein Hühnchen aus der Speisekammer. Die Knochen sind schon älter, das will ich der Kleinen nicht zumuten. Die Brühe ist schließlich nicht für die Gräfin."

Danach liefen die beiden Frauen eine ganze Weile geschäftig hin und her, und die Kinder konnten nur anhand der Geräusche erraten, was vor sich ging: Hacken, Schaben, Klirren und Rühren. Dann ergriff Agnes wieder das Wort.

„Hast du auch solche Angst?", fragte sie.

„Na, na", machte die Köchin beruhigend. „Kopf hoch! So lange wir beide nicht auch als Leichen draußen im Schnee landen, können wir das Ganze als erfolgreiches Wochenende verbuchen."

Oliver deutete auf seine bebenden Nasenflügel. Seine Augen tränten.

Nicht niesen! Tabitha schüttelte beschwörend den Kopf.

„Sogar die Gräfin hat die Geister schon gehört", fuhr Agnes fort. „Ich hab mitgekriegt, wie sie mit Phillips über die Schreie und das Stöhnen hinter den verschlossenen Türen geredet hat. Sie meinte, vielleicht wäre es doch besser, das Anwesen zu verkaufen."

„Lass gut sein, Schätzchen", erwiderte die Köchin. „Geister hin oder her, wir müssen –"

Die Schwingtür flog krachend auf. „Hier gibt's keine Geister, ihr dummen Gänse", sagte die Gräfin eisig, „und euch beide gibt es hier bald auch nicht mehr, weil ich euch nämlich nach diesem Wochenende kündige! Wo habt ihr den kleinen Herringbone und die kleine Dale gelassen? Was führt ihr im Schilde?"

Oliver schnitt eine verzweifelte Grimasse, und Tabitha schritt zur Tat. Sie hielt ihm die Nase zu, drückte aber nicht zu fest, damit er nicht aufschrie. Im nächsten Augenblick entspannte sich sein Gesicht, und er nickte. Tabitha unterdrückte ein erleichtertes Aufatmen.

„Wir kochen gerade eine kräftigende Brühe mit Kräutern drin, so wie es der junge Herr Edward angeordnet hat."

„Ihr solltet euch doch im Salon um die beiden kümmern."

„Wir wollten die Brühe eben dort hinbringen. Aber wir haben die beiden eingeschlossen, wie Sie es befohlen haben."

„Sie sind aber nicht mehr da! Phillips sucht gerade das ganze Haus nach ihnen ab."

Die Schwingtür flog abermals auf. „Ich habe überall nachgesehen", verkündete Phillips' durch den Vorhang gedämpfte Stimme, „aber ich kann sie nirgends finden." Er kam zur Arbeitsplatte hinüber und blieb vor der Gräfin stehen. „Die beiden sind verschwunden."

Tabitha stockte das Herz. Jetzt waren Edward und Viola auch noch entführt worden! Sie schloss die Augen und rief sich den Salon ins Gedächtnis. Hing dort auch ein Gemälde des allgegenwärtigen Knaben, das womöglich eine Geheimtür verbarg? Sie konnte sich nicht erinnern. Aber wie sollte sich sonst jemand unbemerkt Zutritt zum Salon verschafft haben? Vielleicht trieben in Hollingsworth Hall ja doch mächtige und rachsüchtige Geister ihr Unwesen.

„Unsinn", sagte die Gräfin. „*Unsinn! Hier verschwindet niemand!* Kinder lösen sich nicht einfach in Luft auf. Wo sind eigentlich Appleby und Crum? Gehen Sie die beiden holen. *Sofort!*"

Oliver nieste.

Die Gräfin bückte sich, zog den Vorhang auf und lächelte künstlich. „Da seid ihr ja, Kinder! Offenbar hat Phillips eure Türen auch nicht richtig abgeschlossen. Oje, gute Butler sind heutzutage furchtbar schwer zu bekommen. Tabitha, du grässliches Balg – komm sofort mit! Diesmal sperre ich dich eigenhändig ein."

Sie packte Tabitha unsanft am Arm und zerrte sie auf die Füße beziehungsweise auf den Fuß.

Als sie die klatschnassen Schuhe und Strümpfe der Kinder erblickte, sagte sie ärgerlich: „Wart ihr etwa draußen? Vielleicht sind eure Freunde ja auch rausgegangen. Phillips! Sehen Sie sofort im Garten, im Schuppen, in der Garage und in der Scheune nach."

„Hab ich schon, Eure Ladyschaft."

„Dann sehen Sie eben noch mal nach! Agnes – du und

die Köchin, ihr passt auf den kleinen Oliver auf. Ich sperre Tabitha ein, und danach muss ich etwas in meinem Arbeitszimmer erledigen. Mit dir befasse ich mich beim Abendessen, Mr Appleby." Die Gräfin schleifte Tabitha erst aus der Küche und dann durch die Eingangshalle zur Treppe. „Trödel nicht so! Warum hast du eigentlich nur einen Schuh an und ziehst das Bein nach?"

„Weil ich mich verletzt habe."

„Sehr schön. Dann kannst du wenigstens nicht mehr weglaufen."

Die Gräfin zerrte Tabitha schimpfend die Treppe hoch. Sie besaß erstaunliche Kräfte. Tabitha stieß mit dem Knöchel gegen eine Stufe und hätte beinahe vor Schmerzen aufgeschrien. Sie versuchte, auf einem Bein zu hüpfen, aber ihre Peinigerin schleifte sie rücksichtslos weiter. „Sie sind gar keine Gräfin! Sie sind eine Betrügerin!", brach es aus ihr heraus. „Sie sind das Hausmädchen, und die gefrorene Tote im Gartenschuppen ist die echte –"

„Halt den Mund! Halt endlich den Mund, dummes Ding! Ich bin kein Hausmädchen, und überhaupt – was verstehst du schon von Betrügern!"

Tabitha verstand eine ganze Menge von Betrügern. In mindestens vier Kommissar-Clever-Romanen drehte sich die ganze Handlung um die Entlarvung, Überführung und Bestrafung dieser Zeitgenossen. Und genau wie andere Verbrecher waren auch Betrüger meistens darauf aus, sich zu bereichern. *Hunderttausend Pfund, die am zwölften Geburtstag des betreffenden Kindes an dessen Eltern ausgezahlt werden …*

„Ihnen geht es doch nur ums Geld", sagte Tabitha mit ihrer selbstbewusstesten Kommissarinnenstimme. „Sie haben den Brief der echten Gräfin gefunden, stimmt's? Und jetzt wollen Sie deren Enkelkind zu sich nehmen, damit Sie sich die hunderttausend Pfund unter den Nagel reißen können, so wie Sie es bereits mit dem übrigen Vermögen der Gräfin gemacht haben. Wollten Sie das Kind gleich nach seinem zwölften Geburtstag loswerden oder vorsichtshalber noch ein paar Monate abwarten? Aber ihr Plan geht nicht auf! Wir sind zu sechst. Ihr Betrug wird auffliegen, und die Presse wird darüber berichten. Dann sind Sie geliefert und –"

„Jetzt reicht's aber!" Die Augen der Gräfin sprühten vor Zorn, sie atmete schwer. Sie blieb auf der obersten Treppenstufe stehen, zog das Tranchiermesser aus der Handtasche und warf es ein paarmal in die Luft, wobei sie es jedes Mal geschickt am Griff wieder auffing. Als sie Tabithas Gesicht sah, zwinkerte sie ihr zu. „Übung macht den Meister. Damit lockere ich mein Handgelenk, damit ich besser zustechen kann."

O Gott, hat die falsche Gräfin etwa doch all die Mordtaten in den Akten begangen? Als sie ins Haus ihrer ehe-

maligen Arbeitgeberin eingedrungen ist, hat die echte Gräfin vor Schreck der Schlag getroffen, und jetzt gibt es demnächst eine Opferakte mit meinem –

Hör auf! Du bist ja hysterisch. Das sind alles nur wilde Vermutungen.

Aber sie zerstückelt mich gleich!

Na ja, was das betrifft, könntest du recht haben.

„Phillips!", rief Tabitha verzweifelt. „Phillips wird Sie entlarven!"

Um Clevers willen – jetzt provozier sie nicht auch noch!

Ist mir so rausgerutscht. Wenn ich Angst habe, rede ich dummes Zeug.

Du meinst, du denkst dummes Zeug.

Ach, halt doch die Klappe!

„Phillips macht, was ich ihm sage", entgegnete die falsche Gräfin barsch, stellte aber immerhin das Messerwerfen wieder ein. Offenbar wollte sie Tabitha vorerst unzerstückelt lassen. „Er wird die übrigen Rotzgören auch noch einfangen, und dann bleibt ihr alle so lange hier, bis ich bekommen habe, was ich will. Und die Presse wird niemals etwas davon erfahren. Jetzt komm endlich!"

Unter die Klinke von Tabithas Zimmer war ein Stuhl geklemmt. „Der Stuhl ist ja noch da!", sagte die Gräfin erstaunt. „Wahrscheinlich habt ihr ihn wieder zurückgestellt, als Oliver dich befreit hat, stimmt's? Schlaue kleine Biester. Aber du hast leider Pech. Ich weiß, wie man eine Türklinke so verkeilt, dass man sie von innen nicht mehr aufbekommt, und diesmal ist auch niemand mehr da, der dich befreien könnte." Sie sah sich mit flackerndem Blick um und wiederholte: „Niemand!" Damit zog sie den Stuhl weg und öffnete die Zimmertür. Tabitha fiel auf, dass ihre Hand dabei ein bisschen zitterte.

Alles Geld der Welt kann Sie nicht davor bewahren, den Verstand zu verlieren! Laut sagte sie: „Der Geist der echten Gräfin wird Sie bis an Ihr Lebensende verfolgen, das wissen Sie hoffentlich. Der Geist des Opfers rächt sich immer am Täter."

Die falsche Gräfin ließ den Blick durchs Zimmer wandern, spähte in jede Ecke. „Papperlapapp. Pillepalle. Pisspottpastete." Sie schnaufte jetzt noch heftiger, und wenn sie sprach, sprühten Speicheltröpfchen umher. „Sie hat niemals Bescheidenheit gelernt - und weißt du auch, warum nicht?" Sie packte Tabitha grob am Pullover. „Antworte! Weißt du, warum sie niemals bescheiden war?"

Tabitha schüttelte stumm den Kopf

„Weil man nun mal nicht gleichzeitig bescheiden und reich sein kann!", fauchte die Gräfin. „Jedenfalls nicht, wenn – O Gott, was ist *das* denn?!"

Tabitha war schon darauf gefasst, einen Geist durch die Luft schweben zu sehen, erschrak aber noch heftiger, als sie auf dem Fußboden etwas aufblitzen sah.

Pemberley stürzte sich auf die falsche Gräfin. Der Mäuserich trug wieder den Brillantring um den Hals, und seine kleinen Knopfaugen leuchteten vor Treue und Tapferkeit, als er das böse Weib ansprang und ihm die spitzen Zähne in den Knöchel grub.

Die Gräfin schrie auf, das sah Tabitha an ihrem aufgerissenen Mund, doch sie hörte nichts, als wäre sie taub geworden. Die Sekunden dehnten sich zu Stunden, als die Gräfin wild um sich trat – und als Pemberley (der liebe, liebe Pemberley!) durch die Luft flog, schien die Zeit endgültig stehen zu bleiben.

Er flog durch die Luft ...

... wurde von der behandschuhten Hand der Gräfin gepackt ...

... auf den Boden geschleudert ...

... von ihrem Absatz zermalmt ...

... und mit einem Tritt an die Wand befördert, wo er reglos liegen blieb.

Steif und starr.

Mausetot.

Auf einmal hatte die Gräfin es sehr eilig. Sie drückte Tabitha eine Kerze und ein paar Streichhölzer in die Hand, blaffte: „Lass dich nicht entführen!“, und knallte die Tür hinter sich zu. Dann hörte Tabitha es draußen ächzen und knarren, als der Stuhl wieder unter die Klinke geklemmt wurde.

Beim Türenknallen war ein kalter Luftschwall ins Zimmer gefegt, und als Tabitha nun so ganz allein im Dunkeln stand, fror sie sowohl äußerlich als auch innerlich.

Ausnahmsweise überlegte sie nicht, was Kommissar Clever wohl jetzt getan hätte, sondern zündete die Kerze an, ging zum Schrank und kramte so lange darin herum, bis sie ein passendes Taschentuch gefunden hatte. „Ach, mein teuerster Freund", flüsterte sie zärtlich, als sie Pemberley damit zudeckte.

Kein *Quiek* antwortete ihr. Ein paar Tränen liefen ihr über die Wangen und tropften auf den Fußboden. Die provisorische Decke war dunkelviolett. Tabitha hatte zwar mal gelesen, dass Mäuse farbenblind waren, aber Dunkelviolett war Pemberleys Lieblingsfarbe, das wusste sie.

Sie nahm die Seifenschale, aus der er getrunken hatte, und fuhr den Rand liebevoll mit dem Finger nach, blies die Kerze aus und steckte sie in den Leuchter auf den Nachttisch. Dann wurde auch sie steif und starr – erst vor Verzweiflung, dann vor Wut, dann vor Leere und schließlich vor überwältigendem, lähmendem Kummer. Sie sank zu Boden und blieb liegen.

Nach einer Stunde, vielleicht auch nach zweien, hörte sie etwas an der Wand kratzen und setzte sich schwerfällig auf. „Pemberley?“, flüsterte sie, obwohl das Geräusch nicht von der Wand gekommen war, an der ihr lebloser Freund lag, sondern von der anderen Seite des Zimmers. „Hast du das auch gehört, Pemberley?“

Die Wölbung unter dem violetten Taschentuch sah irgendwie kleiner aus als vorher. Eingefallen. Als hätte Pemberley zum größten Teil aus Seele bestanden, sodass, nachdem diese seine sterbliche Hülle verlassen hatte, kaum noch etwas von ihm übrig war. Tabitha spürte, dass er einen Teil ihrer Seele mit sich genommen hatte.

Das Kratzen ertönte abermals.

„Alte Häuser machen andauernd komische Geräusche“, sagte sie, stand auf und wischte sich die salzigen Tränenspuren ab. „Du brauchst keine Angst zu haben. Das ist auf keinen Fall ein …“

Ein Geist.

Das Kratzen bewegte sich jetzt weiter, und Tabitha fiel wieder der unheimliche Luftzug ein, der sie im Geheimgang gestreift hatte.

Ein Geist. Ein gruseliger Geist. Ein gruseliger, gespenstischer, geisterhafter Geist.

„Spinn nicht rum“, schalt sie sich energisch. „Aber falls es zufällig *dein* Geist ist, Pemberley, dann komm doch bitte einfach her." Als sie die Kerze wieder anzündete, ließ sie aus Versehen die Seifenschale fallen, die sie immer noch umklammerte, und die Schale rollte unters Bett.

„Mist!" Tabitha kniete sich hin und leuchtete mit der Kerze unter das Bettgestell, wobei sie aufpasste, dass die Flamme nicht mit dem Holz in Berührung kam. Neben der umgedreht daliegenden Seifenschale erblickte sie zu ihrem Erstaunen eine kleine Schublade, die in die Wand eingebaut war. „Nanu, was ist denn das?"

Die Schublade enthielt Bilder. Unbeholfene Bleistiftzeichnungen von Gesichtern, Blumen und Vögeln. Auch eine Art Pony war dabei, das aber einen Schnabel hatte. Unter jede Zeichnung hatte eine ungelenke Kinderhand das Gleiche geschrieben:

Für Thomas von deiner Elizabeth.

Tabitha verspürte ein sonderbares Kribbeln, das sie instinktiv bewog, sich wieder aufzurichten. Sie sah sich im Zimmer um. Das Kratzen ertönte wieder.

Plötzlich begriff sie erschrocken, wovor sie das Kribbeln hatte warnen wollen. Die Geheimtür in der Wand bebte.

Und dann – wie in den Albträumen, die sie heimsuchten, wenn sie vor dem Schlafengehen einen besonders spannenden Kommissar-Clever-Roman gelesen hatte – öffnete sich die Geheimtür einen winzigen Spalt.

Tabitha sprang auf und rannte zur Zimmertür, wobei sie wieder mit dem verstauchten Knöchel umknickte, aber die Tür war natürlich immer noch versperrt. Sie konnte nicht fliehen, sich nirgends verstecken. Sie konnte sich nur umdrehen und starr vor Angst zusehen, wie der Spalt breiter wurde.

Wie die Geheimtür aufgestoßen wurde.

Wie eine geisterhafte Erscheinung ins Zimmer trat.

20.

„Wie sich jemand verhält, der unter Druck gerät, offenbart seinen wahren Charakter, mein lieber Tibbs. Benimmt sich der Betreffende plötzlich wie jemand anders, stellt sich in den meisten Fällen heraus, dass er tatsächlich jemand anders ist."

Kommissar Clarence Clevers neuester Fall
Der gotteslästerliche Geistliche

Tabitha war sogar zu gelähmt, um entsetzt nach Luft zu schnappen. Kommissar Clever irrte sich. Es gab *doch* Geister, denn der Beweis stand im flackernden Kerzenschein vor ihr. Die Erscheinung war Mary Pettigrew, wenn auch ein wenig schlanker als zu Lebzeiten. Der Tod war gnädig mit ihr umgegangen, denn Mund und Schulter waren nicht mehr auf einer Seite schlaff und schief. Die Geistererscheinung schien über das Zusammentreffen genauso erschrocken zu sein wie Tabitha selbst, doch dann wirkte sie auf einmal ... erleichtert. Und in ihrem Blick waren die gleiche Verzweiflung und das gleiche Flehen zu lesen wie bei der lebendigen Mary gestern Abend beim Essen.

„Ach, Kind!“, flüsterte die Erscheinung und stellte die Lampe, die sie in der Hand hielt, auf die Frisierkommode. Ihre Augen wirkten ein bisschen feucht, was aber auch an der schlechten Beleuchtung liegen konnte.

Tabitha hatte es zwar noch nie mit einem Geist zu tun gehabt, hielt es aber trotz ihres krampfhaften Zitterns für das Beste, nicht lange um den heißen Brei herumzureden. „Sind Sie gekommen, um mich zu quälen oder zu töten?“

„Dich quälen? Dich töten? Aber nein. Weder noch.“

„Dann ist es ja gut.“ Tabitha blieb trotzdem an der Zimmertür stehen und behielt die Hand auf der Klinke. Die Erscheinung sah sie unverwandt an. Tabitha holte zweimal tief Luft, nahm allen verbliebenen Mut zusammen (offenbar besaß sie noch einen kleinen Notvorrat, von dem sie bis jetzt nichts gewusst hatte) und fragte weiter: „Wenn Sie mir also nichts antun wollen, was kann ich dann für Sie tun? Ich fand es übrigens sehr traurig, dass Sie gestorben sind. Ich glaube, Sie waren eine sehr nette Frau.“

Über jede Wange der Erscheinung rollte eine Träne.

„Na, so was!“ Um ihre Angst zu überspielen, plapperte Tabitha einfach drauflos. „Ihre Tränen sehen ja richtig echt aus. Das muss ich unbedingt Oliver erzählen – oder erscheinen Sie ihm sowieso als Nächstes?"

Trotz ihrer Anspannung fiel Tabitha auf, dass sie zum ersten Mal in ihrem Leben das Bedürfnis hatte, irgendjemandem irgendetwas zu erzählen (von Pemberley mal abgesehen). Oliver hatte ihr zugeprostet, Oliver hatte tröstend ihre Hand genommen, Oliver hatte sie als seine Freundin bezeichnet. Und nein – er hatte sich nicht versprochen, er hatte es ernst gemeint! *Ob Viola auch so über mich denkt? Vielleicht sogar Edward?* Der kleine Hoffnungsfunke in Tabitha, der nie erloschen war, weil sie ihn ihr Leben lang sorgsam gehütet hatte, antwortete: *Ja, das kann gut sein.*

Die Vorstellung, dass sie einen Freund hatte, dem sie das alles erzählen konnte, und dazu noch weitere Menschen, die vielleicht ihre Freunde werden würden, machte Tabitha Mut. Sie verpasste sich in Gedanken einen Klaps und riss sich zusammen. Auch wenn sich die Erscheinung kurz von ihren Gefühlen hatte überwältigen lassen, so waren ihre Antworten doch logisch und ihr Tonfall war sachlich. Tabitha musste ihr von Gleich zu Gleich begegnen.

Nachdem sie Kommissar Clever wieder einmal stumm um Beistand gebeten hatte, hielt sie folgende kleine Ansprache: „Ich heiße Tabitha Crum. Wenn man der derzeitigen Besitzerin dieses Hauses glauben darf, handelt es sich bei Ihnen um den Geist von Mary Pettigrew."

Die Erscheinung schüttelte den Kopf.

„Also nicht", sagte Tabitha. „Dann sind Sie der Geist der ..."

Die Erscheinung nickte ermutigend.

„... der toten Camilla Lenore DeMoss, Gräfin von Windermere."

„Richtig." Die Erscheinung zögerte kurz und setzte hinzu: „Allerdings bin ich genau genommen kein Geist, und tot bin ich auch nicht. Aber ich bin eine Hälfte der Gräfin von Windermere."

„Eine Hälfte? Das verstehe ich nicht. Wie kann man die Hälfte einer Gräfin sein?"

„Bitte ..." Die Erscheinung trat einen Schritt vor und griff nach Tabithas Hand. „Bitte, Tabitha."

Die Stimme hatte eine beruhigende Wirkung, das Gesicht war freundlich und offen. Und Tabitha nahm noch mehr wahr. Erschöpfung und die Sehnsucht nach Zuneigung, stille Verzweiflung und Kummer. Es war ein bisschen, als blickte sie in einen Spiegel.

Darum blieb sie stehen und überließ der Erscheinung ihre Hand. Die Geisterhand war so weich, wie es die Hand des toten Hausmädchens gewesen war. Tabitha musterte prüfend das Gesicht ihres Gegenübers. Die gleiche Nase und die gleichen hohen Wangenknochen, die gleichen blauen Augen. An den Ohrläppchen baumelten zwei zierliche silberne Vögel mit roten Steinen auf den Flügeln. *Rote Steine, keine blauen.* Tabitha ließ den Blick ein Stück nach unten wandern. Der gleiche geschnitzte Armreif.

„Eine Hälfte der Gräfin …“ Tabitha griff mit der freien Hand nach dem Armreif und drehte ihn herum. „Zwei Schwäne – es gibt zwei von Ihnen! Ich fand ja gleich, dass Sie für einen Geist irgendwie zu greifbar wirken, aber weil ich noch nie einem Geist begegnet bin …“ *Mach es wie Kommissar Clever, halte dich an die Fakten,* rief sie sich zur Ordnung. „Sie sind also kein Eisblock im Gartenschuppen?“

„Nein. War ich noch nie.“

„Dann ist die Tote also –“

„Meine Schwester Millicent. Ich bin Henrietta – Hattie-Darling. Wir sind Zwillinge.“

Tabitha nickte. „Die Lösung war die ganze Zeit vor meiner Nase, und ich bin einfach nicht drauf gekommen. Ich möchte ja nicht unverschämt sein, und Sie müssen mir auch gleich erzählen, wer denn nun die wahre Gräfin ist, aber Sie haben nicht zufällig vier verschwundene Kinder gesehen?“

Hattie schmunzelte. „Die sind alle wohlbehalten im zweiten Stock. Und meine Schwester und ich sind beide die Gräfin von Windermere. Wir wechseln uns ab.“

Tabithas Anspannung ließ nach, aber sie schätzte vorsichtshalber den Abstand zwischen sich und Hattie Darling ab. Erst als sie sich überlegt hatte, wie sie am besten aufs Bett springen und um Hattie herum in den Geheimgang stürmen konnte, stellte sie die nächste Frage: „Die Akten, Eure Ladyschaft. Können Sie mir bitte erklären, was es mit den Aktenheftern in Ihrem Arbeitszimmer auf sich hat?" Sie spannte fluchtbereit alle Muskeln an. Gleich würde sich herausstellen, ob sie einer Verbrecherin gegenüberstand. „Ich spreche von den *Mord*akten."

Daraufhin brach Hattie in schallendes Gelächter aus, riss sich aber sofort zusammen, als sie Tabithas durchdringendem Blick begegnete. „Das sind Arbeitsunterlagen, Liebes. Meine Schwester und ich sind berufstätig. Wir befassen uns mit alten Kriminalfällen, die – ach, nicht so wichtig. Ich kann dir aber versichern, dass ich an keinem dieser Gewaltverbrechen irgendwie beteiligt war. Die schlimmste Missetat, die man Millie und mir vorwerfen kann, ist, dass wir die Spukgerüchte über Hollingsworth Hall unterstützt haben."

Klick, klick, klick!, machte es in Tabithas Kopf. „Die Geräusche – das waren Sie! Sie wollten die Dienstboten erschrecken."

Hatties Augen funkelten belustigt. „Wenn ich es nicht war, dann war es Millie. Wir haben uns monatlich damit abgewechselt. Oder aber es war der Königshof, der wieder mal ausgebüxt war und durch den Geheimgang gestreunt ist. Der Königshof ist leider schrecklich unartig."

„Welcher Königshof?"

„Millies Katzen. Sie sind allesamt nach dem englischen Königshaus benannt. Heinrich der Achte gleicht seinem Namensvetter wie ein Ei dem anderen, er hat genauso einen dicken Wanst. Doch, ich nehme an, die Katzen haben auch ihren Teil zu den Spukgerüchten beigetragen. Ihr Maunzen klingt manchmal richtig gruselig. Und einige haaren entsetzlich. Neulich mussten wir Anne, George und Victoria eine geschlagene Woche lang suchen. Der kleine Albert war untröstlich. Albert ist unser Gescheckter. Er hat nämlich ein Auge auf Victoria geworfen."

„Katzen! Na klar!" Jetzt, wo Tabitha die Ursache für den Luftzug im Geheimgang kannte, ging es ihr gleich besser. „Hier drin riecht es sogar ein bisschen nach Mr Maunz."

„Wer ist das, Liebes?"

„Der Kater meiner Eltern."

„Ach so. Meistens sperren wir den Königshof ins ehemalige Spielzimmer, aber in diesem Zimmer hält er sich auch gern auf. Und in unserem Schlafzimmer."

„Jetzt verstehe ich auch, warum Viola die ganze Zeit

niesen muss. Heute beim Frühstück hatte sie einen richtigen Anfall. Wahrscheinlich hatte ich Katzenhaare auf den Kleidern. Im Schlafzimmer der Gräfin, äh, ich meine, in Ihrem Schlafzimmer ging es ihr auch richtig schlecht."

„Das tut mir sehr leid. Und jetzt muss es die Ärmste oben im Spielzimmer aushalten! Wenn ich dich gleich hochbringe, scheuche ich die Katzen weg. Und dann muss ich mir etwas einfallen lassen, wie ich Miss Pettigrew das Handwerk lege." Sie nahm *Der heuchlerische Herzog* vom Nachttisch. „Du liest gern Kommissar-Clever-Romane?"

Tabitha nickte verlegen. „Leider bin ich noch weit entfernt davon, eine gute Kommissarin zu sein, wie man an diesem Fall hier sieht. Die Frau, die sich als Gräfin von Windermere ausgibt, ist also in Wirklichkeit Mary Pettigrew?"

Hattie nickte grimmig. „Mary war unsere Köchin. Phillips und sie haben zwei Jahre lang für uns gearbeitet. Wir hatten es satt, das neue Personal alle halbe Jahre selbst anzulernen, darum haben wir zwei Angestellte behalten, die diese Aufgabe übernehmen sollten.

Ich hätte merken müssen, dass etwas im Busch war, als ich mir Anfang der Woche in der Küche etwas zu essen holte und in der Speisekammer genug Delikatessen für ein königliches Bankett entdeckte. Millie isst gern gut und üppig, aber sie hätte niemals ein Dutzend Hummer und Berge von teuersten Törtchen bestellt. Mary dagegen wollte immer das Beste vom Besten. Aber jetzt muss ich rasch noch einen wichtigen Brief aus meinem Schmuckkasten holen. Komm am besten einfach mit."

Tabitha schlüpfte hinter Hattie in den Geheimgang. Um ihren verstauchten linken Fuß zu entlasten, hüpfte sie auf dem rechten und stemmte sich beim Gehen mit beiden Händen gegen die Wände. Hattie schritt langsam und geräuschlos voraus, schob dann ein Stück Wand auf und bog in Richtung Westflügel ab.

„Sie haben gerade von Mary erzählt", nahm Tabitha flüsternd den Faden wieder auf.

„Ich mochte sie nicht besonders und habe ihr immer wieder damit gedroht, sie zu entlassen. Millie war vertrauensseliger. Sie schätzte Marys Kochkünste. Aber wie man sieht, hat sich ihr Vertrauen nicht ausgezahlt."

Hattie biss sich auf die runzlige Unterlippe und schüttelte den Kopf. „Ich war oben im Spielzimmer dabei, die Unterlagen zu einem neuen Fall zu sichten, die ich aus London mitgebracht hatte. Ich war ein paar Tage früher zurückgekommen, als ich geplant hatte, nämlich schon am Mittwoch. Millie wusste nicht, dass ich wieder da war, und ich wusste nicht, dass sie am Montag einen Schlaganfall erlitten hatte. Das erfuhr ich erst, als ihr alle gestern hier eingetroffen seid und ich nach unten gegangen bin, um nachzusehen, was der Lärm soll."

„Aber wie sind Sie bei Ihrer Rückkehr aus London unbemerkt wieder auf das Anwesen gelangt?"

„Indem ich mich als Chauffeur verkleidet habe. Wir bewahren unsere Kostüme in einem verschlossenen Schrank in der Scheune und in dem Schrank in deinem Gästezimmer auf. Damit wir einen Vorwand haben, jederzeit kommen und gehen zu können, fahren wir die Automobile regelmäßig in die Werkstatt und lassen uns die Lebensmittel bringen, sodass wir das Haus als Lieferanten oder Küchenmädchen getarnt verlassen und betreten können. Wenn das Personal derjenigen von uns, die gerade die Gräfinnenrolle spielt, eine unbekannte Person meldet, wissen wir, dass wir gleichzeitig anwesend sind. Üblicherweise treffen wir uns mindestens einmal pro Woche zum Tee und zur Arbeitsbesprechung, aber wenn wir gerade Schichtwechsel haben, kommt es auch mal vor, dass wir uns einen ganzen Monat lang nicht sehen, darum hatte ich es nicht eilig, mich bei Millie zurückzumelden. Manchmal legen wir der anderen auch nur einen Zettel auf den Schreibtisch. Tatsächlich hatte ich keine Ahnung, dass ihr alle hierher eingeladen seid. Offenbar hatte Millie eine neue Spur entdeckt und dieses Wochenende arrangiert, Gott hab sie selig."

In Verbrechen und Strafe …

„Sie hat Ihnen tatsächlich einen Zettel dazu geschrieben“, sagte Tabitha, „aber offenbar hat Mary Pettigrew ihn entdeckt, so wie sie auch die Mordakten entdeckt hat.“ Sie rief sich den Inhalt des Briefes ins Gedächtnis. „Anscheinend ging es Millie gar nicht gut.“

Hattie nickte bekümmert. „Die Ärzte hatten ihr schon prophezeit, dass sie aufgrund ihres schwachen Herzens und ihrer ungesunden Ernährung eine Kandidatin für einen Schlaganfall sei, aber Millie wollte ja nicht auf sie hören.“ Ihre Stimme brach, ihre Augen füllten sich wieder mit Tränen. Dann blieb sie vor dem Umriss einer Geheimtür stehen. „Ach, Liebes … jetzt, wo meine Schwester tot ist, bin ich endgültig ganz allein.“

Tabitha dachte an Pemberley. Sie wusste genau, wie Hattie zumute war. Wahrscheinlich war es für einen Erwachsenen nicht weniger schlimm, ein geliebtes Wesen zu verlieren, als für ein Kind. Vielleicht litten Erwachsene sogar noch mehr, weil sie für gewöhnlich keine Freundschaften mit Mäusen schlossen, die ein wunderbarer Ersatz für die Freundschaft mit Menschen sein konnten. „Mein herzliches Beileid. Und Sie sind sicher, dass ein zweiter Schlaganfall Ihre Schwester umgebracht hat?“ Schließlich war Millie ja nicht allein im Salon gewesen.

„Ganz sicher. Anne und Victoria waren bei mir. Ich

habe Millie beobachtet, bevor der Strom ausfiel, und der zweite Schlaganfall kündigte sich bereits an. Ihre Augen waren schon wie erloschen." Hatties Miene verhärtete sich. „Mary Pettigrew mag keine Mörderin sein, aber ich wette, sie hat weder bei Millies erstem noch bei ihrem zweiten Schlaganfall einen Arzt geholt! Apropos erloschen – die Kerze ist schon ganz heruntergebrannt. Wir müssen uns beeilen."

Kerze … Kerzenleuchter …

„Sie gehen nicht davon aus, dass Mary eine Mörderin ist, Miss Hattie, aber ich glaube, dass sie zumindest versucht hat, Ihre Schwester zu erschlagen. Sie hat eine Vase zerbrochen, die direkt neben Miss Millies Kopf stand, insofern traue ich ihr einen Mord durchaus zu."

Hattie ließ die Hand mit der Kerze so jäh sinken, dass die Flamme flackerte. „Wenn das so ist, dann bin ich entschlossener denn je, sie ihrer gerechten Strafe zuzuführen. Tut mir leid, dass ich euch nicht schon eher vor ihr in Sicherheit bringen konnte, aber als ich endlich begriffen hatte, was hier gespielt wird, funktionierten die Telefone schon nicht mehr. Ich wollte nicht riskieren, dass Mary durchdreht und zum Messer greift." Sie spähte durch das Guckloch. „Die Luft ist rein. Komm mit, Liebes."

Sie betraten das gräfliche Schlafgemach. Hattie ging schnurstracks zur Frisierkommode und durchsuchte eins der Schmuckkästchen. „Diese Diebin!", schimpfte sie und sah sich im Zimmer um. „Sie hat all meinen Schmuck gestohlen und sämtliche Kleider und Schuhe durchprobiert, die Millie und ich besitzen. Ich hätte wohl lieber kein Bündel Geldscheine mit in den Brief legen sollen, aber bestimmt hat sie den Umschlag irgendwo anders versteckt. Nun ja, es ist Zeitverschwendung, nach sentimentalen Andenken zu suchen, solange noch eins von euch Kindern ihr ausgeliefert ist. Lass uns gehen."

Als sie wieder an der Geheimtür zu Tabithas Gästezimmer vorbeikamen, sagte Tabitha: „Warten Sie bitte kurz, ich muss auch noch etwas Wichtiges holen." Nach einem Blick durch das Guckloch fügte sie an: „Die Zimmertür ist noch geschlossen, es ist niemand drin."

„Dann geh. Aber beeil dich."

Tabitha lief zu der Wand, an der das dunkelviolette Taschentuch lag, doch als sie es hochhob, war Pemberleys Leichnam nicht mehr da. „Er ist verschwunden!", rief sie aus.

„Wer denn, Liebes?"

„Mein zahmer Mäuserich. Die Gräfin – ich meine, Mary Pettigrew – hat ihn zertreten. Aber vorhin lag er noch hier."

„Oje. König George ist nämlich auch verschwunden. Ein verrückter Kater, aber flink und schlau. Er schleicht mir oft heimlich nach. Bestimmt versteckt er sich hier irgendwo. Nein, ich suche dich nicht, Georgie", fügte sie in singendem Tonfall an, „komm also lieber von allein heraus. Oder möchtest du hier verhungern?" Sie seufzte. „Verrückter Kerl. Dann möchte ich dir natürlich ebenfalls mein Beileid aussprechen, Tabitha."

Pemberley war also im Magen einer Katze gelandet.

„Er hat ja schon nichts mehr davon gespürt", sagte Hattie tröstend und zog Tabitha in eine ungeschickte Umarmung. „Als Phillips Millie in den Gartenschuppen gesetzt hat, ging es mir genauso, aber das, was sie wirklich ausgemacht hat, hat uns da schon von oben zugeschaut."

Tabitha nickte zwar, aber sie hätte sich eigentlich lieber angemessen von Pemberley verabschiedet.

Sie blieben noch einen Augenblick lang in respektvollem Schweigen stehen, dann nahm Hattie die kleine gerahmte Schwarz-Weiß-Fotografie vom Nachttisch und betrachtete das lächelnde Paar neben dem Stubenwagen.

Tabitha tippte mit dem Finger auf das Bild. „Sind Sie das, zusammen mit Ihrem Mann und Thomas? Sie sehen sehr glücklich aus." Sie schaute zwischen der Frau auf dem Bild und Hattie hin und her. „Anders, aber glücklich."

„Ich?", fragte Hattie verwundert. „Aber nein, Liebes, das auf dem Bild bin nicht ich." Sie steckte die Fotografie in die Rocktasche. „Wenn der Brief noch da gewesen wäre, könnte ich es dir besser erklären. Aber jetzt gehen wir lieber wieder zurück und kümmern uns um das letzte Kind – Oliver heißt der Junge, nicht wahr? Vielleicht hat ja auch Simmons eine Idee. Weißt du denn, wo sich Oliver gerade aufhält?"

„In der Küche. Agnes und die Köchin sollen bis zum Abendessen auf ihn aufpassen. Aber wer ist Simmons?"

„Zur Küche gibt es auch eine Geheimtür. Und Simmons ist vor ein paar Stunden hier eingetroffen und soll uns unterstützen. Er sieht sich gerade auf dem Anwesen um. Anscheinend hat die Presse einen Riesenwirbel um die Einladung nach Hollingsworth Hall veranstaltet, und unser Arbeitgeber hat Simmons beauftragt, hier anzurufen. Sollte es ihm nicht gelingen, sich mit Millie oder mir in Verbindung zu setzen, sollte er auf eigene Faust ermitteln. Sobald er sich bei mir meldet, befreien wir Oliver."

Moment, Arbeitgeber? Welche Gräfin hat denn einen Arbeitgeber?

„Ach, wir haben uns ja noch so viel zu erzählen!", sagte Hattie. Nach dieser rätselhaften Äußerung schlüpfte sie wieder in den Geheimgang. „Komm, wir gehen nach oben!"

Viel zu erzählen ... Das klang verheißungsvoll. Der spannendste Teil jedes Kommissar-Clever-Romans war schließlich das Ende, wenn sich alles aufklärte. Wäre Pemberley noch am Leben, hätte er jetzt bestimmt zustimmend *Quiek!* gemacht.

„Mal sehen, was uns noch für Enthüllungen erwarten, mein lieber Freund“, flüsterte Tabitha, doch nur ihre innere Stimme antwortete ihr und dämpfte ihre Hochstimmung ein wenig. Die Stimme erinnerte sie nämlich an Mary Pettigrews zunehmend unberechenbares Verhalten und rief ihr etwas sehr Wichtiges ins Gedächtnis.

„Miss Hattie?“, sagte Tabitha.

„Ja, mein Kind?“

„Mary hat eine Pistole.“

21.

„Zwillinge sind ein hochinteressantes Phänomen, mein lieber Tibbs. Trotz aller Unterschiede handeln sie oftmals als untrennbare Einheit. Wenn ich mir beispielsweise das Spiegelei hier auf meinem Teller ansehe, so besitzt es eindeutig zwei getrennte Dotter, von denen einer zudem einen lustigen roten Punkt aufweist. Wenn ich aber die Augen zumache, könnte ich schwören, dass es ein einziges, besonders großes Spiegelei ist. Reichen Sie mir doch bitte mal das Salz – und starren Sie mich nicht so an."

Kommissar Clarence Clevers neuester Fall
Die zielstrebigen Zwillinge

Als Hattie und Tabitha aus der Wand im zweiten Stock traten, begrüßte sie ein wahrer Niesorkan. Thomas' großes ehemaliges Spielzimmer war zu einer reizenden kleinen Wohnung umgebaut worden. Es gab einen gemütlichen Wohnbereich mit Kochnische sowie einen kleinen Salon, der zwar ziemlich zusammengewürfelt, aber nichtsdestotrotz elegant möbliert war. In einer Ecke des Wohnbereichs standen zwei Schreibtische, der eine mit Papieren übersät, der andere penibel aufgeräumt. Gegenüber waren zwei gleiche Betten nachlässig an die gegenüberliegende Wand geschoben. Auf einem davon hockte mit laufender Nase, tränenden Augen und fleckigem Gesicht Viola.

Mindestens sechs Katzen strichen um die Beine der Möbel oder fläzten sich darauf. „Hinaus mit euch!“, rief Hattie, packte drei der Tiere energisch am Nackenfell und scheuchte die übrigen hinter ihnen die Treppe hinunter. „Tabitha hat mir eben von deiner Allergie erzählt, Viola. Wir sehen zu, dass du so schnell wie möglich hier rauskommst.“

Viola hob blinzelnd den Kopf. „Ach, hallo, Tabitha! Ich hätte ja auch etwas sagen können, Miss Hattie, aber nach unserer Entführung – äh, Rettung – waren Edward und ich erst mal ein bisschen durcheinander.“ Sie rieb sich die Augen. „Seit Edward ein Fenster aufgemacht hat, geht es mir schon besser.“

Edward kaute schon wieder, schluckte aber rasch herunter und zeigte auf die drei dampfenden Becher auf dem Esstisch. „Wir haben Kakao gekocht, Miss Hattie, hoffentlich haben Sie nichts dagegen – und was zu futtern habe ich auch aufgetrieben.“ Er überreichte Tabitha einen der Becher und deutete mit dem Kinn auf den auf einem Stuhl zusammengesackten Barnaby und die argwöhnisch dreinblickende, steif dasitzende Frances. „Den beiden war das anscheinend mal wieder nicht gut genug. Umso besser für mich."

Hattie holte eine Taschenuhr heraus. „Alles wunderbar. Bedient euch ruhig."

„Wo ist denn Oliver?", meldete sich eine dumpfe Stimme zu Wort. „Geht es ihm gut?"

Tabitha glaubte sich verhört zu haben. Hatte sich der hinterhältige Barnaby Trundle, der ihr in der Schule das Leben zur Hölle machte, tatsächlich als Erster nach dem noch fehlenden sechsten Mitglied ihrer Runde erkundigt? Der Junge steckte voller Überraschungen! Aber das war sowieso die wichtigste Erkenntnis, die Tabitha bis jetzt aus diesem Wochenende gewonnen hatte, nämlich dass andere Menschen viele verschiedene Gesichter haben konnten. Dass sich hinter ihren Fassaden Gut und Böse verbergen konnten, Furcht und Mut, Hilflosigkeit und Hoffnung.

Hattie nahm Barnabys Hand. Er wollte sie wegziehen, aber sie hielt sie fest und streichelte sie. „Oliver geht es bestimmt gut. Simmons wird bald hier sein, und dann überlegen wir uns, wie wir euren Freund befreien. Aber vorher muss ich euch noch einiges erklären. Macht es euch bitte bequem." Sie deutete auf die umherstehenden Sitzgelegenheiten, die deutlich schlichter waren als jene in den unteren Gesellschaftsräumen des Herrenhauses.

„Was gibt's da noch zu erklären?", fauchte Frances. „Ich bin hier offenbar in einer Irrenanstalt gelandet! Die Gräfin hat uns nur Lügen erzählt. Von wegen, wir erben hunderttausend Pfund! Und ich war schon so sicher, dass ich ihre Enkelin bin." Mit einem Blick auf Tabitha setzte sie verächtlich hinzu: „*Du* bist natürlich von vornherein nicht infrage gekommen, aber inzwischen verstehe ich nicht mal mehr, warum sie mich und die anderen eingeladen hat." Sie zeigte anklagend auf Hattie. „Dieser Abklatsch eines toten Hausmädchens weigert sich ja, uns aufzuklären. Wer weiß, was sie zu verberg–"

„Jetzt pass mal gut auf, Frances!", schnitt ihr Tabitha das Wort ab. „Hattie ist kein Hausmädchen. Sie und das verstorbene Hausmädchen sind die echte Gräfin, Mary Pettigrew ist die falsche, und außerdem war Mary Pettigrew auch noch die Köchin." Sie zwinkerte Hattie verstohlen zu.

„Hä?", machte Frances verwirrt. „Wer war jetzt die Gräfin und wer Mary Pettigrew?"

Hattie lächelte nachsichtig. „Als ich deinen Freunden das alles erklärt habe, warst du gerade im Bad und hast geschmollt. Aber ich kann dich beruhigen – die hunderttausend Pfund gibt es wirklich, und ich bin eine echte Großmutter. Und jetzt hört mir bitte gut zu."

Viola und Edward lächelten ein bisschen verunsichert, nahmen aber in den beiden Ohrensesseln neben Hattie Platz. Frances und Barnaby wählten ein rotes Sofa mit zwei gleichen Kissen und setzten sich so weit voneinander weg, wie es nur ging. Tabitha ließ sich auf einem hübsch geschnitzten Hocker nieder, der vor dem Kamin stand, streckte den verstauchten Fuß aus und wärmte ihn am Feuer.

„Vor langer, langer Zeit war ich eine glücklich verheiratete Frau", begann Hattie zu erzählen. „Mein Mann und Millies Gatte arbeiteten bei Scotland Yard. Ihre Porträts hängen unten in der Eingangshalle."

Tabitha schnappte nach Luft und hätte sich bestimmt verschluckt, wenn sie ihren Kakao nicht schon ausgetrunken hätte. „Bei *Scotland Yard*? In *London*?" Sie schlug sich erst mit der flachen Hand vor die Stirn und versetzte sich dann einen ärgerlichen Faustschlag gegen den Hinterkopf. Wie hatte ihr Hirn sie so im Stich lassen können! „Die Beschriftung *SYL* auf den Mordakten! Unfassbar, dass ich da nicht draufgekommen bin! Und in die Taschenuhren auf den Porträts in der Halle sind die gleichen Buchstaben eingraviert, das ist Oliver aufgefallen."

Hattie klatschte dreimal in die Hände und hielt ihre eigene Taschenuhr in die Höhe. *SYL* war in den Deckel graviert. „Gut beobachtet. Mein Reginald und Millies

Humphrey wurden 1897 brutal ermordet. Unser Sohn Thomas war damals erst drei Jahre alt."

„Dann stimmt das mit dem Doppelmord also?" Edward pfiff durch die Zähne. „Das ist ja schrecklich. Die Gemäldesammlung hat wahrscheinlich auch den beiden gehört, stimmt's?"

„Ja und noch mal Ja", antwortete Hattie nach einer kurzen Pause. „Die Gemälde waren ihr ganzer Stolz. Beide waren sowohl Kunstsammler als auch Historiker. Sie hatten Millie und mir aufgetragen, die Sammlung weiterzuführen und nach unserem Tod zu stiften, deswegen haben wir die Bilder von Jack the Ripper dazugekauft. Reginald und Humphrey waren sich einig, dass ein Blick in die Vergangenheit oftmals dazu beitragen kann, aktuelle Verbrechen aufzuklären."

„Das sagt Kommissar Clever auch immer!" Tabitha sprang vor Begeisterung auf, setzte sich aber sofort verlegen wieder hin.

„Stimmt genau", sagte Hattie schmunzelnd. „Reginald und Humphrey liebten diese Romanreihe ebenfalls. Aber wie dem auch sei – nach ihrem Tod wollten Millie und ich kein langweiliges Dasein als untätige Witwen fristen und entschlossen uns, Scotland Yard unsere Dienste als Sekretärinnen anzubieten. Wir mussten ein bisschen Überzeugungsarbeit leisten, aber schließlich überließ man uns auch die alten, ungelösten Mordfälle. Wir sahen sie uns an und entwickelten eine Methode, Zeugen und Verdächtige zu befragen, ohne dass diese es überhaupt merkten. Wer kommt schon auf die Idee, dass ein altes Weib als Ermittlerin arbeitet? Wir waren verschwiegen und machten unsere Sache gut, darum verdienten wir auch gutes Geld."

Ein angenehmer Schauer überlief Tabitha. „Scotland Yard hat Ihnen echte Fälle anvertraut?"

Hattie nickte. „Leider gibt es neugierige Nachbarn, und unser reges Treiben erregte im Lauf der Zeit unerwünschte Aufmerksamkeit. Außerdem erschien in der Zeitung eine Artikelserie über tätliche Angriffe auf Scotland-Yard-Mitarbeiter, und unsere Namen kamen mehrfach darin vor, weil wir die Witwen zweier hochkarätiger Opfer waren. Deshalb verkündeten wir im Jahre 1880, wir würden auswandern, und tauchten unter. Ich nahm die Identität von Camilla DeMoss an, einer frisch verwitweten Dame mit einem kleinen Sohn, Millie spielte meine Schwester, die ebenfalls kürzlich ihren Mann verloren hatte. Sie war damals noch viel fülliger, kein Mensch hielt uns für Zwillinge. Wir hatten mehr Geld geerbt, als wir ausgeben konnten, sogar noch nach dem Kauf von Hollingsworth Hall, deswegen verlegten wir uns aufs Spenden."

Das Zimmer war so gemütlich und die Holzscheite im Kamin knisterten und knackten so behaglich, dass Tabitha sich vorkam, als wäre sie in die wärmenden Buchseiten eines druckfrischen Romans gehüllt. *Bleib trotzdem wachsam*, ermahnte sie sich. In jedem Kommissar-Clever-Roman kam es kurz vor dem Schluss noch zu einer dramatischen Gegenüberstellung mit dem Verbrecher, und die Szene, die Tabitha der vermeintlichen Gräfin auf der Treppe gemacht hatte, war dafür zu harmlos gewesen.

Nein, Mary Pettigrew würde sich bestimmt nicht kampflos ergeben. Tabitha klopfte verstohlen auf ihre leere Schürzentasche und wünschte sich sehnlichst ihren klugen, knopfäugigen Partner herbei.

Hattie kniff die Lippen zusammen. „Ein Jahr danach verließ Thomas uns. Der König verlieh mir den verflixten Adelstitel, um eine seiner Freundinnen zu beeindrucken, die immerzu davon redete, was ich für eine große Wohltäterin wäre. Doch der Titel machte alles nur noch schwieriger, denn danach standen Millie und ich noch mehr im Mittelpunkt. Wir konnten nicht mehr ungehindert als Ermittlerinnen umherreisen, und zu Hause schnüffelte das Personal uns nach, um irgenwelchen Gräfinnen-Tratsch an die Presse zu verkaufen. Außerdem hätte es einen Riesenskandal gegeben, wenn jemand herausgefunden hätte, dass Scotland Yard Frauen als Mordermittlerinnen beschäftigte. Ich kann nur hoffen, dass das einmal anders wird, wenn sich die Frauenrechtlerinnen endlich durchsetzen. Wir mussten etwas unternehmen, wollten aber nicht alles aufgeben und wieder untertauchen. Daher brachten wir Millie um."

„Also doch!", sagte Barnaby. „Ich hab's ja gewusst, dass Sie eine Mörderin sind." Er sprang auf, lief zur Tür und rüttelte wild an der Klinke.

Tabitha verdrehte die Augen. „Die beiden haben Millie doch nicht *richtig* umgebracht. Schließlich hat sie gestern noch mit uns zu Abend gegessen."

„Ach so. Stimmt auch wieder." Er kam wieder zurück, kaute aber nervös auf seiner Unterlippe. „Dann erzählen Sie doch bitte weiter."

Bitte? Ich wusste gar nicht, dass Barnaby Trundle dieses Wort überhaupt kennt! Hat ihn das Wochenende etwa verändert? Aber selbst wenn – ich habe ja nichts mehr davon. Ich muss ja am Montag ins Augustus-Heim umziehen.

Tabitha gab sich einen Ruck. *Schweig!,* befahl sie ihrer inneren Stimme. *Genieß lieber die Geschichte. Sie ist echter als jeder Kommissar-Clever-Roman, den du je lesen wirst.*

„Nach ihrem traurigen Dahinscheiden unterzog sich Millie einer Diät und nahm so viel ab, bis man uns nicht mehr auseinanderhalten konnte. Auf diese Weise konnte immer eine von uns verdeckt ermitteln, und die andere konnte die Gräfin spielen. Niemand würde mehr auf die

Idee kommen, dass wir für Scotland Yard arbeiteten. Wir schlossen einige Räume im Haus ab, außerdem die Geheimgänge, die Thomas als Kind entdeckt hatte, und die Schublade mit unseren Akten. Jede von uns besaß einen Spezialschlüssel dafür.

Wir hüteten unser Geheimnis sorgfältig, denn im Grunde war es das Einzige, wofür wir noch lebten. Der einzige Sinn, den unser Dasein noch hatte." Sie sah Tabitha an. „Wie ich jetzt weiß, ging Millie manchmal in Thomas' altes Schlafzimmer im Ostflügel und schloss hinterher nicht wieder ab. Mein armes, vergessliches Schwesterchen! Die grausamste Ironie des Schicksals aber ist, dass –"

Im Geheimgang ertönten Schritte, und ein stattlicher Herr in einem dunklen, vom Schnee durchnässten Anzug trat ins Zimmer. Er sah ausgesprochen tüchtig und tatkräftig aus, bis hin zu den säuberlich kurz geschnittenen Haaren.

„Mörder!", kreischte Barnaby, zog einen Schürhaken aus dem Kamin und drückte sich damit in eine Ecke.

„Meine Anerkennung dafür, dass du zur Waffe greifst, Barnaby", sagte Hattie. „Sicherlich wolltest du uns alle verteidigen, aber du kannst dir die Mühe sparen. Das ist nur Simmons."

„Simmons?"

„Ein Kollege von Scotland Yard. Simmons – der letzte

Junge ist noch in der Küche und wird von der Köchin und dem Hausmädchen Agnes bewacht. Bitte bringen Sie ihn her und sperren die Damen ein, damit wir in Ruhe einen Schlachtplan schmieden können. Mary Pettigrew ist bewaffnet, und ich möchte, dass alle Kinder hier oben in Sicherheit sind, bevor wir etwas unternehmen."

„Wie Sie wünschen. Die von Ihnen in London angeforderte Verstärkung ist bereits nach Hollingsworth Hall und zum Clavendor Cottage unterwegs."

„Gute Arbeit, Simmons."

„Sind unsere Eltern denn auch in Gefahr?", fragte Barnaby aus seiner Ecke. „Gibt es im Gästecottage auch ein geisteskrankes Hausmädchen oder eine wahnsinnige Köchin?"

Simmons legte ihm väterlich die Hand auf die Schulter, nahm sie aber sofort wieder weg, als Barnaby panisch aufschrie. „Ich habe auf dem Weg hierher beim Cottage angehalten und mich vergewissert, dass alles in Ordnung ist", sagte er, „allerdings schienen Mr und Mrs Crum über mein Auftauchen ziemlich verstört. Darum habe ich ihnen versichert, dass in Kürze noch mehr Scotland-Yard-Leute zu ihrem Schutz eintreffen."

„Kinder, Kinder!" Hattie klatschte energisch in die Hände. „Ich bin ja sehr für freudiges Wiedersehen und anregendes Geplauder zu haben, aber jetzt müssen wir uns endlich mit dieser grässlichen Mary befassen."

„Miss Hattie?"

„Ja, Tabitha?"

„Ich halte es für keine so gute Idee, wenn Simmons durch den Geheimgang in die Küche eindringt und Oliver befreit. Ich fürchte, dass die Köchin auch bewaffnet ist. Mit einem gusseisernen Schmortopf oder etwas Ähnlichem."

„Mit einer Köchin werde ich ja wohl noch fertig", sagte Simmons belustigt.

„Dann kennen Sie die Köchin von Hollingsworth Hall noch nicht!", entgegnete Edward lachend. „Die kann bestimmt ganz schön brutal werden. Sie neigt zum Jähzorn, und ihre Unterarme sind dick wie Baumstämme. Mich wundert schon die ganze Zeit, dass sie der falschen Gräfin nicht längst eins über die Rübe gezogen hat."

„Hmmm ...", machte Hattie nachdenklich. „Ein fremder Mann, der plötzlich in der Küche steht, würde den beiden einen Schreck einjagen, das stimmt. Nicht zu vergessen, dass Mary außer ihren Messern auch noch eine Pistole bei sich trägt. Bestimmt ist sie jetzt schon reichlich nervös, und wir wollen ja nicht, dass noch Blut fließt."

Wieder wünschte sich Tabitha im Stillen ihren kleinen Partner herbei, mit dem sie so ein gutes Team gewesen war. *Ein Team* ... Um die falsche Gräfin abzulenken, war Teamarbeit gefragt.

„Ich glaube, ich habe eine Idee, Miss Hattie. Hat Mary wirklich nie gemerkt, dass Sie beide zu zweit waren?“

„Ich glaube nicht. Sonst hätte sie vermutlich nicht meine Rolle eingenommen.“

Tabitha nickte. „Gut.“ Dann erläuterte sie den anderen ihren Plan. Sie hatte eine Taktik aus *Der heuchlerische Herzog* den hiesigen Gegebenheiten angepasst.

„Bravo!“ Hattie klatschte wieder in die Hände, und auf ihren Wangen erschien ein rosiger Hauch. „Dann gehe ich jetzt mit Tabitha und Simmons durch den Geheimgang nach unten. Ihr anderen Kinder bleibt hier.“

„Und warum nehmen Sie ausgerechnet Tabitha mit?“, maulte Frances.

Hattie ging zu ihr und legte dem rothaarigen Mädchen mitfühlend den Arm um die Schulter. „Weil du bis jetzt die ganze Zeit nur Ärger gemacht hast, Liebes, und weil ich nicht glaube, dass sich das so schnell ändert. Außerdem ist Tabitha auf die Idee gekommen, zusammen mit“, sie zwinkerte Tabitha verschmitzt zu, „Kommissar Clever. Kinder, die lesen, sind mir allemal lieber als Kinder, die nur ein großes Mundwerk haben.“

„Ich lese ganz viel! Sogar auf Französisch! Ach, übrigens, was ist denn nun eigentlich mit Ihrem Erbe? Wann verraten Sie uns endlich, wer von uns Ihr Enkel –“

„Alles zu seiner Zeit. Wenn ich euch das erkläre, traut

ihr wahrscheinlich erst einmal euren Ohren nicht. Und jetzt komm, Tabitha. Simmons, bitte nehmen Sie Richard Löwenherz mit. Er hat sich unter Millies Bett verkrochen – sehen Sie seine Schwanzspitze? Und Millies Zigarren bitte auch. Die sind unter ihrem Schreibtisch versteckt." Ihr Blick wurde abwesend, sie bekam feuchte Augen. Dann riss sie sich zusammen und schüttelte die Erinnerung ab.

Simmons holte die Zigarrenkiste, zog unter einem der beiden Betten einen großen, hellbraun getigerten Kater hervor und folgte Hattie und Tabitha in den Geheimgang.

22.

„Ein schlecht organisierter Bootsausflug lässt sich nicht mit einer Geistererscheinung entschuldigen, mein lieber Tibbs. Außerdem ist es sehr viel wahrscheinlicher, dass keine bösartigen Geister hinter dem ‚Spuk' stecken, sondern schlicht und einfach Ratten. Andererseits würde ich bei diesem Gestank nach verdorbenem Thunfisch und Käsefüßen wahrscheinlich auch bösartig. Sie dürfen sich gern mein Reservetaschentuch vor die Nase halten."

Kommissar Clarence Clevers neuester Fall
Der bösartige Bordgeist

Schon ehe sie die Küche erreichten, hörten sie Agnes' Stimme. Tabitha spähte durch das Guckloch und orientierte sich kurz. Die Geheimtür lag zwischen der Speisekammer und der Anrichtekammer. Die Köchin stand gegenüber an der Arbeitsplatte und hackte so erbittert auf ein paar Zwiebeln ein, als wären es ihre ärgsten Feinde, Agnes stand an der Tür zum Flur, und Oliver saß mit den Händen auf dem Rücken vor einem senkrechten Holzpfosten, der bis an die Decke reichte.

„Entschuldigen Sie bitte, aber könnten Sie vielleicht meine Fesseln ein bisschen lockern?“, sagte er.

Agnes lief sofort zu ihm. „Oje, oje“, jammerte sie. „Sie hat den Knoten so festgezurrt, dass ich ihn nicht aufbekomme. Du Armer!“ Sie drehte sich zu der Köchin um. „Kannst du den Strick nicht einfach durchschneiden?“

Die Köchin erwiderte achselzuckend: „Könnte ich schon, aber die Gräfin dreht jetzt endgültig durch. Du hast doch gehört, wie sie getobt hat, weil die anderen Kinder verschwunden sind, und was sie ihnen angedroht hat, wenn sie sie zu fassen kriegt. Sie wird den Jungen schon nicht umbringen. Schließlich ist er der Einzige, der noch da ist, und sie ist ja offenbar ganz wild auf ein Enkelkind. Sie hat eine Pistole, und außerdem würde uns Phillips' Hund sowieso überall aufspüren. Ich habe nicht vor, mich umbringen zu lassen. Lieber lass ich mich von Geistern entführen.“

Tabitha holte tief Luft und stieß die Geheimtür auf. „Hier wird niemand umgebracht, und vor Geistern brauchen Sie auch keine Angst zu haben. Nicht mal vor diesem hier.“ Sie trat beiseite.

Als Agnes Tabitha sah, riss sie freudig die Augen auf, doch dann erblickte sie Hattie und ihr ganzer Körper verkrampfte sich. Sie starrte die gräfliche Zwillingsschwester wie gebannt an und murmelte tonlose Worte, dann sah sie wieder zu Tabitha hinüber und jammerte: „Tot! Alle tot!“

„Tabitha!“, rief Oliver aus.

„Oliver.“ Sie nickte ihm zu.

„Agnes?“, fragte die Köchin, drehte sich um und kam im nächsten Augenblick mit gezücktem Messer angestapft. Sie stellte sich schützend vor ihre Freundin und funkelte das Trio aus Tabitha, Hattie und Simmons drohend an. „Bleib, wo du bist, Agnes. Geister hin oder her, ich weiß mich zu wehren!“

„Beruhigen Sie sich bitte“, sagte Tabitha beschwörend. „Das ist nur die *Schwester* der Gräfin.“

„Die Gräfin hat eine Schwester?“, fragte Oliver verständnislos.

„Und warum sieht sie dann genauso aus wie Mary Pettigrew?“, fragte die Köchin misstrauisch. „Und wer ist der Mann da? Und wo sind die anderen Kinder?“

„Den Kindern geht es gut, Mr Simmons kommt von Scotland Yard, und die Wahnsinnige, die Sie für die Gräfin halten, ist in Wirklichkeit die vorige Köchin von Hollingsworth Hall.“ Tabitha trat vor und ergriff Agnes' Hand. „Ich bin lebendig und aus Fleisch und Blut. Und ich habe jemanden mitgebracht.“ Tabitha hob Richard Löwenherz, der sich an ihre Beine geschmiegt hatte, hoch in die Luft. „Das ist der Geist, der hier in den Wänden spukt. Beziehungsweise einer der Geister."

Agnes gab sich sichtlich Mühe, diesmal nicht in Ohnmacht zu fallen.

Nun trat Hattie entschlossen auf die beiden Hausangestellten zu. „Guten Tag. Ich kann Ihnen alles erklären, aber ich fasse mich kurz. Meine Zwillingsschwester und ich haben uns jahrelang die Rolle der Gräfin geteilt. Eine von uns war immer geschäftlich unterwegs oder hat sich nach oben ins Spielzimmer zurückgezogen, die andere hat den Haushalt geführt. Dann erlitt meine arme Schwester in meiner Abwesenheit einen Schlaganfall, und unsere Köchin Mary, die schon länger bei uns war und der wir eigentlich vertrauten, nutzte offenbar die günstige Gelegenheit. Sie ernannte sich kurzerhand selbst zur Gräfin und tat so, als sei meine arme Schwester ein Hausmädchen."

„Soll das heißen, ich hab mich von einer *Köchin* rumkommandieren lassen?!", fragte die Köchin. „Kein Wunder, dass sie so verflucht mäkelig war."

„Wir müssen ihr das Handwerk legen, und zwar schnell", fuhr Hattie fort. „Wo hält sie sich gerade auf?"

Agnes war aschfahl im Gesicht, antwortete aber tapfer: „In ihrem, äh, ich meine, in *Ihrem* Arbeitszimmer. Sie hat gerade eine Suppe bestellt."

„Was für ein glücklicher Zufall", sagte Tabitha und

wandte sich wieder an die Köchin. „Können Sie bitte eine ganz schauerliche Plörre zusammenpanschen?“

Die Köchin verbeugte sich grinsend. „Mit dem größten Vergnügen, Schätzchen! Ihr werdet staunen, was ein ordentlicher Schuss Abwaschwasser und pfundweise Salz ausrichten können.“ Sie griff nach einem unbenutzten Topf und machte sich fröhlich summend ans Werk.

Tabitha reichte Agnes ein kariertes Küchenhandtuch. „Wo ist denn Phillips?“

Agnes nahm das Handtuch dankbar entgegen und putzte sich geräuschvoll die Nase. „Der sollte mit seinem Hund noch mal das Grundstück nach den Kindern absuchen. Der arme Mann gehorcht ihr wie eine Marionette, dabei behandelt sie ihn abscheulich.“

Nun erläuterte Tabitha den anderen ihren Plan.

Nur Simmons war skeptisch. „Und ich soll wirklich hinter der Wand bleiben? Ich weiß nicht recht. Ich bin weiterhin der Meinung, dass ihr Schutz braucht.“

„Sie hat eine Pistole“, erinnerte ihn Tabitha. „Wenn Sie erschossen werden, nützt das niemandem etwas. Vor allem, weil Sie von uns allen der Stärkste sind. Mary wird wohl kaum eins ihrer möglichen Enkelkinder, das ihren Lebensunterhalt sichern soll, erschießen. Sie braucht zwar nur einen von uns, aber wenn sich herausstellt, dass sie das falsche Kind umgebracht hat, war alles umsonst. Wenn wir es so machen, wie ich es erklärt habe, kommt niemand zu Schaden. Bring der Gräfin jetzt bitte die Suppe, Agnes."

Agnes knickste gehorsam und ergriff die Suppenschale, aber ihre Hände zitterten so heftig, dass der Inhalt herauszuschwappen drohte. Sie ging rückwärts durch die Schwingtür und sagte halblaut: „Wenn ich nicht zurückkomme, dann hat sie mich – ogottogottogott …"

Hoffentlich verplappert sie sich nicht, dachte Tabitha und richtete wieder das Wort an die Köchin. „Bitte schneiden Sie Olivers Fesseln durch. Oliver, du bleibst noch so lange sitzen, bis dich Hattie befreit." Tabitha wurde allmählich nervös und schob Hattie eilig in die Anrichtekammer. „Warten Sie bitte auf mein Zeichen."

„Mach ich." Hattie zog die Tür hinter sich zu.

Jetzt wandte sich Tabitha an den Scotland-Yard-Mitarbeiter. „Zünden Sie die Zigarre bitte erst an, wenn das Wort ‚Flammen' fällt, Mr Simmons. Mary muss erst an der richtigen Stelle stehen."

Simmons wirkte zwar immer noch skeptisch, nickte aber und verschwand wieder im Geheimgang.

„Alle auf ihre Posten, bitte! Die Reihenfolge lautet: Suppe, Katze, ich, Hattie, Oliver und Zigarrenrauch. Alles klar?"

Oliver salutierte schwungvoll und legte dann wieder die Hände auf den Rücken. Tabitha konnte sich gerade noch hinter den Küchentisch ducken, als die falsche Gräfin auch schon hereingerauscht kam.

„Das war das letzte Mal, dass Sie irgendwo gekocht haben!“, schrie sie mit irrem Blick. Mit der einen Hand richtete sie die Pistole auf die Köchin, mit der anderen holte sie weit aus und schleuderte die kaum angerührte Suppenschale in eine Ecke, wo sie zerbrach und ihren Inhalt verspritzte.

Auch Agnes kam jetzt hereingeeilt. Sie war in heller Aufregung.

Ablenkungsmanöver Nummer eins, mein lieber Tibbs.

Die Gräfin keifte weiter die Köchin an. „Für diesen Fraß haben Sie den Tod verdient! Dermaßen viel Salz – genauso gut hätte ich Meerwasser löffeln können, Sie unfähige, unverschämte, schwachsinnige Pestbeule von einer –“ Ihr Blick fiel auf den dicken Kater, der auf der Arbeitsplatte thronte. „Eine *Katze*? Sie haben eine dreckige Katze in mein Haus geschmuggelt? Raus hier, du Mistvieh!“

Ablenkungsmanöver Nummer zwei.

Richard Löwenherz spürte, dass die aufgebrachte Frau es nicht gut mit ihm meinte, und nahm die Herausforderung an. Er fauchte, machte einen Buckel, schlug mit der Pfote nach Mary und miaute markerschütternd. Dann fegte sie ihn mit einem Fausthieb auf den Boden, und er verstummte.

„Die Katze gehört nicht der Köchin", sagte Tabitha laut und kam hinter dem Küchentisch hervor.

Ablenkungsmanöver Nummer drei.

Mary sah verdutzt zwischen Tabitha und dem Kater hin und her, dann packte sie wieder der Zorn. „Ich hab's doch gewusst! Die Kinder haben sich die ganze Zeit nur versteckt. Los, rüber zu dem Pfosten da, du kleines Biest. Ich hätte euch gleich alle fesseln sollen!" Sie drehte sich wieder zu der Köchin um. „An die Wand! Du auch, Agnes. Phillips – wo stecken Sie denn schon wieder? Kommen Sie sofort her und bringen Sie einen Strick mit!"

„Er ist nicht hier, weil Sie ihn auf die Suche nach uns geschickt haben", rief ihr Tabitha in Erinnerung, „und die Katze gehört übrigens der *echten* Gräfin."

Mary brach in irres Gelächter aus. „Ach ja? Aber die echte Gräfin ist *tot*! Tot, tot, tot!"

„Mag sein", gab Tabitha zurück, „trotzdem möchte sie ihre Katze gern wiederhaben." Sie zeigte auf die Anrichtekammer.

Hattie kam gemessenen Schrittes heraus. „Na, hast du in meinem Schreibtisch herumgeschnüffelt, Mary?"

Ablenkungsmanöver Nummer vier.

„Aber Sie sind doch tot", erwiderte Mary tonlos. Sie zitterte wie Espenlaub, aber man musste ihr lassen, dass sie die Pistole nicht fallen ließ. „Sie … Sie sind nur ein Hirngespinst. Das sind meine Nerven."

„Du bist hier nicht die Herrin im Haus, Mary Pettigrew!“, donnerte Hattie und deutete mit ausgestrecktem Arm auf Oliver. „Oliver Appleby – du bist frei!“

Ablenkungsmanöver Nummer fünf.

Oliver machte ein überraschtes Gesicht, sprang auf und wedelte mit den Armen. „Juhu – ich bin frei! Danke, lieber Geist!“

Wie Tabitha es beabsichtigt hatte, war Mary vollends verwirrt und blickte entsetzt zwischen dem befreiten Gefangenen und dem Geist der Frau, deren Rolle sie angenommen hatte, hin und her. Tabitha hob Richard Löwenherz wieder hoch, damit er seine Gegnerin sehen konnte. Als er wütend fauchte, wirbelte Mary herum.

„Halt mir das Vieh vom Leib!“, schnauzte sie Tabitha an und drehte sich wieder zu Hattie um. „Und du bleib mir auch vom Leib, Geist!“ Ihr Blick fiel auf die Köchin, die eine Bratpfanne aus dem Schrank geholt hatte. „Leg sofort die Pfanne hin, dumme Kuh! Wenn du mir nur ein Haar krümmst, frisst du schneller Würmer, als du piep sagen kannst!“

„Was denn für Würmer?“, fragte Agnes erstaunt.

„Sie meint, dass ich dann tot und begraben bin, Schätzchen“, erwiderte die Köchin, legte die Bratpfanne aber nicht aus der Hand. „Aber keine Sorge, so weit kommt es nicht.“

Hattie trat wieder ein Stück vor, Tabitha und Richard

postierten sich links von Mary, und die Köchin kam mit erhobener Bratpfanne von rechts an. Mary schwenkte die Pistole mit zitternder Hand hektisch vom einen zum anderen.

„Ich hab dich nicht umgebracht!“, schrie sie den vermeintlichen Geist an. „Du bist von selber abgekratzt. Dafür kann ich nichts!“

„Oh doch. Zur Strafe werde ich dieses Haus niederbrennen. Die Flammen sollen es verzehren!“ Hattie trat wieder einen Schritt vor, worauf Mary drei Schritte zurückwich.

„Wie bitte?“, keifte die falsche Gräfin. „Niemals! Dann geht ja mein ganzer schöner Plan nicht auf! Ich wollte hier entweder wohnen oder die Bude für viel Geld verscherbeln. Ich wollte –“ Sie unterbrach sich und schnupperte. „Es riecht gar nicht nach Feuer. Es riecht nach … nach Zigarrenrauch?“ Sie beobachtete entsetzt den dünnen Rauchfaden, der scheinbar aus dem Nichts kam und sich auf sie zuschlängelte.

Ablenkungsmanöver Nummer sechs.

„W-was ist das?“, stotterte sie und verfolgte den Rauchfaden mit dem Finger bis zum Guckloch der Geheimtür. Verwundert trat sie näher heran. „Ja, rauchen denn hier die Wände Ziga–“

Rumms!, flog die Geheimtür auf und traf sie vor die Stirn. Sie kippte rückwärts um, und im selben Augenblick kam Phillips mit vor Kälte geröteten Händen durch die Hintertür herein.

„Im Hof steht ein fremdes Automo–" Er wurde leichenblass. Sein Blick huschte zwischen der am Boden liegenden Mary, der offenen Geheimtür und dem stattlichen Simmons hin und her. Ihm entfuhr ein leiser Aufschrei, gefolgt von einem nervösen Räuspern. Als er dann auch noch Hattie erblickte, gab ihm das den Rest, und er sank mit offenem Mund und krampfhaft zuckenden Mundwinkeln ebenfalls zu Boden.

Es war Simmons, der als Erster wieder etwas sagte, wobei er den Butler scharf im Auge behielt. „Ich komme von Scotland Yard, und es ist höchstwahrscheinlich mein Wagen, den Sie im Hof entdeckt haben. Und diese Dame hier", er deutete auf Hattie, „ist, wie Ihnen bekannt sein dürfte, die echte Gräfin. Zumindest ihre eine Hälfte. Die andere Hälfte sitzt im Gartenschuppen, wo Sie sie auf Anweisung von Mary Pettigrew hingebracht haben. Die Kinder haben uns alles erzählt, was hier vor sich geht. Sie hatten in letzter Zeit bestimmt kein leichtes Leben, Mr Phillips."

Der Butler sah verwirrt zwischen Simmons und Hattie hin und her. „I-ich v-v-verstehe das nicht", stotterte er.

„Es gab uns zweimal", entgegnete Hattie beinahe entschuldigend. „Wir sind Zwillingsschwestern. Weil wir

Ihnen und Mary vertrauten, haben wir Sie länger bei uns behalten, und auch, damit wir das neue Personal nicht jedes Mal wieder selbst anlernen mussten. Obwohl ich bei Mary von Anfang an ein ungutes Gefühl hatte, habe ich sie offenbar unterschätzt. Sie dagegen sind ein ausgezeichneter Butler, Phillips, und trotzdem haben meine Schwester und ich Ihnen lange Zeit etwas Wichtiges verheimlicht. Jetzt haben Sie bestimmt erst mal einen Riesenschreck bekommen."

„Ach so!" Phillips' Stimme klang eine ganze Tonlage höher als sonst. „Sie sind zu zweit ..." Er sah sich benommen um, und als sein Blick wieder auf die bewusstlose Mary fiel, stand er auf. Seine Lippen bebten, als würde er am liebsten vor Erleichterung in Tränen ausbrechen, traute sich aber nicht, weil ein Butler so etwas nicht tat.

Hattie klopfte ihm tröstend auf die Schulter. „Die Kinder haben mir berichtet, wie schlecht die falsche Gräfin Sie behandelt hat. Aber können Sie mir vielleicht erklären, warum Sie nichts dagegen unternommen haben? Sonst muss ich leider annehmen, dass Sie entweder feige oder in die Sache verwickelt sind."

„Gott sei Dank ist der Albtraum vorbei!", brach es aus ihm heraus. „Mary ist völlig übergeschnappt. Ihre Drohungen, was sie mir antun würde, waren ... gruselig. Ich habe nur mitgespielt, weil ich nicht wollte, dass sie den Kindern etwas antut. Ist sie …“, er spielte nervös mit den Fingern, „ist sie tot?“

„Miss Pettigrew ist nur vorübergehend außer Gefecht gesetzt“, erwiderte Simmons und hob die Pistole auf. „Sie wird gleich wieder zu sich kommen.“

„Schade“, sagte die Köchin trocken und beugte sich mit bedrohlich wogendem Busen über die Liegende. „Nicht alle Köchinnen teilen deinen Geschmack, du blöde Ziege.“

Hattie wandte sich an Simmons. „Würden Sie Mary bitte hinausbringen? Hier sind mir zu viele Messer in Reichweite. Tabitha und ich holen die anderen Kinder aus dem Spielzimmer, und wir treffen uns alle in der Bibliothek. Die arme Viola hat sich inzwischen bestimmt schon blutig gekratzt.“

Simmons nickte und musterte Mary prüfend, als wollte er abschätzen, wie schwer sie war.

Das Hausmädchen Agnes hatte sich mittlerweile wieder erholt und beobachtete Simmons verstohlen aus dem Augenwinkel. „Wir machen alles, was Sie wollen, Eure Ladyschaft.“

„Ich helfe auch gern mit, sie zu verschnüren“, sagte die Köchin grinsend, als wäre Mary ein besonders widerspenstiges Hühnchen, dessen Zeit gekommen war, auf dem Hackblock sein Leben zu lassen. „Gut gemacht, Tabitha.“

„Hört, hört!“, sagte Oliver feixend.

„Und es war beeindruckend, wie Sie Mary k.o. geschlagen haben, Mr Simmons!“, sagte Agnes errötend, als sich der Scotland-Yard-Mitarbeiter die reglose Mary über die Schulter hievte.

„Ja, das war großartig, Simmons“, pflichtete Hattie ihr bei.

„Finde ich auch“, sagte Phillips.

„Ich hätte das lieber selbst erledigt“, brummelte die Köchin.

23.

„Bevor man einen Fall zum Abschluss bringt, sollte man sich noch einmal in Ruhe alle Einzelheiten ins Gedächtnis rufen. Ein schönes Gläschen Sherry kann das Erinnerungsvermögen dabei wunderbar unterstützen."

Kommissar Clarence Clevers neuester Fall
Die bloßgestellte Betrügerin

Als Tabitha, Hattie und die übrigen fünf Kinder durch die Geheimtür in die Bibliothek traten, lehnte die Köchin schon an einem Bücherregal, grinste triumphierend und zeigte auf Mary Pettigrew, die sich gar nicht wohl in ihrer Haut zu fühlen schien. Sie saß gefesselt und geknebelt auf einem Stuhl, der so dicht an den Kamin geschoben war, als wollte die Köchin ihre Erzfeindin bei lebendigem Leibe braten.

Hattie bedeutete den Kindern, sich hinzusetzen. Diesmal gesellte sich Tabitha zu Viola und Edward aufs Sofa und überließ es Barnaby und Frances, sich um den letzten freien Sessel zu zanken. Frances blieb Siegerin, und Barnaby stand einen Augenblick lang unglücklich und verlegen herum, bevor er sich im Schneidersitz auf dem Fußboden niederließ. Es hätte Tabitha nicht gewundert, wenn er am Daumen gelutscht hätte.

„Endlich muss sie mal die Klappe halten!“, sagte die Köchin hämisch. „Wir haben sie verschnürt wie einen Rollbraten, stimmt's, Agnes-Schätzchen? Jetzt wird alles gut. Die böse Hexe bekommt ihre gerechte Strafe, und ihre Seele ist hundertmal schwärzer als die blauschwarze Beule auf ihrer Stirn.“

Mary Pettigrews Augen quollen ihr fast aus dem Kopf, und sie zerrte wütend an ihren Fesseln. Sie versuchte, mit dem Stuhl nach hinten zu rutschen, erreichte aber nur, dass sie beinahe umkippte.

Hattie beachtete sie nicht. „Ich muss euch meine Geschichte noch zu Ende erzählen“, sagte sie und nahm neben Oliver Platz. „Wo war ich doch gleich stehen geblieben?“

„Bei irgendeiner Ironie des Schicksals“, antwortete Tabitha.

„Stimmt. Ja, die grausamste Ironie des Schicksals war die, dass Millie und ich, obwohl wir berufsmäßige Ermittlerinnen waren, es jahrelang nicht schafften, unseren allerwichtigsten Fall aufzuklären.“

„Trotzdem haben Sie für das verschollene Kind einen

Treuhandfonds eingerichtet“, warf Viola ein, „obwohl Sie gar nicht wussten, ob Sie es jemals wiederfinden würden. Hunderttausend Pfund – ich wüsste gar nicht, wofür ich da zuerst spenden würde!“ Sie wurde rot. „Ich meine natürlich, falls sich herausstellen sollte, dass ich Ihre Enkelin bin.“

„Nun ja“, erwiderte Hattie, „in Wirklichkeit sind es ja nur fünfzigtausend Pfund.“ Sie zog die gerahmte Fotografie aus Tabithas Gästezimmer aus der Rocktasche und hielt sie hoch. „Vor zwölf Jahren hat mir jemand dieses Bild zugeschickt. Ich habe es in Thomas’ altem Schlafzimmer aufgestellt, damit es mich immer daran erinnert, wie einsam man wird, wenn man nicht verzeihen kann. Es zeigt meinen Thomas, seine Elizabeth und –“

„Moment mal!“, fiel Frances ihr ins Wort. „Wie kommen Sie darauf, dass es in Wirklichkeit nur fünfzigtausend Pfund sind?“

„Deshalb.“ Hattie deutete auf das Familienfoto. Auf den Stubenwagen.

Tabitha kniff angestrengt die Augen zusammen, sah aber wieder nur die gespreizten Beinchen, die die Decke weggestrampelt hatten. Aber halt – was war das? Es war nur zu erkennen, wenn man ganz genau hinschaute. „Das sind ja zwei linke Füße!“ In dem Stubenwagen musste noch ein Baby liegen. Tabitha sah Hattie erstaunt an. „Sind es etwa zwei Kinder?“

Die alte Dame nickte und stellte das Foto auf den Kaminsims. „Die Zwillinge wurden zur Adoption freigegeben, als sie ein halbes Jahr alt waren. Ein Junge und ein Mädchen. Das Geburtsdatum konnte ich mir ungefähr ausrechnen, und Millie fand schließlich heraus, dass die beiden im Basilius-Heim abgegeben worden waren. Inzwischen habe ich in Millies Schreibtisch den Briefwechsel mit der Heimleiterin gefunden. Die Heimleiterin entschuldigt sich dafür, dass sie die gesuchten Kinder nicht zweifelsfrei identifizieren und Millie nicht einmal sagen konnte, welche davon Geschwister waren. Wenn dort Kinder aufgenommen werden und keinen Brief oder etwas Ähnliches bei sich tragen, stellt man nur fest, ob es Mädchen oder Jungen und wann sie ungefähr geboren sind.

Die Leiterin hat die alten Unterlagen gewälzt, um herauszufinden, an wen die Kinder vermittelt wurden, doch dann fiel ihr der Mai 1895 ein, weil es ungewöhnlich war, dass in diesem Monat gleich drei Zwillingspärchen auf der Schwelle des Waisenhauses abgelegt wurden. Da aber die meisten Adoptiveltern nicht zwei Kinder auf einmal nehmen wollen, wurdet ihr damals einzeln vermittelt." Sie drückte die Hand aufs Herz. „Ich bin ja so froh, dass Millie euch alle zusammen eingeladen hat! Übrigens hatten wir nie vor, einen von euch hier zu behalten. Wir wollten euch nur kennenlernen."

Jetzt sah sogar Frances fassungslos aus. „Wie jetzt, soll das heißen –"

„Psst!", machte Tabitha. „Lass Miss Hattie zu Ende erzählen." Ihre Gedanken überschlugen sich, sie musterte die anderen Kinder prüfend.

Hattie sagte schmunzelnd: „Den Rest könnt ihr euch wahrscheinlich denken."

Barnaby und Frances machten immer noch verwirrte Gesichter und legten die Köpfe im gleichen Winkel schief.

Viola dagegen rief strahlend: „Mensch, Edward! Ist das nicht verrückt, dass wir uns schon ein Leben lang kennen und keine Ahnung hatten, dass wir Zwillinge sind?" Sie schlang die Arme um seine plumpe Gestalt. „Und wie sich erst unsere Eltern freuen werden!"

„Glaubst du das wirklich?" Edward befreite sich aus der Umarmung, rückte seine Brille zurecht und betrachtete Viola von oben bis unten. Dann erschien ein Grinsen auf seinem Gesicht. „Doch, das könnte hinkommen. Auf jeden Fall kann ich mir keine bessere Zwillingsschwester vorstellen. Aber ich bin garantiert der Ältere von uns beiden und habe daher das Sagen."

„Nein, was für eine tolle Überraschung!", schwärmte Viola weiter. „Und Barnaby und Frances haben beide rote Haare – da gehören sie bestimmt auch zusammen."

„*Ich* soll die Zwillingschwester von *dem da* sein?",

rief Frances entsetzt und drückte sich tiefer in ihren Sessel, als könnten ein paar Zentimeter mehr Abstand das Ganze ungeschehen machen.

Hattie nickte. „Ich glaube auch, Liebes. Ihr beide seht euch wirklich schrecklich ähnlich."

Edward nickte bestätigend. „‚Schrecklich' trifft es gut. Ich finde, die beiden passen sogar noch besser zusammen als Viola und ich. Einer ist so fies wie der andere."

„A-aber … ich bin eine Wellington!", protestierte Frances.

Barnaby horchte auf. „Bin ich dann auch ein Wellington?"

„Und Frances ist eine Trundle", sagte Edward schadenfroh.

„Niemals!", rief Frances empört. „Ich weigere mich, mit ihm in Verbindung gebracht zu werden. Das kann gar nicht sein. Der einzige Mensch, der es wert wäre, mein Zwilling zu sein, bin ich selbst."

„Ich glaube, die beiden sind ein bisschen schwer von Begriff", wandte sich Edward an Miss Hattie. „Und man kann es ihnen sowieso nie recht machen."

Aber wenn Barnaby und Frances Zwillinge sind … und Edward und Viola auch, dann …

„Dann ist Oliver mein Bruder!" Tabitha sah fragend zu Hattie hinüber.

Die alte Dame musterte die beiden Kinder, und Tabitha versuchte, Oliver und sich selbst mit den Augen eines Außenstehenden zu sehen. Sie waren beide groß, schlaksig und dunkelhaarig. Der eine war gut gekleidet, die andere nicht. Der eine kam aus einer liebevollen Familie, die andere … nicht.

Geschwister.

Familie.

Als Tabitha dieses Wort in den Sinn kam, das ihr so lange lieb und teuer gewesen war, kamen ihr die Tränen. Offenbar hatten ihre richtigen Eltern sie erst weggeben müssen, damit sie es endlich begriff: Familie bestand nicht immer aus den Menschen, in deren Mitte man hineingeboren wurde, nein, manchmal nicht einmal aus den leiblichen Eltern. Familie war etwas, das einen stärkte, damit man auch schwere Zeiten überstehen konnte. Auch eine Maus konnte Familie sein. Oder ein Kommissar, der niemals aus einem Buch heraustreten würde. Sogar jemand, den man gerade erst kennengelernt hatte.

„Oliver ist mein Bruder“, wiederholte Tabitha, und die Erkenntnis schlug über ihr zusammen wie warmes Badewasser. *Ich bin nicht mehr allein.*

Hattie hatte feuchte Augen, doch sie lächelte. „Ja, auch ihr beide seid euch sehr ähnlich.“

„Aber welche von uns Zwillingen sind denn nun Ihre Enkel? Wer erbt das Geld?“, wollte Frances wissen.

Hattie sah ein Kind nach dem anderen forschend an, ließ den Blick von einem Gesicht zum nächsten wandern und runzelte vor lauter Konzentration die Stirn.

Alle hielten den Atem an.

„Oje", seufzte sie schließlich, „ich bin mir einfach nicht sicher."

„Wie bitte?", keifte Frances schrill. „Jetzt hören Sie mal zu, wie immer Sie in Wirklichkeit heißen mögen, ich bin –"

Doch da kam Simmons wieder herein und strich seine Anzugjacke glatt. „Die Automobile sind durchgekommen und stehen bereit, um Miss Pettigrew zur nächsten Polizeiwache zu bringen. Ich sehe noch mal eben nach dem Butler. Er ist immer noch ganz schön durch den Wind, tut aber sein Möglichstes, um meinen Kollegen von Scotland Yard Rede und Antwort zu stehen. Offenbar hat die Betrügerin auch einiges gestohlen. Der Butler erwähnte, dass in der Gemäldesammlung ein paar Bilder fehlen, auch sonst sind Gegenstände verschwunden. Meine Kollegen hatten ja vorher noch einen Abstecher zum Clavendor Cottage gemacht – die Crums und die Trundles sind weg. Sie haben zu viert eins der Automobile entwendet."

„*Weg?*", rief Barnaby aus. „Aber wohin?"

Tabitha meldete sich wie in der Schule. „Ich tippe auf Spanien."

„Weg“, wiederholte Barnaby ungläubig.

„Keine Sorge, wir fangen sie schon wieder ein“, sagte Simmons beschwichtigend. „Die Londoner Zentrale hat bereits eine Untersuchung eingeleitet, was ihre finanziellen Aktivitäten betrifft. Anscheinend hat Mr Trundle gern mit fremdem Geld an der Börse spekuliert. Wie kommst du denn auf Spanien, Tabitha? Hast du zufällig Informationen oder Unterlagen, die darauf hindeuten?“

Tabitha zögerte. Das mit Spanien war ihr einfach herausgerutscht, aber das Land war vermutlich groß genug, dass die Crums dort untertauchen konnten. Einerseits war sie verpflichtet, der Polizei Auskunft zu geben – andererseits kam es ihr irgendwie nicht richtig vor, ihre Eltern hinter Gitter zu bringen. Trotz allem hatten die beiden sie großgezogen. Auch Kommissar Clever, der hohe Moralvorstellungen hatte, würde in so einem Fall bestimmt nicht rachsüchtig handeln.

Denn Rachsucht konnte einen Menschen vergiften. Wenn man aus Hatties Schicksal eines lernen konnte, dann das: Versöhnlichkeit war etwas Segensreiches. Wenn man jemandem auf ewig grollte, selbst wenn einem der Betreffende allen Anlass dazu gegeben hatte, machte man sich nur selbst das Leben schwer.

Doch dann kam Tabitha ein anderer Gedanke. Vielleicht half es dem Moralempfinden ihrer Eltern ja auf die Sprünge, wenn sie bestraft wurden – und so nickte sie schließlich. „Ich habe Bankunterlagen und andere Papiere. In meiner Reisetasche oben im Ostflügel." Vielleicht durften ihre Eltern ja Mr Maunz ins Gefängnis mitnehmen. Den Kater liebten sie immerhin wirklich.

„Bravo, Tabitha", sagte Oliver. „Eltern, die ihr Kind ins Waisenhaus abschieben wollen, gehören sowieso hinter Gitter."

Miss Hattie sah Tabitha an. „Wie bitte? Stimmt das?"

„Ist doch nicht so wichtig", wehrte Tabitha rasch ab, aber es war natürlich wichtig, und sie spürte, wie sich Hatties Mitgefühl als schwere Last auf ihre Schultern legte. Sie senkte den Kopf und sagte leise zum Fußboden: „Ja, es stimmt."

Zum Glück brach Agnes die darauffolgende Stille. „Dann zeige ich Mr Simmons mal, wo Tabithas Zimmer ist." Sie lächelte den Scotland-Yard-Mann schüchtern an und knickste. „Wenn es Ihnen recht ist, Sir." Die Köchin blickte argwöhnisch vom einen zum anderen.

Oliver hüstelte diskret und fragte: „Was ist eigentlich mit meinen Eltern?"

„Die drei Ehepaare Appleby, Herringbone und Dale haben sich zur uneingeschränkten Mitarbeit bereiterklärt", gab Simmons zurück.

„Meine Eltern bestimmt auch", sagte Frances selbstbewusst und warf ihre Locken zurück.

„Nun ja …", erwiderte Simmons verlegen.

Frances stampfte mit den Fuß auf. „Nun ja? Was wollen Sie damit sagen?"

Simmons wand sich, antwortete aber: „Mrs Wellington hat sich bei der Befragung ein bisschen aufgeregt und behauptete, das einzige Verbrechen, das hier stattgefunden hätte, sei der Diebstahl eines großen Smaragds aus ihrem Besitz. Sie hat uns den Stein ganz genau beschrieben."

Miss Hattie zog die Augenbraue hoch. „Sprechen Sie etwa von dem Smaragd, der kürzlich aus dem British Museum gestohlen wurde? Darüber haben alle Zeitungen berichtet."

Simmons nickte. „Ja, der ist es wohl."

„Dann fragen Sie doch mal Frances danach, Mr Simmons", warf Viola ein. „Geht es um so einen großen, grünen, glitzernden Klunker? Ich glaube, über den kann sie Ihnen etwas erzählen."

Frances sah hektisch zwischen Simmons und Hattie hin und her. „Sie wollen meine Eltern doch nicht etwa wegen so einem blöden Edelstein verhaften, oder?"

Tja, wie es aussah, war Frances nicht die einzige Diebin in der Familie Wellington – und vor nur ein paar Stunden hatte Tabitha ebendiese Vermutung gegenüber der falschen Gräfin geäußert. *Volltreffer, Kommissarin Crum.*

Die Tür öffnete sich erneut, und Phillips kam herein.

Er hatte einen braunen Mantel über dem Arm und einen offenbar ziemlich schweren Koffer in der Hand. Als Mary Pettigrew ihn erblickte, zog sie abermals verzweifelt an ihren Fesseln.

Der Anblick der Zwillingschwester seiner früheren Arbeitgeberin brachte Phillips immer noch ein wenig aus der Fassung. Er sah zweimal hin, ehe er sich vor ihr verbeugte und sagte: „Die Polizei hat mir das Ganze noch einmal erklärt, Eure Ladyschaft. Mein herzliches Beileid zum Tod Ihrer Schwester. Bitte glauben Sie mir, dass ich bei Marys Betrug nur mitgespielt habe, weil ich um mein Leben fürchtete." Er blickte schaudernd zu der Gefangenen hinüber. „Sie ist skrupellos. Ein Leben mehr oder weniger gilt ihr nichts."

Tabitha dachte betrübt an Pemberley.

Auch Hattie blickte Mary Pettigrew an und wandte sich an die Köchin: „Nehmen Sie der Verräterin doch bitte den Knebel aus dem Mund. Ich möchte hören, was sie zu ihrer Verteidigung zu sagen hat."

Doch Mary Pettigrew hatte Hattie nichts zu sagen, sondern sammelte stattdessen eine erstaunliche Menge Spucke im Mund und spie sie Phillips vor die Füße. „Sie ist an einem zweiten Schlaganfall gestorben, du Trottel! Mir war es da doch schon egal, ob sie das richtige Kind identifiziert, außerdem hatte diese reiche Kuh es verdient, aber bevor ich sie erdrosseln konnte, ist jemand im Dunkeln in mich reingerannt, und ich hab mit dem Leuchter statt ihrem Schädel die Vase getroffen. Niemand hat sie umgebracht, kapiert?"

Phillips zuckte die Achseln. „Aber du hattest es vor, und du warst die einzige Person im Raum, die ihr Tod kaltgelassen hat." Mit einem Seitenblick auf Frances setzte er hinzu: „Außer dir vielleicht noch." Dann wandte er sich zu Simmons um. „Die Kinder haben großes Glück gehabt. Sobald ihr das Geld aus dem Treuhandfonds sicher gewesen wäre, wollte sie ihr Enkelkind aus dem Weg räumen."

Mary protestierte schrill: „Und du hast mir vorgelogen, dass du mich *liebst*, du ranzige Speckschwarte! Das Ganze war doch *deine* Idee! *Du* hast den zerknitterten Zettel in ihrer gelähmten Hand entdeckt. Und ja, ich habe ihre Rolle gespielt, aber du hast mitgemacht. Du hast mich dem neuen Personal als Gräfin vorgestellt und mir Komplimente gemacht, wie gut mir ihre Kleider stehen."

„Aus reinem Selbstschutz! Du hast mich den ganzen Tag mit deinen Messern bedroht, und nachts hast du mich gefesselt." Er rieb sich die Handgelenke, verzog das Gesicht und nickte Simmons zu. „Das ist die Wahrheit."

„Lügner!" Mary zerrte wieder an ihren Fesseln. „Wir werden beide reich, hast du gesagt! So stinkreich, dass wir … dass wir …" Ihre Stimme bebte, und dann brach sie plötzlich zusammen, soweit man zusammenbrechen kann, wenn man auf einen Stuhl gefesselt ist. „Dass wir heiraten können“, fügte sie tonlos an.

Genau das, was Kommissar Clever in Der vermögende Vormund *sagt – ein Mischmasch aus Geld, Macht und Liebe.*

„Du lügst wie gedruckt, Süße“, entgegnete Phillips gelassen. „Ich würde dich niemals heiraten, schon gar nicht, nachdem du versucht hast – wie soll ich es ausdrücken –, mich zu dir in die ‚Gosse‘ hinunterzuziehen. Übrigens hast du mir die ganze Zeit Komplimente über meinen charmanten Dialekt gemacht und meintest, es wäre jammerschade, dass ich ihn mir bei der Arbeit verkneifen muss. Aber lieber komme ich aus einem Elendsviertel in Ostlondon und verdinge mich ehrlich als Butler, als dass ich in einem Herrenhaus die Köchin spiele und heimlich Mordpläne aushecke. Wenn hier jemand Dreck am Stecken hat, dann ja wohl du!“

Mary schluchzte bitterlich.

Aus Ostlondon, soso. Die gewählte Ausdrucksweise hat er sich also antrainiert. Aber warum kommt mir sein Mantel so bekannt vor?

„Ich steck jetzt den Knebel wieder rein!“, verkündete die Köchin energisch, zögerte kurz, bückte sich dann und zog den nassen Stofffetzen durch die Asche im Kamin.

„Und ich verabschiede mich." Phillips tippte sich an die Krempe seines braunen Hutes und hob mit einiger Mühe den schweren Koffer an. „Hab seit fünfzehn Jahren nicht mehr richtig Urlaub gemacht. Sie brauchen mich aber nicht zum Bahnhof zu bringen, ich nehme das letzte Automobil."

„Ich hab seit Jahren nicht mehr richtig Urlaub gemacht" – wo habe ich das bloß schon mal gehört?

Simmons schüttelte den Kopf. „Sie müssen uns die nächsten ein, zwei Tage zur Verfügung stehen, falls wir noch Fragen haben."

„Ach so?" Phillips hielt inne, scharrte aber mit den Füßen, als tanzte er auf der Stelle. „Verstehe, verstehe. Dann bleibe ich natürlich hier, Sir. Sie finden mich im Hotel McAvoy. Ich bin ja schon heilfroh, dass ich nicht mehr jede Minute um mein Leben fürchten muss. Ich staune selbst, dass ich nie ohnmächtig geworden bin."

Ohnmächtig?

„Halt!" Tabitha trat vor. „Wenn Sie so um Ihr Leben gefürchtet haben, warum haben Sie dann nichts unternommen, als die falsche Gräfin nach Millies Tod ohnmächtig war?" Der Butler ging langsam rückwärts in Richtung Tür. „Wie Edward ganz richtig meinte, hätten Sie ihr doch bei dieser Gelegenheit die Messer abnehmen und sie anschließend fesseln können."

Und das Hotel McAvoy? Was ist noch gleich damit?

„Außerdem ist das überhaupt nicht sein eigener Koffer“, setzte sie hinzu, denn jetzt hatte sie endlich die Telefonstimme von Mr Hut & Mantel aus dem Hotel wiedererkannt. „Den hat er nämlich vorsichtshalber abgegeben.“

„Wieso vorsichtshalber?“, fragte Viola.

„Ja, wieso?“, schloss sich Hattie ihr an.

Mary entfuhr ein wilder Aufschrei, und sie versuchte, dem Knebel in der Hand der Köchin durch heftiges Kopfschütteln auszuweichen. „Ja, wieso, Phillips? Du wolltest mich doch wohl nicht *verlassen*, oder doch?“

„Kommen Sie bitte wieder her!“, sagte Simmons nachdrücklich, und Phillips blieb in der Tür stehen. „Wo ist denn sein eigener Koffer, Tabitha?“

„Im Hotel McAvoy. Er hat ihn für den Fall, dass etwas schiefgehen würde, dort zur Aufbewahrung abgegeben. Um fliehen zu können, nehme ich an. An dem Tag, als wir dort angekommen sind, hat er uns die ganze Zeit bespitzelt.“ Sie blickte den Butler, der widerstrebend zurückgekommen war, durchbohrend an. „Als wir in Hollingsworth Hall eingetroffen sind, haben Sie braune Schuhe getragen – passend zu Ihrem Hut und Mantel. Die Schuhe sind auf dem Weg vom Hotel hierher nass geworden und haben bei der Hausführung leise gequietscht. Als Sie uns hier begrüßt haben, hatten Sie zwar Ihre Uniform wieder angezogen, aber die Schuhe nicht gewechselt, weil Mary Ihre Butlerschuhe zum Putzen gegeben hatte. Ich meine die schwarzen Schuhe, die Sie gerade tragen." Sie deutete auf seine Füße.

„Und wem gehört dann der Koffer, den er jetzt dabeihat?", fragte Hattie verständnislos.

„Das muss mein Reservekoffer sein", meldete sich Frances zu Wort. „Unverschämtheit!"

Auch Oliver ging jetzt ein Licht auf. „Das Automobil! Er hat es absichtlich fahruntüchtig gemacht. Er hatte den Kofferraum schon mit Diebesgut vollgeladen!"

Tabitha klopfte ihm anerkennend auf die Schulter. „Gut erkannt, mein lieber Tibbs."

„Tibbs?"

„Vergiss es und sprich weiter, Bruder."

„Außerdem hat er mehrere Gemälde aus der Galerie geklaut und in der Garage unter einer Plane abgestellt, um sie ebenfalls mitzunehmen."

„Ich hab doch gleich gesagt, dass der Schuldige immer der Butler ist!", triumphierte Barnaby.

„Halt die Klappe!", fuhr ihn Frances an. „Passt lieber auf, dass Phillips nicht mit meinem Koffer entkommt. Er ist schon wieder halb zur Tür hinaus!"

Daraufhin hörte man einen Augenblick lang nur die davoneilenden Schritte des Butlers, bis Simmons sich besann und losstürzte. Doch er war noch nicht weit gekommen, als aus der Eingangshalle ein ausgesprochen unmännliches Kreischen ertönte, gefolgt erst vom Scheppern einer Ritterrüstung und dann von einem Schmerzensschrei.

Alle liefen los und drängten sich um den inmitten von Blechteilen am Boden liegenden Phillips. Sein Koffer war aufgesprungen, Schmuck und kleinere Kunstgegenstände waren herausgefallen. Der Butler rappelte sich stöhnend hoch und drückte die Hand auf die Wange. Etwas Glänzendes lugte unter seinen Fingern hervor.

„Haltet ihn!“, rief Viola.

„Schlagt ihn k.o.!“, kommandierte Edward breit grinsend.

„Tod dem Butler!“, gellte Barnaby schrill und wurde puterrot, als ihn alle missbilligend ansahen.

„Schwachkopf!“, fauchte Frances, wobei die Beleidigung vermutlich sämtlichen Anwesenden galt.

Simmons hatte Phillips bereits überwältigt. „Hiergeblieben, du Schuft. Wer fliehen will, sollte sich geschickter anstellen.“ Dann fiel sein Blick auf die rechte Wange des Butlers, und er wurde blass. „Mein Gott, was ist das denn?“

„Eine Ratte!“, ächzte Phillips und schaute panisch um sich.

„Eine Ratte!“, kreischte Frances und klammerte sich an Barnaby.

„Eine Ratte?“, wiederholte Tabitha verdutzt.

„Ja, eine Ratte“, bestätigte Phillips kläglich. „Das blöde Vieh hat mich erschreckt. Ich bin gestolpert und hingefallen, und dann hat mich was gestochen.“ Er verrenkte sich den Hals nach Simmons. „Entweder lassen Sie mich kurz los oder Sie ziehen es selbst raus.“ Er jammerte leise, hielt aber still, als ihm der Scotland-Yard-Mitarbeiter etwas Glänzendes aus der Wange zog und es anschließend hochhielt.

Es war die Rabenbrosche.

Tabitha schnappte überrascht nach Luft, und Hattie drängte sich durch die aufgeregte Kinderschar und starrte den Messingvogel gebannt an. Ihr Mund klappte auf, ihr Atem ging ein wenig pfeifend, ähnlich wie der Wind, wenn er die Richtung ändert.

„O nein!“ Sie schlug die Hand vor den Mund.

„O nein!“, entfuhr es auch Tabitha, aber ehe sie sich dafür entschuldigen konnte, dass die Brosche einen Unfall verursacht und die alte Dame erschreckt hatte, verhakte sich ihr Strumpf an der umgekippten Ritterrüstung. Als sie sich hinkniete, um sich zu befreien, wäre sie beinahe mit der Nase an einen riesigen Brillantring gestoßen – und an den äußerst vergnügt blickenden Mäuserich, der den Ring um den Hals trug.

„Pemberley! Du lebst noch!“ Tabitha vergaß alles um sich herum. Sie hob ihren Freund auf, drückte ihn an sich, herzte und küsste ihn und sprach in zärtlich gurrendem Ton auf ihn ein: „Ich kann's nicht glauben! Sie hat dich gar nicht totgetreten! Du warst nur bewusstlos. Aber was hat dich gerettet?"

Oliver kam zu ihr herüber und kraulte Pemberley mit einem Finger behutsam den Rücken. „Vermutlich der Ring. Wenn er dieses Riesending um den Hals hat, kann ihm niemand den Schädel eintreten. Freut mich sehr, dich kennenzulernen, Pemberley."

„Du bist der beste und tollste Mäuserich auf der ganzen Welt! Ich hab dich *soooo* lieb!" Tabitha legte die Lippen an das weiche Mäuseohr und versprach ihrem Partner flüsternd Berge von Käse und dass alles gut ausgehen würde.

„Sieh dir das an", sagte Barnaby verächtlich zu seiner Schwester. „Tabitha Crum liebt 'ne dreckige Ratte."

Frances erwiderte mit ebenso angewiderter Miene: „Und Oliver Appleby hat das Vieh auch gestreichelt. Ein nettes Pärchen!"

Während Simmons dem Butler die Hände auf dem Rücken zusammenband (mit Küchengarn, das eine übereifrige Agnes herbeiholte: „Kann ich Ihnen sonst noch etwas bringen, Herr Kommissar? Bleiben Sie doch zum Abendessen, Herr Kommissar!"), kehrten die anderen Erwachsenen und die Kinder in die Bibliothek zurück.

Zwei Herren in Anzügen kamen herein und trugen

den Stuhl mit Mary Pettigrew so mühelos hinaus, als wöge sie nicht mehr als eine volle Teetasse.

„Was für ein Abenteuer!", sagte Viola mit geröteten Wangen. „Das muss ich unbedingt Mummy und Daddy erzählen!"

„Aber vergiss nicht zu erwähnen, dass du dabei eine wichtige Rolle gespielt hast", entgegnete Tabitha und freute sich, als ihre neue Freundin daraufhin noch mehr errötete.

Hattie mischte sich ein. „Aber bevor alle allen von diesem Wochenende erzählen, müssen wir noch ein paar Dinge besprechen."

„Ach ja?", erwiderte Frances patzig. „Und wie wollen Sie mich am Erzählen hindern, hä? *Sie* haben den König von England angelogen, um einen Adelstitel zu ergattern, und da sollen *wir* den Mund halten?"

„Gute Idee! Halt einfach den Mund", konterte die Köchin. „Du bist ja noch unausstehlicher als die falsche Gräfin."

„Allerdings!", entschlüpfte es Viola. „Ich kann dich auch nicht ausstehen!" Ihre Miene war bei diesem Geständnis halb ängstlich, halb stolz.

„Hört, hört!", machte Edward. „Wohl gesprochen, Viola."

Hattie nickte Simmons zu, der inzwischen zusammen mit Agnes wieder aufgetaucht war, und sagte dann zu

Viola und der Köchin: „Danke für die Unterstützung, aber um alles andere wird sich Scotland Yard kümmern. Könnten wir jetzt vielleicht etwas zum Abendessen bekommen? Drüben im Esszimmer?"

Edward sprang auf. „Ich will mithelfen!"

Das brachte sogar die bärbeißige Köchin zum Schmunzeln. „Hoffentlich kannst du so gut Gemüse schnippeln und Rezepte lesen, wie du futtern kannst, junger Mann."

„Ich will auch mitmachen", sagte Viola.

Die Köchin sah sich nach den anderen Kindern um. „Dann nehmen wir die zänkischen Zwillinge in Gottes Namen auch noch mit. Kommt, Frances und Barnaby."

Der kleine Trupp verließ die Bibliothek, sodass Oliver und Tabitha mit Hattie allein blieben. Tabitha blickte Frances Wellington nach. „Ich habe nachgedacht, Miss Hattie. Ich glaube, ich weiß, wo der Umschlag ist, den Sie suchen."

„Wo denn?"

„Hinter den Gedichten von Wordsworth. Frances hat dort irgendetwas versteckt."

Sie sprang auf die fahrbare Leiter, stieß sich ab und sauste zu dem entsprechenden Regal hinüber. Tatsächlich steckte hinter dem Wordsworth-Band ein dicker Umschlag. Als Tabitha hineinspähte, erblickte sie ein Bündel Geldscheine.

Hattie ließ sie nicht aus den Augen. „Der Brief muss auch noch drin sein. Am besten liest du ihn einfach vor."

Ganz unten in dem Umschlag lag ein vergilbtes, gefaltetes Blatt Papier, das man leicht mit einem Geldschein verwechseln konnte. Frances war es wahrscheinlich gar nicht aufgefallen. Tabitha strich es glatt und las laut vor, wobei sie sich Mühe geben musste, dass ihre Hände und ihre Stimme nicht zitterten.

Liebe Mrs Darling,

ich weiß, dass Sie dagegen waren, dass Ihr Sohn mich geheiratet hat, aber als er und ich zusammen aufwuchsen und uns schließlich ineinander verliebten, ahnten wir noch nichts von Klassenunterschieden. Als Thomas mit mir durchbrannte, wollte er Sie damit nicht verletzen, und auch ich wollte Ihnen nicht wehtun oder Sie kränken. Wir wollten bloß eine eigene Familie gründen. Da ich aber weiß, wie sehr Ihnen unsere Verbindung missfällt, möchte ich Ihnen keinen weiteren Kontakt zumuten.

Trotzdem sollen Sie wissen, dass die Kinder entzückend sind. Ein Junge und ein Mädchen, die sich über eine Großmutter freuen würden. Vielleicht lernen Sie die beiden ja doch eines Tages kennen, wenn Sie Thomas und mir verziehen haben. Die Kinder brauchen eine Großmutter, die sie so innig liebt, wie sie es verdienen, und sie verdienen es wahrhaftig.

Gestern brachte der Postbote die beiliegende Fotografie, die wir vor etwa einem Monat haben aufnehmen lassen. Bitte behalten Sie das Bild als Erinnerung an Thomas, mich und Ihre Enkelkinder. Ich wünsche Ihnen und Tante Millie alles Gute. Außerdem möchten Thomas und ich Ihnen meinen Lohn in voller Höhe zurückerstatten, weil das Ihren Ärger und Ihre Enttäuschung vielleicht ein wenig mildert.

Elizabeth

Tabitha musste erst mal tief durchatmen. „Verzeihung", sagte sie dann. „Die beiden haben Sie um Verzeihung dafür gebeten, dass sie sich eine Familie gewünscht haben."

Eine Hand legte sich leicht auf ihre Schulter. „Und ich konnte Ihnen nicht verzeihen", erwiderte Hattie, „obwohl sich Elizabeth so anständig benommen hat. Ich habe den Brief nie beantwortet. Nur Millie wusste, was für ein schlechtes Gewissen ich im Lauf der Jahre deswegen hatte. Ich habe sogar mal zu ihr gesagt, dass ich meinen verschollenen Enkeln lieber das ganze Geld anonym überweisen würde, als sie kennenzulernen und mich mit meinem Versagen auseinanderzusetzen." Sie schüttelte den Kopf und wischte sich Tränen aus den Augen. „Und die Brosche war die ganze Zeit hier im Haus! Vielleicht hat Elizabeth sie ja zurückgeschickt, und Millie hat es mir bloß nie erzählt."

Tabitha horchte auf. „Meinen Sie etwa die hübsche Rabenbrosche?"

„Ich hatte sie Elizabeth geschickt, als mir Thomas mitteilte, dass sie heiraten wollten. Mit dem Raben wollte ich ihr sagen, dass sie uns alle ins Unglück stürzt, weil sie mir meinen Sohn wegnimmt. Ich fand das damals sehr poetisch und passend und dachte, sie würde sich das mit der Hochzeit vielleicht noch mal überlegen. Aber ich kann mir nicht erklären, wieso die Brosche jetzt wieder aufgetaucht ist."

Tabitha hatte plötzlich Herzklopfen. „Meine Adoptivmutter hat sie mir geschenkt. Sie wusste selbst nicht mehr, wo sie sie herhatte. Glauben Sie ... glauben Sie, meine leibliche Mutter hat sie mir damals mitgegeben?"

Hattie wurde leichenblass und drückte Tabithas Hand so fest, dass es wehtat. Ehe sie antwortete, schluckte sie zweimal schwer. „Die Brosche gehört dir?"

„Nein." Tabitha schüttelte den Kopf. „Sie gehört *Ihnen*. Ich habe sie nur zurückgebracht. Und der Rabe hat geholfen, Phillips zu verhaften – insofern bringt er offenbar kein Unglück."

„Entschuldigung, Miss Hattie, aber gehört das hier zufällig auch Ihnen?" Oliver holte das Taschenmesser aus der Hosentasche. In die Griffschale waren die Buchstaben *TSD* eingraviert. „Das wurde zusammen mit mir im Waisenhaus abgegeben. Meine Eltern haben gesagt, dass es meinem Vater gehört hat." Als Tabitha ihn erstaunt ansah, setzte er ein bisschen zerknirscht hinzu:

„Wir hatten uns drauf geeinigt, dass ich der Gräfin erst mal nichts davon erzähle. Meine Eltern waren sich nicht sicher, ob sie vertrauenswürdig ist." Er grinste schief. „Recht hatten sie."

„Ich nehme es dir überhaupt nicht übel." Hattie nahm das Taschenmesser entgegen und drehte es hin und her. „Ja, das sind seine Initialen: Thomas Sebastian Darling." Das Lächeln überzog ihr Gesicht mit einem Netz aus bittersüßen Fältchen, verwandelte es in ein gefurchtes Blumenbeet aus Kummer und Freude. „Das Messer hat meinem Sohn gehört. Reginald hatte das gleiche, wie alle Außendienstmitarbeiter von Scotland Yard. In dem Jahr, in dem er ermordet wurde, hat er dieses hier für Thomas anfertigen lassen."

Sie ging zum Kamin und stellte die gerahmte Fotografie auf den Sims. „Und das da seid ihr beide." Sie tippte auf den Stubenwagen. „Jetzt habe ich keine Zweifel mehr. Du bist der zwölf Jahre alten Elizabeth wie aus dem Gesicht geschnitten, Tabitha. Bevor die Brosche aufgetaucht ist, dachte ich noch, ich bilde mir das vielleicht nur ein. Ich wollte keins von euch Kindern ungerecht bevorzugen. Inzwischen bin ich mir ganz sicher. Du bist meine Enkeltochter, und Oliver ist mein Enkelsohn."

Tabitha fiel das Abendessen an ihrem Ankunftstag wieder ein, und ihr stockte der Atem. „Ell-b-b-b!", hatte

Millie gelallt, aber sie hatte damit nicht gemeint, dass Tabitha die Ellenbogen vom Tisch nehmen sollte, sondern hatte „Elizabeth“ sagen wollen.

Hattie beugte sich so weit vor, bis ihre alten Tränen die junge Wange benetzten. „Ich bin ja so froh, dass ich dich endlich gefunden habe!“, flüsterte sie. „Und dich auch, Oliver.“ Sie nahm seine Hand. „Du bist ein prächtiger junger Mann und hast die Augen deines Vaters.“ Sie tupfte Tabitha das Gesicht ab. „Entschuldige bitte, Liebes, hier drin ist es entsetzlich staubig. Ich schlage vor, dass ihr mich erst mal weiter ‚Miss Hattie‘ nennt, bis wir einander besser kennengelernt haben – einverstanden?“

Tabithas Augen juckten und tränten, sie nickte. „Ja, hier ist es wirklich sehr staubig“, bestätigte sie, und als sie das Foto wieder ansah, flatterte ihr Herz wie ein Vogel.

Wie eine Vogelbrosche, die lebendig wird.

„Geht es dir nicht gut, Liebes? Tut dir der Fuß weh? Du humpelst nämlich.“

„Mit meinem Fuß ist alles in Ordnung. Vielleicht … vielleicht fühlt sich so ja Glück an.“ Tabitha schaute ihrem Bruder fragend in die Augen, die, wie sie jetzt feststellte, nussbraun mit grasgrünen und honiggoldenen Pünktchen drin waren. „Ich habe immer gehofft, dass es irgendwo Menschen wie euch beide gibt und dass ich sie irgendwann kennenlerne“, sagte sie leise. „Ich wusste, dass es eine kindische Hoffnung war, aber ich konnte sie einfach nicht aufgeben.“

„Du bist stur“, erwiderte Hattie. „Das hast du von deinem Vater und Großvater.“

„Und was machen wir jetzt?“, fragte Oliver.

„Jetzt? Nun, ich nehme Tabitha zu mir, und du lebst weiter bei deinen Eltern, kommst uns aber hoffentlich oft besuchen. Ich weiß, ich habe es nicht verdient – aber wenn ihr beide euch überwinden könntet, mir zu verzeihen, würde mich das überglücklich machen. Könnt ihr euch vorstellen, dass wir doch noch so etwas wie eine Familie werden?“

Tabitha nickte lächelnd. „Das kann ich mir sogar sehr gut vorstellen.“

Auch Oliver nickte. Er war sichtlich erleichtert. „Ich auch.“

„Das ist schön, denn ich brauche eure Hilfe. Ich muss meine innig geliebte Schwester zu Grabe tragen und Camilla Lenore DeMoss, Gräfin von Windermere, unter die Erde bringen. Ich habe es satt, mit einer falschen Identität zu leben. Ständig sein wahres Selbst verbergen zu müssen, ist furchtbar anstrengend.“

„Und wir müssen uns überlegen, was wir der Presse erzählen“, warf Tabitha ein.

„Stimmt ja“, sagte Hattie.

„Richtig“, sagte Oliver, „in der *Times* stand ja der Artikel über die Einladung nach Hollingsworth Hall. Bestimmt versuchen die Reporter herauszufinden, wie das Wochenende verlaufen ist. Weil Sie vorher nie Besuch empfangen haben, sind alle neugierig.“

„Wahrscheinlich war das gewissermaßen mein Glück, denn wenn die Sache kein öffentliches Aufsehen erregt hätte, wäre Simmons vielleicht gar nicht von Scotland Yard hergeschickt worden.“ Hattie rieb sich seufzend das Kinn. „Am besten verfassen wir eine Presseerklärung, allerdings will mir im Moment überhaupt nichts einfallen. Du hast doch genug Kommissar-Clever-Romane gelesen, um dir etwas Glaubwürdiges auszudenken, Tabitha. Vielleicht könntest du das für mich übernehmen?“

Tabitha zögerte kurz, dann strahlte sie übers ganze Gesicht. „Mit dem größten Vergnügen.“

24.

„Eine gute Mahlzeit ist immer ein gutes Ende, hab ich recht, Tibbs? Beziehungsweise in Ihrem Fall mehrere gute Mahlzeiten und dazu einen großen Becher Milch. Also wirklich – welcher erwachsene Kommissar trinkt seine Milch aus einem Becher?“

Kommissar Clarence Clevers neuester Fall
Das fröhliche Findelkind

Zwei Wochen später brauste wieder ein Schneesturm um Hollingsworth Hall. Drinnen war alles weihnachtlich rot und grün geschmückt, der harzige Duft der Tannengirlanden erfüllte die Räume, und das Grammofon im Wohnzimmer war auf volle Lautstärke gestellt und verbreitete heitere Festtagsstimmung. Tabitha und ihre Großmutter saßen inmitten von aufgeschlagenen Kommissar-Clever-Romanen auf dem Sofa in der Bibliothek.

Hattie ließ die Zeitung sinken und fragte: „Was strickst du da eigentlich, Tabitha? Oliver, Viola und Edward müssten bald hier sein, und die Köchin hat gesagt, dass das Mittagessen gleich fertig ist, du kannst dir also schon mal die Hände waschen. Sie hat wieder so einen Riesenkuchen gebacken wie zu deinem Geburtstag. Hallo, Pemberley!" Sie streichelte dem Mäuserich, der auf einen Beistelltisch geklettert war und von seinem eigenen Stück Kuchen naschte, das Köpfchen.

„Ist es denn schon so spät? Ich hab gar nicht mehr auf die Zeit geachtet."

Zur allgemeinen Freude konnten Barnaby und Frances nicht an der kleinen Wiedersehensfeier teilnehmen. Barnaby war von einem Onkel aufgenommen worden, der ihn postwendend ins Internat gesteckt hatte, und Frances hatte nur noch eine einzige entfernte Verwandte, nämlich eine Missionsschwester, der die unverhoffte Unterstützung bei ihrer Arbeit in einem abgelegenen südamerikanischen Dorf äußerst willkommen war.

Tabitha hielt den fast fertigen blauen Schal in die Höhe. „Der ist für Oliver, als nachträgliches Geburtstagsgeschenk." Als die Tür knarrend aufschwang, wandte sie sich um. Es waren die Köchin und Agnes. „Ich komme ja schon!"

„Wir wollten uns bloß vergewissern, dass du über deinen Büchern nicht wieder alles vergisst", gab Agnes zurück. „In den letzten vierzehn Tagen hast du insgesamt fünf Mahlzeiten verpasst."

„Tut mir leid. Für wen ist denn der Kuchen? Haben wir etwas zu feiern?"

„Wir feiern das Dahinscheiden von Camilla DeMoss, Gräfin von Windermere, dieser grässlichen Person." Die Köchin wurde rot und setzte rasch hinzu: „Damit meine ich natürlich die Gräfin, die ich gekannt habe, gnädige Frau. Sie und Ihre Schwester hätten sich bestimmt nicht so schlecht benommen."

„Vielen Dank für das Kompliment", erwiderte Hattie schmunzelnd. „Ich hoffe sehr, dass Agnes und Sie bei uns bleiben, wo immer wir uns niederlassen. Ich werde Ihren Lohn großzügig erhöhen, und über weitere Vergünstigungen können wir gern reden. Tabitha hatte übrigens recht – Sie kochen göttlich."

Die Köchin wurde noch röter und schielte zu Agnes hinüber, die nachdrücklich nickte. „Ja, da reden wir gern drüber, gnädige Frau."

„Eine gute Entscheidung", sagte Tabitha, als die Frauen wieder gegangen waren. „Ich glaube, die beiden sind richtige Busenfreundinnen."

„Stimmt, und außerdem setze ich darauf, dass sie verschwiegen sind, wenn sie länger bei uns bleiben. Wie schätzt du die beiden charakterlich ein? Dein Großvater war ein hervorragender Menschenkenner."

„Ich glaube nicht, dass ich eine gute Menschenkenntnis besitze", antwortete Tabitha seufzend. „Mir ist in den letzten vierzehn Tagen vieles durch den Kopf gegangen. Ich hätte Phillips wahrscheinlich nicht durchschaut, auch wenn mir von Anfang an irgendetwas seltsam an ihm vorkam. Und die Gräfin, ich meine Mary Pettigrew, auch nicht. Natürlich habe ich gespürt, dass sie nicht ganz richtig im Kopf ist, aber sonst ... Nein, ich habe das Ganze überhaupt nicht begriffen."

„Der erste Fall ist immer der schwerste", sagte Hattie tröstend und griff über Tabitha hinweg nach der Schublade eines Beistelltischchens. Sie zog die Schublade auf, holte einen unbeschrifteten Umschlag heraus und hielt ihn Tabitha hin. „Für dich. Ein kleines nachträgliches Geburtstagsgeschenk."

„Was ist es denn?"

„Tja, wer weiß?", entgegnete Hattie verschmitzt. „Aber bevor du den Brief aufmachst, lies bitte das hier." Sie überreichte Tabitha die Zeitung. „Die *Times* hat deine Presseerklärung in einem anderen Artikel noch einmal abgedruckt."

„Ach ja?" Als Tabitha die Schlagzeile sah, musste sie grinsen.

VERMÄCHTNIS DER GRÄFIN GIBT WEITERHIN RÄTSEL AUF – KEINE ERBEN VORHANDEN

Es war wohl die aufsehenerregendste Neuigkeit des Jahres 1906 – Camilla DeMoss, Gräfin von Windermere, lud im vergangenen Monat sechs Kinder auf ihren Landsitz ein. Über den Anlass kursierten zahlreiche Gerüchte. Mal hieß es, die Gräfin suche einen Erben für ihr Vermögen, dann wieder, sie litte an einer Geisteskrankheit, oder aber, sie plane einen Massenmord.

Die Eingeladenen mussten Verschwiegenheit geloben, und die Augenzeugenberichte derjenigen, die sich nicht daran gehalten habe, wurden von Scotland Yard für unwahr und unzulässig erklärt. Mit Sicherheit können wir nur berichten, dass die Einladung mit dem Tod der Gräfin und der Verhaftung von sechs Bürgern endete, außerdem erhielt die Familie Dale eine hohe Geldsumme.

Nur wenige Stunden vor ihrem bevorstehenden Ende verfasste die Gräfin folgende erstaunliche Erklärung:

Ich, Camilla Lenore DeMoss, habe mehrere Kinder und deren Eltern nach Hollingsworth Hall eingeladen und bin überzeugt, dass ganz England rätselt, was eine exzentrische Einsiedlerin wie mich dazu bewogen hat. Für den Fall, dass ich unerwartet sterben sollte, möchte ich meine Beweggründe hier schriftlich festhalten, damit gegebenenfalls die Wahrheit über mich ans Licht kommt.

In Wahrheit bin ich nämlich ein einsamer Mensch. Seit dem Tod meines Gatten, meiner Schwester und meines Sohnes bin ich zutiefst verbittert. Ich habe keine Erben, und dass ich allein bin, ist ganz und gar meine eigene Schuld. Mein einziger Trost besteht darin, mein Geld für wohltätige Zwecke zu spenden. Vielleicht kann ich auf diese Weise das Gute bewirken, das zu tun ich vor Jahren versäumt habe.

Ich spüre mein Ende nahen und muss mich fragen, was mir eigentlich wichtig ist. Die Antwort lautet: Familie. Doch das, was mir wirklich am Herzen liegt, kann mir weder mein Vermögen noch mein Adelstitel verschaffen. Die Kinder habe ich zu mir eingeladen, damit wieder ein wenig Leben um mich ist. Meine Familie fehlt mir sehr, und vielleicht können andere Menschen sie mir ein Stück weit ersetzen.

Ich verfasse dieses Schriftstück am Sonntagvormittag nach einem überaus erfolgreichen Wochenende. In einer Welt, in der so viele Verbrechen aus Gier nach Geld, Macht und Liebe begangen werden, ist es verlockend, sich für die Einsamkeit zu entscheiden. Doch an diesem Wochenende habe ich meine Mitmenschen von einer anderen Seite kennengelernt. Ich durfte miterleben, wie wichtig Leidenschaft, Treue, Mut und Freundschaft sind, aber vor allem habe ich meinen Frieden gefunden, weil ich das Schwerste vollbracht habe, was es gibt: zu verzeihen.

Folgt meinem Beispiel, liebe Briten, und verzeiht mir meine frühere Menschenfeindlichkeit. Im Namen von Familie und

Vergebung möchte ich den größten Teil des mir verbliebenen Vermögens, nämlich hunderttausend Pfund, in eine Stiftung überführen, die Hilfsbedürftige auf jede erdenkliche Art und Weise unterstützt. Zur Vorsitzenden des Stiftungsbeirates ernenne ich hiermit Miss Viola Dale.

Camilla Lenore DeMoss
Gräfin von Windermere

Am Sonntagnachmittag fanden die Kinder die Gräfin leblos in ihrem Arbeitszimmer auf. Sie starb eines natürlichen Todes, doch es ist nur verständlich, dass sich die Kinder alle möglichen Fantasiegeschichten dazu ausgedacht haben.

„Fantasiegeschichten", wiederholte Hattie, die über Tabithas Schulter mitgelesen hatte. „Das kann man wohl sagen."

Tabitha warf einen letzten Blick auf den Artikel, und erwiderte dann: „Meine Eltern tun mir richtig leid. Mum und Daddy müssen beide in der Gefängnisküche mithelfen – dabei können sie Geschirrabwaschen nicht ausstehen."

Die Crums waren verhaftet worden, als sie sich eben nach Spanien einschiffen wollten. Man warf ihnen jahrelangen Gelegenheitsdiebstahl und Bankbetrug vor. Bei der Festnahme war es zu Handgreiflichkeiten gekommen, und Mrs Crum war über Bord gegangen. Sie war mit einem Bauchklatscher im Meer gelandet und hatte sich die Nase und die Schulter gebrochen. Ihr Gatte hatte sie nicht etwa zu retten versucht, sondern sich auf die *Flamenco* geflüchtet, wo er mit einem Schuhputzer zusammengestoßen war, dessen Bürste ungünstigerweise an einer ungünstigen Stelle von Mr Crums Gesicht gelandet war.

„Ein Glück nur, das sich die Tochter des Oberwachtmeisters schon immer eine Katze gewünscht hat", fuhr Tabitha fort. „Mr Maunz gut aufgehoben zu wissen, ist bestimmt ein Trost für meine Eltern. Und die Trundles sind nur ein paar Zellen weiter eingesperrt. Vielleicht dürfen die vier ja ab und zu die Mahlzeiten zusammen einnehmen."

„Tja, manchmal kann das Leben auch gerecht sein", meinte Hattie dazu nur. „Aber jetzt zurück zu deinem Geburtstagsbrief! Vor ein paar Wochen hat meine Schwester dir geschrieben, weil sie ahnte, dass ich selbst nicht den Mut dazu aufbringen würde. Diesmal habe ich selbst zur Feder gegriffen."

Wie schon beim ersten Brief, beschnupperte Tabitha den Umschlag erst einmal. Was hatte sie sich damals doch gleich gewünscht?

Ein Angebot von Scotland Yard, mich zur Kriminalkommissarin auszubilden.

Eine Einladung von König Edward, mit ihm ein Pferderennen zu besuchen und zu wetten.

Die Nachricht einer verschollenen Verwandten, für die ich kein lästiges Ärgernis bin und die mich zu sich nehmen möchte.

Von drei Wünschen war einer in Erfüllung gegangen – keine schlechte Bilanz! Tabitha holte tief Luft und brach das Siegel auf. Als sie sah, was der Umschlag enthielt, fiel ihr die Kinnlade herunter.

„Lass mich raten“, scherzte Hattie. „Ist das vielleicht ein schriftliches Angebot von mir, dich zur Kommissarin auszubilden?“

„Bitte sag mir, dass du das ganz ernst meinst“, flüsterte Tabitha.

Ihre Großmutter schmunzelte. „Nun ja, noch ist das Ganze nicht offiziell. Es handelt sich um eine private Vereinbarung zwischen uns beiden. Aber da du nicht nur durch deinen klugen Plan Miss Pettigrews Verhaftung herbeigeführt hast, sondern auch entscheidend dazu beigetragen hast, dass der Diebstahl des Smaragds aus dem British Museum aufgeklärt werden konnte, bist du eindeutig so weit, dir die grundlegenden Methoden und Kniffe unseres Berufes anzueignen.“

Tabitha nickte selig.

„Ich möchte aber vorher klarstellen“, fuhr Hattie fort, „dass ich dich auf keinen Fall zwingen will, in das

Familienunternehmen einzusteigen. Ein guter Vormund ist ausschließlich darauf bedacht, dass sein Schützling gesund und glücklich ist, selbst wenn das betreffende Kind nicht den Weg einschlägt, den er ursprünglich für es vorgesehen hatte. Leider habe ich diese Lektion zu spät gelernt, und darum möchte ich meinen Fehler auf keinen Fall wiederholen. Manche Eltern betrachten ihre Kinder als kleinere Ausgaben ihrer selbst, wahrscheinlich, weil sie gern unsterblich wären. Aber", sie hob den Zeigefinger, „das ist nicht richtig. Ein Kind ist immer und überall ein eigenständiger Mensch, der seine eigenen Entscheidungen trifft, und ich würde mir niemals anmaßen –"

„Du kannst ganz beruhigt sein, Großmutter", fiel ihr Tabitha ins Wort, „es ist meine eigene Entscheidung, Kommissarin zu werden." Sie drückte den Brief an die Brust. *Das macht schon zwei erfüllte Wünsche. Hmmm …*

„Wie gut kennst du eigentlich König Edward?"

„Warum fragst du?"

„Ach, ich dachte nur, vielleicht hast du ja Lust, mal zum Pferderennen zu gehen und zu wett–"

Der Türklopfer an der Haustür wurde betätigt, und Tabitha sprang auf. „Da sind sie!"

„Schön." Hattie klatschte in die Hände. „Aber bevor ihr alle durch meine Geheimgänge geistert und euch mit den Sachen aus Thomas' Schlafzimmer verkleidet, noch kurz etwas Geschäftliches: Der Papierkram ist inzwischen erledigt, und gemäß dem Vermächtnis von Camilla DeMoss wird unser restliches Vermögen auf ein Nummernkonto in der Schweiz eingezahlt. Ich habe eine kleine Filiale in Zürich ausgewählt und mir versichern lassen, dass über die Angelegenheit absolutes Stillschweigen bewahrt wird. Zürich ist daher unser erstes Reiseziel. Während unserer Abwesenheit wird Hollingsworth Hall samt seinem Inhalt verkauft. Millie hat immer gern irgendwelchen Krimskrams für das Haus angeschafft, unter anderem diesen abscheulichen Türklopfer, aber ich bin froh, wenn ich das alles loswerde. Da ich meine falsche Identität aufgegeben habe, halte ich es für das Beste, woanders noch mal ganz von vorn anzufangen. Schließlich gibt es Schlimmeres als einen Neuanfang."

„Schlimmeres", wiederholte Tabitha versonnen. „Weißt du was? Inzwischen glaube ich, dass es Zeitverschwendung ist, sich Schlimmeres-Listen auszudenken. Ab jetzt stelle ich lieber Schöneres-Listen auf."

„Wie bitte?", fragte Hattie verständnislos.

„Genau!", bekräftigte Tabitha, klemmte in Ermangelung einer Pfeife einen Bleistift zwischen die Zähne und fing an, auf und ab zu gehen. „Zum Beispiel gibt es kaum etwas Schöneres als:

- an einem nebligen Tag einen Überraschungsbrief zu bekommen
- sich in einem echten Kriminalfall wiederzufinden
- festzustellen, dass die Menschen um einen herum *Freunde* sind

Hattie sah immer noch verwirrt aus. „War's das?"

Tabitha paffte an ihrem Bleistift und überlegte. „Nein, ich weiß noch etwas: eine Großmutter wiederzufinden. Es gibt kaum etwas Schöneres, als zu entdecken, dass man eine Großmutter hat. Vor allem, wenn es sich dabei weder um eine geläuterte noch um eine aktive Mörderin handelt." Sie schlang Hattie die Arme um den Hals und drückte ihr ein Küsschen auf die Stirn.

„Na, na, nicht so stürmisch", sagte Hattie, wurde aber vor Freude ein bisschen rot.

„Darf Pemberley nach Zürich mitkommen?"

„Selbstverständlich! Aber wir müssen ihm Gesellschaft besorgen. Vielleicht ein hübsches Mäuseweibchen? Bist du eigentlich sicher, dass Pemberley ein Männchen ist?"

Jetzt wurde Tabitha rot. „Ehrlich gesagt, weiß ich gar nicht, woran man das erkennt, aber er kam mir immer wie ein ‚Er' vor."

Ihre Großmutter erwiderte augenzwinkernd: „Dann fragen wir vorher einen Experten. Wenn Pemberley tatsächlich ein Männchen ist, könnten wir ihm eine Gefährtin suchen und eine neue Generation heranzüchten. Ich finde, neue Generationen sind etwas Wunderbares, Tabitha Darling, und außerdem mag ich Mäuse sowieso viel lieber als Katzen. Von uns Zwillingsschwestern war Millie die Katzenfreundin. Ich freue mich übrigens sehr, dass die Herringbones und die Dales das Geld für Waisenkinder stiften wollen."

„Entschuldigung – wie hast du mich eben genannt?"

„Tabitha Darling. Oder möchtest du deinen Herkunftsnamen nicht wieder annehmen?"

„O doch!", sagte Tabitha rasch. Sie hatte immer noch Mühe zu begreifen, dass sie keine ungeliebte Crum mehr war. Aber eigentlich war sie ja gar nicht ungeliebt gewesen – sie war einfach nur bei den falschen Eltern gelandet. „Aber wenn ich später bei Scotland Yard arbeite, ändere ich meinen Nachnamen vielleicht in Tabitha Mysterioso oder Tabitha Schlaufuchs."

„Tabitha Schlaufuchs? Also, ich weiß ja nicht ..."

„Das war ein Scherz." Tabitha lehnte sich zu Hattie hinüber und schmiegte sich an ihre warme, weiche Großmutter wie ein Kind, das viele verlorene Jahre nachzuholen hat. Was ja auch der Fall war. „Ich weiß doch, dass Namen unwichtig sind. Es kommt auf den Menschen hinter dem Namen an."

„Das stimmt, Liebes."

„Trotzdem – es ist ein sehr schönes Gefühl, Darling genannt zu werden."

Damit gab Tabitha Darling ihrer Großmutter noch ein Küsschen und rannte los, um ihre Freunde zu begrüßen. Wenn alles so klappte, wie sie es die ganze letzte Woche in einem eifrigen Briefwechsel geplant hatten, würde es ein großartiges Wochenende werden. Sie würden sich die Bäuche mit leckerem Essen vollschlagen, Schneeballschlachten veranstalten, die Geheimgänge erkunden und, wenn Oliver sein Versprechen hielt, vielleicht sogar ein Automobil entwenden und heimlich eine kleine Spritztour unternehmen.

DANKSAGUNG

Viele liebe Menschen haben dazu beigetragen, dass erst aus einer Idee ein Manuskript und anschließend aus einem Manuskript ein Buch wurde. Ihnen allen möchte ich mit dieser (nicht exklusiven) Liste von ganzem Herzen danken. Es handelt sich um (in beliebiger Reihenfolge):

TINA WEXLER

Diese Literaturagentin und Erbin unzähliger, noch nicht abgeschickter Mails mit der Bitte um Rat in allen möglichen Angelegenheiten – von Romanideen bis hin zu Pizzarezepten – ist außergewöhnlich klug und freundlich. Sie besitzt einen unerschöpflichen Vorrat an Geduld, den sie in einer Geheimkammer irgendwo in New York City versteckt.

KRISTIN OSTBY

Diese hochbegabte Lektorin und wählerische Sammlerin von Schriftstellern und Illustratoren vertieft sich mit Begeisterung in Manuskripte und besitzt ein untrügliches Gespür dafür, wie man die betreffenden Werke noch verbessern kann. Sie ist eine literarische Detektivin, die unerschrocken jeden Knoten einer verworrenen Handlung löst, und wird allgemein bewundert und beneidet. Außerdem ist sie sehr nett, sehr lustig und sehr tierlieb.

LUCY RUTH CUMMINS

Diese Buchgestalterin ist dafür bekannt, dass sie sich unermüdlich um die ihr anvertrauten Werke und Künstler kümmert. Aus Texten, Zeichnungen, Fotos und Entwürfen komponiert sie einzigartige Leseerlebnisse, und ihr sicherer Geschmack prägt eine unglaubliche Bandbreite von Büchern. Dass sie sich auch dieses Romans angenommen hat, weiß ich sehr zu schätzen.

JUSTIN CHANDA & DAS GANZE TEAM VON SIMON & SCHUSTER BOOKS FOR YOUNG READERS

Diese unternehmungslustige Truppe stellt ihre Fähigkeiten Tag für Tag in den Dienst sowohl von Autoren als auch von Lesern. Buchliebhaber in aller Welt (und die Verfasserin dieses Romans im Besonderen) schätzen sich glücklich, dass sie das Verlagswesen bereichern.

JOY MCCULLOUGH-CARRANZA,
TARA DAIRMAN, BECKY WALLACE,
ANN BEDICHEK, MELODIE WRIGHT

Diese kecken, genialen, reizenden, bewundernswerten und bücherliebenden Damen waren die ersten Leserinnen dieses Romans und haben wertvolle Vorschläge zu seiner Überarbeitung geliefert (wobei natürlich auch viel gelacht wurde). Sie sind im wahrsten Sinne des Wortes die beste Gesellschaft, die man sich wünschen kann.

Die Autorin wird nicht müde werden, den hier aufgelisteten Personen ihren Dank und ihre Zuneigung auszudrücken. Wie Kommissar Clarence Clever sagen würde, gehören sie alle „zu der Sorte Freunde, die man gern zum Essen einlädt und verschwenderisch bewirtet, damit sie bis tief in die Nacht Geschichten erzählen und am besten bis zum Frühstück bleiben. Apropos Frühstück – finden Sie nicht auch, dass das Frühstück von allen Mahlzeiten, die es gibt, mit die schönste ist?“

© privat

Jessica Lawson wohnt zwar nicht in einem prunkvollen Herrenhaus, aber mit mysteriösen Zwischenfällen hat sie dennoch täglich zu tun – zum Beispiel mit auf höchst seltsame Weise verschwundenen Socken oder fehlenden Nachtisch-Portionen. Bevor Jessica Lawson anfing, Bücher zu schreiben, arbeitete sie bei Non-Profit-Organisationen, als Grundschullehrerin, auf einer Ranch und als Ranger in einem Nationalpark. Mit ihrem Mann und ihren Kindern lebt Jessica Lawson in Colorado. Weitere Infos über die Autorin unter: www.jessicalawsonbooks.com

© Umberto Nicoletti

Iacopo Bruno, einer der renommiertesten italienischen Kinderbuchillustratoren, arbeitet mit den wichtigsten Verlagshäusern weltweit zusammen. Er illustrierte Bestseller wie „The School for Good and Evil" oder „Ulysses Moore". Seine Werke wurden unter anderem mit dem Preis der Junior Library Guild ausgezeichnet und in den USA unter die 100 besten Kinderbücher 2014 sowie 2015 gewählt. Das viktorianische Zeitalter hat es Iacopo Bruno besonders angetan: Geheimnisvolle Schlösser, dunkle Gassen und Gestalten bringt er phänomenal zu Papier.

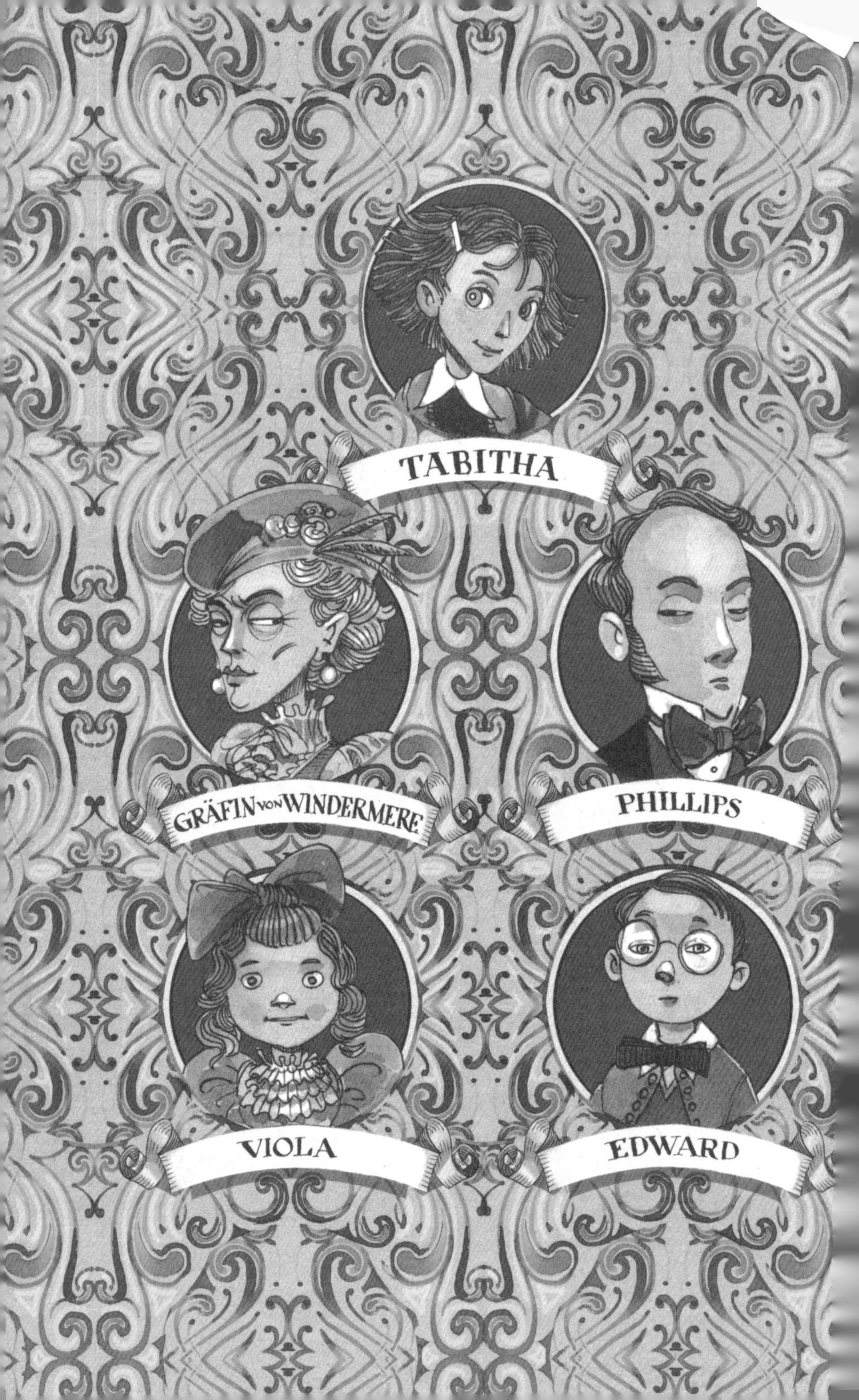
TABITHA
GRÄFIN VON WINDERMERE
PHILLIPS
VIOLA
EDWARD